Amy Schreiber will sich ihr Leben zusammenbauen, so gut das heute gehen kann. Sie lässt ihre Geburtsfamilie, auf die sie sich ohnehin nie verlassen konnte, hinter sich und will sich nicht mehr auf die angestaubte Berühmtheit des Urur-großvaters berufen, die alle immer nur einschränkte. Eine zeitgemäße Ausbildung soll ihr Unabhängigkeit verschaffen, sie will einen interessanten Job in der expandierenden Sicherheitsindustrie: Internationale Verbindungen mit geheimnisvollen Aufträgen, ein aufregendes Leben. Alles läuft nach ihren Vorstellungen.

Aber brutale Schicksalswirrnisse zerstören ihre Lebensbasis: Ein Gedächtnisverlust, ein schwerer Unfall des Freundes Gino, eine Fehlgeburt. Familiäre Schläge kommen dazu: Die Krankheit der geliebten Pflegemutter und die Forderungen der Großtante in London. Amy Schreiber muss sich aus dem Griff der Vergangenheit befreien und will herausfinden, ob die Katastrophen ihr Schicksal sind oder die Instrumente anderer, um sie gefügig zu machen.

Marlene Streeruwitz, in Baden bei Wien geboren, studierte Slawistik und Kunstgeschichte und begann als Regisseurin und Autorin von Theaterstücken und Hörspielen. Für ihre Romane erhielt sie zahlreiche Auszeichnungen, zuletzt den Bremer Literaturpreis und den Niederösterreichischen Kulturpreis. ›Die Schmerzmacherin.‹ stand auf der Shortlist für den Deutschen Buchpreis 2011.

Weitere Informationen, auch zu E-Book-Ausgaben, find Sie bei www.fischerverlaeg.de

MARLENE
STREERUWITZ

Die
Schmerz-
macherin.

Roman

FISCHER Taschenbuch

Erschienen bei FISCHER Taschenbuch
Frankfurt am Main, April 2014

© S. Fischer Verlag GmbH, Frankfurt am Main 2011
Satz: Pinkuin Satz und Datentechnik, Berlin
Druck und Bindung: CPI books GmbH, Leck
Printed in Germany
ISBN 978-3-596-18493-4

Dezember.

Noch nie waren so viele Raubvögel zu sehen gewesen. Die lange Kälte hatte sie aus den Wäldern herausgetrieben. Sie saßen auf den Pfosten der Feldbegrenzungen und in den Kronen der Obstbäume. Sie kauerten auf den Köpfen der Heiligenfiguren an den Brücken und auf den Kreuzen an den Weggabelungen. Bewegungslos hockten sie in der Wintersonne. Ihre Umrisse dunkle Drohungen vor den Schneefeldern und dem wolkenlosen Himmel. Nichts in Bewegung. Eis und Schnee und die Sonne und kalt. Das breite Tal und die Hügel am Rand. Alles weißglitzernd und der dünnblaue Himmel.

Sie musste langsam fahren. Sie war die Erste auf dem neuen Schnee. Sie fräste eine Spur in die glatte Schneedecke. Aber es gelang kein ruhiges Fahren. Unter dem Neuschnee der Nacht führten die alten Spuren aus Eis und gefrorenem Matsch ihre Räder. Im Rückspiegel sah es aus, als zöge sie eine gerade Spur. Das Fahren war aber ein Gerumpel. Ihr Auto wurde von den Rillen unter dem Schnee umhergeworfen. Sie hatte versucht, aus diesen Eisspuren herauszukommen. Sie hatte so fahren wollen, wie es aussah zu fahren. Gleiten. Sie hatte gleiten wollen. Gleiten so glatt wie der Schnee. Sie war dann ins Rutschen geraten und viel zu nah an die Böschung zum tiefen Straßengraben hinuntergekommen.

Sie fuhr langsam. Sie ließ das Auto dahinschleichen. Ließ die Räder sich selbst den Weg in den Rillen suchen. Sie saß vorgebeugt. Das Rumpeln und Schütteln gegen den Bauch und die Brust. Sie schaute hinaus. Schaute in die Schneeweite hinaus und wie das weiße Tal auf sie zukam und wie sie es durchschnitt. Wie das weiße Tal an ihr vorbeizog und zu beiden Seiten wegsank.

Den Bussard auf dem Brückengeländer hatte sie schon von weitem gesehen. Bei jedem Schlag gegen die Achsen. Bei jedem Knirschen der Räder in einer Querrinne. Sie dachte, der Vogel würde auffliegen. Wegfliegen. Flüchten. Sie begann zu blinzeln. Der Vogel würde sich abstoßen. Er würde die Flügel ausbreiten und wegstreichen. Sie blinzelte in der Erwartung, der Himmel vor ihrer Windschutzscheibe verdunkle sich und einen Augenblick würde dieser Vogel den Blick ausfüllen.

Wie dieser Vogel Wasser fände, dachte sie. Wenn doch alles in tiefem, tiefem Winterschlaf versunken war und das Wasser des Flüsschens unter der Brücke eine einzige dicke Eiswelle und Schnee angeweht darauf.

Der Bussard bewegte sich nicht. Der Bussard blieb auf dem Brückengeländer sitzen. Sie hatte den Fuß fast ganz vom Gas genommen. Ihr alter Kia schnurrte langsam über die Brücke. Sie schaute den Vogel an. Weit vorgebeugt drehte sie den Kopf nach links und schaute rechts hinauf den Vogel an. Die gelbschmutzigen Krallen waren um das Geländer geklammert. Hellbraun flockige Federn pludrig an den Fängen. Dunkelbraun fleckige Federn den Körper hinauf. Sie beugte sich noch weiter vor. Ihr Gesicht knapp an der Windschutzscheibe. Einen Augenblick. Der Vogel. Die Lider. Eine gelbe Iris war zu sehen und gleich wieder hinter wachsfarbenen Häuten verborgen. Der Vogel wandte sich ab. Während sie an ihm vorbeiholperte. Er drehte den Kopf zur Seite. Die Bewegung nur an den Federn am Hals wahrzunehmen und sein Umriss dann seitlich. Der abgewandte Kopf gleich wieder erstarrt. Die Augen abgewandt. Weggedreht. Nicht weggeflogen.

Sie ließ das Auto weiterfahren. Sie starrte vorne hinaus. Starrte sich in das Weiß fest. Sanft gestoßen und geschüttelt von den Bewegungen des Lenkrads. Ihr Schaffellmantel dämpfte die Stöße und Schläge. Der Motor stotterte, und der Wagen stockte. Sie ließ den Fuß gegen das Gaspedal sinken, und das Auto fuhr weiter. Sie ließ sich weitertragen. Dann schaltete sie in den Leerlauf und ließ das Auto auslaufen. Sie blieb über das Lenkrad geworfen und spürte die kleine Ungenauigkeit der Ventile im Rütteln des Motors. Das Auto stand still und vibrierte. Der Motor brummelte. Aber draußen. Sie blieb im Schauen.

Sie hatte die Sonne hinter sich. Vor ihr der Schnee. Alles schneebedeckt und glatt und glitzernd hell. Alles, was sie sehen konnte, weiß und weich und unter pudrigem Schnee. Die Straße weiter vorne schneebedeckt nicht mehr von den Feldern zu unterscheiden. Sie zog den rechten Handschuh aus und griff auf den Nebensitz. Sie tastete nach der Flasche. Drehte sich nicht aus dem Schauen weg. Die Flasche war eiskalt. Die Flasche war die ganze Nacht im Auto gelegen und so kalt wie draußen. Sie hielt die Flasche vor sich und drehte den Verschluss auf. Zum Trinken musste sie sich aber doch aufsetzen. Sie legte den Kopf zurück. Starrte ihre Wangen entlang weiter ins Weiß. Der Wodka eisig und weich im Mund. Sie hielt die Flasche in der Linken und schob die Rechte wieder in den Handschuh zurück. Sie trank wieder. Trank noch einmal. Trank wieder. Sie schaute hinaus und wartete auf den Alkohol. Sie hatte nichts gegessen. Nicht einmal ein Glas Wasser. Der Wodka das Allererste des Tages.

Der Wodka innen. Neuschnee, dachte sie und musste lächeln. Die Wärme und der kühle Nebel kamen dann freundlich. Keine Explosion im Magen oder dieser Knall im Hirn. Eine bleierne Freundlichkeit breitete sich aus. In ihr. Vom Magen weg füllte sich der Leib, und die Ungenauigkeit stieg in den Kopf und hinter die Stirn und hinter die Kehle und legte sich dann über sie.

Die weiße Welt rutschte weg. Sie lächelte. Das war

schön. Sie schloss die Augen. Das Auto rund um sie vibrierte. Schaukelte sie. Ein wenig. Das Sonnenglitzern schmolz durch die geschlossenen Lider und füllte den Kopf. Sie musste lächeln. Sie saß jetzt tief am Grund der Schneewelt. Sie konnte sich sehen, wie der Bussard sie gesehen hätte. Ein kleines blaues Auto und winzig und irgendwo. In diesem langen, breiten Tal, in dem niemand anderer war als sie. Sie konnte sich sehen, wie sie in diesem Auto saß, und der Wodka in ihr ein kleiner kühler See in der Dunkelheit ihres Körpers.

Warum aber. Ihre Lider glitten auf, und sie schaute hinaus. Warum war dieser Vogel nicht geflogen. Warum war dieser Vogel nicht davongeflogen. Diese Bewegung. Dieses Abwenden. Diese Abwendung. War der erschöpft. Erschöpfung. Mühevoll hatte das ausgesehen. Mühe. Eine Anstrengung. Eine unendliche Anstrengung in dieser kleinen Bewegung und Verachtung. Der Vogel hatte sie verachtet. Er hatte sie nicht ansehen wollen. Nicht sehen. Er hatte sich abgewandt. Verächtlich abgewandt. War dieser Bussard nicht mehr fähig zu fliegen. War es so kalt. War dieser Bussard so ausgehungert. Hatte er so lange kein Wasser finden können. Sie und ihr kleines blaues Auto hatten an ihm vorbeituckern können, und er hatte sich nur abgewandt. Er war nicht geflüchtet und davon. Er hatte nicht flüchten können. Nicht davon und weg. Fliegen. Davonfliegen und im Flug. Über allem und frei. Das war traurig. Sie nahm die Flasche und trank wieder. Während der Wodka eiskalt über ihren Schlund floss. Vielleicht war sie dem Bussard nicht der Mühe wert gewesen. Vielleicht wusste der Bussard, dass in so einem kleinen blauen Kia keine gefährliche Person daherkam. Hatte sie den Vogel nicht genug erschrecken können und hätte sie hupen sollen und den Vogel vertreiben. Sie drehte sich um und starrte durch das Seitenfenster hinten zurück. Sie ließ sich aber gleich wieder in den Sitz fallen und nahm noch einen Schluck. Sie verschloss die Flasche sorgfältig und hielt sie mit dem Verschluss nach unten in die Höhe. Es rann nichts heraus. Sie legte die Flasche ins Handschuhfach. Sie musste sich jetzt konzentrieren.

Das mit dem Bussard und dass sie es nicht wert gewesen wäre. Das war schon die Sitzung. Das kam schon aus der Gruppensitzung um 10 Uhr und aus den Rollenspielen da. Sie schaute hinaus. Sie fühlte sich abgetrennt. Gleichzeitig ein Teil. Sie konnte sich von oben beobachten und zur gleichen Zeit der Schnee sein. You wish, dachte sie und lehnte sich vor den Rückspiegel. So schön wie dieser weiße weiche polstrige Schnee. So schön war niemand, und sie. Sie sah so aus wie immer.

Sie lehnte sich zurück. Sie sollte einen Strich an der Wodkaflasche machen. Eine Marke. Damit sie die Dosis wusste. Die genaue Menge, die ihr dieses schneeglatte Doppelgefühl gab. Die akkurate Menge, die sie so perfekt passiv machte. Sie seufzte. Sie würde diesen Strich nicht machen. Es wäre klug gewesen, aber sie machte solche Klugheiten nicht. Sie legte den ersten Gang ein. Es war nicht so wichtig. Solche Klugheiten legten einen fest, und sie musste ohnehin weitertrinken. Später. Damit sie alles richtig machte, musste sie weitertrinken. Authentisch. Sie war nur mit Alkohol authentisch. Sie konnte nur mit Alkohol authentisch sein, und niemand wollte Klugheit von ihr. Formbar. Das war gewollt, und an ihr war das angezweifelt worden. Also machte sie sich formbar, und mit dem Wodka tat es nicht weh. Mit dem Wodka wurde es noch richtig interessant.

Sie fuhr. Ließ sich fahren. Im zweiten Gang. Das Auto schlingerte langsam durch den Schnee. Sie saß zurückgelehnt. Ließ sich wackeln und rütteln. Am Ende des Tals dann die Landstraße und Schneefahrbahn. Dann die geräumte Straße zum compound und wieder Verkehr. Andere Autos. Lastwagen. Aber alles weit weg. Sie fuhr mit gestreckten Armen. Wie die Rennfahrer. Sie hielt das Lenkrad mit den gestreckten Armen weit von sich und lenkte das Auto wie diese kleinen Elektroautos im Prater, mit denen man gegeneinanderfuhr. Aber die hatten so breite Gummireifen rundum. Dann die Abbiegung nach Furth im Wald. Wieder Schneefahrbahn. Das Tor. Sie nestelte ihre Sicherheitskarte am Bändchen um den Hals aus dem dicken Mantel heraus und hielt sie an den scanner. Sie sah dem Tor beim Aufgleiten zu. Sie musste sich aus diesem Zusehen herausreißen und wieder schalten. Auf dem Parkplatz bremste sie zu stark. Der Motor starb ab, und sie fiel nach vorne gegen das Lenkrad.

Sie musste grinsen. Sie blieb über das Lenkrad geworfen und überlegte. War das Grinsen oder Lächeln. Sie dachte, dass sie grinste. Das auf ihrem Gesicht. Das Verzerren der Mundwinkel. So, wie sie es fühlte. Wie es sich anfühlte. Das war kein Lächeln. Lächeln. Das war absichtlich. Das war absichtlicher. Beim Lächeln. Lächeln entfernte einen von den hässlichen Dingen. Lächeln. Das machte. Unangreifbar machte das. Unberührt. Solange eine Person lächelte. So lange gehörte sie denen nicht. So wie sie eben. Sie grinste. Das war Grinsen. Sie durfte gar nicht lächeln. Wenn sie lächelnd in die Rezeption käme. Wahrscheinlich würde sie dann weggeschickt. Cindy würde sie sofort wegschicken. Cindy würde es sofort begriffen haben, dass sie sich wieder nicht voll in die Gruppe einbringen würde, und Cindy würde sie wegschicken. Cindy machte so etwas. Sie würde dann Gregory suchen gehen müssen und mit ihm reden, und er würde ein Gespräch organisieren. Sie müsste mit Cindy ein Gespräch führen darüber, wieso Cindy sich denken hatte können, dass es besser wäre, sie machte nicht mit. Gregory würde sie dann im Büro erwarten und einen Bericht wollen, und sie hätte sich überlegen müssen, was Cindy ihm erzählen würde und wie sie ihre Geschichte aufbauen musste, um Cindys Bericht so zu bestätigen, dass sie als die Klügere dastand. Als die, die Führungskompetenz mitbrachte. Aber am Ende würde Gregory sagen, dass sie ihr Problem selber lösen hätte müssen und nicht zu ihm kommen und ihn belästigen. Also grinste sie und war angreifbar und formbar und begann im richtigen Augenblick zu weinen. Cindy reichte es ja, dass alle Frauen in der Gruppe zu weinen begannen, wenn sie ihnen vorwarf, es sich leichtzumachen. »Du glaubst, dass du etwas Besseres bist als ich, weil du schöner bist.« Das war der Angriff gegen sie, und es hatte keinen Sinn, die Aggression zurückzugeben. Wenn sie nicht zu weinen begann. Man würde annehmen, dass sie doch zuerst ins Grundtraining musste, weil sie noch sicher aus sich selbst heraus war und lächeln konnte. Man würde dann annehmen, dass sie nicht vollkommen über die Ausbildung definiert war und deswegen ein Unsicherheitsfaktor. Ihre Motivation würde bezweifelt werden, und sie würde daraufhin angesehen werden, ob sie Symptome einer Verräterin an sich hatte. Eine Person, die lächelte. Eine solche Person. Die konnte auch davongehen. Eine solche Person, die gehörte nicht dazu. Die traf eigene Entscheidungen, und man musste misstrauisch sein. Verrat. Es ging ja nicht darum, den Job zu machen. Es ging immer nur darum, wer, und wann, zum Verrat fähig sein könnte. Cindy lauerte auf solche

Anzeichen. Cindy war ein Wachhund mit Busen. Mit einem Riesenbusen. Sie dagegen. Sie war neu. Sie war die Neue. Also grinste sie, damit niemand misstrauisch wurde und sie jetzt einmal in die Wärme gehen konnte und nicht gleich die Rückfahrt antreten musste. Und. Sie sollte das schnell tun. Wenn sie noch länger in ihrem Auto über das Lenkrad geworfen sitzen blieb. Man konnte sie von der Rezeption aus sehen und sich Gedanken machen. Sie musste noch mehr grinsen. Hier machte man sich Gedanken. Sie setzte sich auf und hob ihre Handtasche vom Rücksitz nach vorne. Gedanken machen. Sie stellte sich vor, wie Gregory an einem Gedanken schmiedete und hämmerte und ihn dann in die Mitte des Konferenztischs stellte und wie er seine Haare zurückwarf. Die dunkle Locke, die ihm über die Stirn fiel, in der feine weiße Haare den Glanz betonten. Da schaut her, würde diese Kopfbewegung sagen wollen. Da schaut her. So sieht ein Gedanke aus, und davor müssen wir uns hüten. Gregory würde ein wenig schwitzen. Gregory schwitzte an den Schläfen, und sie alle würden sich überlegen müssen, ob das eine Provokation war oder ein Ziel.

Sie zog den Autoschlüssel ab. Mit den dicken Handschuhen alles ungenau. Sie ließ die Autotür aufschwingen und drehte sich dann auf dem Sitz zum Aussteigen. Sie hievte sich auf die Beine. Stützte sich am Lenkrad und an der Autotür ab. Ins Stehen zu kommen war nicht einfach. Sie hatte zu viel vom Wodka erwischt. Im Sitzen hatte sie das nicht wissen können. Sie musste vorsichtig gehen. Wenn sie auf dem glatten Schnee und dem Eis auf dem Parkplatz ausrutschte. Es würden alle kommen und sie tragen und dann den Alkohol riechen. Was würde dann passieren. Wahrscheinlich wurde man dann in eine Einheit dafür versetzt. Es gab sicherlich einen eigenen compound für solche Personalprobleme. Sie war ja nicht die Einzige. Heinz war meistens betrunken. Aber Heinz war stellvertretender branchmanager. Da hätte Anton etwas tun müssen, und Anton würde Heinz nie. Nicht irgendwie. Die waren Kameraden. Von früher.

Sie warf die Autotür zu. Das Stehen war dann leichter, als sie erwartet hatte. Sie konnte die Autotür gleich loslassen und losgehen. Sie hielt die Tasche an sich gepresst. Für die Balance. Sie rutschte auf dem Eis unter dem Schnee und musste lachen. Sie übertrieb das Rutschen und segelte auf die Eingangstür zu. Hinter dem Glas konnte sie schon Gregory stehen sehen. Er sah ihr zu. Sie stolperte über eine Eisrille und musste laufen, damit sie nicht hinfiel. Gregroy riss die Eingangstür auf, und sie lief auf ihn zu. Sie dachte, er wolle, dass sie ihm in die Arme lief, aber er trat zur Seite, und sie konnte erst in der Mitte der Halle stoppen. Sie sah gleich, warum er sie nicht aufgefangen hatte. Cindy stand neben Gertrud hinter der Rezeption und sah ihnen zu. Gertrud saß und telefonierte. Cindy hatte die eine Hand auf der Schulter von Gertrud, und in der anderen hielt sie die Kaffeetasse. Gregory nahm einen Schluck von seinem Kaffee. »Our Amy. Isn't she a skatrix.« Er schaute über den Tassenrand und trank den Kaffee aus.

Man könne also nun beginnen. Es wären ja alle da. Er stellte die Tasse auf den Tisch der Rezeption und wandte sich ihr zu. Cindy nahm die Tasse und trug sie zum Kaffeeautomaten. Betont vorwurfsvoll ließ sie den Löffel gegen die Tasse klimpern. Cindy ging nahe an ihr vorbei und stieß sie fast an. Sie drehte sich um und sah Gregory an. Aber er antwortete nicht auf ihre hochgezogenen Augenbrauen. Sie fühlte ihre Schultern sinken. Es war also schon losgegangen. Wahrscheinlich hatte es schon eine Morgensitzung gegeben, und die Zentrale in London hatte wieder etwas erwartet. Oder gewünscht. Oder angeordnet. Und Gregory und Heinz und Anton waren sehr verschiedener Meinung, und Cindy hatte sich mit Heinz verbrüdert. Und weil sie Gregory nicht offen angreifen konnten, würden sie auf sie losgehen. Amy. Gregorys protegée. Und jetzt hatte Cindy einen Hass auf sie, weil Gregory die Kaffeetasse auf den Tisch von Gertrud gestellt und nicht selber zum Kaffeeautomaten zurückgetragen hatte. Wie das alle machen sollten. Heinz könne ja auch seine Tasse zum Kaffeeautomaten zurückstellen, warum mache Mr. Madrigal das nicht, würde Cindy sie anschreien. Und wenn sie antwortete, dass das doch nicht ihre Angelegenheit sei, was Gregory Madrigal mache. Dann würde Cindy darauf nicht eingehen, weil man das nicht tat, wenn man kein Argument hatte. Cindy würde einfach angreifen und sagen, dass sie es dem Gregory in einer ihrer sex sessions beibringen solle. Sie solle das mit Gregory üben. Manche Männer könnten eben nur über Konditionierung lernen. Manche Männer bräuchten solche Lernanordnungen. Wie die Ratten. Cindy konnte sich dann lang ergehen, wie das aussehen könnte. Cindy hatte da eine gutgeschulte Phantasie. Aber Cindy war auf der Kaderschule der Stasi gewesen. Cindy hasste Gregory. Gregory war der Abgesandte aus London und überprüfte sie alle. Gregory hatte sie hergeholt, und wenn Gregory in guter Stimmung war, dann maßregelte er Cindy und erklärte ihr, dass man auch schöne Frauen wie Amy in einer Agentur wie ihrer bräuchte. Er wolle Cindys Leistungen nicht schmälern. Cindy habe eine bemerkenswerte Logistik aufgebaut, aber es ginge auch um Personen und manchmal eben dann auch um schöne Personen. »Beauty is a weapon like any other device and we are in need of all possible devices and therefore we need Amy.« Wenn er so etwas sagte, dann konnte sie die scharfe Messerspitze fühlen, mit der Cindy ihr gerne das Gesicht zerschnitten hätte. In solchen Augenblicken. Sie fühlte die Absicht dieser Person, als mache sie es gerade. Als schnitte sie ihr gerade ein Gitterwerk in die Wangen. Oder in den Busen. Aber die anderen. Die wussten nichts davon. Die schienen davon nichts zu bemerken. Gregory sprach höchstens von verständlichen Emotionen. Cindy habe fast ohne Überprüfung arbeiten können, und sie habe eine phantastische Arbeit geleistet. Er habe selten eine so gute Ausstattung vorgefunden und immer alles in Bereitschaft. Cindy wartete ja auf etwas. Auch das war zu spüren. Sie wusste nicht, was das sein könnte. Es hatte einen sexuellen Geschmack. Das, worauf Cindy wartete, hatte etwas Sexuelles an sich, und das war aufregend. Für alle war das aufregend. So viel war in den Gruppensitzungen klar. Wenn vom Ernstfall die Rede war. Oder von einem Einsatz. Es schauten dann alle besonders ernst, damit man ihre Erregung nicht bemerken konnte. Aber die Männer rutschten dann hin und her, und Cindy schaute auf ihre Hände und spitzte den Mund so in einem Kätzchengrinsen.

Es war heiß in der Halle. Sie knöpfte den Mantel auf und schob den hohen Kragen vom Hals weg. Cindy kam vom Kaffeeautomaten zurück und flüsterte: »Warum haust du nicht ab. Solche wie dich. Die brauchen wir hier nicht.« Und sie sagte zum Rücken von Cindy: »I don't speak german.« und Cindy zuckte mit den Schultern. Selbstverständlich wusste Cindy, dass sie Deutsch sprach. Sie hätte das von Anfang an offen angeben sollen. Aber sie hatte gedacht. Am Anfang hatte sie gedacht, dass das alles ein Spaß wäre. Ein Spaß werden würde. Sie war auf das Ganze eingegangen, damit die Tante Marina in London nicht wieder sagen konnte, dass sie nie das mache, was ihr vorgeschlagen würde. Und dass sie eine Ausbildung bräuchte und dass das eine Chance für sie sei. Der Anruf war an einem Morgen gekommen, und am Abend war Gregory schon in Wien gewesen, und 2 Tage später war sie mit dem Kia losgefahren. Gregory hatte ihr in den schönsten Farben eine Karriere ohne viel Arbeit versprochen und die Adresse des Hotels gegeben. Das alles hier war das Ergebnis eines charity cocktails im »Savoy« in London für shareholder eines investment fonds, bei dem die Tante Marina mit Gregory ins Reden gekommen war, und jetzt musste sie so tun, als spräche sie nicht Deutsch, weil sie das auf den Formularen nicht angekreuzt hatte. Weil sie die Formulare sowieso nur irgendwie ausgefüllt hatte. Sie hatte einfach schräg von links oben nach rechts unten die Kästchen angekreuzt und gar nichts durchgelesen. Sie war jetzt eine Person, die von sich nichts wusste. Immer wieder wurde ihr gesagt, dass sie auf den Formularen aber andere Angaben gemacht habe. Heinz und Anton sagten das herausfordernd fragend. Cindy sagte das verächtlich verdächtigend. Gregory zog die Augenbrauen hoch. Boris und Kunz redeten gar nicht mit ihr. Gertrud schaute durch sie hindurch und grüßte sie nie. Von den anderen wusste sie die Namen noch nicht. Aber die waren irgendwie Personal, und ihr war nicht klar, was die machten. Da waren immer andere bei den Gruppensitzungen. Mentale Trainingseinheiten wurde das genannt, und sie sollte einmal einen Monat lang mitlaufen. Dann würde man beurteilen können, ob sie in die Ausbildung kommen sollte, hatte Anton gesagt. Gregory hatte sie vom Hotel abgeholt und als Überraschung mitgebracht, und seither fuhr sie hierher und wusste gleich beim Hereinkommen nicht, warum sie da war, und wünschte sich wieder weg. Seit 7 Wochen passierte ihr das so.

Cindy war in den Sitzungssaal vorausgegangen. Gregory hatte sich auf die Ledercouch gesetzt und sah ihr zu. »Dreaming?«, fragte er sie. Sie sah Gertrud an. Gertrud schaute weg. Sie seufzte. Sollte sie gleich dieses Gespräch mit Gregory führen. Gleich hier in der Empfangshalle und vor Gertrud. Vielleicht war es gut, wenn jemand mithörte, wie sie ihren Abschied nahm. Das alles war nicht mehr lustig. Sie hatte falsch begonnen. Es war vertan. Sie hatte es wieder gemacht. Wieder etwas zu leicht genommen. Das alles lief auf die übliche Enttäuschung hinaus. Die Marina hatte sie nur wieder loswerden wollen. Und sie konnte auch gleich nach Wien zurückfahren. Das Geld für das Benzin. Das würde sie aus Gregory herausholen. Was wollte der überhaupt mit ihr. Für den spielte sie eine Rolle, aber sie wusste nicht, welche. Der hatte den Heinz und den Anton erschreckt, und sie war der Schrecken. Aber was für einer. Sie war ja bereit, sehr viel mitzumachen. Aber ohne die geringste Information. Das war alles zu mühsam, und es war auch mühsam, dass er nichts mit ihr begonnen hatte. Da hätte sie gewusst, wie das ging und was sie wollte.

Sie zog den Mantel aus. Sie stand in der Mitte der Halle. Draußen der Parkplatz vor der Glasfassade des Empfangs hell sonnenbeschienen. Sie legte den Mantel über den Arm und ging auf die Sitzecke zu. »Gregory.« sagte sie. »Gregory. We must talk.« und Gregory begann zu lachen. Sie saß mit dem Mantel vor sich Gregory gegenüber. Sie hielt den Mantel vor sich und ballte ihn hoch, damit das Schaffell dick vor ihrem Bauch und sie den Mantel gegen den Bauch drücken konnte. In den Bauch. Gregorys Lachen. Es machte sie empört und beleidigt, und sie hatte Angst. »Darling!«, lachte Gregory. Sie wäre zu süß. Too sweet. Er hätte nicht gedacht, noch einmal Naivität in dieser Form zu sehen zu bekommen. Seine Amy. Er begann wieder zu lachen. Sie war plötzlich müde. Sie lehnte sich zurück. Legte den Kopf auf die Rückenlehne. Spürte das kühle harte Leder gegen das Genick. Das war alles lächerlich. Sie musste gar nichts machen. Die Marina sollte ihr ganz einfach regelmäßige Vorschüsse auf die Erbschaft auszahlen. Dann ging sich alles aus. Sie musste nicht auf die Stimme der Vernunft hören. Dass sie einen Beruf bräuchte. Wie alle anderen auch. Soviel sie sehen konnte, konnte niemand von den anderen auch mit den Berufen viel anfangen. Alle schlugen sich durch. Alle lebten irgendwie. Eine ihrer letzten Beschäftigungen war bei einer Agentur gewesen, und sie hatte im engen T-Shirt mit dem Logo der Agentur die Ehrengäste bei einem Symposium begrüßt und den Namen der Person in einer Exceldatei abgehakt. Dafür hatte ihr abgebrochenes BWL-Studium gereicht. Warum ihr Busen sich deutlich abzeichnen musste, hatte sie bei der Besprechung gefragt, warum sie nicht eine Jacke anziehen könnte. Das würde doch die Seriosität des Ganzen heben, und sie würde auch eine eigene anziehen, damit es nichts kosten sollte. Dieser Joe hatte sie freundlich nachdenklich angesehen und sie gefragt, ob sie noch nie etwas von Gegensätzen gehört hätte. Für die Seriosität wären er und der Geschäftsführer zuständig. Was das Gegenteil von Seriosität für ihn wäre, hatte sie gefragt. Aber sie hatte nur mehr so einen Blick als Antwort bekommen. Und Gregory lachte noch immer. Er konnte sich gar nicht fangen. Das war schon alles so, dachte sie. Es war ganz einfach alles nur so, und sie musste seufzen.

Sie schaute zur Decke. Ihretwegen konnte sie jetzt hier einschlafen. Am Ende kümmerte sich nur der Wodka um sie. Der Wodka hielt ihr die Welt weit weg und ließ diesen blöden Madrigal unwichtig werden. Sie hob den Kopf und schaute ihn an. Er lag zurückgelehnt auf der anderen Couch. Das Licht hinter ihm draußen. Seine Haare hingen ihm über die Augen. Die geplatzten Äderchen auf seinen Wangen hellrot abgezeichnet. Der Lachanfall hatte sein Gesicht rot zurückgelassen. Er zog sein Stecktuch aus der Brusttasche seines dunkelblauen Blazers und wischte sich die Wangen ab.

Was es denn zu weinen gäbe, fragte sie. Sie senkte den Kopf nicht und sprach zur Decke hinauf. Was er Marina erzählen wolle, wenn er wieder in London sein würde. Sie wolle es nur wissen, damit ihre Geschichten übereinstimmten. Gregory lachte wieder und wischte sich die Tränen ab. Er stand auf. Er faltete das Stecktuch sorgfältig zusammen und steckte es wieder in die Brusttasche. So einfach wäre die Sache längst nicht mehr. Sie solle nicht vergessen, dass sie sich verpflichtet habe, und jetzt begänne die Sitzung gleich. Gregory ging weg. Sie blieb sitzen.

»Gehen Sie weg.« hörte sie von hinten. Sie war nicht sicher. Hatte Gertrud das gesagt. Gertrud hatte bisher noch nie mit ihr gesprochen. Kein einziges Wort. Von Gertrud hatte sie ihre Sicherheitskarte und den Schlüssel für den Garderobenschrank im Umkleideraum bekommen, ohne dass ein Wort gewechselt worden war. Gertrud hatte mit dem Kugelschreiber auf die Zeile gezeigt, auf der sie die Übernahme bestätigen sollte, und dann die Papiere zu sich gezogen. Gertrud hatte nicht einmal aufgesehen. Sie setzte sich auf und schaute sich um. Gertrud sah sie an und senkte dann den Blick. »Haben Sie etwas gesagt?«, fragte sie und lehnte sich über die Lehne der Couch. Gertrud reagierte nicht. Sie saß bewegungslos und schaute auf die Tastatur vor sich. Amy ließ sich zurückfallen. Wut. Einen Augenblick war sie so von Wut erfüllt, dass sie sich aufspringen sah und in der Mitte der Halle einen Schreianfall haben. Dann schob die Wodkamüdigkeit sich zwischen sie und die Wut, und alle Vorstellungen einer solchen Szene brachen in sich zusammen. Sie schüttelte den Kopf. »Danke.« sagte sie in Richtung Gertrud. »Falls Sie etwas zu mir gesagt haben, dann vielen Dank.« Sie stand auf und ging den Gang hinunter davon.

Sie ging in den Umkleideraum. Locker room wurde das genannt. Es war im alten Teil der Gebäude der ehemalige Umkleideraum vor einem Turnsaal. Sie hatte gefragt, ob das hier eine Schule gewesen sei. Draußen waren durch die hochgelegenen Fenster die Seile zu sehen, die von der Decke hingen. Die vergitterten Lampen. Strickleitern. Die obersten Sprossen von Sprossenwänden. Im Turnsaal. Sie war nie drinnen gewesen. Die Türen waren versperrt, und wenn Licht zu sehen war und man drinnen Leute hören konnte. Sie hatte noch nicht herausfinden können, wie das war. Wer da turnte. Trainierte. Sie hatte fragen wollen, aber sie hatte nicht gewusst, an wen sie sich wenden hätte sollen. Für solche Fragen wäre Gertrud am besten gewesen. Aber Gertrud redete ja nicht mit ihr. Sie kicherte. Es war irgendwie schon sehr interessant, wie das hier lief. Wenn einen dann überhaupt niemand haben wollte, dann war das auch ein Ansporn. Das Wort gefiel ihr. Ansporn. Sie summte das Wort vor sich hin. Sie bog nach links und ging durch die Tapetentür neben der Hauptstiege des alten Hauses zum Turnsaal nach hinten. Ansporn. Ansporn. Das passte zu diesem Gebäude. Man kam aus dem Gang von der Rezeption her und stand dann vor dem Stiegenaufgang. Ganz knapp kam man davor zu stehen. Der Gang ein eckiger, dunkler Tunnel hinter einem. Sie hatte ein Gefühl, als würde sie die Stufen hinaufgetrieben. Von der Dunkelheit des Tunnels angetrieben. Die breiten Stufen, die sich im Halbstock teilten und rechts und links in den ersten Stock hinaufführten. Fenster rechts und links über diesen Seitentreppen. Staubig. Die Wintersonne von rechts. Ansporn. Wer diese Stufen hinauflaufen wollte, der brauchte Ansporn. Sie hätte Ansporn gebraucht. Brauchen können. Eine Vorladung zu einem Direktor oben, und man stieg schnell und bang die Stufen hinauf zum Büro. Anton war der Direktor, und er würde ihr sagen, dass sie nicht länger hier gewünscht war, und Gregory würde in der Ecke sitzen und zu den Worten des Direktors nicken. Man hatte es wieder versucht mit ihr, und sie hatte wieder nicht entsprochen. Ansporn, würde sie

25

sagen. Sie hätte mehr Ansporn gebraucht. Mittlerweile redete sie ja zurück.

Sie wandte sich zur Tapetentür links. Die ging nicht gleich auf. Sie rüttelte an der Tür. Die Türklinke blieb in ihrer Hand. Sie steckte die Klinke wieder zurück und drückte sie hinunter. Vorsichtig. Das Schloss funktionierte. Sie zog die Klinke heraus. Die Tür fiel hinter ihr ins Schloss. Sie schwang die Klinke und ging. Der Gang hatte Fenster links. Vergittert. Das Glas war undurchsichtig. Sternrissig. Rissglas. Niemand zu hören. Es roch staubig. Schule, dachte sie. Das war sicherlich eine Schule gewesen. Das alles sah nach Schule aus. Aber das Ganze im Nirgendwo. Wer sollte hier in die Schule gegangen sein. Sie stieß die Tür zum locker room auf und ging zu ihrem locker. Mein locker, dachte sie. Locker. Lockerer Ansporn. Sie sang leise. Lockerer Ansporn. Lockerer Ansporn. Singend beugte sie sich zum Schloss des Blechspinds mit der Nummer 37. Die Nummer 37 war am Ende der zweiten Reihe der Blechkästen, die aneinandergereiht dastanden. Die Blechschränke waren abgeschlagen und rund um die Schlösser zerkratzt. 50er Jahre, dachte sie und summte. Nein. Doch 70er Jahre. »Lockerer Ansporn.« Sie versuchte aufzusperren, ohne das Schlüsselband über den Kopf ziehen zu müssen. Sie summte und stand zum Schloss vorgebeugt und fummelte mit dem Schlüssel herum. Nach langem bekam sie das Schloss auf und hängte ihren Mantel an den Haken im Spind. Sie wollte wieder zusperren. Eine Frau stand neben ihr. Ganz nahe stand sie neben ihr und schaute mit ihr in den Kasten. Das wäre ein schöner Mantel, sagte sie und griff den Pelz ab. Warm wäre der. Sie zöge nur Mikrofaser an. Das wäre für diese Wetterlage oder für jede Wetterlage das Beste. Aber so ein altmodischer Pelz. Das wäre schon auch nett. Die Frau hatte den Mantel in die Hand genommen und strich mit dem Zeigefinger den Pelz entlang. Pelz, sagte sie. Pelz. Das reguliere sich natürlich. Auf natürliche Weise. Das wäre auch ein Vorteil. Die Frau seufzte. Ein Vorteil. Das wäre nicht immer genug. Sie bräuchte Sicherheit in solchen Dingen und keine Vorteile. Dann lachte die Frau. »Aber deshalb arbeiten wir ja auch hier.« sagte sie. Sie nahm die Türklinke aus Amys Manteltasche und hielt sie ihr hin. Amy bedankte sich und nahm die Klinke. Die Frau ging um die Ecke. Es raschelte. Amy blieb vor ihrem Kasten stehen und schaute ihren Pelzmantel an. Er war schön und praktisch. Das Mammerl hatte ihn ihr gekauft. Eine junge Frau bräuchte einen ordentlichen Mantel, hatte sie gesagt, und sie waren zum Liska gegangen. In die billigere Abteilung. Das Mammerl glaubte an solche Sachen. Pelzmäntel und eine Perlenkette und schöne Koffer. Das Mammerl war seit Jahrzehnten nicht aus Wien hinausgekommen.

Das Rascheln. Was machte diese Person. Sie zog das Schlüsselband über den Kopf und sperrte den Mantel ein. Ihr handy brummte. Es war Gregory. Sie machte sich auf den Weg. Die Türklinke in der Hand. Die Frau stand im vorderen Gang der Blechkästen. Sie war nackt. Sie stand breitbeinig, und der Faden eines Tampons baumelte zwischen ihren Beinen. Die Frau hatte die Hände in die Hüften gestemmt und musterte ihre Oberschenkel. Sie seufzte. Sie winkelte das eine Bein am Knie an und beugte das andere. Sie ließ sich in diese Position gleiten und blieb so stehen. Sie sah lächelnd auf und verdrehte die Augen. Amy hob ihr brummendes handy hoch und ging zur Tür. Gregory fragte, wo sie denn bliebe. Sie komme ja schon, sagte sie. Sie komme ja schon. Sie drehte sich um. Die nackte Frau war auf ihr stretching konzentriert und sah nicht mehr auf. Die nackte Frau war besonders nackt. Die Schamhaare waren wegrasiert, und unter den Achseln der hochgereckten Arme war die Haut glatt.

Im Gang vom locker room zurück. Es war kalt ohne Mantel. Sie ging schnell. Das Geklapper ihrer Absätze. Hohe Absätze. Cindy schaute immer zuerst auf ihre hohen Absätze und wandte sich dann ab. Verächtlich grinsend. Cindy konnte mit so hohen Absätzen gar nicht gehen. Sie blieb stehen und schaute durch das sternenrissige Glas hinaus. Es waren aber nicht einmal Umrisse wahrzumehmen. Das dicke Glas zerriss alle Konturen in breite Streifen. Sie beugte sich zum Glas und schaute durch den Mittelpunkt eines dieser Sterne. Es wurde al-

les noch verschwommener, und ihr wurde schwindlig.
Sie richtete sich auf und holte die kleine flask aus ihrer Tasche. Der Onkel Schottola hatte sie ihr geschenkt.
Für ihre erste Amerikareise hatte er ihr diese flask geschenkt. Damals war sie mit Whisky gefüllt, und der
Onkel Schottola hatte gesagt, dass er Whisky viel medi-
zinischer fände als Cognac, und sie solle davon trinken,
wenn sie sich den Magen verdorben hätte. Was ja auf
Reisen unvermeidbar wäre. Er habe auf Reisen nur die
schlimmsten Erfahrungen mit der Verträglichkeit des
Essens gemacht, und ihn habe der Flachmann schon oft
gerettet. Aber was wüsste er schon. Leute wie er. Leute,
die in Stockerau lebten. Was könnten die schon wissen. Und dann kam der alte Scherz mit dem Jahr in Paris. Das Jahr in Paris kam dann immer. Nestroy. Aus
dem »Lumpazivagabundus«. Und sie hatte sich geniert
für den Onkel Schottola. Wie immer. Aber bei diesem
Scherz. Sie hätte gänzlich versinken können. Warum
eigentlich. Warum hatte sie sich für die Eltern Schottola mehr geniert als für die Betsimammi, für die Pflege-
eeltern mehr als für die eigene Mutter. Sie trank aus
dem Flachmann. Aber was hatte sie sich geniert für die
Eltern Schottola, und was hatte sie sich für das Mammerl geniert. Die Großmutter. Wenn die zu Besuch gekommen war, und was für eine Schmach war es dann
gewesen, wenn die Betsimammi dann doch einmal
zu den Mutterbesuchstagen aufgetaucht war und das

Mammerl noch viel mehr auf sie gewartet hatte als sie. Und sie. Sie war immerhin die Tochter von der Betsimammi gewesen, und das Mammerl nur die Mutter von der. Sie war die Tochter gewesen und hätte sie gebraucht. Alle hatten immer gesagt, dass sie die Betsimammi gebraucht hätte. Aber das Mammerl hatte die Betsimammi mehr gebraucht als sie. Die Eltern Schottola waren schon in Ordnung gewesen. Sie nahm noch einen Schluck. So ausgemachte Eltern. Eltern, die so ein Kind aussuchten und in Pflege nahmen. Das war doch ohnehin der bessere deal. Da wussten alle, worum es ging, und die Tante Schottola hatte ihr immer genau vorgerechnet, wie viel sie vom Pflegegeld des Jugendamts gespart hatte und was sie vom Wirtschaftsgeld vom Onkel Schottola genommen hatte für sie. Die Kleider waren immer vom Wirtschaftsgeld gekommen. Sonst hätte sie in ihrem Leben nie etwas gleichgeschaut. Sie beugte sich wieder dem Glas zu. Jetzt war das Glas selbst verschwommen, und die verschwommenen Konturen rannen noch weiter auseinander. Weil sie immer schon so hübsch gewesen war, war es nie ein Problem gewesen, das Geld für die Kleider abzuzweigen. Der Onkel Schottola konnte nie etwas dagegen sagen, wenn sie die Sachen dann vorgeführt hatte.

Sie drehte den Verschluss der flask zu und hielt die Flasche kopfüber. Der Verschluss blieb trocken. Das wäre etwas gewesen, wenn mitten im lustigsten Rol-

lenspiel plötzlich der Wodka aus ihrer Tasche zu tropfen begonnen hätte. Sie würden gerade die Sicherheits-
anforderungen der Übersiedlung eines IT-Dienstleisters
durchspielen. Sie wäre die Leiterin der human resources
des Auftraggebers und die Schwachstelle. Sie musste ja
immer die Schwachstelle spielen, und es würde zu riechen beginnen. Leder in Wodka eingeweicht, und dann
würde es tropfen. Die Tasche würde auf der Lehne ihres Sessels aufgehängt sein, und es würde sich ein kleiner feuchter Fleck auf dem Spannteppich unter der Tasche bilden. Zuerst würde nur sie es bemerken. Aber
sie konnte sicher sein, dass Cindy und Gregory es zu-
gleich sehen würden. Die Fragen würde Heinz stellen, und Anton traf dann die Entscheidung. Die Tasche
würde auf den Tisch gelegt werden. Wahrscheinlich
holte Cindy irgendwelche Tücher. Küchenrolle. Klopapier. Cindy würde Gertrud anrufen, und die würde das
bringen, und dann würde die Tasche ausgeräumt. Alles
fein säuberlich auf den Tisch gelegt. Und.

Sie schaute auf. Jemand schaute sie an. Sie sah hinter dem Fenster hoch oben in dem Gang ein Gesicht.
Es war die Frau aus dem locker room. Sie schaute von
oben auf sie herunter. Sie schaute hinauf. Sie sahen einander an. Sie wollte winken. Oder lächeln. Oder springen und »juhuu« rufen. Die Frau sah sie unverwandt
an und verschwand dann. Sie ging schnell durch den
Gang davon. Sie wollte laufen. Sie zwang sich aber,

langsam zu gehen und die Tapetentür normal hinter
sich zu schließen und nicht in Panik zuzuwerfen. Gregory kam gerade die Stiegen herunter, als sie versuchte,
die Türklinke wieder in das Schloss einzusetzen. Wo
sie denn wieder geblieben sei. Die Sitzung. Sie holte
ihr handy aus der Tasche und klappte es auf. Es war
9.59 Uhr. Sie hielt Gregory das handy hin. Ja, ja, meinte
der. Aber man erwarte ein gewisses Interesse. To show
interest. Da wäre es auch einmal gut, zu früh zu kommen. Nein, sagte sie. »No. I don't think so.« Wäre das
nicht genauso unpräzise, wie zu spät zu kommen. Im-
precise. »Wouldn't that show bad manners also.« Gregory probiere die Klinke aus. Er nahm sie dann um die
Schultern. Schob sie die Stiegen hinauf. »That's hair-
splitting, my darling.« sagte er beim Schieben. »And
you know it.« Sie spürte seine Hand mitten im Rücken
und lehnte sich dagegen. Er schob kräftig und zog die
Hand dann weg. Sie brauchte die Balustrade, nicht die
Stiegen zurück hinunterzustürzen. Bis sie sich abge-
stützt hatte und gerade dastand, war Gregory schon auf
dem Stiegenabsatz und lief rechts hinauf. An der Wand
des Absatzes hing ein Bild des Laokoon mit seinen
Söhnen. Das Bild in einem dunkelbraunen Rahmen.
Fast schwarz. Die Körper der Männer bräunlich ver-
gilbt. Die Schatten grau. Der Hintergrund ein dunkles
Ocker. Das Bild füllte die Wand aus. Sie zog sich an der
Balustrade hinauf. Durch die Säulchen konnte sie Gre-

32

gorys Beine sehen, wie er rechts hinaufhastete. Sie stieg links die Stiege hinauf. Sie fühlte sich verletzt, obwohl nichts passiert war. Sie hätte davongehen sollen. Noch in der Halle hätte sie es sagen sollen. Sie fühlte den Trotz sich ausbreiten. Ein Widerwille. Brust und Kopf und der Hals nicht zu spüren. Der Kopf war durch den fühllosen Hals von der Brust getrennt, und sie musste darüber lachen. Sie dachte, sie könnte ihren Kopf auch unter dem Arm tragen und so in den Sitzungssaal gehen. Sie ging laut mit den Absätzen klappernd über den Terrazzoboden des Gangs zum Sitzungssaal. Die Tür stand offen.

Ihr Eintritt blieb unbemerkt. Alle saßen weitverstreut an dem riesigen Konferenztisch. Der Tisch war für 34 Personen. Sie hatte das gezählt. Jetzt waren. Sie setzte sich an das untere Ende und begann zu zählen. Anton und Heinz oben. Cindy bei ihnen. Mit dem Rücken zu den großen Fenstern. Cindy beachtete jeden Vorteil. Cindy war eine Art lebendes Lehrbuch. Sie schaute Cindy an und dachte, dass sie nur so hinsehen hätte müssen wie jetzt gerade und sie hätte alles lernen können. Ob sie dann aber auch so aussehen musste wie Cindy. Cindy war mager. Cindy war nicht schlank. Sie war mager. Sie schaute zum Fenster hinaus. Draußen. Der Schnee auf den Dächern der Baracken und Hallen. Alles hatte diese Weihnachtsfestlichkeit. Die Sonne ließ die Schneedächer glänzen und die langen Eiszapfen schimmern. Wann war jemand mager und wann schlank. Die Betsimammi war auch mager.

»Worst case scenario.« hörte sie. Ein Mann rechts oben donnerte. »We have here a worst case scenario and we are helpless.« Sie schaute zu Gregory. Gregory sah dem Mann rechts oben zu. Er beobachtete ihn und wandte sich dann Anton zu. Anton schaute auf den Notizblock vor sich hin. »Ja.« sagte Anton. Hilflos. Das wäre der passende Ausdruck. Nun wüssten aber alle, wie die Lage sei, und man könne mit dem Programm fortfahren. Cindy stand auf und stellte sich ans Fenster. Sie verschränkte die Arme vor der Brust und schaute die Männer an. Jeden einzeln. Alle sahen sie an. Sie trat einen Schritt an den Tisch zurück. Dann wandte sie sich brüsk wieder dem Fenster zu. Sie könne sich nicht so leicht abfinden. Ihr reiche ein Bericht nicht. Sie wolle alles wissen. Da wäre nichts zu wissen, sagte Heinz. Es wüsste ja niemand etwas. Auch Cindy müsse sich damit zufriedengeben. Es gäbe immer einen Weg. Immer eine Möglichkeit. Cindy stand wieder am Fenster. In diesem Fall nicht, sagte Gregory. Und dass er Cindy verstünde. Er sympathisiere mit ihr. Es sei immer ein neuer Horror, wenn ein Kamerad in die Hände des Feinds falle. In diesem Fall wäre Grotowski allerdings in die Hände der befreundeten Regierung gefallen, was aber die Sache noch schlimmer mache. Was die Sache noch schlimmer machen könne. Cindy setzte sich. Wenigstens Zigaretten könne man schicken, sagte sie böse. Gregory beugte sich über den Tisch ihr zu. Das mache die British Embassy routinemäßig. Wenn etwas funktioniere, dann die Versorgung von britischen Staatsangehörigen in ausländischen Gefängnissen mit Zigaretten. Es gäbe jeweils einen eigenen attaché dafür. Gregory war schon wieder ironisch geworden. Cindy saß zusammengesunken da. Heinz schaute auf. Grotowski wäre Nichtraucher gewesen. Cindy schlug mit der Hand auf den Tisch. Gregory zuckte mit den Achseln. »Ja dann.« sagte er auf Deutsch. Cindy drehte sich um und lehnte sich über die Rückenlehne ihres Sessels. Sie schaute über den Hof in die Hügel hinter den Feldern. Alle blieben still.

Amy, sagte sie sich. Amy. Wenn du Führungsqualitäten an den Tag legen willst. Bei dem Wort »Führungsqualitäten« hätte sie gerne nach dem Wodka gegriffen. Überhaupt hätte sie gerne diese flask. Diesen Flachmann in der Hand gehalten. So wie andere mit Zigaretten hantierten. Aufschrauben und wieder zuschrauben. Gedankenverloren schwenken und ansehen. Amy, jetzt solltest du die Angelegenheit an dich reißen. Jetzt war der Augenblick für einen Auftritt. Die Frage war ja nur, wie ging man da mit Cindy um. Cindy musste benutzt werden. Denn. Cindy hatte gewonnen. Diesen Teil der Sitzung hatte Cindy gewonnen. Cindy hatte es erreicht, dass alle still blieben, solange sie so brütend dasaß.

Aber. Cindy hatte die Führung so gebündelt, dass man sie ihr aus der Hand nehmen konnte.

Sie beugte sich vor. »Ist genügend Repräsentanz vor Ort?«, fragte sie. Wäre denn jemand von der Firma für Grotowski da, und würde die rechtliche Vertretung von Grotowski wirklich von den Besten wahrgenommen. In jedem Fall sollte zumindest ein britischer Anwalt die rechtliche Vertretung organisieren.

Alle wandten sich ihr zu. Gregory rasch. Anton und Heinz sahen einander an und drehten sich dann zu ihr. Der Mann am oberen Ende des Tischs schaute von seinen Papieren auf. Cindy stand auf und ging zum Fenster. Das wäre doch alles gleichgültig, sagte sie. Es wüssten doch alle, wie gleichgültig eine solche Vertretung wäre. Und alle hier im Raum wüssten, dass es gleichgültig wäre. Jeder wüsste, was in den ersten 3 Tagen mit einem Verhafteten passierte. Das machten sie schließlich als Beruf, und hier ginge es um Korruption. Ob es jemanden gäbe, der sich in dem Dschungel von Korruption da auskennte und die richtigen Leute bezahlen könnte. Die richtigen. Wohlgemerkt. Cindy drehte sich herum und schaute zu Anton und Heinz. Die schauten auf die Papiere vor sich. Anton ließ die Schultern hängen. Heinz setzte sich auf und straffte die Schultern. Er nickte und drehte sich zu Anton. Cindy ging an das flipchart und schaute auf das leere Blatt. Alle schauten wieder auf sie. Sie stand. Dann wandte sie sich in einer schnellen Drehung dem Tisch zu. Sie stand vorgebeugt und sah jedem der Männer ins Gesicht. Einzeln. Und jeder sah ihr ins Gesicht zurück. Sie konnte den Blick von jedem einzelnen Mann halten. Anton und Heinz sowieso. Aber auch Gregory war von ihr gefangen, und die Männer am anderen Ende des Tischs drehten ihre Köpfe zu ihr. Das wäre also die Reaktion, wenn einer von ihnen in Gefahr geraten wäre. In richtige und wirkliche Gefahr. Cindy richtete sich aus ihrer lauernden Haltung auf und ging an das Fenster zurück. Sie lehnte sich an das Fensterkreuz und hielt sich am Fensterbrett fest. Gegen das blendende Weiß von draußen war sie ein dunkler Umriss. Ihre blondierten Haare eine dünne Wolke um den Kopf. Cindy ließ den Kopf hängen. Wenn es nach ihr ginge. Sie schien zu ihren Schuhen zu sprechen. Wenn es nach ihr ginge. Sie würde alles mobilisieren. Und am besten bräche sie jetzt gleich auf. Sie bräuchte ein ordentliches briefing von Gregory. Sie hob den Kopf und sagte noch einmal »ordentliches briefing.« »A solid and full briefing about every little detail concerning this arrest.« Alle weiteren Informationen könnten ihr ja dann an Ort und Stelle übergeben werden. Gregory lehnte sich zurück. Ob sie in Betracht zöge, dass sie als Frau für so eine Mission nicht in Frage käme. Wenn jemand da hingeschickt würde, dann sicherlich keine Frau, mit der niemand überhaupt reden würde. Cindy lächelte Gregory arrogant an. Es gäbe immer noch Kontakte da, die sich daran erinnern könnten, dass Frauen Menschen seien. Es käme nicht in Frage, sagte Gregory. Er wiederholte es auf Englisch. »Under no circumstances.« Das Auftauchen einer renegaten Kommunistin würde die Sicherheit von Grotowski noch mehr desavouieren. Es wäre wahrscheinlich sogar günstig, Grotowskis Biographie zu unterdrücken. Wenn die afghanischen Behörden herausfänden, dass Grotowski als Vopo in der DDR begonnen hätte, dann würde ihm ohnehin gleich die Gurgel durchgeschnitten. Nein. Nein. Grotowski wäre der Angestellte der Allsecura. Das wäre ein britisches Unternehmen. Grotowski wäre damit als britischer Staatsangehöriger anzusehen. Das wäre für Grotowski einmal die beste Situation. Den Fotos nach ginge es ihm ja halbwegs. Ja. Im Internet gäbe es Fotos von Grotowski in Gefängniskleidung. Immerhin habe er Birkenstocksandalen an. Es könne also nicht so schlimm sein. Ja. Al-Jazeera habe berichtet. Das wäre die beste Nachricht. Grotowski könne nicht mehr so einfach verschwinden, wenn einmal über seine Verhaftung berichtet worden wäre. Es würde Geld kosten. Das koste eben immer Geld. Aber er habe immer und immer wieder gesehen, wie Angestellte einfach verschwanden. Wie sie hinter den Mauern von Gefängnissen oder irgendwelchen Sicherheitseinrichtungen der befreundeten Nationen verschwanden und niemand etwas tun konnte. So gesehen, habe Grotowski ohnehin die besten Karten. Und könne man jetzt zur Tagesordnung zurückkehren.

Cindy stand einen Augenblick. Gregory hatte nur zu ihr gesprochen. Sie sah weiter auf ihre Schuhe. Gregory beobachtete Cindy. Lange. Dann wandte er sich der Runde zu.

Sein Blick fiel gleich auf sie, und sie musste auf den Tisch vor sich schauen. Sie musste grinsen und konnte es nicht unterdrücken. Der Wodka macht sich lustig über ihn, dachte sie und musste das Lachen unterdrücken. Gregory hatte wieder die Kontrolle, aber er hatte schwer arbeiten müssen. Gegen Cindy und die Kameradschaft. Die kannten einander alle schon ewig. Die hatten alle die Ausbildung zusammen gemacht. Die wussten, wie das da war. Wann man angeschnauzt wurde. Wann man essen durfte. Wie das Essen geschmeckt hatte. Wie die Decken in die Matratzen gesteckt werden mussten und wie man am Tag lieber neben dem Bett auf dem Boden saß, als noch einmal die Decken festzuziehen, weil man darauf gesessen war. Die mussten nicht einmal im gleichen Alter sein. Cindy schien viel jünger zu sein als Anton. Heinz war ja schon 10 Jahre jünger. Amy, sagte sie zu sich. Amy, wirst du jetzt wirklich ehrgeizig.

»Amy.« sagte Gregory, und sie musste die Fäuste ballen, damit sie nicht laut herauslachte. Amy habe auf jeden Fall die richtigen Fragen gestellt, und er könne

39

auf Amys Fragen nur bejahend antworten. Es sei alles Notwendige aufgereiht. An Ort und Stelle würden alle Maßnahmen getroffen, und man habe das Wohl des Mannes im Auge und nicht die Erfüllung von Rachewünschen oder Rettungsphantasien.

Sie dachte, er hatte jetzt den Weg gefunden, mit Cindy richtig fertig zu werden. Die Lacherei in ihr quoll kurz auf. Dann konnte sie wieder normal dasitzen und auf ihre Hände schauen. Sie ließ die Fäuste langsam entspannen. Wenn sie die Fäuste einfach aufmachte und die Hände locker hinlegte. Das machte auf die Fäuste aufmerksam. Alle rundherum lauerten auf solche Symptome und redeten dann stundenlang in der Kritikphase der Gruppenarbeit darüber. Sie schaute Gregory beim Reden zu und ließ ihre Fäuste erst erschlaffen. Dann setzte sie sich auf und legte die Hände übereinander. Sie war ein bisschen müde und nebelig im Kopf. Essen. Sie sollte etwas essen. Aber nicht das Kantinenessen hier. Ein einfaches Butterbrot vom Mammerl. Ein Evi-Brot vom Auerbäcker und dick Butter darauf und ein bisschen Salz. Ganz wenig Salz, und das Mammerl hätte so getan, als würde sie ganz viel Salz auf die Butter streuen, und gesagt, dass das ein Zaubersalz wäre und nur für ihr Almtscherl. Aber es ging nicht um das Mammerl. Sie hätte diese Butter auf diesem Brot haben wollen und einen Tee dazu trinken. Sie stützte die Hände auf und legte das Kinn auf die Hände. Es war alles umsonst gewesen. Es würde keine Gruppenarbeit geben. Dieser Vorfall. Sie hätte nichts trinken müssen. Sie hätte normal frühstücken können. Sie könnte durch das Fenster hinaussehen, ohne gleich Kopfschmerzen von der Helligkeit zu bekommen. Sie hätte die anderen Stiefel anziehen sollen und hinausgehen und im Schnee spazieren. Sie war wütend auf diesen Grotowski. Sie konnte sich den schon vorstellen. Der war wahrscheinlich wie Heinz. Einer, der nur so dasaß und schaute. Der nie etwas sagte und immer nur hinausging, und wenn er zurückkam, nickte er dem Anton zu, und es war etwas geschehen. Es war etwas erledigt, und sie wusste nicht, was. Sie würden ihr das nicht sagen. Sie war immer nur in diesem Sitzungssaal oder im Büro am Computer. Sie war nie nach hinten gekommen in diesen Barackenwirrwarr, und Gregory fragte sie immer nur nach den Handbüchern aus. Die Litanei vorhin war ja auch aus dem Handbuch. Es war das Konzerncredo über die Arbeit in nichtverbündeten Staaten. Sie hatte das Credo aufgesagt. Aber es ging um den Zeitpunkt. Man musste so ein Credo setzen. Man musste den genau richtigen Zeitpunkt finden. Erwischen, dachte sie. To catch the moment. Aber erwischen war netter. Ein schönes Wort. Erwischen. Sie fühlte sich mit langen Schritten durch die Luft eilen und nach etwas greifen und es dann erwischen.

Was es zu lachen gäbe, fragte Anton. Anton glühte

sie böse an. Über die riesige Tischplatte hinweg. Weißer Kunststoff. Wie es kommen könne, dass Amalie lachen könne. Er wandte sich an Gregory. Amy habe sicher einen guten Grund dafür, sagte der, und alle wandten sich ihr zu. Amy stand auf. Sie nahm ihre Tasche vom Sesselrücken und schwang sie sich über die Schultern. Sie schaute auf die sitzenden Personen hinunter. Anton rot im Gesicht und böse. Gregory amüsiert. Wie immer. Heinz und die anderen sahen leer zu ihr hinauf. Cindy am Fenster. Sie hatte ihren Kopf abgewandt und schaute hinaus. Sie habe nicht gelacht, sagte sie. Sie habe gelächelt. Es sei doch offenkundig, dass dieser Herr Grotowski. Sie kenne ihn ja nicht. Dass dieser Grotowski sehr gute Kameraden habe. Sie kenne sich in der Sache nicht aus. Sie wüsste ja praktisch von nichts. Aber es sei evident, dass alles nur Mögliche für Grotowski getan werden würde und wahrscheinlich mehr, und sie sei sicher, dass alle darangehen wollten, die entsprechenden Maßnahmen einzuleiten. Sie würde deshalb jetzt gehen. Und sie ging. Beim Gehen schaute sie Anton an und lächelte wieder. Anton schaute erst noch böse, dann senkte er den Kopf und sah vor sich auf den Tisch und auf seine Papiere. Sie ging schnell. Sie war schon an der Tür, da drehte Gregory sich vom Tisch weg und rief ihr zu, dass er es begrüßen würde, wenn sie in seinem Büro auf ihn warten könnte.

Sie ging hinaus. Es fiel ihr gar nicht ein. Sie würde

hier abhauen. Sie hatte gar nicht gegrinst. Sie wusste, dass sie ihren Mund nicht ein bisschen bewegt hatte. Aber sollte sie mit Anton darüber streiten, was er gesehen hatte. Die suchten nach einem Ventil für ihre Frustration. Die hatten diese Phantasien von einer militärischen Intervention. Kameraden herausholen. Die waren alle Romantiker. Wahrscheinlich hatte dieser Grotowski irgendeinen Blödsinn gemacht. Wahrscheinlich war der mit einem Glas Whisky in seinem Hotelzimmer aufgefunden worden und gleich abgeführt. Aber wahrscheinlich hatte er nur einfach dem falschen Kontakt zu viel gezahlt, und ein anderer wollte auch kassieren. Deshalb war ja Allsecura da, um die Kasernen zu bewachen. Weil die solche Zahlungen verbuchen konnten. Das britische Militär konnte das nicht tun. Da würden vielleicht in 30 Jahren Fragen gestellt werden. Aber so einen Angestellten. Wer interessierte sich für einen Sicherheitsfachmann. Es war ja alles gut und schön, und es hatte interessant geklungen, eine Agentin zu werden. Aber die Baracken von britischen Soldaten zu sichern. Das war nicht ihr Traumjob. Und Grotowski. Sie musste sich das im Internet anschauen. Sie verstand schon, warum Anton und Heinz es nicht lustig fanden, für eine britische Firma zu arbeiten. Was blieb ihnen aber anderes übrig. Sie hatten ja nichts anderes gelernt. So ein Polizist. Das war auch so eine Ausbildung wie Model. Man lernte alles Mögliche. Man lernte Gehen und Stehen und Sich-Zeigen und -Präsentieren. So eine Sitzung da. Das war ohnehin immer wie das Gerangel um die Schminktische bei einer show, und dass es diese bestimmte Assistentin von dem einzig möglichen Visagisten sein musste, die einem die Haare machte. Erschossen wurde man nicht. Aber ruiniert. Niedergemacht. Verspottet. Ausgetrickst. Alles genauso. So gesehen, wusste sie auch etwas, und die sollten sie gernhaben. Lachen. Wenn sie nicht einen Muskel im Gesicht bewegt hatte. Sie ging die Stufen hinunter. Das war etwas für die Cindys dieser Welt. Sie konnte sich Cindy gut vorstellen. In Uniform. Wie sie mit den Männern scherzte. Wie sie alles viel besser machte als die Männer. Wie sie das aber übersah, weil sie einfach mitwollte. Die wollte eine Waffe in der Hand haben und mit den Männern im Kontrollraum sitzen oder um so ein Gebäude die Runde machen. Die war wie einer von diesen Hunden. Die mehr wussten als die Herrchen, aber an denen hochspringen mussten, weil die die Herren der Welt waren. Hündin. Die Cindy war eine Hündin. Eine besonders begabte Hündin, die gerne apportierte. Und Cindy liebte Waffen. Cindy war ja enttäuscht, wenn bei so einem Trainingsvorgang die virtuellen Lastwagen einer virtuellen Übersiedlungssicherung nicht mit virtuell bewaffneten Angestellten begleitet werden durften, weil das Probleme mit den Gesetzen eines Landes mit sich brachte. Besonders in

Deutschland. Da war das noch nicht so sehr einfach, mit Waffen anzukommen. Oder in der Schweiz. Cindy war besonders enttäuscht, dass es meistens innere Sicherheitsprobleme waren, die so eine Agentur beschäftigten, und die Systeme in einer Firma und dass es mehr um diskrete Lösungen ging und niemand angeschossen werden musste. Oder sollte. Sie. Sie hätte sich für architektonische Planung interessiert. Das war ein schönes Problem. Das hätte sie machen können. Die Sicherheitsberatung bei Bauplanungen. Da brauchte man keine Waffen und musste sich nicht in einem Grundkurs durch den Schlamm wälzen. Oder schleifen lassen.

Sie stieg die Stufen hinunter. Sie hörte die Tür vom Sitzungssaal. Dann Getrampel. Dann kam Cindy gelaufen. Sie stürzte die Stufen gegenüber hinunter. Die Haupttreppe und durch den Gang nach vorne. Hinter ihr kamen Boris und Schulz in einem schnellen Trab. Sie sprangen die Stiege hinunter und verschwanden durch die kleine Seitentür zum Turnsaal. Heinz kam hinter ihnen. Er lief. Kurzatmig und schwer, musste er jede Stufe nehmen. Er lief den Gang zur Rezeption hinunter. Sie schaute hinauf. Anton stand oben an der Balustrade. Gregory begann die Stufen hinunterzusteigen. Er trug sein notebook unter dem Arm. Gregory schaute starr vor sich hin. Er sah sie gar nicht und ging auf den gegenüberliegenden Stufen hinunter und dann

nach vorne. Von draußen war ein Hubschrauber zu hören. Sie blieb auf dem Halbstock stehen und schaute
durch das Fenster hinaus. Von da war aber nur der
Parkplatz zu sehen und der Vorbau der Rezeption. Ihr
Auto stand da. Die Fenster matt vereist. Sie sollte zu ihrem Auto gehen und wegfahren. Das Eis abkratzen und
davonfahren. Sie wäre gerne zu ihrem Auto gegangen
und davongefahren. Aber es war etwas los. Etwas Aufregendes. Etwas sehr Aufregendes, und das Geräusch
des Hubschraubers kam näher. Sie konnte das Krei-
sen der Rotorblätter des Hubschraubers in der Magengrube spüren. Sie trat ganz ans Fenster und schaute in
den Himmel hinauf. Dieser Hubschrauber musste gerade über dem Gebäude stehen. Die Fensterscheiben
vibrierten, und die Fensterflügel schepperten gegeneinander. Sie lief den breiten Stiegenaufgang hinunter.
Lief zur kleinen Tür. Die Tür stand offen. Die Türklinke
lag am Boden. Sie hob sie auf und zog die Tür hinter
sich zu. Im Gang zum Turnsaal. Durch diese Fenster
konnte sie nichts sehen. Sie lief den Gang hinunter. Der
Hubschrauber schien nun links zu landen. Auch hier
klirrten die Fenster, und Staub rieselte von der Decke.
Alles vibrierte. Der Lärm durchdrang alles. Sie fühlte
sich leicht. Als könnte sie in diesem Lärm sehr hoch
springen. Fliegen vielleicht. Sie lief lachend zum Umkleideraum. Aber dann war ihr der Mantel gleichgültig. Sie probierte die Tür zum Turnsaal. Die Tür ließ

sich öffnen. Sie hatte recht gehabt. Es war ein regulärer
Turnsaal. Die Seile an Schnüren hinaufgezogen an der
Decke unter den vergitterten Leuchtröhren. Sprossen-
wände rundum. Sie lief auf die andere Seite und kletterte eine Sprossenwand hinauf und schaute durch eines der Fenster hoch oben auf dieser Seite. Aber hier
passierte nichts. Schnee und der Betonzaun weit hinten mit den Peitschenleuchten und den Glasscherben
obendrauf. Dann gleich wieder Felder. Sie stieg hinunter. Der Lärm des Hubschraubers nun so dröhnend
und heftig, als landete er im Turnsaal. Der Boden unter ihren Füßen bebend. Sie lief zurück auf die Seite
beim Eingang und stieg hier hinauf. Durch diese Fenster sah man auf den schmalen Gang hinunter und auf
die großen Fenster des Gangs, und wieder versperrte
das Rissglas die Sicht. Ein riesiger Schatten verdun-
kelte die Sicht. Sie hätte schreien können vor Vergnügen über dieses Chaos, in das der Hubschrauberlärm
alles warf. Aber was da geschah. Was vor sich ging. Es
war nicht auszumachen. Sie konnte nichts sehen. Sie
stieg hinunter. Hüpfte von der Sprossenwand weg und
schaute sich um. Hier gab es keine Türen mehr. Es gab
nur diese eine vom Gang her. Der Hubschrauberlärm
hing im Raum und hatte kaum Platz. Sie rannte auf
den Gang. Hier war eine Tür. Ganz am Ende. Aber es
war gleich zu sehen. Diese Tür war seit langem nicht
geöffnet worden. Sie rüttelte an dem Metallbalken, der

quergespannt die Tür absicherte. Der brüchige Lack zerkratzte ihr die Hände. Lackfetzchen und Staub rieselten zu Boden. Es war sinnlos. Sie stampfte mit dem rechten Bein auf und begann zu schreien. Sie hielt sich die Ohren zu und schrie. Es war wunderbar. Ihr Schreien verhallte im Dröhnen des Hubschraubers im Hof draußen. Sie trampelte auf der Stelle und schrie. Dann lief sie in den Turnsaal zurück und begann sich zu drehen. Schreiend hielt sie die Tasche in der rechten Hand und schwang die Tasche im Kreis, bis sie von der Tasche gezogen im Kreis gedreht wurde. Sie musste zu schreien aufhören und lachen. Sie musste sich zu drehen aufhören. Vom Schreien war ihr Hals trocken. Sie hustete. Lachte. Hustete. Sie setzte sich auf den Boden. Der Hubschrauberlärm war einen Augenblick noch stärker. Sie fühlte die Vibrationen zwischen den Beinen. Sie streckte die Beine aus und drückte die Scheide gegen den Boden. So sitzend fischte sie den Flachmann aus der Tasche. Wenn sie ordentlich ihre Übungen machen würde, hätte sie im Spagat sitzen können und hätte den ganzen Hubschrauber so spüren können. Sie schraubte die Flasche auf und trank. Sie musste den Bauch nach vorne durchstrecken, damit die Scheide so auf dem Boden aufgepresst blieb, und den Kopf nach hinten legen, damit sie trinken konnte. Sie saß trinkend in diesem alles erfüllenden Lärm und bekam ihn über ihre Schamlippen in den Körper signalisiert. Sie

48

war der Lärm, und sie dachte mit dem Wodka mit. Wie er in sie hineinrann und vom Lärm ins Vibrieren mitaufgenommen wurde. Der Hubschrauber dröhnte auf. Noch eine Steigerung, und dann zog sich alles zurück. Die Vibrationen waren sofort weniger. Kleiner. Entfernter. Leiser. Sie zog die Beine an. Verschloss den Flachmann. Steckte ihn in die Tasche zurück. Sie stand auf. Sie brauchte die Sprossenwand dazu. Ganz kurz ging das mit dem Gehen überhaupt nicht. Sie musste lachen. Sie stand da. Hielt sich mit der linken Hand an einer Sprosse fest und sah sich selbst baumelnd dastehen. Vollkommen unsicher an ihrer Hand baumelnd. Das war sehr lustig.

Der Hubschrauber flog weg. Dann war es überhaupt vorbei. Das Dröhnen wurde zu einem Geklapper und weit weg, und sie musste ins Bett zurück. Sie musste ins Hotel fahren und schlafen gehen und bis morgen früh schlafen und dann wieder alles normal. Nach Wien zurück. Nach London. In der Mansarde bei der Marina und einen Job da. Irgendetwas. Aber jetzt einmal schlafen. Wie kam sie aus diesem Haus hinaus. Sie ging die Sprossenwand entlang. Hielt sich fest. O. k., dachte sie. O. k. Den Mantel holen. Zuerst den Mantel holen. Jetzt. Jetzt hätte sie diesen Gregory brauchen können. Dass er ihr den Mantel holte. Dass er zu diesem Blechkasten ging und dieses Schloss aufdröselte. Aufdröseln. Das kam davon, dass sie in diesem bayrischen Hotel da wohnte und jeden Tag über die Grenze nach Tschechien pendelte. Pendeln. Das Wort gefiel ihr. Pendeln, dröseln. Wie hätte das Mammerl gesagt. Das süße alte Mammerl. Das war wieder sehr traurig, dass das Mammerl so alt und süß war. Es war eine Gemeinheit, dass die heute dieses Gruppentraining nicht gemacht hatten. Sie hätte perfekt zusammenbrechen können und ein für alle Mal das Opfer von Cindy sein. Am Ende hätte die Cindy sich dann in einer Woche bei ihr entschuldigen müssen. Das wussten die Cindys dieser Welt nämlich nicht, dass die schönen Mädchen, wie sie eines war, am Ende immer gewannen. In so einer Gruppe endete das immer mit der Unschuld des schönen Mädchens. Das war gar nicht lustig. Das war sogar ein bisschen langweilig. Aber die Cindys dieser Welt sollten sich nicht gar so sicher fühlen. Es war nicht immer genug, den Männern ihre Unfähigkeit vorzuführen und sie trotzdem gewinnen zu lassen. Es gab auch noch andere Wege an die Spitze.

Sie hantelte sich die Sprossenwand entlang zur Tür. Sie war stockbetrunken. Sie stand an der Tür und überlegte, wie sie die Sprossenwand loslassen sollte und die Türklinke ergreifen. Sie befahl sich die Bewegungen. Es ging. Sie fühlte sich stelzen. Die Beine waren steif und stackelig und befolgten die Befehle verspätet. Sie war schon für den nächsten Schritt vorgebeugt, und die Beine waren noch beim vorletzten.

Im Umkleideraum. Locker room. Locker room. Hoffentlich war die nackte Frau nicht da. Wo war diese Frau. Wo war die hingeraten. Die war doch gerade noch da gewesen. Das war nicht so lange her. Oder hatten sie über diesen Mann. Hatte das so lange gedauert. Grotowski. Das war sicherlich ein angenommener Name. Sie hätte sich auch einen Namen aussuchen können. Die hier. Die wussten gar nicht, dass sie in eine Namenskette gezwungen war und da nicht hinauskonnte. Sie musste schon die Amalie bleiben. Keine Kurzformen. Das brachte das schlimmste Unglück. Aber auch keinen anderen Namen. Dann wurde das Erbe gestrichen. Die hatten hier alle Decknamen. Boris und Schulz. Oder hieß der Kunz. Kunze. Sie ging die Garderobekästen entlang. Hier war alles so zerbeult und abgebraucht. Wie in der Wohnung vom Mammerl. 6oer Jahre. Hier war es sicher auch so gewesen, dass in den 6oer Jahren das letzte Mal ein Geld da gewesen war. Das Mammerl hatte 66 die Bibliothek ihres Vaters an die Nationalbibliothek verkauft und sich einen neuen Küchenherd damit kaufen können. Die Marina bekam jetzt noch einen asthmatischen Anfall, wenn davon die Rede war. Das war ihr Kasten. Kästchen. 37. Das war eine schöne Zahl.

Überhaupt. Es gab sehr schöne Zahlen. Sie setzte sich auf die schmale Bank an der Wand gegenüber von ihrem Spind. Sie stellte die Tasche neben sich und nes-

telte den Schlüsselbund über den Kopf. Das Aufstehen
für das Aufsperren. Sie musste sich mit beiden Händen
von der Bank abstoßen. Der Schlüsselbund fiel aus dem
Schoß zu Boden, und sie kam wieder zu sitzen. Sie zog
den Schlüsselbund an dem rotblauen Band vom Boden herauf und überlegte. Sie nahm den Schlüssel in
den Mund. Hielt den Schlüssel quer im Mund bereit.
Das Metall bitter und kalt. Aber keine Stacheln. Rosen
so im Mund. Wie machten die Tangotänzer das. Bekamen die die Rosen entstachelt. Oder hatten die die Stacheln gerne. Angestachelt. Sie war jetzt angeschlüsselt
und wollte ins Bett. Sie hätte sich auch hier auf die Bank
legen können und schlafen. Oder in eine der Baracken
nach hinten hinausgehen. Aber im Hotel. Sie konnte
sich noch in den pool legen. Jetzt unter der Woche. Sie
war da ganz allein. Zwischensaison und unter der Woche kam niemand für wellness dahin. Sie konnte ganz
allein im pool liegen, und vielleicht kam dann Gino. Sie
stand vor ihrem Garderobenkasten. Der Schlüssel war
nass und kalt, aber die Tür sprang auf. Leer. Kein Mantel hing da. Sie trat zurück und setzte sich wieder. Sie
starrte in das leere Schränkchen. Das war seltsam. Sie
trat mit dem Stiefel gegen die Tür. Es stand die Ziffer
37 auf der Tür. Ein rundes Plättchen, auf dem die Zahl
schwarz eingeritzt war. Sie trat noch einmal gegen die
Tür. Die Tür flog gegen den Rahmen und knallte gegen
das Nachbarkästchen zurück. Es gab also keinen Man-

tel. Das war nicht gut. Das war gar nicht gut. Sie musste hier weg.

Sie saß da. Sie wollte sich zuerst beruhigen. Sie wollte ganz ruhig sein. Was war ihre Situation. Welche Maßnahmen. Ruhe und Sammlung. Wie kam sie hier hinaus. Ohne Schaden. Sie war in diesem Umkleideraum. Sie musste den langen, schmalen Gang zur Tür zum Hauptaufgang gehen. Von da den Gang zur Rezeption. Von da auf den Parkplatz. Sie brauchte also den Autoschlüssel und dann die Sicherheitskarte für die Ausfahrt. Das System da war nicht so neu. Damit kannte sie sich aus. Das konnte nicht von Gertrud aus so einfach verändert werden. Die Sperre einer Karte bedurfte einer Kette von Kommandos, und es war nicht zu erwarten, dass alle an ihren Computern saßen. Gregory hatte wahrscheinlich direkten Zugriff. Aber Gregory hatte sicherlich nicht den Mantel genommen. Das schaute nach Cindy aus. Oder diese Frau. Natürlich. Diese Frau. Es war alles nur ein einfacher Kameradschaftsdiebstahl. Workplace security. Kein Wunder. 18 Prozent aller Diebstähle geschahen am Arbeitsplatz. Sie musste sich nicht weiter aufregen. Es war alles normal. Aber weg wollte sie trotzdem. Und was hatte Gregory gemeint. Sie hatte nichts unterschrieben. Sie konnte sich nicht erinnern. Sie hatte den Test unterschrieben. Sie hatte am Ende dieser vielen Seiten unterschrieben. Aber das war doch nur für diesen Test gewesen. Das war doch nur die Bestätigung, dass sie es gewesen war, die diese Tests ausgefüllt hatte. Ein schönes Muster war das geworden. Kreuzstichseiten. Handarbeitsstunde. Von links nach rechts und wieder von vorne. Solche Tests. Die stimmten doch ohnehin immer. Und was wollten die. Sie war die uneheliche Tochter einer Drogensüchtigen. Das musste man immer wissen, wenn man mit ihr zu tun hatte. Sie verleugnete die Betsimammi nicht. Aber wenn das nun die Unterschrift gewesen war. Wenn sie sich wirklich verpflichtet hatte. Dann musste Gregory sie eben entpflichten. Gregory sollte mittlerweile wissen, was er von ihr wollte. Cindy war verärgert genug. Das hatte funktioniert und musste nicht weitergespielt werden. Gregory konnte ja ins Hotel kommen und mit ihr reden. Sie würde da jetzt abhauen.

Sie zog den Schlüssel ab. Sie brauchte ja die Karte am Schlüsselband. Sie steckte das Band mit den Schlüsseln in das Außenfach der Tasche, damit sie gleich danach greifen konnte. Wo war der Autoschlüssel. Sie suchte in der Tasche. Sie fand die Klinke von der kleinen Tür. Wie absurd. Und in welchem Zustand war dieses Trainingszentrum. Klinken, die man in der Tasche herumtragen konnte. Sie fand den Autoschlüssel und nahm ihn so in die Faust, dass sie jemandem damit wenigstens eine kleine Verletzung zufügen konnte. Das hatte sie nicht bei Allsecura gelernt. Das war in einem Selbstverteidigungskurs für Frauen und Mädchen von der Hochschülerschaft gewesen. Lange her.

Sie stand auf und konnte stehen. Das war erstaunlich. Sie hatte erwartet, dass sie schwanken würde, und kam deshalb aus dem Gleichgewicht. Sie fing sich an der Wand und tastete sich zur Tür. Ihr war kalt. Ihre Hände waren kalt und ungelenk. Die Beine steif von der Kälte. An der Tür hielt sie inne und schob die Tür nur einen Spalt auf. Sie schaute um die Ecke. Der Gang leer. Sie trat hinaus und ging den Gang zur Tür hinunter. Sie trat mit den Zehenspitzen auf, damit die Absätze ihrer Stiefel nicht klapperten. Von draußen das gleißende Licht des Schnees.

Die Stimmen waren schon von weitem zu hören. Jemand schlug gegen die Tür. Rüttelte. Jemand war ärgerlich. Dann hörte sie Gregory. Wie es kommen könne, dass eine Tür nicht zu öffnen wäre. Gregory sagte das wie immer in diesem gelangweilten Ton, in diesem langsamen Englisch. How can it be possible. Eine Männerstimme grunzte, und es wurde wieder gerüttelt. Sie kramte die Klinke aus der Tasche. Von ihrer Seite der Tür musste sie nur einfach aufmachen. Auf der anderen Seite mussten sie an dem Zapfen drehen, auf den die Klinke aufgesetzt gehörte und daran festgemacht wurde. Sie begann ihr Gesicht auf das strahlende Lächeln vorzubereiten, mit dem sie die Tür aufmachen wollte. Sie wollte strahlend in der Tür stehen und fragen, was denn los sei. Unschuldig und naiv. Sie hätte gerne noch einen Blick in den Spiegel geworfen. Man musste schon sehr gut aussehen für so einen Auftritt. Da sollte nichts um die Nase glänzen. Oder die Locken nicht perfekt duftig um das Gesicht liegen. Jemand trat gegen die Tür, und sie drehte um und lief den Gang zurück. Sie hatte Angst. Sie hatte Angst und lief davon.

Sie rannte. Sie hatte die Tasche über die Schulter gehängt und lief mit den Händen in der Höhe. In Panik. Die Tasche schlug gegen den Rücken. Sie lief auf die Tür am Ende des Gangs nach dem Turnsaal und nach dem Umkleideraum zu. Die Tür, die diesen Gang abschloss. Sie stoppte. Machte noch zwei schnelle Schritte. Blieb stehen. Drehte sich um. Lehnte sich gegen die Tür und schaute nach der anderen den langen Gang hinunter und fiel durch die Tür.

Sie fiel nach hinten. Sie konnte sich gerade noch am Türstock festhalten, um nicht der Länge nach nach hinten zu fallen. Ihr eigener Schwung drehte sie herum, und sie stolperte in eine Dunkelheit. Sie umfasste ihre Tasche und tappte in das Dunkel. Es roch nach Kälte und Metall. Benzin. Sie schaute zurück. Der Gang lag leer da. Sie konnte hier nichts mehr hören. Sie schob diese Tür zu. Leise. Der Boden war weich. Im Schuppen beim Onkel Schottola. Im Garten. Da war der Boden so. Gestampfter Boden. Einen Augenblick war es vollkommen dunkel. Sie stand da. Lehnte gegen die Tür.

Licht. Es wurde Licht. Langsam zeigte sich Licht in Ritzen vor ihr. Ein viereckiger Umriss und zwei Querstreifen. Das Licht wurde klarer und dann schrill. Eine andere Tür. Sie ging dahin. In zwei Schritten musste sie da sein. Es war aber nichts vor ihr. Sie hielt die Hände vor sich. Immer noch ein Schritt und noch ein Schritt. Irgendwie war das ewig. Die Hände vor sich. Die Hände angespannt klingelnd in der Erwartung, auf etwas zu stoßen. Sie starrte auf die Lichtritzen, und namenloser Terror überfiel sie. Sie wollte weg. Weit weg. Endgültig weg. Nichts mit alledem. Sie wollte sich herausducken aus dem, was da um sie herum war. Sie begriff nichts. Sie hatte nichts begriffen. Sollte sie beseitigt werden. Es war eindeutig. Es war klar. Es war logisch. Sie sollte hier verschwinden. Sie war von der Marina hierherversetzt worden, um nie wieder zurückzukommen. Einen Augenblick. Die Ironie. Weil die Wiedergutmachung plötzlich und dieses Bild ausgelöst werden hatte müssen und sie nun alle reich geworden waren. Sie würde also an der Wiedergutmachung sterben. Weil die Marina das alles für sich behalten wollte. Und für Selina. Das Marina-Töchterl. Vielleicht. Aber eigentlich für Marina. Damit sie bei solchen Cocktails herumstehen konnte und in den Komitees mitarbeiten, in denen sie die richtigen Leute treffen musste. Und die richtigen Leute sie. Weil sie genug Geld einsetzte. Die Marina kaufte sich diese Augenblicke.

Sie machte die Augen zu. Sie kniff die Augen zu. Die Ritzen des Lichts blendeten. Wie hatte sie das nicht begreifen können. Gregory war ihr Mörder. Gregory sollte sie beseitigen, und die ganze Geheimhaltung war nicht wegen der Agentur und wegen des Jobs, sondern nur, damit sie verschwinden sollte. Sie riss die Augen auf. Ihre Hände waren auf etwas gestoßen. Holz. Sie war in einem Schuppen. Es roch nicht nur wie beim Onkel Schottola. Die Tür war genauso. Ein Schuppen an das große alte Gebäude angelehnt. Sie tastete die Tür vor sich ab. Rohes splitteriges Holz. Späne. Sie durfte sich keinen Span einziehen. Oder vielleicht sollte sie sich einen Span einziehen, damit man bei ihrer Obduktion diesen Span fand und dann auf die Suche nach dem Ort gehen musste. Aber sie würde keinem CSI in die Hände fallen. Die gab es ja nur in New York und in Miami. Hier an der bayrisch-tschechischen Grenze gab es gar nichts, und sie war ganz allein. Ihre Hände fanden einen Riegel oben an der Tür. Sie schob den Riegel nach unten. Die Tür klaffte ein wenig. Sie fand den zweiten unten und hob den Riegel nach oben aus der Verankerung. Das ging nicht gut. Sie rutschte ab. Das Metall eiskalt und alles ineinandergerostet. Wie sie es sich gedacht hatte. Seit den 6oer Jahren nichts mehr gemacht. Und vorher Kriegsqualität. Also nichts. Wie würden sie es machen.

Der Riegel rutschte dann aus der Verankerung. Sie

hockte vor der Tür. Ihr Atem war so laut, dass sie nichts anderes hören konnte. Sie blieb sitzen und bemühte sich, tiefe Atemzüge. Eins, zwei, drei. Einatmen. Eins, zwei, drei. Ausatmen. Das war eine der Fallen. Dass die innere Aufgeregtheit die äußeren Phänomene überdeckte. Man musste dann auf das Adrenalin warten, das einen wachsam und ganz nach außen gelenkt zurückließ. Deshalb trank man keinen Alkohol. Bei richtigen Aufträgen trank man keinen Alkohol, weil das die Adrenalinausschüttungen durcheinanderbrachte. So viel hatte sie in den Skripten vorausgelesen. Sie hatte aber nun ihren Wodka in sich. Auf das Adrenalin konnte sie also nicht warten. Sie musste selber handeln. Kein Fluchtinstinkt würde sie weitertragen. Und wie das alles immer bei dem einen blieb. Sie würde an der Wiedergutmachung sterben, weil die Tante Marina das lieber alles für sich haben wollte. Die anderen waren wegen dieser Bilder abgeholt worden. Es ging immer auch darum, und sie hatte ihren Anteil haben wollen. Den würde jetzt Gregory kassieren. Der musste ja etwas bekommen. Und irgendwie. Es war nicht wirklich logisch. Wenn die Marina den Gregory beauftragt hatte. Dann konnte Mr. Madrigal sie immer weiter daran erinnern, wie er die Nichte weggezaubert hatte, und kassieren. Oder bei einem Auftrag leider ein Unfall. Im Dienst. Es könnte über sie heißen, dass sie im Dienst. In Erfüllung ihrer Pflicht. Und das war nicht falsch. Für die Marina

59

war ihre Pflicht ja, nicht da zu sein. Abzukratzen. Der Marina nach hätte keine von ihnen existieren sollen. Schon das Mammerl nicht. Nicht die Betsimama. Und sie schon überhaupt nicht. Eine Kette von Ungewollten waren sie. Die Urururenkelin. Die Großnichte. Die Miterbin. Das war sie. Warum wunderte sie sich immer noch in manchen Augenblicken, dass es sie war. Wie als sehr kleines Kind vor dem Spiegel. Wie es gekommen war, dass das nun sie war, und wieso sie niemand anderer geworden war. Sie war erstaunt. Sie war immer noch erstaunt über sich. Das war nicht gesund. Oder es war der Wodka. Und eigentlich war nichts so richtig wirklich. Selbst die Panik. Wenn sie es sich genau überlegte. Es war dann doch vergnüglich weit weg.

Die Tür fiel gegen sie. Das rohe ungehobelte Holz schlug gegen ihre Stirn. Ein harter Schlag. Kantig. Da gehört ganz schnell ein Eisbeutel drauf, dachte sie. Vor ihr. Draußen. Links die Baracken. Vor ihr ein riesiges Schneefeld. Weit außen rechts die Betonmauer. Hinten. Fast schon in den Hügeln ein Wachturm. Die Kälte. Sie trat in die Sonne vor der Tür. Sie zitterte. Die Sonne wärmte nicht, aber es war da nicht mehr die feuchte Kälte wie in diesem Schuppen. Trockener. Trockener und damit wärmer. Sie sah sich um. Es war niemand zu sehen. Sie sah zum alten Gebäude hinauf. Die Fenster lagen im Schatten. Sie konnte nichts erkennen. Ob da jemand herunterschaute. Ob da überhaupt jemand war.

Die Büros gingen alle auf die andere Seite hinaus. Der Sitzungssaal schaute in den Hof. Sie war dazwischen und darunter. Um die Ecke vom Sitzungssaal.

In der Sonne. Sie hielt die Tasche vor die Brust. Ihr warmer Pullover und der dicke Rock. Auf den Bildern vor dem Exil. Die Urgroßmutter beim Skifahren am Arlberg. Die hatte nur Pullover an. Beim wüstesten Schneesturm. Und sie hatte Thermounterwäsche. Weil man bei den Gruppenversuchen nie wusste, wohin oder was getan werden musste, und weil es auf den Toiletten ungeheizt war. Im ganzen compound gab es keine geheizte Toilette. Sie war einmal extra deswegen ins Hotel zurückgefahren. Es war unzivilisiert. Man konnte doch wenigstens kleine Elektroöfen aufstellen. Beim Mammerl gab es auch nur so eine Heizschleife über der Tür. Den Arsch wärmte das auch nicht. Aber es war doch ein höflicher Versuch. Sie wollte nach rechts gehen und rund um das Gebäude. Immer knapp am Gebäude entlang. Dann musste sie zum Parkplatz kommen und zum Auto, und dann fuhr sie einfach davon. Natürlich war es eine halbe Million, die ihr zustand und die die Marina ihr geben musste. Das war schon viel, und die Marina war so ungebeugt überzeugt, dass nur sie etwas davon verstand, was man mit dem Geld machen musste. Verschwender dachten so. Die Marina wusste ja auch, dass eigentlich nur sie auf der Welt sein sollte. Alle anderen Menschen. Die nahm sie hin, weil es halt sein musste.

Weil sie es sonst ja nicht wissen hätte können. Wie viel von dem Geld würde Gregory reichen. Und wie viel würde Cindy bekommen müssen. Cindy würde ja nicht danebenstehen und für den Gregory lügen.

Sie konnte es dann aber gleich wieder nicht mehr glauben. Wie sollte sie ein Opfer sein. Sie war nicht einmal wichtig genug. Es war alles ein Versuch, ihr zu helfen, aus ihrem Dahintreiben herauszukommen. Vielleicht sollte sie selber der Sache eine Chance geben und zu Gertrud in die Rezeption gehen und sich aufwärmen. Einen Kaffee trinken und Gertrud fragen, was sie gemeint hatte. Sie konnte dann noch immer weg.

Sie ging den Verschlag entlang. Es waren grobe Holzbretter aneinandergenagelt und bildeten einen Verschlag. Wahrscheinlich war hier Holz gelagert worden. Für die Heizung. Es hatte so gerochen. Jetzt gab es einen Tank für den Generator und Strom aus der öffentlichen Leitung und einen Gastank für die Heizung. Der Normalbetrieb wurde mit einer Pelletsheizung bestritten. Alle anderen Energiekreisläufe waren für Krisen gedacht. Emergencies. Sie hatte das für eine Art didaktische Anordnung gehalten. Aber es ging schon darum, autark zu sein. Der Schnee war nicht so hoch hier. Windschatten. Sie kam an die Ecke. Sie schaute vorsichtig. Wie konnte sie da nun ungesehen entlangkommen. Wenn sie sich an die Wand drückte. Sie sollte von oben nicht gesehen werden können.

Lange Eiszapfen hingen um die Ecke von den Holz-
brettern, die das Dach des langen Verschlags bildeten.
Es tropfte noch nichts. Die Enden der Eiszapfen schienen aber schwimmend glasig bereit, sich in Tropfen
aufzulösen. Sie drehte sich um. Etwas hatte sich bewegt.
In der Mitte des riesigen Schneefelds zwischen den Baracken und der Betonmauer in den Hügeln hinten hatte
sich etwas bewegt. Sie kniff die Augen zusammen. Der
Schnee. Die Sonne auf dem Schnee. Kopfschmerzen,
wie die Helle sich hinter die Stirn drängte.

Es war etwas in der Mitte des Schneefelds. Sie zitterte
nicht mehr. Die Kälte schüttelte sie. Die Sonne hatte
nur kurz die Illusion von Wärme hergestellt. Was war
da. Da. Wieder. Etwas erhob sich und fiel dann in sich
zusammen. Und es war eine Gestalt. Aber dann doch
nicht. Hüpfen. Hüpfte da ein Tier. War da ein Tier in
eine Falle geraten. Sie wandte sich zurück und ging auf
das Schneefeld.

Darin waren sich alle einig gewesen. Alle. Und immer. Das Mammerl. Die Eltern Schottola und die Betsimama. Einem Tier in Not. Dem wird geholfen. Sie watete im Schnee. Der Schnee auch hier nicht so hoch, wie
es aussah. Der weiche Schnee machte den Eindruck, als
läge er meterhoch. Es waren aber nur 30 Zentimeter.
Oder ein halber Meter. An manchen Stellen war es ein
halber Meter. Dann wieder sehr viel weniger. Die Oberfläche war aufgerührt. Verweht. Schuppig verweht. Der

Hubschrauber. Unter dem Schnee war es eben. Sie konnte einfach gehen. Die Sonne im Rücken. Das Gleißen und Glitzern rundum. Sie ging auf dieses Ding zu. Es schien etwas Großes zu sein. Wenn das ein Reh war. Oder ein riesiger Hund. Es war nicht klug, einfach auf diese Sache loszugehen. Warum war sie nicht zu den anderen zurückgegangen und hatte die Tür aufgemacht. Dann hätte sie jetzt Hilfe haben können. Hilfe holen. Dann hätte sie das Ding gar nicht bemerkt. Sie konnte immer noch zurück. Aber jetzt musste sie genau schauen und dann berichten. Vielleicht konnte sie das alles noch einmal für sich herumreißen. Sie konnte zu Gregory gehen und ihm berichten und das alles als ihre Eigeninitiative verkaufen. Sie ging der Sache jedenfalls auf den Grund. Es würde sich bei dem Tier ja nicht gerade um ein Sicherheitsrisiko handeln, aber man konnte ein verendendes Wesen nicht einfach daliegen lassen.

Es war keine Wolke am Himmel. Blassblau und kalt und weißes Sonnenlicht. Die Kopfschmerzen begannen in der Mitte der Stirn. Und wie weit es zu diesem Ding war. Sie kam nicht näher. Ihr war nicht mehr kalt. Sie zitterte nicht mehr. Sie stapfte. Die Schritte ohne ihr Zutun. Das Ding wurde nur langsam größer. Deutlicher deshalb nicht. Es war nicht auszunehmen, um was es sich da handelte. Dunkel. Eine Masse. Die Angst von vorhin. Die Schritte langsamer. Vorsichtiger gesetzt. Es war schon lange klar. Es war nur nicht denkbar. Es war eine Person. Es war ein Mann. Ein Mann hockte da inmitten des Schnees. Ein zusammengefalteter Mann. Die Fesseln waren erst aus der Nähe zu sehen. Näher erst. Die Hände waren zwischen die Beine gefesselt, so dass jede Bewegung an den jeweils anderen Fesseln scheitern musste. Die Fesseln zwangen ins Hocken, um nicht noch mehr gefesselt zu werden. Der Mann trug einen dünnen olivgrünen overall. Er starrte vor sich hin. Bemerkte sie nicht. Sie kam von der Seite. Sie umrundete ihn, ihm von vorne entgegenzutreten. Sie kam in sein Blickfeld. Sie wollte etwas sagen. Es gelang ihr nur ein Grunzen. Der Blick des Mannes. Er schaute nirgendwohin. Sein Blick ohne Bestimmung. Dann sah er sie aber doch und wandte sich ab. Er schloss die Augen und wandte sich ab.

Sie stand da und starrte auf den Mann. Er war mit dem Klettfesselband Polas gefesselt. Sie erkannte das schwarze Band sofort. So war es im Handbuch angeführt. Die bayrische Polizei schwor auf diese Art der Fesselung. Mit diesen breiten Fesseln ließen sich Verletzungen vermeiden. Es waren die sichersten Fesseln. Im Handbuch wurde aber nur die Fesselung angegeben. Die Entfesselung war da nicht als Aufgabe aufgeführt. Sie stand da. Dann hockte sie sich neben den Mann. Sie wollte ihn fragen. Sprechen. Aber was hätte sie sagen sollen. Das war ja. Absicht. Sie hockte da. Es war vollkommen sinnlos, sich von da wegzubewegen. Von irgendwoher wurden sie beobachtet. Sie war den ganzen weiten Weg über das Schneefeld zu dieser Person unter Beobachtung gewesen. Dieser Mann war auch den deutschen Gesetzen entsprechend behandelt. Man würde nichts sehen an ihm. Keine Spuren. Dafür war das Klettfesselband Polas ja erfunden. Spurenlosigkeit. Zumutbarer Stress war das. In Tschechien. Hier war Tschechien. Aber die hatten sicherlich ganz einfach ähnliche Gesetze. So machte man das. Es hatte keinen Sinn, etwas zu melden. Das war ja alles. Absicht. Ernstfall. Sie drehte sich um und schaute zu den Gebäuden zurück. Nichts. Niemand. Stille. Nichts zu sehen. Sie war allein hier. Der Mann. Sie stand auf. Schaute zurück. Sie winkte. Schwenkte die Arme. Sie konnte sehen, was der Mann gemacht hatte. Er hatte sich weggedreht. Er war gesprungen. Er war als der Haufen, zu dem ihn die Fesselung machte. Er war als Körperhaufen gesprungen und hatte sich von den Gebäuden abgewandt. Die konnten nur noch seinen Rücken sehen. Sehen, ob er zuckte. Ob er umfiel. Ohnmächtig. Schmerzkrämpfe. Schmerzstarre. Schmerzhalluzinationen. Und kein Kontakt. Der Mann hatte sich auch abgewandt. Er hatte sich nicht einmal um Hilfe an sie. Aufgeschaut. Wenn sie die Fesseln aufmachte. Wenn sie damit begann. Hier in der Kälte. Sie würden ohnehin beide bald erfrieren. Sie würden kommen und es neu machen. Boris und Schulz. Oder Kunz. Und Cindy. Gregory schickte nur. Heinz schaute nach. Anton wollte von nichts wissen. Die anderen alle.

Sie konnte nicht mehr so gut denken. Die Schneeweiße in den Kopf geraten und füllte. Die Arme waren um die Tasche wie festgefroren. Sie hielt die Tasche wie ein Schild vor sich. Sie hockte sich hinter den Mann. Griff nach den Fesseln. Der Mann war schmutzig. Urin und Kot. Eis am Stoff des overalls. Der Griff wollte nicht gelingen. Der Arm nicht zu bewegen. Wenn das ein Tier wäre. Sie würde alles tun können. Für ein Tier hätte sie aufstehen können und winken. Hilfe herbeiwinken. Sie hätte die Arme hoch über dem Kopf schwenken können. Signale. Signalisieren. Und angreifen. Ein Tier hätte sie angreifen können. Sich weniger gefürchtet. Bei einer Klettfesselung musste man den Anfang des Klettbands finden und mit einem Ruck wegreißen. Ein Klettbandverschluss hatte den Vorteil, dass die Fesselung sich durch das Fesseln selber festzurrte. Weg dann. Wie ein Pflaster. Mit einem Ruck. Ihre Finger hingen nur noch an der Hand. Ein Ruck. Das ging nicht. Nicht mehr. Vorhin. Beim Schuppen. Da hatte sie die Kälte noch gespürt. Jetzt war nichts mehr da. Watte. Ihre Finger waren Watte. Von der Hüfte hinunter. Watte. Im Kopf. Watte. Weiße. Gib dir einen Ruck. Eine Stimme im Kopf. Von wem. Niemand naher. Ärgerlich. Es ärgerte sich wieder jemand über sie. Nur schön und nichts im Hirn, würde die Stimme gleich sagen. Schule. Berufsberatung. Studienberatung. Bewerbung. Marina. Gregory. Sie riss an dem schwarzen Band. Der Mann fiel zur Seite. Keinen Ton. Sie kratzte mit dem Zeigefinger an dem Band. Die Handgelenke waren mit den Fußfesseln verwoben. Der Anfang der Fessel genau zwischen den Handgelenken und den Fußgelenken. Sie spürte nichts. Krabbeln. Was sie da tat. Das war Krabbeln. Krabbeln. Wo war dieses Ding. Der Anfang. Der Mann lag auf der Seite. Die Arme nach hinten überdehnt und die Beine hoch angezogen. Obszönes Krabbeln. Wenn jemand das sah. Von der Ferne. Es musste aussehen, als wollte sie etwas von dem. Ihn ankrabbeln. Diesen Mann. Und dann knallte er auseinander. Sie flog nach hinten. Das Band irgendwie erwischt. Der Mann auseinandergefaltet. Stöhnte. Sie lag im Schnee. Auf dem Rücken. Sie schaute in den Himmel. In die Sonne. Wenn sie die Augen zumachte. Erfror sie dann. Es war friedlich. Die Watte überall. Musste sie in die Sonne schauen. Genügte nicht der Himmel. Wo war der aber. Es gab nur Sonne. Das war nicht schön. Sie schloss die Augen. Das grelle Licht vom Schnee durch die Lider. Aber es war schöner. Schwebend. Schwebender. Betrunken. Sie war vollkommen betrunken. Sie musste lachen.

Dezember.

Die Sonne schien noch. Über dem Schnee auf den Hügeln draußen rosiger Dunst. Die Hänge hinab blau. Lichtblau dunstig. Kalt. Sehr kalt und schon grau am Grund. Die Obstbäume schwarzzackig verkrümmt gegen den Schnee. Ragten über den Hügelrand in den Himmel. Wolken zogen vor die Sonne. Weißscheinend und dunkelgraue Fetzen. Rotbrennend am Rand. Die Sonne. Das Licht zwischen den Wolken in Strahlenbündel zerteilt. Das Kirchlein über Kötzting aus der Dämmerung gerissen und in dieses Licht getaucht. Kurz. Die Wolken verschwammen. Die Sonne ein oranger Ball hinter dunklen Wolkenstreifen. Goldglühende Ränder. Das graue Blau aus den Tälern. Stieg auf. Der Himmel dunkelviolettblau. Der Widerschein der Sonne orangefleckig auf den Wolken. Noch lange. Während längst schon die Nacht.

Sie lag da und sah der Sonne nach. Dass nur keine Leute kämen, dachte sie, und während sie es dachte, musste sie sich vom Eingang wegdrehen. Angst. Sie hatte Angst. Sie hatte Angst, es käme jemand durch den Gang von der Rezeption herunter. Käme in die Poolhalle. Ginge auf sie zu. Sie hätte weinen mögen. Dann wunderte sie sich über dieses Weinen und warum sie es nicht gut fand. Warum sie es nicht gut finden konnte, dass jetzt niemand da war. Dass sie jetzt allein war. Dass sie allein in der Poolhalle lag und das ganze Panorama ihr gehörte. Ihr allein. Dass niemand in dem pool schwamm. Und dass niemand im pool schmuste oder ohnehin fickte. Die Wochenendgäste stürmten das Hotel erst am Freitag und machten sich dann aber gleich daran. Es war Donnerstag, und sie hatte das Hotel für sich allein.

Gino lachte über sie. Sie solle das alles locker nehmen. Lockerer. Sich nicht darum kümmern. Cool bleiben. Gino. Der verdiente sein Geld damit. Sie. Sie musste hier wohnen. Er. Seine Lockerheit wurde bezahlt. Sie. Sie konnte am Wochenende nicht hierher. Und es war ihr immer gleichgültig gewesen, wie sie angesehen worden war. Bisher. Ihr ganzes Leben war ihr das gleichgültig geblieben. Erst seit sie hier. Seit sie in dieser Welt. Und seit dieser eine Gast. Wie der seine Freundin im pool fast ertränkt hatte, weil er nur auf sie geschaut hatte dabei. Wie er diese Frau von hinten und dabei auf sie gesehen. Und sie war dagelegen. So wie jetzt. Sie hatte nach dem Dampfbad gedöst und war ohnehin in eines von diesen ganz großen Badetüchern eingewickelt gewesen. Und sie hatte ihren Bikini angehabt. Darunter. Sie hatte sich nie nackt hierhergelegt, wie alle anderen das taten. Aber das hatte der Mann nicht wissen können. Gino ritt darauf herum, dass der Mann sich eben eine Phantasie gemacht habe und dass man das doch verstehen müsse. Dass sie das verstehen müsse. Warum aber sollte sie das verstehen. Sie konnte danach überhaupt nicht mehr in die Poolhalle gehen. Am Wochenende. Die Vorstellung, dass dieser Mann. Das war so ein Stämmiger gewesen. Mit Vollglatze. Ein Stammgast. Das Pusten und Strudeln seiner Freundin erst hatte alle aufmerksam gemacht. Ihr Herumschlagen im Wasser. Die Frau hatte sich entwinden müssen. Er hatte sie untergetaucht gehalten beim Ficken. Und dann war er so dagestanden. Die Frau nach Atem ringend am Geländer vom pool hängend und auf ihn einschimpfend. Er wolle sie wohl umbringen, hatte sie gekeucht. Er aber. Er hatte immer noch auf sie geschaut. Auf sie auf dem Ruhebett in ihr Badetuch gewickelt. Sie war aus dem Dösen aufgeschreckt. Vom Wassergeraschel wie von einem Kampf hochgerissen und vom Geschrei der Frau. Sie hatte ihre Augen direkt in seinen Blick aufgemacht. Er war dagestanden und hatte in ihren Blick zu grinsen begonnen. Die Frau war dann auf ihn losgegangen, und er hatte den Blick von ihr abwenden müssen.

Ein paar Gäste hatten sich sogar beschwert. Der junge Eibensteiner hatte sicherlich ernst genickt dazu. Und die Gäste hatten sich auch nicht darüber beschwert, dass der Mann im pool gefickt hatte. Sie hatten sich beschwert, weil es zu laut gewesen war. Wegen des Fickens hätten sie zum alten Eibensteiner gehen müssen, darüber hätte der sich auch aufgeregt. Aber am Ende blieben die Gäste weg, denen das nicht gefiel. Die blieben einfach weg. Und der junge Eibensteiner sagte einem ins Gesicht, dass er es selbstverständlich nicht richtig fände, wenn im pool diese Sache gemacht würde. Nein. Das wäre sicherlich nicht richtig, und man sei ein gepflegtes Haus. Aber man wolle auch nicht in die Freiheit der Gäste eingreifen, und man könne doch erwarten, dass die Gäste das Klima ihres Aufenthalts selber herstellten. So etwas könne man doch regeln. Aber es war ganz einfach. Die Ficker ließen mehr Geld zurück als die anderen. Das Personal wusste immer gleich, wer wiederkommen würde und wer nicht. Spätestens beim Abendessen. Wenn keine Flasche Wein bestellt wurde. Und kein Aperitif. Dann konnte man es gleich wissen. Und die machten Wetten darauf. Das Personal machte Wetten auf das Geschlechtsleben der Gäste.

Oh, wie sie sich in diese heruntergekommene Wohnung an der Grenze wünschte. Sie seufzte. Alle Zimmer grellhellblau ausgemalt. Aber eine Aussicht in die Hügel hinein. In die Morgensonne und das Fenster der Küche in den Abend. Sie wäre da erfroren. Der Kanonenofen in der Küche hatte gerade noch sich selbst erwärmen können, und sie hatte überhaupt nicht mehr aus dem Bett steigen wollen.

Sie steckte die Hände in die Taschen ihrer Vliesjacke. Gegen die Kälte in dem Schlafzimmer da, und jeder Atem eine Wolke vor dem Gesicht gewesen. Die Wolken am Himmel draußen blassorange. Die Schneehänge der Hügel schon längst hinter dem Licht der Poolhalle verschwunden, und der Dämmer draußen das Glas der geheizten Panoramascheibe in einen Spiegel verwandelte.

Sie hörte Stimmen. Um die Ecke. Da, wo es zum Dampfbad ging. Sie fand ihre Hände zu Fäusten geballt in den Taschen der Vliesjacke. Sie war halb aufgerichtet. Im Aufstehen steckengeblieben. Eingefroren. Sie ließ sich zusammensinken und nahm die Hände aus den Taschen. Legte sie auf ihren Bauch. Hielt die linke Hand mit der rechten fest. Steckte die Hände dann wieder in die Taschen zurück. Zum Wärmen. Und sie fühlte ihren Bauch da. Fest und warm. Lebendig.

Und warum. Warum war ihr kalt. Warum hätte sie gerne noch eines der ganz großen Badetücher haben wollen und sich einwickeln. Über die Adidashose und die ganze Thermounterwäsche, die sie anhatte. Warum eine Saunasitzung eine Verlockung. Ja. Sie sollte in die Sauna gehen. Diese Diskussion mit sich abbrechen und sich da aufwärmen und alles herausschwitzen. Es war ja klar. Sie brauchte nicht mit sich selbst zu diskutieren. Sie hatte zu viel getrunken. Sie hatte zu viel erwischt. Sie wusste nicht einmal genau, wie sie zurückgekommen war. Immerhin. Sie hatte keine Sauerei gemacht. Das Zimmer war in Ordnung gewesen. Vorhin. Beim Aufstehen. Keine Spuren im Badezimmer. Aber das hieß. Sie hatte noch alles in sich. Der Alkohol kreiste noch in ihr. Sie hätte im Zimmer bleiben sollen. Wenn da nicht diese deprimierende Aussicht das Liegen unmöglich machte. Die Bierkisten und der Müllcontainer trieben sie in die Poolhalle. Oder in die Bar.

Jemand lief an den pool. Das klatschende Tapsen nackter Füße nass auf den Fliesen. Das Wassergeraschel. Jemand stieg ins Wasser. Sprang nicht. Stieg über die Leiter und ließ sich ins Wasser fallen. Und dann fragte Gregory auch gleich, warum sie grinse, und sie musste sich nach rechts drehen, ihn sehen zu können. Gregory schaute über den Poolrand zu ihr herüber. Hochrot. Sein Gesicht und sogar seine Schultern rot angelaufen. Seine Haare nass am Kopf anliegend. Sie sah ihn an. Hatte sie gegrinst. Und warum war er da. Hatten sie heute früher aufgehört, und er hatte eine Saunasitzung eingelegt. Alle im compound waren Saunafanatiker und kamen hierher. Wenn sie nicht in dieses Casinohotel nach Tschechien fuhren. Ein heißer Schreck durchfuhr sie. Hatte Gregory sie hierhergebracht. Sie starrte Gregory an. »Gut aufgelegt.« fragte Gregory noch einmal und stieß sich vom Poolrand ab. Er paddelte auf dem Rücken liegend im Wasser und schaute sie an. Sie grinse, sagte sie hastig, weil sie neuerdings den Befehlen einer Mülltonne folge. Gregory hörte zu paddeln auf und sah sie prüfend an. Mitleidig? Einen Augenblick lehnte er sich zurück und musterte sie. Dann begann er auf dem Rücken zu schwimmen. Seine Arme holten nach hinten aus, und er zog sie den Körper entlang nach vorne durch. Dreschflegelbewegungen. Regelmäßig und vollständig. Sie sah seine Fußsohlen beim Paddeln. Er war mit 3 Zügen auf der anderen Seite des pools und begann Längen zu schwimmen. Auf dem Rücken. Er rauschte mit diesen kreisenden Armbewegungen durch das Wasser. Stetig. Klatschend und rauschend. Sein Bauch in der Mitte. Seine Gliedmaßen bewegten sich um diese weiße Wölbung und zogen diesen Bauchhügel den pool hinauf und hinunter.

Sie fühlte sich schwer. Kalt und dünn und knochenschwer. Und unbeweglich. Eine Mühe schon die Vorstellung, sich auf dem Ruhebett zu drehen. Wegzudrehen. Umzudrehen. Aufstehen. Das konnte sie sich schon gar nicht vorstellen. Und wieder dieses hilflose Weinen. Trostlosigkeit. Das war, weil sie nichts gegessen hatte. Seit wann. Hatte sie ein Mittagessen gehabt. Frühstück ja sicher nicht. Aber sie konnte sich auch daran nicht erinnern, und es war gar nicht der Grund. Sie aß nie regelmäßig.

Sie hörte Autos. Sah sie. Sah das Licht der Autos. Die Scheinwerfer strichen über den gegenüberliegenden Hang. Weißleuchtend. Die Autos bogen in die Hotel-

75

einfahrt ab. Die Poolhalle lag auf dem Hügel über der
Einfahrt. Wegen der Aussicht. Die billigen Zimmer waren unter der Poolhalle in den Hügel gebaut. So wie ihres. Sie lag hier oben, weil sie es nicht aushalten konnte,
dass dieser pool über ihr war und nach links drei Zimmer weiter wieder Erde und auf der anderen Seite die
Bierkisten und die riesigen Müllcontainer. Im Sommer musste das unerträglich sein. Im Sommer würde
es noch riechen da hinten. Aber im Winter. Und da
konnten alle lachen über sie, wie sie wollten. Da konnte
man sie fragen, so viel man wollte. Dass sie doch mit
der U-Bahn auch fahren könne. Oder mit dem Zug
durch den Kanaltunnel nach London. Dass da ein ganzes Meer über ihr hinge. Und warum ihr das nichts aus-
mache. Die begriffen nicht, dass in einem Zug. Oder in
der U-Bahn. Da bewegte sie sich. Da fuhr sie die ganze
Zeit. Da blieb sie keinen Augenblick an einem Fleck.
Da flüchtete sie fortwährend. Und dann. Im Zug. Oder
in der U-Bahn. Da konnte sie selber gehen. Und stehen. Im Zug oder in der U-Bahn. Da lag sie nicht. Da
musste sie nicht liegen. Und dann noch schlafen. Aufrecht. Im Stehen. Da ging das alles. Und mit Musik sowieso. In ihrem Zimmer hier. Da hatte sie die Musik
im Ohr. Immer. Beim Schlafen sowieso. Und hier. Sie
hatte immer dann schon etwas getrunken. Mit Gino
und Heidi in der Bar. Wenn alle anderen endlich gegangen waren und Gino und Heidi Feierabend machten.

Ein Glas Wodka, und es ging besser. Sie brauchte die Musik, und deshalb war sie auch keine Alkoholikerin. Obwohl die das nicht zugeben würden. In der Angehörigenunterstützungsselbsthilfegruppe in Stockerau. Da hätten sie das schon als Alkoholismus eingestuft. Weil sie das Glas Wodka brauchte, um in ihr Zimmer gehen zu können. Gino kam ja auch manchmal mit, oder sie schlief bei ihm oben unter dem Dach. Aber das war nur hier. Sie würde nicht ewig in diesem Wellnesshotel am Rand der Welt wohnen müssen, in das Leute nur zum öffentlichen Ficken kamen und wo man im pool nur am Mittwoch schwimmen konnte, weil da das Wasser dann von biologischen Substanzen gereinigt war. Weil die wasserlöslichen festen biologischen Bestandteile der Körpersäfte nach drei Tagen weggefiltert waren.

Sie ging aber trotzdem nicht hinein. Nie. Weil Gino jeden Tag schwimmen ging. Und Gino. Gino war schon sauber. So schon. Gino hatte nur Angst vor Ansteckungen für seinen Schwanz. Alles andere war ihm gleichgültig. Haare. Speichel. Schweiß. Das störte ihn nicht. Er glaubte an die Kraft der Desinfektion und behauptete immer, dass die Sammlung von Schamhaaren am Grund des pools. Dass diese Haare doch gewaschen wären, und sie solle nicht so eine Prinzessin sein. Er rannte dann auch mit seinen Damen direkt von der Sauna in den pool. Ohne Dusche. Und dann fielen sie übereinander her. Kleinkindertollereien wurden da ge-

geben. Bis es wieder mit der Angelegenheit begann.
Es war nur gut, dass noch Donnerstag war und keine
Wochenendgäste. Gregory zählte nicht. Sie wollte nicht
aufstehen müssen. Sie wollte hier liegen bleiben und
wissen, dass hinter der geheizten Panoramascheibe, auf
der keine Eisblumen möglich waren, die Welt so groß
sich ausbreitete und der Himmel darüber. Hier in der
Wärme und hinausschauen und niemand sonst. Ganz
tief über den Hügeln war noch ein grauheller Schein
weit hinten.

Warum war Cindy da. Hatte sie geschlafen. Gedöst.
Eingenickt. Cindy saß am Rand ihres Ruhebetts und
schaute sie an. Oder hatte sie Filmrisse. Cindy war im
Bademantel. Im Hotelbademantel. Die dunkelgrünen
Hirsche auf der Brust rechts und links. Sie verstand das
nicht. Cindy war noch nie hier gewesen. Sie hatte Cindy
hier noch nie gesehen. Cindy lächelte. Cindy lächelte
sie an. Sie richtete sich auf. Aber Cindy schob sie wieder ins halbaufrechte Liegen zurück und hielt ihr eine
Flasche Vöslauer hin. Sie bräuchte doch sicherlich etwas zu trinken, sagte Cindy und fügte dann »Amy«
hinzu. Nach einer langen Pause sagte Cindy diesen Namen, und sie. Sie wusste plötzlich, dass sie so hieß, als
habe sie sich nicht erinnern können, und wieder diese
Weinerlichkeit. Eigentlich eine Weichheit. Sie nahm die
Flasche und war dankbar. Sie war zittrig und musste
die Flasche mit beiden Händen halten. Die Dankbar-

keit füllte sie warm aus, und sie hätte sich in Cindys Arme fallen lassen können. Sie fühlte sich Cindy nahe und vertraut und hatte ein Bedürfnis, sich an Cindy zu drängen. Hinter Cindy zog Gregory seine Bahnen. Sie lächelte. Gregory nähme es wirklich ernst. Mit dem Schwimmen, sagte sie, und sie lachten beide. Ein einverständiges Lachen war das, und sie wollte, dass Cindy nicht aufstünde. Die richtete sich aber auf und warf sich auf das Ruhebett daneben. Cindy musste aber wieder aufstehen. Sie versuchte, den Verschluss der Wasserflasche aufzudrehen, und es gelang nicht. Cindy nahm ihr die Flasche aus der Hand und drehte sie auf. Mit einem Griff. Dann hielt sie ihr die Flasche wieder hin. Reichte sie ihr. Drückte sie ihr in die Hand, und sie trank.

Sie trank und hörte erst auf damit, als sie schon sehr dringend wieder Luft holen musste. Sie setzte die Flasche ab. Schnappte nach Luft. Trank wieder und fühlte die Augen übergehen. Ihre Augen wurden nass. Die Feuchtigkeit quoll zwischen den Lidern hervor, und sie musste die Augen abwischen. Sie fuhr sich mit dem Handrücken über die Augen und den Mund und lehnte sich auf das Ruhebett zurück. Es war alles gut. Sie hielt die Flasche hoch. Sie hatte sie leergetrunken. Cindy griff vom Bett daneben herüber und nahm die Flasche. Sie hielt die Flasche gegen das Licht und lachte leise. Das wäre ja schon ein Durst gewesen. Ob Amy noch Wasser trinken wolle. Und sie nickte. Und lachte. Und

Cindy ging weg. Sie schaute hinaus. Der Raum spiegelte sich auf der Panoramascheibe. Sie konnte Cindy sehen. Cindy war ein heller Schatten, der aus der Poolhalle hinausging. Gregorys Spiegelbild schwamm auf der Scheibe hinter Cindy her.

In ihrem Bauch sammelte sich Unruhe. Die Unruhe war zum Platzen dicht, und sie musste sich aufsetzen. Sie schaute Cindy nach. Gregory schwamm von rechts nach links. Sie zwang sich, sich wieder zurückzulegen. Zurückzulehnen. Sie zwang sich zu Ruhe. Sie sagte sich das vor. »Ruhig. Sei ruhig.« flüsterte sie sich selbst zu. Das war anders als sonst. Das war total anders als sonst. Hatte sie etwas anderes getrunken. Dann. In der Zeit, von der sie nichts wusste. In der Zeit. Diese Zeit. Im Kopf nichts. Nichts von dieser Zeit. Diesem Zeitraum. Nicht einmal eine leere Stelle. Sie konnte sich an das Trinken erinnern. Im Auto. Der Vogel. Ein riesengroßer Vogel war da gewesen. Auf der Fahrt zum compound. Das weitgespannte Tal. Der Schnee. Das Sitzungszimmer. Grotowski. Cindy. Cindys Gesicht. Gregory hinter ihr. Sie konnte Gregory hinter sich stehen fühlen. Und dann nichts. Aber sie musste funktioniert haben. Alles war in ihrem Zimmer. Das Auto draußen auf dem Parkplatz. Sie hatte hinausgeschaut. Gleich am Anfang des überdachten Parkplatzes draußen. Gerade eingeparkt.

Paranoia. Ging das los. War das möglich. Half ihr da

die Erbschaft ihrer Mutter. Half es, dass ihre Mutter ein Junkie gewesen war und genadelt hatte. Während der Schwangerschaft. Hatte ihre Mutter ihr einen Schatz an Paranoia zurückgelassen, bevor sie wieder nach Amsterdam davongefahren war und nachdem sie sie dem Staat überschrieben hatte. Ihre Urgroßmutter hatte es auch so gesagt. »Das Staatsmündel.« hatte die gesagt. Oder war das alles in der Familienkette aufgehoben. Hatte ihre Großmutter das über die Betsimammi so behauptet, weil ihre Großmutter ihre Mutter, die Urgroßmama, hasste und ihre Tochter nur so in Schutz nehmen konnte. Sie hatte nie mit der gesprochen. Die hatte in Los Angeles gelebt und war dann gestorben. Gleich nachdem sie auf die Welt gekommen war. Sie war dann ihrer Großmutter weggenommen worden. Von Amts wegen. Und das war auch richtig gewesen. Das Mammerl war schon für ihre Mutter nichts gewesen. Ihre Mutter schon keinen Vater gehabt. Das Mammerl wusste den Vater von ihrer Mutter. Der war ein ehemaliger Liebhaber ihrer Urgroßmutter gewesen. Schien es. Ihre Mutter. Die arme Betsimammi. Die konnte nicht sagen, wer das gewesen war. Männer im Alter von Gregory. Die konnten alle ihre Väter sein. Das würde das Interesse von Gregory erklären. Der war ja wiederum sicherlich ein Liebhaber ihrer Großtante. Oder so etwas. Und mit dieser Unruhe und dem Gefühl, dass sie etwas nicht wusste. Da kam dieser Schatz zum Vorschein. Die Verlassenschaft ihrer Mutter. Sie hatten nun schon lange nichts gehört von ihr. Die Tante Schottola wusste etwas, aber die sagte es ihr nicht, und der Onkel Schottola stellte sich ans Blumenfenster und schaute starr hinaus und sagte dann so über die Schulter, dass sie es nicht zu wissen brauche. Es wäre nichts Wichtiges. Aber es wäre auch nichts Schlimmes, und man solle nicht zu früh hoffen. Sie machte sich dann gleich Bilder von ihrer Mutter, die wieder schön und gesund wie Barbie als Königin von Oceana zur Tür hereinkam und ihr Kleider mitbrachte, damit sie in Wien in all die tollen Lokale gehen konnten und bewundert werden. Aber da war sie klein gewesen. Wie sie sich das gewünscht hatte. Die Belastungen. In jedem psychologischen Gutachten vom Jugendamt stand das ganz oben. Dass ihre Mutter drogensüchtig gewesen war. Während der Schwangerschaft. Sie musste sich nicht wundern. Sie musste Ruhe bewahren. Es schoss ihr durch den Kopf, dass sie dazu Ruhe einmal haben musste. Um sie zu bewahren. Und was sie innen hatte. Das wusste sie nicht. Sie wusste nicht, was das war. Diese Unruhe. Vielleicht war das ihre Ruhe. Sie hatte das ja oft. Vielleicht hatte sie es falsch verstanden, und das war Ruhe und das, was sie sich als Ruhe vorstellte. Das war die Unruhe.

Sie versuchte, dieses zusammengeballte Toben tief im Bauch sich auflösen zu lassen. Aber es wurde nicht still. Im Liegen und sich in diese Tiefe in sich denkend. Die Unruhe zerstob in den ganzen Körper. Bis in die Fingerspitzen, und sie hätte schreien können über das Klingeln in den Händen, und im Bauch die Ballung nicht weniger.

Cindy kam zurück. Sie hatte sich aufsetzen müssen und sah Cindy zu, wie sie zu den Ruhebetten um den pool ging. Cindy hatte noch eine Flasche Wasser in der Hand und lächelte ihr entgegen. Sie lächelte zurück. Wieder so weich vor Dankbarkeit. Cindy war eine wunderbar freundliche Person. Sie griff nach der Flasche. Hielt ihre Arme ausgestreckt Cindy entgegen. Cindy blieb stehen. Sah auf sie hinunter. Streng. Das Lächeln weg. Sie musste die Arme sinken lassen und sah zu, wie Cindy wartete, bis die Arme auf ihren Oberschenkeln lagen und nichts mehr erwarteten. Sie selber sah ihren Armen zu. Den Händen. Wie sie sich noch kurz zu einer Faust ballten und dann weich wurden. Aufglitten. Ihr Kopf sank nach vorne und baumelte über den Händen. Aus dem Bauch stieg ein Elend auf. Ein noch nie gekanntes Elend. Sie spürte sich sitzen mit dem hängenden Kopf und die Hände kraftlos im Schoß. Und wie sie nicht einmal schluchzen konnte und sich ihr etwas abringen wollte. Dass sie es nicht wert war. Dass sie nichts wert war. Dass sie nichts. Dass es. Dass es sie nicht. Nicht geben sollte und dass es. Dass es.

Sie spürte die Flasche in den Händen. Cindy war

ganz tief über sie gebeugt. Sie flüsterte ihr etwas zu. Cindy sagte etwas. Sie konnte es nicht verstehen. Aber sie wusste, sie durfte diese Flasche nicht nehmen. Unter keinen Umständen. Sie schaute auf. Sie schaute durch ihre langen Haare durch zum pool. Gregory schwamm. Er zog sich mit seinen Armbewegungen durch das Wasser. Sie war mit Cindy allein. Sie wollte dieses Wasser trinken. Sie wollte von Cindy versorgt werden. Bemuttert. Sie wollte Cindy ihr zulächeln haben. Sie wollte Cindy über sie sprechen hören. Cindys Urteil hören. Cindy sollte sagen, dass sie. Dass sie, die Amy, eine wunderbare Person sei. Und dass es ein Gewinn war, Amy zu kennen. Amy als Kollegin. Cindy sollte zu Gregory gehen und ihn anschreien, dass er Amy gefälligst freundlich behandeln sollte. Und achtungsvoll. Aber sie durfte dieses Wasser nicht trinken. Sie durfte die Flasche nicht einmal berühren. Sie blieb so hängend sitzen. Sie bewegte sich nicht. Cindy rüttelte sie an den Schultern. Sie hätte sich gegen Cindy lehnen wollen. Cindy sie umarmen haben. Die Flasche lag zwischen ihren Beinen. Ihre Arme hingen von den Schultern. Wie ein Affe, dachte sie. Sie saß da wie ein Affe. Sie blieb so sitzen. Cindy redete auf sie ein. Sie solle doch trinken. Sie bräuchte das. Das wäre dringend notwendig. Sie sei doch vollkommen dehydriert. Das könne auch ein gefährlicher Zustand sein. Sie hörte mit. Sie hörte Cindy zu. Dann rief Cindy Gregory zu, er solle doch kommen. Sie blieb über sich gebeugt sitzen und schaute die Flasche Vöslauer Mineralwasser an. Es war »leicht« aufgedruckt auf die Flasche. Es stand da »Vöslauer Mineralwasser«, und darunter war »leicht« geschrieben. Sie starrte auf das »leicht« und bewegte sich nicht.

Gregory kam angetappt. Sie konnte das Chlor an ihm riechen. Was los sei, fragte er. Knapp. Sachlich. Wie er mit Cindy sprach. Cindy war ungeduldig. Cindy wippte mit dem Knie und stieß das Ruhebett an. Tapp. Tapp. Tapp. Amy trinke nichts. Ob er sich keine Sorgen mache. Gregory stand am Bettende. Cindy solle sich nicht aufführen. Gregory sprach Englisch. Cindy sprach Englisch. Alle konnten plötzlich Englisch. Oder hatten alle schon immer Englisch gesprochen. Die Verwunderung darüber ließ sie schwanken. Ob die Dosis groß genug gewesen war, fragte Gregory. Cindy stieß gegen das Bett. Die Dosis hätte für einen Elefanten gereicht. Die Dosis. Die Dosis. Also. Cindy solle die Situation monitoren. Er wolle jetzt ins Casino, sagte Gregory. Cindy sagte, dass sie nicht dafür da wäre und dass sie auch Pläne habe. Aber sie mache sich Sorgen. Ja, dann, sagte Gregory. Dann solle man die kleine Trinkerin da sich selbst überlassen. »Leave her to herself and to her own fate.« sagte er. Das wäre doch eine gute Idee, sagte Cindy und nahm die Flasche wieder an sich. Sie griff ihr unter den Kopf und die langen Haare und holte die Flasche von ihren Oberschenkeln. »No way we overdosed.« sagte Gregory. »You can go wrong with the weight.« Cindy war am Bett stehen geblieben. Dann folgte sie Gregory.

»Overdosed.« dachte sie. »Overdosed?«

Ob sie auch Hunger hätte. Gino zog die weiße Jeans hinauf. Er hatte keine Unterwäsche an und stopfte sich vorsichtig hinter den Zippverschluss. Sie schaute ihm zu. Warum er diese Hose heute schon anziehe, fragte sie ihn. Erwarte er eines seiner Mädels früher. Ein Extratreffen. Gino drehte sich vom Spiegel um. »Nein.« sagte er. Nein. Es wäre ein ganz normaler Freitagabend, und er gähnte. Er ließ sich zu ihr aufs Bett fallen. Was sie denn machen wolle.

»Freitag.« sagte sie. Das könne nicht stimmen. »Doch.« sagte er und dass sie nicht so unschuldig tun solle. Sie solle ihm noch erzählen, was sie getrieben habe. Gestern Abend. Da wäre sie ja nicht aufgetaucht. Was hätte es denn Spannendes gegeben. Da. In ihrem Betrieb. Gino sagte das Wort »Betrieb« so, wie sie »Mädels« sagte.

Sie lag auf Ginos Doppelbett. Ginos Zimmer unter dem Dach. Das Bett unter die Dachschräge geschoben. Sie rollte ans Ende und setzte sich auf. Sie musste sich wieder hinlegen. Es war doch Donnerstag. Es musste Donnerstag sein. Gino war ein airhead. Dem konnte das passieren. Der konnte einen Tag verlieren. Oder verwechseln. Am besten sie ging an die Rezeption und schaute dort nach. Da wussten sie es genau. Gino sollte nur seine engen weißen Hosen anziehen.

»Du musst allein essen, mein Darling.« Gino frisierte seine Haare zu einem Schöpfchen über der Stirn hoch. Er zog mit dem Stylingwachs die Haare in die Höhe. »Die Angestellten müssen wieder hinter die Kulissen.« rief er aus dem Badezimmer und kam an die Tür. Sie lag da und schaute die Wandverkleidung an. Ginos Zimmer war mit Holz ausgekleidet. Wie in einer Sauna.

Was denn los sei. Mit ihr. Gino stand am Bett und zog das Wachs durch seine Haare. Er zupfte die Haare zu kleinen Büscheln wie Strahlen zusammen. Sie schaute ihm zu. Im Liegen. Wenn sie das wüsste, sagte sie. Wenn sie das nur wüsste. Gino setzte sich auf das Bett. Er saß mit dem Rücken zu ihr und begann die Haare am Hinterkopf zu stylen.

»Ich möchte mich ja nicht einmischen.«, sagte er. »Und du kannst natürlich machen, was du willst. Eh klar. Aber bist du sicher, dass da nicht etwas Komisches läuft. Ich meine. Ich habe ja auch nicht. Hier. Du weißt ja. Ich meine. Ich. Aber das ist reell. Verstehst du. Das ist alles klar. Die Gritschi kommt, und da ist alles klar. Und ich mag die Gritschi. Und die Petra. Und die Gitti. Das ist schon so. Aber bei dir. Da geht es um etwas anderes. Ich weiß auch nicht. Mit dir. Da ist das anders. Du kannst nicht so aufpassen auf dich wie die. Die wis-

sen, was sie wollen. Die wissen, was sie kriegen können.
Und die sind nicht traurig darüber. Ja. Ich weiß schon.
Wir sind alle traurig. Aber dazwischen. Da läuft das so.
Mit dir. Du kannst das nicht. Ich weiß ja auch nicht.
Aber ist dir nicht aufgefallen. Dieser komische Kerl.
Der hat so eine Phantasie mit dir. Ich schwöre dir. Ich
habe denen zugesehen. Die haben dich. Das ist wie in
dieser Serie. Weißt du, welche. Na die. Du weißt schon.
Die war immer so spät am Abend. Du weißt schon.
›Alias.‹ Du schaust nur noch besser aus. Die hatte doch
auch diesen Vater, der sie überallhin geschickt hat, und
dann ist sie vergewaltigt worden, gestorben, gefoltert.
Was weiß ich was. Ich sage dir. Die zwei. Das schaut genauso aus. ›Alias.‹ Ja. So hat die geheißen. Die hat auch
nie gewusst, was passiert ist und wie sie wohin gekommen ist. Wie die dich heute hereingebracht haben. Das
war richtig komisch. Richtig seltsam. Ich meine, diese
Frau geht dann mit dir einfach in dein Zimmer, und
du schaust so. Du hast mich nicht gesehen, und ich bin
auch nicht in die Lobby gegangen. Das war so. Na du
weißt schon. Der Jungeibi wollte mich mit dem Alteibi
in den Weinkeller schicken. Stand machen. Nein. Da
verzupf ich mich. Und grad, wie ich in den Lift steigen
will, da kommt ihr daher. Das war wie so ein Auftritt
von einem Filmstar. Die haben dich so herein. Geschoben haben die dich. Und du hast nur auf den Boden geschaut. Und dann hat der Papi noch dafür gesorgt, dass

88

das normal ausschaut, und hat mit dem Alteibi geredet, und die dürre Ziege hat dich abgeschleppt. Aber du hättest nichts zu sagen gehabt. Die hat dich die ganze Zeit am Arm dahergezogen.«

Gino hatte die ganze Zeit an seinen Haaren gezupft. Er stand auf und ging ins Badezimmer zum Spiegel zurück. Sie schaute ihm nach. Sie wusste nichts. Sie konnte sich an nichts erinnern. Das Liegen war aber so angenehm. Friedlich. Ginos Gerede flutete an ihr vorbei. Sie tastete ihre Arme ab. In der Armbeuge ein Pflaster. An den Oberarmen. Gleich unter der Rundung des Bizeps. Die Arme waren da druckempfindlich. Die Schultergelenke schmerzten. Verdreht gewesen. Sie konnte sich selbst sehen. Cindy hatte sie im Polizeigriff. Wie es im Skript aufgezeichnet war. Cindy hielt sie eisern von hinten an den Armen fest und schob sie in Richtung Lift. Sie konnte das vor sich sehen. Aber sie konnte sich nicht erinnern. Es war aber fast lustig. Während Gino vor sich hin redete. Die Schmerzen sprangen auf. Erwachten. Ihr Körper begann, an allen Ecken weh zu tun. Zerschlagen. Sie lag zerschlagen auf Ginos Bett. Sie musste lachen. Er solle aufhören, stöhnte sie. Wenn er weiterreden würde. Sie würde noch richtig krank. Und er solle nicht so dumme Geschichten erfinden und ihr die falschen Tage sagen. Er sei doch selber wahnsinnig und verrückt, und das sei ja alles schön und gut. Aber jetzt könne sie nichts mehr aushalten. Sie wolle hier liegen bleiben. Ob er sein Zimmer bräuchte. Gino hatte den Föhn aufgedreht und schrie über das Föhngeräusch, dass sie dableiben könne. Er wüsste nicht, wann er heute ins Bett kommen würde. Sie könne sein Zimmer haben. Sie solle ihm den Schlüssel von ihrem geben. Ihm würde das nichts ausmachen. Im Hügel unter dem swimming pool. Er könne immer schlafen. Und sie solle schlafen. Was immer da los sei. Sie schaue entsetzlich aus. Sie müsse einmal eine Nacht wirklich schlafen. Sie habe schließlich auch nicht die ewige Schönheit gepachtet. Und er wolle, dass seine Emilie die Schönste sei. Gino kam aus dem Badezimmer und setzte sich wieder auf das Bett. »Amalie.« sagte sie. Amalie wäre ihr Name. Emilie, das käme doch von Emil, und sie könne Frauennamen, die von Männernamen abgeleitet wären. Die könne sie nicht leiden.

Sie legte ihren Kopf auf seinen Schoß und zupfte an seinen Haarschöpfchen. »Warum machen das Menschen.« fragte sie. Gino griff nach seinen Haaren. Sie solle das nicht machen, bat er sie. Sonst könnte er die ganze Prozedur wiederholen. Das mit der Holzverkleidung, sagte sie. Warum verkleideten Menschen solche Zimmer mit Holz und machten kleine Saunaräume daraus. Ginge es diesen Menschen darum, sich heiß und zu groß für das Zimmer zu fühlen.

Das wüsste er nicht. Gino stand auf. Ihr Kopf fiel auf das Bett zurück. Gino ging ins Badezimmer. Sie hörte

90

einen Entsetzensschrei und dann: »Amalie. Vielen
Dank. Das habe ich jetzt wirklich dringend gebraucht.
Noch einmal die Haare waschen.« Dann ging die Brause
los. Das Wasser trommelte auf die billige Brausetasse.
Es dröhnte, als ginge ein heftiger Regenguss nieder.
Sie lag auf dem Bett und starrte an die Decke. Sie begann die Bretter zu zählen. Sie zählte bis 10 und begann
dann von vorne. Dann konnte sie sich nicht erinnern,
ob sie nicht doch bis 20 durchgezählt hatte. Sie begann
noch einmal. Dann drehte sie sich auf den Bauch. Im
Badezimmer war der Föhn zu hören. Sie dehnte sich.
Ihre Beine taten weh. Die Zerschlagenheit. Sie streckte
sich. Alle Gelenke waren so rostig und unangenehm.
Die Hüften. Auf dem Bauch liegend. Als wäre sie auf
eines von diesen Turnwochenenden von der Sport-
union gefahren und hatte nicht trainiert. Muskelkater. Ein schrecklicher Muskelkater war das. Das hatte
sie noch nie gehabt. Vom Trinken. »Weißt du was.« rief
sie Gino zu. Der hörte sie nicht. Sie nahm einen Polster und schoss ihn durch die Badezimmertür. Der Föhn
wurde ausgeschaltet. »Weißt du was.« wiederholte sie.
Gino kam an die Tür. Er hielt den Föhn als Pistole und
sagte: »Peng. Peng.«

»Ich möchte nicht mehr so heißen.« Gino lehnte sich
an den Türrahmen der Badezimmertür. Er hielt den
Föhn baumelnd in der Hand. Da könne man wenig machen. Gegen einen Namen. Was sie denn störe. Er fände

91

Amalie nett. Altmodisch und sogar ein bisschen exklusiv. Genau das fände sie daran so blöd. Die Exklusivität. Amy. Das wäre besser. Aber um den Vornamen ginge es nicht. Es ginge um ihren Nachnamen. Sie habe jetzt und eben und beim Zählen des 27. Holzbretts der Holzverkleidung seiner Zimmerdecke einen unüberwindlichen Widerstand gegen ihren Namen gefasst. Gino müsse wissen, dass sie wie ihre Mutter hieße. Weil sie unehelich sei. Und ihre Mutter hieße so wie alle vor ihr. Sie wolle da heraus. »Aber das ist doch ein berühmter Name.« Gino ging ins Badezimmer zurück. Sie konnte ihn sehen. Von hinten. Er stand auf Zehenspitzen und hatte begonnen, das Spiegelkästchen über dem Waschbecken zu durchsuchen. Er nahm die Dosen und Fläschchen und schaute die Etiketten genau an. Dann stellte er alles auf den Boden und suchte weiter. Man wisse doch nie, wann so ein Name praktisch wäre. Sie musste lachen. Das sagten alle, rief sie Gino zu. Aber erstens wüsste doch ohnehin kaum noch jemand etwas von einem berühmten Mann, der 1911 gestorben wäre, und in der Kunst kenne sich doch auch keiner aus. »Na dann.« seufzte Gino und drehte eine der Dosen auf. Ihm sei sein Haarstylinggel ausgegangen. Was er nun machen solle. Ob sie eines habe. Er kam wieder an die Tür. Hinter ihm standen die Fläschchen und Döschen und die Tuben auf dem Boden. »Nein, o großer König der Kosmetika und Pflegemittel.« Sie drehte sich auf die Seite

und schaute ihn an. Er wisse doch, dass sie nichts verwende. Sie habe einen Haarfestiger. Aus der Apotheke.
Gino wandte sich ab. Gespielt angewidert begann er die
Fläschchen und Döschen vom Boden aufzuheben und
stellte sie wieder in die Fächer des Spiegelschranks. Sie
rollte wieder auf den Rücken. Das sei wirklich ein Problem, klagte sie. Für sie sei das ein Problem. Mit diesem
Namen. Sie könnten heiraten, sagte Gino, und dass er
jetzt diesen alten Haarspray nehmen müsse. Ob er den
aufsprayen sollte oder als Saft. Sie hörte ihn sprayen. Sofort der Geruch nach Friseur. Sie glaube nicht, dass man
einen solchen Spray aufschrauben könnte. Die stünden
doch unter Druck. Oder. Und war das nicht der Grund,
warum man sie nicht verwenden sollte. Gino sprayte
im Badezimmer. Amalie Denning, das wäre doch nicht
so schlecht. Oder? Gino stand in der Tür und zog an
seinen Haaren. Das Blöde wäre, dass er keine Zeit haben würde. Zum Einkaufen. Ob sie das machen könne.
Er würde sie heiraten. Sie hieße dann Denning, und
er bekäme sein Haargel. Sie könne das schon machen,
sagte sie. Aber könne man nicht gemeinsam. Wenigstens auf einen Kaffee nach Kötzting. Müsse er das ganze
Wochenende. Gino nickte. Das ganze Wochenende. Es
waren drei seiner Stammkundinnen da. Und er hatte
Wassergymnastik und Fitnessraum und Langlauf und
Buchungen für Massagen. Die Heidi hätte auch so ein
Programm. Bis Weihnachten waren nur er und die

Heidi da, und es war schwierig genug, die Wünsche der Gäste zu koordinieren. Der Jungeibi habe noch dazu neue Software für den Wellnessbereich gekauft, und jetzt ging alles durcheinander, weil die Biggy jetzt auf Urlaub geschickt worden war. Und obwohl sie gleich im ersten Haus im Ort unten wohnte, weigerte sie sich, auszuhelfen. »Ich versteh sie ja. Sie hat an Weihnachten zu ihrem Freund nach Müchen fahren wollen. Aber der Jungeibi hat ihr gesagt, dass sie dann gleich bei dem bleiben soll.« Sie würde an Biggys Stelle in München bleiben, sagte sie. Ja, das sage sie jetzt, seufzte Gino und ging wieder ins Badezimmer. Er stand vor dem Spiegel und zuckte mit den Schultern. Das ginge schon, sagte sie. So wie er jetzt aussähe. Das ginge schon. Er müsse doch sowieso in die Sauna. Mit den Mädels. Sie verstünde gar nicht, warum er sich so fesch machen wolle. Gino seufzte wieder. Gerade für die Sauna bräuchte er doch diesen ganz besonders starken Festiger. Er kam wieder ins Zimmer und zog sein Jeanshemd an und eine Lederweste darüber. Ob sie schon zu Abend gegessen habe, fragte er und zog die Schuhe an. Trachtenschuhe mit Gummisohlen. Er trug diese hässlichen Schuhe, damit er nicht tanzen musste. Er zeigte dann nur die Gummisohlen her und sagte, dass man damit nicht tanzen konnte. Gino hatte Tänzer werden wollen. Immer schon. Aber weil der Bauernhof seines Großvaters im Niederbayrischen so weit weg von allem war, hatte es nur zu Sport gereicht. Und weil die zweite Frau des Großvaters schon alles zu Lebzeiten überschrieben bekommen hatte und der Großvater lange genug leben würde, dass die Schenkung nicht mehr angefochten werden konnte. Deshalb hatte Gino seine Ausbildung zum Sportpädagogen abgebrochen und arbeitete als personal trainer. Da machte er alles. Nur tanzen. Dazu konnte ihn keine seiner Kundinnen bringen. »Ich habe alles beisammen.« Gino saß über seine Füße gebeugt. »Was braucht man denn. Wenn man heiraten will.« Sie rollte sich auf die Seite und lehnte ihre Hüfte gegen seinen Rücken. »Ich schau nach. Das kann doch keine Hexerei sein. Ihr seid doch auch in der EU.« Er grunzte beim Schnüren der Schuhbänder. Sie boxte ihm in den Arm. »Wir sind das Heilige Römische Reich, und ihr habt zu uns gehört. Wir haben euch Hunderte von Jahren beherrscht. So schaut's aus.« sagte sie, und ja, er solle das doch herausfinden. Sie sei entschlossen. Unter allen Umständen sei sie entschlossen. Sie müsse diesen Namen loswerden. Sie habe das Gefühl, dass sie mit diesem Namen keine Luft bekommen könne. »Du bekommst keine Luft, meine Liebe, weil du zu viel gesoffen hast.« »Glaubst du, du kannst eine Trinkerin heiraten.« »Gibt es etwas anderes als Trinkerinnen?« Gino ging zur Tür. Er lasse den Schlüssel da. Falls sie unten nicht schlafen könne. Er wüsste ohnehin noch nicht, ob er es überhaupt ins Bett schaffen würde. »Schönes Hully-Gully!« rief sie ihm nach. Er ließ die Tür ins Schloss fallen. Sie hörte ihn davongehen.

Es war wirklich das Wichtigste. Das mit dem Namen. Sie drehte sich auf den Bauch und legte den Kopf auf den Arm. Ginos Kleider lagen auf dem Boden verstreut. Die Badezimmertür stand offen. Unter dem Waschbecken zwei Spraydosen und eine weiße Flasche. Ein nasses Handtuch hing über der Klinke der Badezimmertür. In der Ecke zur Duschnische schwarzer Schimmel. Über der einen Reihe Fliesen an der Wand schwarzer Schimmel die Kante zur Duschecke hinauf und in Flecken unter dem Waschbecken zur Toilette hin. Wahrscheinlich war unter der Holzverkleidung an den Wänden überall solcher Wandschimmel. Gino lüftete auch nie. Bei ihm mussten die Fenster immer dicht geschlossen sein. Und er war nicht geruchsempfindlich. Aber ohne Gino. Sie hätte es hier nicht aushalten können. Ohne ihn. Hätte sie das alles nicht ausgehalten. Ohne ihn. Wenn sie ihm alles erzählte, dann wurde das alles erst wirklich. Erst wenn sie es ihm erzählt hatte, hatte sie es erlebt. So musste es mit Geschwistern sein. Und vielleicht hatte sie ja welche. Ihr unbekannter Vater konnte 25 Kinder haben. Und ihre Mutter. Vielleicht lebte sie in Amsterdam mit noch einmal 2 Kindern und führte ein ganz normales Leben. Es wäre lustig gewesen, wenn Gino wirklich ein Halbbruder sein könnte. Wenn sie wirklich heirateten, dann war das

96

eine doppelte Versicherung. Sie robbte an den Bettrand und suchte in Ginos Nachtkästchen. Gino hortete Notizblöcke, das wusste sie. Er nahm aus jedem Zimmer, in das er mit diesem Job hier geriet. Er nahm dann immer den Notizblock mit. Die Notizblöcke waren aber nicht in seinem Nachtkästchen. Da lagen die »TV« und ein Filzstift. Gino strich Sendungen an, die er sehen wollte. Sie nahm den Filzstift und die Zeitung und begann, vor sich auf dem Polster »Amalie Denning« zu schreiben. Sie musste auf den schmalen Rand schreiben und in die schmalen Zwischenräume zwischen Titeln und Bildern. Amalie Denning. Ja. Das war besser. Amy Denning war noch besser. Aber den Vornamen konnte man nicht loswerden. Beim Heiraten. Oder.

Sie schrieb »Elisabeth.« »Elisabeth Denning.«

Sie lag dann wieder auf dem Rücken. Lang. Sie drehte sich, bis sie durch das Dachfenster in den Himmel sehen konnte. Sternenklar. Sie hätte kein Licht haben wollen. Das Licht im Badezimmer abgedreht. Die Lampe über dem Kopfpolster. Sie konnte sich aber nicht bewegen und musste es lassen. Sie war sicher, dass die Sterne mehr gestrahlt hätten, hätte sie die Lichter ausschalten können. Aber der Blick in den Himmel schon eine Erleichterung. Das, was über ihr war und was sie nur innen spüren konnte. Es lag nicht so schwer auf ihrer Brust, wenn sie in den Himmel starrte. Wenn sie überlegte, ob nun Donnerstag war. Oder doch Freitag. Hier oben war das gleichgültig. Hier oben wohnten nur Angestellte und jetzt, in der Nebensaison. Es waren nur drei der Zimmer belegt. Die drei gegenüber leer. Gino hatte umziehen müssen, damit nur ein Heizungsstrang laufen musste, und er hatte deshalb ein größeres Zimmer bekommen. Das war das Chefkochzimmer. Es hatte ein Doppelbett. Das vorher ein schmales Bett die Wand entlang. Das Zimmer ein schmaler Schlauch. So wie ihres. Ihres war ein etwas breiterer Schlauch auf der billigen Etage unten. Ginos Zimmer jetzt. Das war über dem Zimmerturm ganz oben und der pool links weit weg. Dieses Zimmer der höchste Punkt weit und breit. Das Hotel auf der Kuppe des Hügels über Kötzting. Der Ort an den Fuß des Hangs gedrängt. Hier oben pfiff der Wind, und es war bitterkalt. Deshalb konnte sie das Fenster auch nicht aufmachen. Das Fenster war eines von diesen Kippfenstern, die nie die Sicht freigaben. Immer war das Fenster im Bild. Außer man hängte sich aus dem Fenster raus. Dafür war es zu kalt.

Sie hatte Hunger. Wahrscheinlich sollte sie etwas essen. Vielleicht war dieses Gefühl. Dieses Hängen in einer Schwere. Vielleicht war das Hunger. Durst. Sie musste nur aufstehen. Zum Wasserhahn gehen. Trinken. Es trieb sie dahin. Es hielt sie fest. Hielt sie aufgespannt. Aufgespannt. Das war es. Sie war aufgespannt wie eines von den Tieren, die hängend ausgenommen wurden. In dem einen Kochbuch von der Tante Schottola die Zeich-

nung. Der Hase aufgespannt an den Hinterläufen. Der
Bauch nach vorne. Und in Schritten wurde vorgeführt,
wie das Fell ab. Wie man um die Läufe einen runden
Schnitt machen musste und dann abziehen. Die Haut
abziehen. Möglichst ganz. Und dann den Bauch auf.
Die Eingeweide langsam. Nicht zu groß den Schnitt.
Die Eingeweide konnten herausquellen, und es ging ja
darum, das Fleisch nicht mit Galle zu verunreinigen.
Die Gallenblase musste vorsichtig herausgelöst werden,
damit man das Fleisch nicht ungenießbar machte. Das
Messerchen von den Bildern. Es war eine Hand mit einem Messerchen gezeichnet, die die Schnitte anzeigte.
Sie konnte diese Hand an sich spüren und das Messerchen in ihre Knöchel ritzen. Sie musste aufstehen.
Die Vorstellung dieses Ritzens um die Knöchel kitzelte,
und das Gedränge im Bauch wurde zu groß. Sie konnte
nicht liegen bleiben. Sie ging im Zimmer auf und ab. Es
waren fünf Schritte möglich. Von der Tür zum Bett und
zum Badezimmer. Dann wieder zwei von der Badezimmertür zum Bett und drei zur Zimmertür. Gino hatte
seine Trainingskleidung auf den Boden geworfen und
liegenlassen. Sie hob die Kleider auf und warf sie über
die Lehne des einzigen Sessels. Auf dem Tisch stand
ein glänzendes Köfferchen. Aus glänzendem schwarzen
Kunststoff. Hatte Gino aufheizbare Lockenwickler. Sie
klappte den Deckel auf. Es waren X-Man-Dildos. Auf
der Innenseite des Köfferchens stand das scharlachrot

auf schwarzsamtigem Untergrund. »X-Man-Dildos«, und für jeden der Name. Kevin. Steven. Tim. Rocket I. Rocket II. Rocket III. Kevin war schwarz. Steven rot. Tim violett. Die Rockets waren alle schwarz. Kunststoffglänzend ragten sie aus der schwarzen Bodenhalterung. Das Antriebsgerät war vorne quer eingelassen und Ersatzbatterien in einem Seitenfach. Sie warf den Deckel zu. Hoffentlich waren die gereinigt. Sie wollte nicht einmal in die Nähe von solchen Dingern kommen. Ginos Handwerkzeug. Es war schon fraglich, ob Gino wirklich bi war oder ob er sich das nur vormachte. Aber vielleicht war Gino hygienischer und wählerischer, als sie das vermutete. Sie kannte ihn ja auch erst seit 7 Wochen. Und zuerst hatte sie hier nur gegessen, bis die Kälte sie aus der Wohnung in dem verlassenen Haus vertrieben hatte. Da hätte sie jetzt sein wollen. Ein Haus, in dem sie herumspazieren konnte und niemanden treffen musste. Irgendwie sollte dieses Haus aber dann auch bei den Eltern Schottola sein, und sie musste nur hinuntergehen, und in der warmen Küche war der Eiskasten und alles da. Sie musste lachen. Der Schreck über die ungereinigten Dildos hatte in ihrem Bauch zu Ruhe geführt. Sie zog den Schlüssel ab und ging. Die Dildos schienen ihr lebendig zu sein. Sie hatte das Gefühl, sich verabschieden zu müssen. Sie hörte sich selbst ärgerlich grunzen und musste lachen. Die Tür fiel hinter ihr zu. Gino musste dieses Zeug wegräumen. Sie wollte mit denen nicht in einem Zimmer sein. Sie ging zum Lift. Es war still, und sie hörte den Lift heraufsummen.

Kurtchen röstete Zwiebeln. Er stand am Herd und rührte in einem riesigen silbernen Topf. Der Dampf stieg senkrecht in die Abzugshaube. Kurtchens Gesicht glühte von der Hitze, und die Aknepickel saßen dunkelrot und prall auf den Wangen und um den Mund. Sie musste ihn anschreien. Sie stand auf der anderen Seite des Herds und formte mit den Händen einen Trichter. Die Abzugshaube schepperte so laut. Kurtchen schaute erschreckt auf und wollte etwas Strenges sagen. Es war natürlich niemandem erlaubt, sich in der Küche herumzutreiben. Der Jungeibi hatte dauernd Angst vor Kontrollen. Das sagte er jedenfalls. In Wahrheit wollte er nicht, dass der Kurtchen von der Arbeit abgehalten würde. Der Kurtchen glaubte, dass das hier seine Chance sein würde und dass er damit berühmt werden konnte. Kurt Kannegießer im »Bayrischen Hirschen«, und dass er zu einer dieser Wettkochsendungen eingeladen würde. Kurtchen hatte die Eibensteiners nicht durchschaut. Der glaubte denen noch, und vielleicht glaubte der Alteibi das alles ja auch. Für die Eibensteiners war es perfekt. Ein guter Koch, der sich die Seele aus dem Leib kochte für Leute, die das nicht verstanden, und der deshalb noch besser kochen musste. Und die Hautprobleme. Kurtchens Kochakne würde ihn in

diesem Kaff hier halten. Niemand wollte wissen, dass
Kochen solche Folgen haben konnte. Und ein erfolg-
reicher Koch stand ja auch nicht in der Nacht da und
röstete Zwiebeln für das Gulasch, das bis 2 Uhr in der
Früh in der Bar bestellt werden konnte und das einer
der Renner war. Kurtchen kam aus Linz und wurde
als Wiener in der Speisekarte geführt. Unser Koch aus
Wien, stand da. Deshalb war das Gulasch ein Wiener
Fiakergulasch, und das machte es noch interessanter.

Kurtchen sah sie fragend an. Sie machte Handbewe-
gungen, als äße sie. Kurtchen nickte und hielt ihr den
riesigen Kochlöffel hin. Sie ging um die Herdzeile und
nahm ihn. Sie schaute nur kurz in das glasig glänzende
Gemisch und rührte. Es war anstrengend. Am Grund
zu rühren und diese Zwiebelmasse in Bewegung zu halten. Sie musste beide Hände nehmen. Der Geruch. Sie
würde diesen Geruch. Sie musste Haare waschen. Dazu
musste sie in ihr Zimmer. Das shampoo. Sie konnte nur
mit diesem shampoo ihre Haare waschen. Alle anderen
machten ihr Kopfjucken. Trockneten die Kopfhaut aus.
Sie saß dann bei den Gruppensitzungen und hatte nur
dieses Jucken im Sinn und wie sie sich kratzen konnte.
Die Gruppensitzung fiel ihr ein. Was war nun mit Grotowski. Hatten sie den herausgeholt. Das war doch der
Name gewesen. Wieder diese Unsicherheit. War das
eine Erinnerung oder eine Erfindung von ihr. Hatte sie
sich das nur vorgestellt, und in Wirklichkeit war sie gar

nicht auf der Arbeit gewesen. Kurt tupfte sie an. Er hielt ihr ein Tablett hin. Käsebrote. Tomatensuppe. Kurt zuckte mit dem Achseln. Das wäre es. Oder wollte sie ein Gulasch. Das konnte er ihr natürlich machen. Sie verneinte. Sie küsste Kurtchen. Die Pickel spitz gegen ihre Wange im Streifen des Küsschens. Kurt nickte und nahm ihr den Kochlöffel aus der Hand. Er begann heftig zu rühren. Sie nahm das Tablett und ging durch die Gleittüren in den Speisesaal. Sie setzte sich an den hintersten Tisch.

Sie tauchte den Löffel in die Suppe und ließ dann alles abrinnen. Dann nahm sie den Löffel in den Mund. Der dünne Überzug mit Tomatensuppe war genug. Mehr wollte sie nicht im Mund haben. Sie saß da und löffelte. Bröselte die Rinde vom Brot und knabberte am Käsebrot. Von ihrem Tisch aus konnte sie in die Rezeption sehen. Heidi stand hinter der Rezeption und schrieb etwas auf einen Block. Der Jungeibi kam vorbei. Er trat hinter Heidi und umarmte sie von hinten. Sie konnte dann nur die Hände vom Jungeibi sehen, wie er von hinten in den Dirndlausschnitt von Heidi griff. Heidi schrieb weiter und sagte etwas. Der Jungeibi ging dann wieder davon. Zwei Paare kamen von der Poolhalle und gingen in die Bar. Sie hatten nasse Haare und schlenderten durch die Halle. Gino lief an ihnen vorbei in die Bar voraus. Ginos Haare waren auch nass an den Kopf geklatscht. Gino lachte. Alle verschwanden in der

Bar. Heidi rief ihnen etwas nach. Nach langem legte sie den Block weg und versperrte die Laden. Sie ging hinter der Rezeption in Richtung Bar davon. Zwei Frauen wanderten in die Halle. Sie standen an der Rezeption. Dann setzten sie sich in die Fauteuils an der Seite. Dann standen sie wieder auf und wanderten wieder in Richtung Poolhalle. Ein Paar kam von der Bar und ging zum Lift nach hinten zu den guten Zimmern. Die Frau war wütend. Der Mann ging verdrossen hinter ihr. Gino lief durch die Halle der Rezeption zur Poolhalle.

Sie saß vor ihrem Essen. Sie holte sich eine große Flasche Mineralwasser aus dem Kühlschrank in der Küche. Kurtchen rührte am Herd. Es roch nach Essig und geröstetem Fleisch. Sie setzte sich wieder zu ihrem Essen und schaute in die Halle. Gregory kam in die Halle und ging zum Lift nach hinten. Er hatte den schwarzen Mantel mit dem weißen Seidenschal an. Er ging schnell und sah sich nicht um. Sie träufelte Tomatensuppe auf den Käse. Im Speisesaal waren die großen Lüster ausgeschaltet. Es brannten nur die Wandleuchten. Es war ein rotes funzeliges Licht, und die Tomatensuppe sah graustichig aus. Sie schaute von ihrem Versuch auf, ein Muster auf das Käsebrot zu zeichnen. Gino küsste eine Frau. Es war Cindy. Sie standen ineinander verkeilt in der Mitte der Halle und küssten einander. Es sah technisch aus. Sie hielten immer wieder inne und grinsten einander an. Dann versenkten sie wieder ihre Zungen im Mund des anderen. Die Lifttür hinten ging auf. Gregory kam heraus. Er hatte es eilig und schritt weit aus. Dann sah er Cindy und Gino. Er schaute die beiden kurz an, dann ging er hinaus. Man konnte die große Eingangstür rauschen hören. Gino und Cindy hörten mit dem Küssen auf. Cindy sagte etwas, und sie gingen in Richtung Bar.

Sie brachte ihr Geschirr in die Küche. Sie hatte kaum etwas gegessen. Sie warf alles in den Müllschlucker. Käsebrot und Suppe und den Teller und die Suppentasse. Dann ging sie in die Halle. Sie hielt die Wasserflasche an sich gepresst. Unter diesen Umständen konnte sie nicht in Ginos Zimmer zurück. Sie würde es nicht ertragen können, wenn Gino kam, die Dildos zu holen. Oder nicht kam. Oder mit Cindy ins Zimmer kam. Sie war nicht prüde, und Gino. Sie war ja befreundet mit ihm. Da konnte eine Cindy nichts zerstören. Aber sehen wollte sie ihn nicht. In ihr Zimmer konnte sie auch nicht. Im pool. Da wurde bis spät in die Morgenstunden noch. Das hielt sie schon gar nicht aus. Sie ging in den Speisesaal zurück. Hinten an der Wand. Sie legte sich auf eine der Bänke da. Sie würde ohnehin nicht schlafen, und wenn es wieder hell war, dann konnte sie in ihr Zimmer zurück. Bei Tageslicht war es nicht so schlimm.

Dezember.

Es war wie im Kino. Es war dunkel. Nur vorne beim
Eingang Licht und hinter den Glasscheiben der Rezeption. In der Eingangshalle. Die Sesselreihen auf die Anzeigetafel ausgerichtet. Auf der Anzeigetafel tauchten
Namen auf. Die Namen waren weiß auf den schwarzen
Hintergrund geschrieben. Dann wurden die Namen rot,
und die Buchstaben begannen zu blinken. Dann rollte
der Namenszug nach links aus dem Bild und rollte von
rechts wieder herein. Rote Sternchen fassten die Namen. Immer wieder blieben die Schriftzüge stehen
und blinkten. Eine der wartenden Personen schob sich
durch die leeren Reihen hinaus und ging an den Schalter gleich beim Eingang. Der Mann da sagte etwas. Die
Person ging davon. Nach rechts zum Lift. Einen Gang
nach hinten. Einen Gang nach rechts außen. Die beiden Frauen wurden aufgerufen. Das Paar vorne blieb
sitzen. Die Anzeigetafel wurde schwarz, und es begann
die Werbung für eine Hustenmedizin und ein Aufklä-
rungsvideo über Ernährung. Ein kleines Mädchen war
zu sehen. Dann fast food. Schokoladetafeln. Hambur-
ger. Pommes. Ketchup. Eis in allen Farben. Dann sah

man das Mädchen wieder und konnte zusehen, wie
es älter wurde und immer fetter. So würde diese Person aussehen, wenn sie 20 wäre und das alles gegessen
hätte, was zu sehen gewesen war. Dann 40. Dann alt.
Das Mädchen sah dann aufgequollen aus und müde.
Vor allem müde. Dann kamen Obst und Gemüse und
rotes Fleisch, und das Mädchen würde mit 20 strahlend
aussehen. Jung. Schlank. Begehrenswert.

Sie wartete auf den Namen. Sie hatte sich Denning
genannt. Sie hatte auf den Schein Emily Denning geschrieben. Und dass sie seine Ehefrau wäre. Der Mann
hatte sie fragend angeschaut. Dann hatte er auf den Zettel geschaut und mit den Achseln gezuckt. Sie hatte gefürchtet, er würde einen Ausweis verlangen. Die Heiratsurkunde. Ihren Pass. Sie hatte sich beherrscht. Sie
war so von Empörung und Angst erfüllt, dass sie sich
vor nichts fürchtete und jede Lüge zustande gebracht
hätte. Aber es wurde ihr nichts abverlangt. Sie solle
warten, hatte der Mann nur gesagt. Ihr Name würde auf
dem Bildschirm erscheinen. Dann könne sie in den 2.
Stock. Dort würde ihr dann weitergeholfen. Und nein,
er könne keine Auskunft geben.

Es war Morgen. Samstagmorgen. Über dem Bildschirm war eine Leuchttafel mit dem Tag und dem
Datum. Samstag, stand da. Das Wort Samstag hielt ihren Kopf von ihrem übrigen Körper fern. Das Wort
Samstag da auf der Anzeigetafel schob sich in sie hinein,

zwischen sie, und ihr Kopf schien ihr weit weg von sich zu sein. Sie fühlte aber auch nichts von sich im Körper, obwohl die Sorge um ihn sie zittern ließ. Seit Kurtchen sie aufgeweckt hatte. Sie hatte gedacht, er wolle sie vertreiben. Sie hatte sich auf der Bank im Speisesaal nur ausruhen wollen, und Kurtchen wollte sie vertreiben. Sie hatte begonnen, ihn anzuschreien, und dass er sie nicht berühren solle. Aber das Gesicht von ihm. Sie war sofort weggefahren. Sie war in ihr Zimmer gerast, den Autoschlüssel holen. Da war er aber nicht, und einen Augenblick dieses Gefühl. Die Wut und die Verzweiflung. Es war nichts anderes da. Sie war zu der Wut und dieser Verzweiflung geworden. Sie war in diese Wut und Verzweiflung verwandelt, und gerade in dem Augenblick, in dem sie dachte, sie müsse zerplatzen. Sich auflösen. Kleine Spritzer von Wut und Verzweiflung in alle Richtungen sprengend, und sie nicht mehr vorhanden.

Der Autoschlüssel war im Auto gewesen. Steckte da, und sie musste sich nur hineinsetzen und losfahren. Ohne Mantel. Die Windschutzscheibe vereist und undurchsichtig, und die Heizung bis lange nach Kötzting gebraucht hatte, das Eis wegzuschmelzen. Sie hatte Antifrostmittel aufgespritzt und einen Matsch auf dem Fenster gehabt. Aber so früh am Morgen war noch niemand auf der Straße gewesen, und die Schneewehen so hoch an den Straßenrändern. Sie war immer wieder in die Spur zurückgeschoben worden, wenn sie zu weit nach außen geriet. Das Krankenhaus dann angeschrieben. Tafeln. Kreiskrankenhaus. Chirurgische Abteilung. Kreiskrankenhaus in der Kreisstadt. Es hatte sich in ihrem Kopf gedreht. 5 Uhr am Morgen. Alles dunkel. Sie war durch immer gleiche schneebegrenzte Straßen, über immer gleiche Schneehügel gefahren. Nichts am Himmel zu sehen. Nur ihr Auto durch die Landschaft. Von den Schildern geführt. Durchgezogen von den Schildern. Die Schilder entlang nach Cham. Kurtchen hatte gerade begonnen, das Frühstücksbuffet herzurichten. Deshalb hatte er das Telefon gehört. Ihr handy.

Sie griff in die Hosentaschen ihrer Adidashose. Nichts. Das handy war sonst immer da. Sie war immer erreichbar. Warum war sie nicht angerufen worden. Aber wo war das handy. Es wurde hell. 7 Uhr am Samstagmorgen. Das Licht in der Halle wurde aufgedreht. Die dritte Kerze auf dem Adventskranz brannte. Eine Glühbirne in der Form einer übergroßen Kerzenflamme. Der Adventskranz riesig. Er hing über der Wartezone. »Wartezone« stand auf einem Pfeil neben der verglasten Rezeption. Der Mann da. Er starrte auf einen Bildschirm. Sie hatte plötzlich das Gefühl. Eine Gewissheit. Sie musste nur schreien, und es ginge ihr besser. Sie würde mit dem Schreien diese Entfernung zwischen ihrem Kopf und dem Druck und Jagen in ihrer Brust schließen können.

Dann wusste sie sofort, dass danach alles noch schlimmer sein würde. Man würde aufmerksam auf sie werden. Einer der Ärzte. Die Bilder der Ärzte hingen an der Wand vorne neben dem Lift. Sie konnte nur die kleinen Bildchen sehen und die Überschrift lesen. »Unser Ärzteteam« stand da. Ein Bild in der Mitte unter der Überschrift und dann drei nebeneinander und dann viele Bildchen. Sie wurden immer kleiner nach unten. Damit sie Platz hatten. Eines von diesen Bildern. Sie würde einem von diesen Bildern auffallen. Wenn sie jetzt hier zu schreien begann. Das Unglück darüber, was dann wieder geschehen würde, ließ sie wimmern. Sie hörte sich selbst wimmern. Der Mann und die Frau in der ersten Reihe drehten sich zu ihr um. Schauten sie an. Wandten sich wieder ab. Sie legte die Arme über den Sessel vor ihr und legte den Kopf auf ihre Arme. Was war los. Es stimmte gar nichts. Sie war verwirrt. Sie hatte nicht in ihr Zimmer im Hotel gehen können und daliegen. Sie saß hier im Jogger und heulte herum. Auf der Anzeigentafel war Samstag. Für sie war Freitag. Sie hätte lernen sollen. Sie hätte diese Prüfung längst machen sollen. Dann hätte sie gar nicht mehr hier sein müssen. Jetzt einmal. Wenn sie das correction officer exam abgelegt hätte. Ja. Ablegen. Das nannten die so. Ablegen. Die Unruhe in ihr. Das schaukelte. Schwappte. War es so weit. War es so weit gekommen, und sie war übergeschnappt. War sie die asoziale, verrückte Person geworden, die die Tante Marina ihr prophezeit hatte. Wegen der Betsimammi. Aber auch das Mammerl. Und alle in der Schule. In Stockerau jedenfalls. Und in England dann ja auch. War die schlechte soziale Prognose jetzt eingetroffen, und sie würde in Cham in Bayern in der Wartezone des Kreiskrankenhauses zu schreien beginnen, und eine Fotografie würde von der Wand steigen und sich ihrer annehmen. Infusionen und Tabletten. Ein Bett und alles im Schwindel verschwimmend. War das mit der Zeit. Dass sie einen Tag. Verloren. Sie hatte einen Tag verloren. Wusste nichts. Alkohol. Aber Alkohol war nur das Medium von solchen Störungen. Musste sie sich selbst einliefern. Wäre das das Richtige. Sollte sie die Gelegenheit ergreifen und sich. Ausliefern. Aber sie hätte ihre Manuskripte mitbringen müssen. Als Beweise. Wenn sie vorlegen hätte können, wie sie lernen sollte, warum sie dem Gefangenen Pedro den Gang auf die Toilette verwehren musste. Weil die Gefahr bestand, dass der Gefangene Pedro sich auf der Toilette selbst verletzen könnte und der Gefangene Pedro in die »Safariland-spit-net-transport-Kapuze« gesteckt werden musste und mit den »Hiatt-Thompson-1010-series-stainless-steel-chain-link-handcuffs« versichert in die Isolierzelle gebracht werden und sie ihn dort auf den Box-lock-Sicherheitsstuhl schnallen musste und ihn da festsperren. »Until prisoner makes eye contact and indicates subservience.«

»Das sind doch Sie!« Eine Stimme rief. Sie schaute auf. Schaute sich um. Die Frau vorne in der ersten Reihe rief ihr das zu und deutete auf die Anzeigetafel. »Sind Sie das nicht.« Der bayrische Akzent. Sie hätte lachen können. Dieser Dialekt klang immer komisch. Ja, das wäre ihr Name. Das wäre eigentlich nicht ihr Name, aber das wäre der Name, den sie angegeben habe. Sie redete vor sich hin. Versuchte die Frau dabei anzulächeln. Sie ging zum Lift und drückte auf das Feld mit dem Pfeil nach oben. Sie schaute nach der Frau. Die sah sie an. Müde. Sie saß an ihren Mann gelehnt und sah ihr zu. Sie sah ihr in die Augen. Sie sahen einander in die Augen. Die Frau nickte dann. Sie nickte ihr zu. Der Lift kam, und die Türen rauschten auf. Ein großer Lift. Ein Lift, in dem Krankenbetten transportiert werden konnten. Silbrig metallen innen. Boden. Wand und Decke. Alles silbrig metallen und ein Profil aus Pfeilen. Auch rundherum. Sie stand im Lift. Die Frau hatte sich abgewandt. Die Frau hatte ihren Kopf abgewandt und schaute wieder vor sich hin. Sie im Lift. Dass die Frau ihren Blick abgewandt hatte. Sie fühlte sich verlassen deshalb und wusste, dass es keinen Grund dafür gab und dass sie doch fast keine Luft bekam, so sehr bestürmte sie diese Verlassenheit.

Sie hatte nicht gewusst, dass Cindy da sein würde. Sie war aus dem Lift gestiegen und hatte sich umgeschaut. Rechts hinunter. Auf einem der Sessel den Gang entlang. Cindy saß weit unten. Sie saß mit den Händen vor sich auf den Knien. Sie hatte einen dunklen Mantel über die Schultern geworfen. Beim Näherkommen sah sie die Verbände. Cindys Hände waren in dicke weiße Verbände gewickelt. Cindy hatte ein Pflaster hinter dem Ohr und eines an der Stirn. Sie war im Gesicht blau und blutig, und ihre Arme und Beine waren abgeschürft. Cindy hatte ein Goldlamékleid mit Spaghettiträgern an und goldene Sandalen. Keine Strümpfe. Cindy saß in sich zusammengesunken. Sie bewegte sich nicht, und sie hatte geweint. Cindy hatte Amy kommen gehört und versuchte, den Kopf in ihre Richtung zu drehen. Amy musste vor sie hintreten und weit nach hinten, damit Cindy den Kopf nicht heben musste. Sie starrte Cindy an.

Cindy hob den Kopf dann. Es sah unendlich mühselig aus. Cindy hatte geweint. Ihr Augen-Make-up war verschmiert und die Wimperntusche auf den Wangen eingetrocknet. Cindy versuchte, etwas zu sagen. Zu grinsen. Sie verzog den Mund. Musste es dann aber aufgeben und sank wieder in sich zusammen.

Amy stand vor Cindy. Cindy verletzt. Cindy hilflos. Eine Welle fürsorglicher Zärtlichkeit stieg in Amy auf. Sie wollte sich vor die Person hinknien und sie fragen, was denn mit ihr geschehen sei. Was sie machen könne. Sie wollte ausrufen, dass sie nicht wolle, dass so etwas geschehe. Mit niemandem. Aber mit Cindy schon gar nicht. Sie hätte sie einhüllen wollen und wegtragen. Wegschweben. Cindy retten. Aber ein eiserner Ring in der Brust hielt sie entfernt. Eine Lust wallte hoch. Darüber, dass Cindy geweint hatte. Sie hätte selbst weinen mögen, dass diese starke Person weinen hatte müssen, und dann gleich eine Befriedigung, dass die nun auch wusste, was es hieß, Schmerzen zu erleiden. Eine eisige Kälte ließ Amy gerade aufgerichtet. Ein eiserner Zwang, Abstand zu halten. Sich weitab zu halten. Nicht zu berühren. Und sie konnte nur fragen, was denn geschehen sei. Cindy hob ihre hängenden Schultern. Ließ sie aber gleich fallen, und bevor Cindy etwas sagen konnte, ging die Tür hinter Amy auf. Eine Krankenschwester kam heraus. Sie sei wohl die Ehefrau. Amy nickte. Cindy riss den Kopf hoch. Ein winziger Schmerzensschrei entrang sich ihr. Amy wandte sich ihr zu. Dann fiel die Tür hinter ihr zu, und Cindy war auf dem Gang geblieben.

Sie müsse sich diesen grünen Kittel anziehen und die Hände da desinfizieren, sagte die Frau. Über dem Behälter mit Desinfektionsmittel war ein Plakat mit schematischen Zeichnungen, wie man die Hände zu desinfizieren hatte. Am Ende war vorgeschrieben, das Desinfektionsgel mit kleinen kreisenden Bewegungen in den Handflächen zu verreiben. Amy drückte mit dem Hebel das grünliche Gel auf die Hand und folgte den Anweisungen. Die Krankenschwester hatte sich zu einer anderen an einen kleinen Tisch gesetzt. Sie tranken Kaffee. Die beiden Frauen deuteten ihr, den schmalen Gang hinunterzugehen.

Sie trat in einen großen dämmrigen Raum. An einem Schreibtisch links eine Krankenschwester in einer himmelblauen Uniform. Die anderen hatten blau und weiß gestreifte Kittel angehabt. Sie schrieb unter einer Schreibtischlampe. Im Dämmer sah das tief unten aus. Zwei Betten waren beleuchtet. Drei andere standen in der Dämmerung. Sie sah sich um. Ein Pfleger kam auf sie zu. »Denning.« fragte er. Sie nickte. Er ging voraus. Ganz links unten. Das eine beleuchtete Bett. Gino lag halbaufgerichtet. Die Arme in Gips. Die Beine. Der Kopf verbunden. Das Atemgerät. Ein dicker Schlauch im Mund. Mit grünem Klebeband festgeklebt. Das Gerät sog auf und zischte Luft aus. Der Herzmonitor fiepte. Regelmäßig. Das Blutdruckmessgerät pumpte sich auf. Entließ zischend die aufgepumpte Luft. Der Pfleger ging an die Seite. »Er freut sich, dass Sie da sind.« sagte der Mann. »Sein Blutdruck ist gestiegen.« Amy konnte nur starren. »Ich weiß ja nicht einmal, dass etwas passiert ist.« Der sachliche Ton kam ihr selber komisch vor. »Reden Sie mit ihm. Das tut ihm gut.« Der Mann stellte hinten etwas ein und ging nach vorne weg. Er ging ans andere Ende des Saals. Das Bett da. Eine sehr alte Frau lag da. Aus der Entfernung konnte sie nur ein kleines verschrumpeltes Gesichtchen sehen. Die Frau hob die Hand. Der Pfleger ging auf sie zu. Was sollte sie mit

Gino besprechen. Was sollte sie sagen. Was hatte Gino gemacht. Warum war Cindy draußen. Und warum war Samstagmorgen.

»Das war gestern wieder die Hölle. Und ich habe das Abendessen versäumt. Der Kurtchen. Der hat mir dann noch ein Brot gemacht. Und eine Suppe. Eine von seinen selbstgemachten Tomatensuppen. Die, die er nur uns gibt. Weil die Gäste sowieso die ›Campbell's‹ lieber haben und die ja auch billiger ist. Der Kurtchen. Der wollte mir ein Zwiebelbrot geben. Weil er gerade Gulasch angerührt hat. Aber ein Zwiebelbrot. Das könnte ich nicht essen. Du könntest das auch nicht. Oder. Könntest du ein Zwiebelbrot essen. Du weißt schon. Ein dunkles Brot. Nicht zu dünn. Und die heißen gerösteten Zwiebeln und dann salzen. Es ist natürlich besonders gut beim Kurtchen. Weil er Schweineschmalz nimmt. Dann haben die Zwiebeln schon ein bisschen Schwein. Du weißt doch, wie er redet. Dabei bekommt er von dem Zwiebelrösten sicherlich extragroße Pickel. Das kann für die Haut nicht gut sein. Und deshalb wollte ich auch kein Zwiebelbrot von ihm. Stell dir vor. Der Dampf. Der verdampft ja dann auch von seinem Gesicht. Und es ist eine Schande, dass der Kurtchen nicht die Zeit bekommt, zu einem Arzt zu gehen. Aber er will ja auch nicht. Der Arzt würde ihn berufsunfähig schreiben. Glaubt er jedenfalls. Na, jedenfalls. Es sind ja alle da. Das Rundschwein. Die Faltenferkel.

Die Biosäue. Du weißt schon. Dieses Paar, das alles nur Bio haben will und sich über das Chlor im pool aufregt. Aber mit Sauerstoffdesinfektion wird der pool auch nicht sauberer von ihrer Biologie. Es muss high life gewesen sein. Alle in der Bar. Aber das musst du ja. Also. Ich bin so schnell hergefahren, wie es ging. Ich hab den Autoschlüssel nicht gleich. Und sonst war ja niemand da. Wenn der Kurt nicht schon wieder. Der hat mit dem Frühstücksbuffet begonnen und das Telefon gehört. Und.«

Der Pfleger kam vom anderen Bett wieder herüber. Sie verstummte. Sie musste tief Luft holen. Sie hatte in einem fort geredet. Sie hatte Gino nicht einmal angesehen. Sie hatte zu ihren Schuhspitzen gesprochen. Der Mann ging um das Bett herum. Er griff nach Schläuchen und zupfte an Ventilen. Sie konnte sehen, wie bräunliche Flüssigkeit in den Urinbeutel tropfte. Sie schaute den Pfleger fragend an. Ja. Innere Verletzungen. Man müsse abwarten. Ob sie sich setzen wolle. Aber dann könnte ihr Mann sie nicht hören. Jedenfalls nicht so gut. Nein, nein, wehrte sie ab. Sie bliebe stehen. Sie stünde lieber. Aber sie wusste nichts mehr zu sagen oder zu erzählen. In ihrem Kopf taumelten Wortfetzen herum, und es ließ sich nichts zu einem Satz zusammensetzen. Sie weinte. Sie bemerkte es erst, weil die Feuchtigkeit am Hals kühl wurde. Sie begann ihre Taschen nach einem Taschentuch zu durchsuchen. Der

Pfleger ging zum Tisch, an dem die Krankenschwester schrieb, und brachte ihr eine Schachtel Kleenex. Sie hielt die Schachtel und zog sich ein Tuch nach dem anderen heraus. Sie begann, gegen das Weinen zu reden. Tonlos. In Stößen. Als wäre sie schon bei der Prüfung. Sie leierte auswendig aus der Erinnerung. Sie schaute Gino an. Die Atemmaschine zischte. Das Blutdruckmessgerät pumpte sich regelmäßig auf.

»The Use of Force. – The smallest amount possible is the right amount of force. You do not need to. To go through six months of training to recognize that it is a monumental waste of effort. – To swat a fly with a ten-pound sledgehammer when a one-ounce plastic fly swatter will achieve the same result. Common sense. – Yes. – Common sense comes heavily into play in this area. – Expect to see test questions. Das steht so im Manual. Expect to see test questions that ask you what the proper amount of force is for an officer to use when physical control is necessary – and what kind of force is appropriate – from the choices you are given. Prison administrators. – Deswegen muss ich das lernen. Verstehst du. Man muss das alles wissen, damit man Sicherheit planen kann. Das kommt dir komisch vor. Ich weiß. Es ist ja auch komisch. So geschrieben. Da ist das komisch. Aber das ist nur so ein Durchgangsstadium. Ich will ja mit solchen Sachen nichts zu tun haben. Das ist nur theoretisch. – Prison administrators are always concerned about potential brutality lawsuits and do not want to hire someone who cannot exercise the appropriate amount of control. – Ich lerne das, damit ich das beurteilen kann. Wenn ich nichts darüber weiß. Wie das funktioniert. Innen. Drinnen. Was das für eine Welt ist. Ich weiß ja gar nicht, mit wem ich es zu tun habe. Insgesamt. Verstehst du. Das ist ja auch eine ganz andere Welt. Von der wissen wir alle nichts. Oder warst du im Gefängnis. Einmal. Das kann ich mir nicht denken. – Your position. – Du machst das ja auch. Auf deine Weise kannst du ja auch die Probleme beurteilen. Du solltest halt dein Psychologiestudium wiederaufnehmen. Ich würde das tun. Ich wollte, ich hätte Psychologie angefangen. Dieses blöde BWL. Da fehlt einem jede Einsicht. Deine Mädels. Du verschwendest ja sicherlich deine Potenz auch nicht so irgendwie. Oder. – Your position will require you to communicate effectively with inmates to diffuse violent situations. – Force. Force should always be your last resort. When answering judgment questions, keep in mind that the test makers know that the best officer will use the least force possible in all situations.«

Gino war mit breiten Laschen an das Bett gesichert. Sein Oberkörper schräg hochgelagert. Die Beine leicht abgewinkelt. Gino war nackt. Ein Tuch über die Hüften. Schläuche kamen unter dem Tuch hervor und hingen schwer. Das Weinen wurde aber so stark. Bei »Force«.

Das Schluchzen überwältigte sie, und sie beendete den Paragraphen mit hoher quietschender Stimme.

Sie stand am Bett und bekam keine Luft und musste dann fast schreiend Atem holen. Die Krankenschwester stand auf und kam zu ihr. Sie nahm sie am Ellbogen und führte sie zum Eingang zurück. Sie wollte bleiben. Konnte aber nichts sagen. Sie wurde an den Tisch mit den zwei Frauen in den gestreiften Kitteln gesetzt und bekam einen Kaffee vorgesetzt. Milch. Sie mochte keine Milch. Das Schluchzen wurde wieder schlimmer, und sie bekam keine Luft. Sie bekam einen Kaffee ohne Milch. Aber Zucker. Und sie solle trinken. Eine Decke wurde ihr umgehängt. Der Kaffee wurde ihr eingeflößt. Die Frauen hielten sie an den Schultern, und wenn das Schluchzen die Schultern gar so hochriss, streichelten sie die Schultern und murmelten, dass alles wieder gut werden würde. Am Ende hatte sie den Kaffee getrunken. Sie hatte sich den Mund verbrannt und hatte noch einmal so schrecklich weinen müssen. Weil es aber schmerzte, konnte sie die Beherrschung langsam wiederfinden. Die Schmerzen im Mund lösten ein armseliges Weinen aus. Sie konnte ruhig dasitzen und vor sich hin weinen.

Ob sie denn dabei gewesen wäre, fragten die beiden Pflegerinnen sie dann. Es sei ja gerade so, als hätte sie einen Schock. Die Frauen musterten sie. Sahen ihren Körper entlang. Sie schüttelte den Kopf. Nein. Sie wäre im Hotel gewesen. Sie hätte geschlafen. Die Frauen sahen einander an. Ob sie Wasser trinken wolle. Was jetzt geschähe, fragte Amy. Sie müsse sich einmal um nichts kümmern. Irgendwann solle sie in die Aufnahme gehen und die administrativen Dinge regeln. Aber normalerweise blieben die Angehörigen einmal da. Bei ihren Lieben. Die Frauen sahen sie an. Ob Ginos Mutter benachrichtigt sei. Fragte Amy. Gino habe eine Mutter. Die müsse doch geholt werden. Das sei doch wichtig. Wirklich wichtig. Ginos Mutter. Gino und seine Mutter. Die hätten ein gutes Verhältnis. Ein wirklich gutes Verhältnis und deswegen. »Gino.« fragte die Pflegerin rechts. Ja. Eigentlich Ingo. Ingo nenne sich Gino, weil er Ingo nicht mochte. Als Name. Gino sei kein Ingo, hätte Gino gesagt, aber natürlich stünde in seinen Ausweisen Ingo. Man könne sich ja in Deutschland nicht so einfach umbenennen, und das wäre das Blödeste daran, keinen englischen Pass zu haben. In England. Da könne man sich ganz einfach anders nennen. Da müsse man nicht so Dinge tun. Wie heiraten. Oder adoptieren. Es koste auch gar nicht viel. Wäre das denn so wichtig für sie, fragte die Frau links. Und sie solle einen Keks essen. Da. Sie habe sicherlich noch kein Frühstück gehabt. Die Cafeteria hätte dann um 8.00 Uhr auch wieder offen. Da könne sie dann etwas Ordentliches essen. Sie müsse sich jetzt gut um sich selber kümmern. Regelmäßig essen. Viel trinken. In diesen Räumen hier. In der Intensivstation. Da wäre die Luft sehr trocken. Sehr trocken. Die beiden Frauen lachten. Deshalb wären sie beide auch so früh gealtert.

Und das waren sie. Amy schaute den Frauen ins Gesicht. Die Haut dieser beiden Frauen war aber nicht so krümelig und faltig und bleich, weil sie in einer trockenen Umgebung arbeiten mussten. Sie konnte sehen, dass diese beiden Frauen rauchten. Wie ihre Mutter. Sie kannte das von der Betsimammi. Und das Mammerl erinnerte sie immer daran. »Rauch nicht.« sagte sie immer. »Du ruinierst dir die Haut. Wie deine Mutter. Was hat die für eine schöne Haut gehabt. Wie du. Meine Almeline.« In Wirklichkeit hoffte das Mammerl, dass sie kein Haschisch zu rauchen begann. Das Mammerl dachte, dass es genügte, nicht zu rauchen, und die Drogenkarriere war schon beendet, bevor sie beginnen hatte können. Ach. Das Mammerl. In Wien. Und die Betsimammi. Wahrscheinlich in Amsterdam. Und sie selber. In Cham. Im Kreiskrankenhaus in der Intensivstation. Und niemand wusste, wo sie gerade war. Niemand konnte ihr helfen. Nicht einmal Onkel und Tante Schottola. Die kannten sich schon gar nicht aus. Die wussten schon überhaupt nichts von der Welt. Von dieser Welt. Obwohl. Der Onkel Schottola war ja schon mit einem Herzinfarkt ins Spital eingeliefert worden. Aber es war dann nur ein Verdacht gewesen, und er war auch gleich in ein normales Zimmer gebracht worden.

Nein, antwortete sie der Frau links. Nein, sie hätte nicht gewusst, dass Gino mit dem Auto unterwegs gewesen wäre. Die Frauen schauten einander an. Das wäre er ja auch nicht. Die Krankenschwester kam in den Vorraum. Sie räusperte sich. Das alles wäre nicht interessant für die Frau Denning. Amy schaute sie fragend an. Die Frau starrte zurück. Abweisend. Dann fiel Amy ein, dass sie die Frau Denning war. Sie beugte sich vor. Sie war rot geworden. Unter dem vorwurfsvollen Blick der Krankenschwester war sie rot geworden. Sie beugte ihr brennendes Gesicht über die Kaffeetasse. Sie war sogar dazu zu dumm. Die Verzweiflung stieg wieder auf. Das Gefühl, eigentlich weit weg zu sein, aber mithören zu müssen, wie alle schlecht über sie sprachen. Böse. Vorwurfsvoll. Anklagend. Und es stimmte ja auch. Es war nicht so, wie diese Frauen das dachten. Aber es war mindestens so schrecklich. Mit ihr. Und plötzlich war sie diesen Frauen dankbar für ihre schlechte Meinung von ihr.

Sie stand auf und ging in den Saal zurück. Gino lag unverändert. Das Licht war abgedreht. Draußen. Hinter den großen Fenstern hatte der Morgen begonnen. Sie ging um das Bett herum und schaute zum Fenster. Gino würde hauptsächlich Himmel zu sehen bekommen.

»Du musst dann aufwachen.« sagte sie zu ihm. Sie stand hinter ihm und redete von da auf ihn ein. »Du musst aufwachen und denen sagen, was los war. Und warum sitzt die Cindy da draußen. Wo wart ihr denn. Ihr seid doch nicht auf dem Weg in diese Disco gewesen. Die im Internet angegeben ist. Da sind wir doch gewesen. Die haben wir doch gesucht. Da gibt es doch das Haus nicht mehr. Aber ich weiß schon, ihr seid nach Kötzting ins Casino gefahren. Oder doch nach Tschechien. Seid ihr nach Strazny gefahren. Na ja. Ist ja gleichgültig. Ich kann auch gar nicht dableiben. Ich kann mich nicht um dich kümmern. Du weißt doch. Ich muss nach London, und das ist wichtig. Und ich will natürlich gar nicht wissen, was passiert ist. Ich will nur, dass es dir gutgeht. Du bist doch der Stärkere von uns beiden. Wie kannst du hingehen und einen Unfall bauen. Ich nehme an, dass es ein Unfall gewesen ist. Ihr seid doch nicht. Sag. Das kommt davon. Wie kannst du dich mit jemandem wie dieser Cindy einlassen. Du hast nichts verstanden. Ich habe dir doch gesagt, dass das komisch ist. Das ist alles komisch da, und wenn du mit der ausgehst, dann musst du damit rechnen, dass du überfallen wirst. War es das? Seid ihr in einen Hinterhalt. Ja? Ich habe es ja gewusst. Diese Geschichte mit diesem Grotowski. Die hat dich dazu benutzt, Kontakt aufzunehmen. Das heißt, ihr wart in Strazny, und sie hat da mit irgendwelchen Russen geredet. Weil die da Kontakte haben. In Afghanistan haben die noch ihre Kontakte. Ist ja klar. Und es waren die Falschen. Ingo.

Ingo. Warum hast du mich nicht gefragt. Die haben da ein riesiges Problem. Die sind verzweifelt. Da muss man sich heraushalten. Nein. Du glaubst immer, dass das eine Spielerei ist. Aber da wird nicht gespielt. Weil du mich nicht ernst nimmst. Du. Du Dummkopf, du.«

Der Pfleger schob sie zur Seite. Der Patient dürfe nicht berührt werden. Jetzt noch nicht. Und sie solle gehen. Sie habe den Blutdruck des Patienten so erhöht, dass da eine Pause. Er stellte etwas an der Infusion ein. Die Krankenschwester kam von der Tür auf sie zu. Sie ging. Sie hätte weinen können. Aber sie weinte nicht. Sie ging an allen vorbei hinaus. Sie ging steif. Sie spürte sich selbst steif gehen. Die Gelenke widerständig. Beugten sich nicht rechtzeitig. Eine Holzpuppe. Ich bin eine Holzpuppe, dachte sie und ging. Sie machte die Tür betont leise hinter sich zu. Sie konnte noch kurz hören, wie die Frauen sprudelnd zu reden begannen. Die redeten jetzt über sie. Sollten sie doch. Die verstanden auch von nichts etwas. Solchen Leuten ging es aber ohnehin nur ums Reden. Da musste so ein Redefluss aufrecht bleiben. Das war alles.

Auf dem Gang. Cindy saß nicht mehr da. Sie war allein. Sie ging zum Lift. Geschlossene Türen. Schilder, dass der Eintritt nur Befugten erlaubt war. Einen Augenblick stellte sie sich vor, wie das mit den Befugten sein konnte. Wie so ein Arzt in Weiß mit Fugen versehen werden konnte und dann befugt war. Sie schüt-

125

telte den Kopf. Das war der Stress. Bei Stress geriet sie in solche Wörtlichkeiten. Eine von diesen überflüssigen Begabungen. Sie lachte wenigstens nicht mehr laut. Sie blieb allein im Lift. Sie konnte sich in Ruhe befugte Personen vorstellen. Es war dann wohl eine Stilentscheidung, welche Art von Fugen diese Personen wählten. Oder erwarb man da die Befugung und musste nehmen, was da kam. Dehnungsfugen. Dichtungsfugen. Anschlussfugen. Sanitärfugen. Glasfugen. Der Onkel Schottola hätte für alles die richtige Technik gewusst. Sie wären zum ÖBAU Fetter in der Horner Straße gefahren und hätten lange Gespräche über Fugen geführt und ob man sie betonen sollte oder ob man sie zum Verschwinden brachte und man sie nicht sehen musste.

In der Eingangshalle. Niemand saß mehr in den Sesselreihen. Eine Putzfrau entnestelte das Kabel eines Staubsaugers. Sie stand hinten. Im türkisfarbenen overall. Trat gegen den Staubsauger. Sie ging nach rechts zum Eingang. Was sollte sie jetzt tun. Die Türen glitten auf. Eisig kalte Luft floss herein. Der Mann an der Rezeption rief nach ihr. »Frau Denning.« rief er. Sie ging zu ihm. Es ginge um die Aufnahmeformulare. Ob sie die ausfüllen könne und die Versicherungskarte ihres Mannes. Das wäre wichtig. Sie nahm die Papiere in die Hand. Wäre es nicht am einfachsten, sie nähme das mit. Sie wäre ohnehin auf dem Weg zum Arbeitgeber ihres Mannes. Sie wohnten da. Da könne sie das alles in

Ruhe. Sie lächelte den Mann an. Der stand höher und schaute auf sie hinunter. Er setzte sich. Sie konnten einander so in die Augen sehen. Das ginge nicht, sagte er. Wenn es nach ihm ginge, dann wäre das sicher das Einfachste. Sie solle einfach die Unterlagen mitbringen, wenn sie wiederkäme. Er schaute sie prüfend an. Das habe ja alles auch Zeit. Dann hielt der Mann inne. Er schaute auf seinen Bildschirm hinüber. Dann begriff sie. Wenn sie jetzt die echte Ehefrau gewesen wäre. Jetzt hätte sie zu weinen beginnen müssen. Wieder. Dieser Mann hatte gerade gesagt, dass Gino noch lange dableiben würde. Oder sterben. Und dass dann ja alle Zeit der Welt sein würde. Für die Formalitäten. Gino sterben. Das war ihr noch gar nicht eingefallen. Kalte Wut füllte sie aus, und sie musste sich abwenden und weggehen. Wie konnte dieser Mann das andeuten. Wenn sie die wirkliche Frau gewesen wäre. Sie wäre doch zerstört gewesen.

Sie ging mit großen Schritten in die Kälte hinaus. Der Mann rief ihr irgendetwas nach. Sie drehte sich draußen um. Der Mann hatte sich gesetzt und hielt seinen Kopf in beiden Händen. Sie ging zum Auto. Sie hörte eine Autotür schlagen. Ein schwarzer Schatten links weit außen. Sie riss die Autotür auf. Die Tür war angefroren, und sie musste ein zweites Mal an ihr reißen. Dann ließ sie sich auf den Fahrersitz fallen und drehte den Autoschlüssel. Sie hatte ihn stecken lassen. Wer wollte einen uralten Kia, und sie hatte es ja gestern auch so gemacht. Gestern. Das vielleicht Vorgestern gewesen war. Die Tür zum Beifahrersitz wurde aufgerissen. Der Starter gab einen dünnen Ton von sich, und der Keilriemen quietschte. Gregory ließ sich auf den Beifahrersitz fallen. Sie startete wieder. Diesmal funktionierte es. Der Motor sprang an. Sie wollte in den Rückwärtsgang schalten. Sie wollte weg. Ob mit Gregory im Auto oder allein. Sie wollte weg. Gregory lehnte sich gegen sie. Gregory lehnte sich gegen ihre Schulter. Er hielt seinen Arm gegen ihren Arm. Das Kaschmir seines schwarzen Mantels warm wolkig. Gregorys Arm darunter hart gegen ihren. Sie war erstarrt. Sie hatte in der Bewegung innegehalten und war gegen Gregory angelehnt geblieben. Erst ihr Kältezittern gegen ihn machte sie darauf aufmerksam. Gregory sagte nichts. Er schaute nach vorne durch die Windschutzscheibe hinaus. Die Scheibe wieder vereist.

»Would we want to be rid of this ice.« stöhnte er und blieb sitzen. Die Lüftung blies eiskalte Luft gegen die Scheibe. Sie habe das sehr gut gemacht, sagte er dann. Sie ließ den Arm sinken. Er nahm ihre Hand in seine. Er trug Handschuhe. Weiche Sämischlederhandschuhe. Er umschloss ihre Hand. Es wäre genial gewesen von ihr, sich als die Ehefrau auszugeben. Ja. Er habe das alles mitbekommen. Amy habe damit die Aufmerksamkeit von Cindy und ihm abgelenkt. Sie hätte perfekt improvisiert. Wenn sie das geübt hätten, es hätte nicht besser sein können.

Sie wollte protestieren. Sie wollte sagen, dass sie Gino mochte. Dass sie mit Gino so ein Verlorene-Kinder-im-Pfadfinderlager-Verhältnis hatte. Dass sie beide allein da gewesen wären. Die Einzigen ohne Ziel. Dass sie Gino liebte. Aber nicht so, wie Gregory sich das vorstellte. Dass es noch mehr gab als Gregorys einfache Welt von Macht und Ohnmacht. Sie konnte aber nichts sagen. Sie hielt den Kopf gebeugt. Sie hielt das Gesicht in den kalten Luftstrom von vorne. Sie konnte keinen Ton von sich geben. Sie konnte auch nur atmen, weil die Luft so kalt war. Wäre die Luft wärmer gewesen. Sie hätte keine Luft bekommen können. Ihre Brust wie verriegelt. Die Erklärungen. Die Einsprüche. Die Wahrheiten. Ihre Meinung. Es brandete gegen diese Verriegelung an. Und dann gleich die Angst wie vor Erbrechen. Dass diese tobende Masse von Sprechen-Wollen den Riegel durchbrechen und sich in einem Schwall ergießen. Sie spürte es. Sie konnte spüren, wie das sein würde. Schreien. Schreien war das. Alle diese Dinge, die gesagt werden sollten. Die gesagt werden mussten. In einem Schwall. Und Gregory sie einliefern konnte. Würde. Musste. Und sie nie sagen können würde, was geschehen war. Was wirklich geschehen war. Was sie wirklich erlebt hatte. Was die Wahrheit gewesen war. Was die Wahrheit war. Und sie nickte. Sie deutete Gregory zu gehen. Sie spielte eine Rolle und sah sich zu. Sie war die gebrochene überforderte Freundin dieses halbtoten Mannes. Gregory grinste. Sie spürte Gregory grinsen. Das mache sie sehr gut. Selbst wenn jetzt noch jemand zusähe, wäre sie glaubhaft. Sie müsse es für ihn nicht machen, aber wenn sie es für sich bräuchte, die Rolle durchzuhalten, dann solle sie das ruhig tun. Sonst wäre es ja nicht notwendig, für einen solchen toyboy Gefühle zu verschwenden. Es täte ihm ja leid, aber man müsse einfach sehen, dass es besser wäre, dieser kleine Stricher wäre drangekommen als Cindy. Cindy ginge es schlimm genug. Und sie solle diesem Ingotypen ausrichten, dass Allsecura sich erkenntlich zeigen würde. Die Kosten für das Krankenhaus jedenfalls. Sie schaute Gregory fragend an. Der wäre bestimmt nicht versichert. Das würde er jedenfalls annehmen. Aber das wäre ja gleichgültig. Es wäre nichts passiert, was nicht wieder gut werden könne, und sie. Amy. Sie habe sich bestens bewährt. Das freue ihn, dass er der lieben Tante in London Gutes berichten könne. Er habe es ja gewusst. Sie wäre ein Talent. Und wäre es nicht erstaunlich, was eine schöne Frau alles behaupten könne, ohne dass jemand nachfragte. Wie dieser Mann am Eingang ihm gesagt hatte, dass die Ehefrau schon bei Ingo Denning sei und er ihr Auto auf dem Parkplatz gesehen habe.

Gregory war in Hochstimmung. Er wetzte beim Reden und fuchtelte mit den Händen. Er riss ihre rechte Hand in seiner eingefangen mit herum. Sie wurde herumgerissen. Seine Begeisterung riss sie in alle Richtungen. Dann hob Gregory die Hand, um mit ihr abzuklatschen. Sie schaute aber weiter nach vorne. Gregory wurde ruhig und beugte sich vor. Er entließ ihre Hand. Er zog den Handschuh von der rechten Hand. Er legte den Handrücken der rechten Hand gegen ihre linke Wange. Er ließ den Handrücken an ihrer Wange liegen. Dann stieß er sie mit einem kleinen Schubs weg. »Attagirl.« sagte er. Leise. Verschwörerisch. Dann schwang er sich nach rechts und stieg aus. Er schloss die Autotür und schlug mit der flachen Hand auf das Autodach. Zweimal. Sie stieß den Schaltknüppel in den Rückwärtsgang. Stieg auf das Gas. Sie schoss auf den Parkplatz hinaus. Schaltete. Wandte den Wagen und raste davon. Ein großer dunkelgrüner SUV stand links in der Ecke des Parkplatzes. Mit laufendem Motor. Einen Augenblick der Impuls, dagegenzufahren. Einfach auf dieses Auto und hinein. Dann war sie schon auf der Straße. Sie war zu schnell um die Kurve. Sie hatte Mühe, das schleudernde Auto auf der Straße zu halten. Sie fuhr dann langsamer. Davon. Nur davon. Es war wieder dunkel geworden. Es begann zu schneien. Auf dem Weg zurück ins Hotel. Es schneite dicht. Sie fuhr zum Hotel zurück, weil sie zu müde war, gleich nach Wien zu fahren. Zum Mammerl. Oder in ihre Marga-

retenstraße. Zu den Schottolas konnte sie ja nicht. Die
hatten ja jetzt diese Sandra. Noch einmal ein Pflegekind, hatten sie gesagt. Sie hatte nichts sagen können.
Was konnte sie, das Pflegekind Nummer 3, schon sagen. Aber es würde nicht gut ausgehen. Das war traurig. Das war sehr traurig. Es war überhaupt das Trau-
rigste, wenn es die Netten traf. Sie. Sie kannte die Welt.
Sie hatte eine drogensüchtige Mutter. Mehr musste niemand von der Welt wissen. Aber die Schottolas. Oder
Gino.

Sie wurde angehupt. Sie hatte das Licht nicht aufgedreht. Sie schaltete das Licht ein.

Auf dem Parkplatz des Hotels. Die Heizung hatte das
Auto endlich warm gemacht. Sie hatte auf die höchste
Stufe geschaltet und sich aufgewärmt. Sie blieb im Auto
sitzen. Sie sah den Schneeflocken zu, wie sie auf der
Windschutzscheibe auftrafen. Einen Augenblick waren
sie noch Schneeflocken, dann zerrannen sie zu winzigen Tropfen. Das Schlimmste war der Kaschmir gewesen. Die Erinnerung an diesen weichen, seidig glänzenden schwarzen Stoff gegen ihre Vliesjacke. Gegen
ihren Arm. Wie dieser Stoff gegen ihre kalte Hand. So
leicht gelegen. Und ihr plötzlich die Tiere einfallen hatten müssen und wie sie geschoren wurden. Wie sie, an
den Hinterbeinen gehalten, geschoren wurden. Wie die
Wolle um sie im Abdruck ihrer Körper zu liegen kam
und die bleich rosigen Körper davonsprangen.

Sie saß da. Das Auto kühlte aus. Im Motor knackte es. Sie war so ein bleich rosiger Körper, dachte sie. Aber warum sprang sie nicht davon. Was machte sie so. Drückte sie nieder. Wieder fiel ihr der Kaschmirstoff ein. Wie die Arme von ihm und ihr. Wie die Ärmel. Nebeneinander. Und wie elend sie dabei. Und jetzt. Sie blieb sitzen. Nach und nach stockten die winzigen Tropfen, und eine verschwommen schlierige Schicht Eis bildete sich.

Jänner.

Sie wusste nicht gleich, dass sie in London war. Wellington Square. Im Haus von Marina. Sie lag in einem kleinen Zimmer mit sehr niedriger Holzdecke. Das Holz weiß gestrichen. Eine gestreifte Tapete an den Wänden. Himmelblau und weiß mit einer Rosengirlande. Auf weißem Untergrund waren die Rosen rosenrot. Auf dem blauen Untergrund waren sie weiß. Das war das andere Dienstmädchenzimmer auf Wellington Square. Melvin wohnte im anderen. Melvin, der schwedische Au-pair-Boy.

Es war kalt im Zimmer. Sie griff unter der Decke heraus nach der Heizung. Lauwarm. Gerade nicht kalt. Sie zog die Hand zurück. Die Tante Marina hatte die Heizung so sparsam eingestellt, dass hier oben gerade nichts einfror. Sie setzte sich auf und schaute nach. Der Heizungsschalter war auf die höchste Stufe gestellt. Die Heizung war einfach schwach. Sie musste ins Badezimmer laufen und dann gleich die Dusche aufdrehen und das Badezimmer mit dem Wasserdampf aufheizen. Dann konnte sie sich nicht im Spiegel sehen, aber wenigstens war es im Badezimmer dann angenehm. Angenehmer.

Aber sie fühlte sich wohl. Sie lag still. Ja. Sie fühlte sich wohl. Klar. Innen war alles klar. Diese Magenverstimmung oder was das gewesen war. Dieses Elend tief in der Mitte. Es war weg. Sie hatte Hunger. Sie würde heute frühstücken. Sie würde zu »Whole Foods« wandern und dort ein riesiges, gesundes Frühstück essen. Obstsaft. Porridge. Kaffee. Alles frisch und bio. Und dann in den Park. Und dann. Was dann.

Sie verschränkte die Hände hinter dem Kopf. Was sollte sie dann tun. Sie hatte in Wien sein wollen. Mit dem Mammerl zum Ausverkauf. Sie war aber gefangen. Gefangen in London. Die Marina hatte aus Italien nicht zurückkommen können. Wegen des Schnees. Kein Flugverkehr wegen des Schnees. Dabei war es nicht so viel. Hier. In der Stadt. Da lag Schnee nur noch auf den Grasflächen. Überall sonst war er vom Wind fortgeblasen oder geschmolzen. So kalt war es dann doch nicht. Es reichte nur dazu, dass dieses Zimmer eiskalt war. Sie zog die Decke bis zum Mund herauf. Drehte sich auf die Seite. Dann schlug sie die Decke weg und stand auf. Sie war taumelig und ging schnell zur Toilette. Sie musste auf den Gang hinaus und in das Badezimmer zwischen den beiden Zimmerchen. Sie gähnte noch an der Tür und wollte die zwei Schritte über den Gang machen. Sie blieb stehen. Musste stehen bleiben. Ein schneidendes Gefühl in der Scheide. Glatt. Schneidend. Ganz kurz. Dann war ihr Slip feucht, und es rann Blut den rechten Schenkel hinunter. Warm und klebrig. Sie raffte das Nachthemd zwischen die Beine und ging ins Badezimmer. Sie horchte noch, ob sie etwas von Melvin hörte. Sie versperrte die Tür hinter sich. Leise. Melvin nicht aufzuwecken. Sie stand da. Hielt mit der rechten Hand das Nachthemd zwischen die Beine. Es rann nicht mehr. Aber es war etwas Festes durch ihre Scheide gerutscht. Etwas Festes, das einen scharfen Rand haben musste. Nicht scharf genug für einen richtigen Schnitt. Aber scharf genug, in Erinnerung zu bleiben.

Sie stellte sich dann in die Dusche. Der Boden da noch kälter, und sie begann zu zittern. Im Badezimmer war es richtig kalt. Der kleine Heizkörper unter der Dachluke auf null gestellt. Sie konnte es von der Dusche aus sehen. Sie hatte gestern aufgedreht. Melvin musste wieder abgedreht haben. Wahrscheinlich hatte Melvin den strengen Auftrag, keinerlei Energiekosten zu verursachen. Sie musste ja auch in der Küche ganz unten bleiben. Alle übrigen Räume waren ungeheizt.

Sie zog das Nachthemd weg. Es war nicht so viel Blut. Sie versuchte zu glauben, dass das alles normal war. Der Versuch gelang nur kurz. Die Regel. Eine Menstruation. Menses. The Days. The Cycle. The Period. Der Besuch. Die Regelblutung. Monatsblutung. Blutung. Das war längst fällig gewesen. Sie hatte nicht genau gewusst, wann. Sie hatte nur gewusst, dass es ausgeblieben war. Sie hatte sich aber keine Sorgen gemacht. Sie hatte keinen Sex gehabt. Seit dem surfcamp im Sommer nicht mehr. Es konnte nichts sein, und sie hatte es genossen. Keine Verhütung. Keine Anstrengung. Kein Gedanke an das alles. Sex, das hatten alle anderen, und sie hatte sich abgewendet. Aber während sie das Nachthemd auseinanderfaltete und das Höschen hinunterzog. Das hier. Das war etwas anderes. Sie wusste nicht, was. Aber normal war da nichts. Das ließ sich nicht glauben. Sie ließ den Slip auf den Boden der Dusche gleiten und hockte sich auf den Rand der Duschtasse.

Es sah aus wie ein Stück Leber. Es war glattes Gewebe. Dunkelbraunrot. Glänzend. Und etwas hing weg. Sie hob dieses Ding auf. Beim Angreifen. Wie Leber. Es war warm und rutschig. Sie schaute genau. Dann war das Zittern zu stark. Sie musste wieder aufstehen. Sie wollte das Ding in die Toilette werfen. Sie hatte ein Handtuch zwischen die Beine geklemmt und stand vor der Toilette. Starrte in die Toilette. Dann nahm sie die Seifenschale vom Rand der Waschmuschel. Sie kippte die Seife in die Toilette. In der linken hielt sie das Ding. Vorsichtig. Auf der Handfläche. Sie konnte sich im Spiegel sehen. Ihre Haare wirr um den Kopf und die Schultern. Das graue Nachthemd vorne verballt und fleckig. Sie. Die linke Hand verdreht. Sie hielt die linke Hand ihrem Spiegelbild hin. Aber sie wusste nichts. Ihr war elend. Aber anders. Anders elend als in den letzten Wochen. Sie ließ Wasser über die Seifenschale rinnen.

Die Seifenschale oval mit einem Blumenkränzchen am
Rand. Blitzblaue Blümchen. Sie schaute dem Wasser zu,
wie es sich in der Seifenschale fing und drehte und dann
über den Rand davonrann. Das Wasser wurde dann
heiß. Der Dampf in der kalten Luft. Stieg auf und begann, den Spiegel zu beschlagen. Sie drehte ab. Trock-
nete die Seifenschale mit einem Handtuch ab. Legte
das Ding hinein. Sie ging in ihr Zimmer zurück. Stellte
die Seifenschale mit dem Ding auf das Fensterbrett. Es
gab sonst nichts, etwas abzustellen. Bett. Sessel. Kasten. Nicht einmal ein Nachtkästchen. Sie musste telefonieren. Sie musste mit jemandem reden. Sprechen.
Beraten. Fragen. Sie nahm die Daunendecke um den
Leib und lief hinunter. An Selinas Apartment vorbei die
Stiegen hinunter. Marinas Schlafzimmer im nächsten
Stockwerk. Marinas Studio. Noch ein Stockwerk tiefer. Sie riss die Tür auf. Es war warm hier. Hier war die
Heizung voll aufgedreht. Sie ging an den Schreibtisch
zum Telefon. Sie setzte sich in den breiten Chefsessel
da. Die Tuchent rund um sich. Wen sollte sie anrufen.
Sie fühlte Blut warm und klebrig zwischen den Bei-
nen. Angst überfiel sie. Sie bekam keine Luft. Konnte
sich nicht bewegen. Sie hätte nicht schreien können.
Die Angst hämmerte in ihrem Kopf und in der Brust.
Schlug gegen die Brust innen. Tobte bis in die Fingerspitzen. Sie starb. Sie war sicher. Wusste. Klar und eindeutig. Sie starb jetzt.

Der Schreibtisch stand an den französischen Fenstern zu Wellington Square. Die grünen Samtvorhänge mit Goldkordeln zusammengerafft. Draußen. Grau. Die Häuser gegenüber. Weiß. Alle gleich. Die Geländer an den Stufen zu den Türen. Goldglänzend. Die Türen. Schwarz und weiß. Die Säulen neben den Aufgängen. Weiß kanneliert. Und sie starb jetzt. Starb. Jetzt gerade. In diesem Augenblick. Und alles war still. Niemand da. Nicht einmal auf der Straße ein Mensch.

Sie zog das Telefon zu sich. Die Daunendecke rutschte davon. Sie zerrte sie wieder hinauf. Sammelte die Wärme um sich. Das Mammerl war nicht da. Oder hob nicht ab. Weil sie an der ID-Kennung gesehen hatte, dass Marina anrief, und sie nicht mit ihr reden wollte. Es kam aber auch kein Anrufbeantworter. Nichts. Nur der Anrufton aus Österreich. Ein schriller Ton. Ausklingend und dann Pause. Sie legte auf und wählte wieder. Der Onkel Schottola war sofort am Telefon, und sie solle sich beruhigen. Sie solle ruhig atmen. Er könne sie nicht verstehen, wenn sie so hastig redete. Wolle sie nicht erst weinen und ihn dann wieder anrufen. Oder wolle sie am Telefon weinen. Das sei doch sicherlich sehr teuer für sie, und dann konnte sie wenigstens sagen, dass sie vom Apparat der Aunt Marina anriefe und dass es sie nichts kosten würde. »Na dann.« sagte er, und sie solle sich Zeit lassen. Solange sie telefonieren könne, würde sie nicht sterben. Sie konnte

Luft holen. Sie war gleich böse auf den Onkel Schottola. Es ginge ihr schlecht. Wirklich schlecht. Und nein. Sie wisse auch nicht, was los sei. Das sei jetzt schon länger so. Und nein. Sie tränke keinen Alkohol. Nein. Schon länger nicht. Ganz sicher. Aber sie verstand die Panik schon nicht mehr so gut, während sie mit ihrem Pflegevater sprach. Sie beklagte sich über London und dass sie eingesperrt wäre. Dass sie hier das Wochenende verbringen müsste. Dass das Schlafzimmer nicht geheizt wäre. Dass sie ein schlechtes Gewissen hätte. Weil sie Gino in Cham allein gelassen hätte und nicht da wäre, seine Mutter zu trösten. Dass Melvin kontrolliere, was sie im Haus von der Marina täte. Dass sie nur wegen dieser blöden Restitutionsangelegenheit nach London gekommen wäre, und was solle sie nun tun.

Der Onkel Schottola sagte, sie solle doch im Schlafzimmer von der Marina schlafen. Wenn die nicht da sei. Niemand müsse in einem kalten Zimmer übernachten. Das könne ihr dieser Melvin auch nicht verbieten. Sie solle sich etwas zum Essen besorgen und eine Flasche Wein und dann fernsehen. Natürlich wäre lesen noch besser, aber er wüsste ja, wie wenig sie das interessierte. Und ihn hätte dieses Victoria and Albert Museum sehr interessiert. Das wäre doch etwas für so einen Samstag allein. Ein Museum. Da könne man in Ruhe allein sein, und jeder fände es richtig. Er habe Leute in Museen allein immer beneidet, wenn er mit der Trude da gewesen wäre. Das habe nichts mit Trude zu tun. Es sei ihm immer cooler erschienen, da allein herumzugehen.

Sie saß in die Daunendecke gewickelt. Es blutete nicht weiter. Nicht sehr. Sie redete mit dem alten Mann. Er sei ja auch allein. Er ginge ins Spital und nähme einen kleinen Kuchen dahin mit. Die Trude habe ja Geburtstag. Aber keine Kerzen. Das sei verboten. Er habe einen kleinen, trockenen Kuchen besorgt. Das müsse reichen. Das mit den Geburtstagen. Auch ihr eigener. Das wäre ja alles die Angelegenheit der Trude gewesen. Da habe er keine gute Hand. Sie hatte den Geburtstag von der Tante Schottola vergessen gehabt. Sie wünschte alles Gute. Sie tat so, als wäre der Geburtstag von der Tante Schottola der eigentliche Grund des Anrufs. Sie käme, sobald es ginge. Irgendwann würde ja auch England mit dem Schnee fertig werden und wieder Flugzeuge starten lassen. Sie wollte nicht auflegen. Sie fragte ihn, was er denn als Abendessen haben werde. Was würde er denn essen, wenn er allein wäre. Ja, so wie es gewesen wäre, als sie noch im Haus gewesen war. So würde es nun nicht wieder sein. Wenn sie alle zu faul gewesen waren, etwas zu kochen, und zum Heurigen gegangen waren und sich mit Schweinsbraten vollgestopft hatten. Das könne er doch immer noch machen. »Kind.« sagte er. »Kind.« Sie hasste diese Sandra. Die Sandra hatte diese Personen verletzt. Die Sandra hatte diesen beiden Men-

schen nachgewiesen, dass sie alt waren und als Pflegeeltern nichts mehr taugten. »Kinderl.« sagte der Onkel
Schottola. Es sei nun wirklich an der Zeit, dass sie Hermann und Trude zu ihnen beiden sagte. Dass sie nicht
mehr Onkel und Tante Schottola sagen müsse. Sie sei
jetzt eine Erwachsene. Er und seine Trude. Sie solle
doch wirklich nicht mehr als das kleine Kind auftreten, das sie gewesen war, als sie zu ihnen gekommen
sei. »Weißt du. Angesichts der Ereignisse der letzten
Zeit.« sagte er. Er musste eine lange Pause machen. Er
und die Trude hätten erst jetzt begriffen, was das für
eine Leistung gewesen war, die sie da vollbracht habe.
Vollbracht. Er sagte, vollbracht.

Sie lehnte sich in dem breiten Lederdrehsessel zurück. Im Haus war es vollkommen still. Von draußen
Autos. Aber weit weg. Die Fenster schalldicht. Sie schob
das Bronzepferd vorne auf dem Schreibtisch zur Seite.
Und wieder zurück.

Er müsse aufhören, sagte der Onkel Schottola. Er
müsse noch einkaufen. Milch und Brot. Er habe nichts
zu Hause. Und dann wolle er den ganzen Nachmittag
bei Trude bleiben. Sie habe heute keine Chemo, und er
würde ihr vorlesen. Was er ihr denn vorläse, fragte sie.
»Don Quixote.« antwortete er und lachte leise. Ob es
ihr wieder gutginge. Und ja. Sie konnte das bejahen. Sie
glaubte nicht mehr, dass sie sterben müsse. Das sagte
sie aber nicht. Sie schickte ihm Bussis, und dann leg-

ten sie auf. Sie wusste jetzt auch, was das war. Sie hatte eine Fehlgeburt.

Das, was sie da in der Seifenschale auf das Fensterbrett in ihrem Zimmer oben gestellt hatte. Das musste eine Fehlgeburt sein. Es gab keine andere Erklärung. So, wie das aussah. Wie sich das angriff. Wie sie sich gefühlt hatte. Das Unmögliche war nur, dass sie mit niemandem geschlafen hatte. Seit dem August in Soulac-sur-Mer hatte es niemanden gegeben. Wenn sie davon schwanger gewesen wäre, dann wäre sie im 5. Monat gewesen, und das war nicht möglich. Sie hatte dazwischen die Regel gehabt. Oder doch. War das doch möglich, und sie würde in der nächsten Stunde einen Blutsturz haben und hier in diesem Haus verbluten. Sie hatte heute noch nichts von Melvin gehört. Der war gar nicht zurückgekommen. In der Nacht. Der feierte durch, und sie war allein. Ganz allein. Allein mit ihrem toten Kind. Schon während sie das zu denken begann. Während sie das Wort »totes Kind« zu denken anfing, musste sie den Kopf auf den Tisch legen. Sie legte die Arme auf den Schreibtisch und den Kopf auf die lederne Schreibunterlage. Sie lag so über den Tisch geworfen und fühlte die Kühle des Leders und die Kälte des Holzes gegen das Pulsieren ihres Blutes unter der Haut. Ihr totes Kind. Das Vorwerfen ihres Körpers hatte einen Schwall Blut austreten lassen. Sie musste zu einem Arzt. Sie musste versuchen, ob etwas zu retten war. Aber was sollte ge-

rettet werden. Es konnte nichts geben. Es konnte kein
Kind geben. Es konnte keine Schwangerschaft geben.
Aber sie wusste es ganz genau. Während des Gesprächs
mit dem Onkel Schottola. Während sie ihn über seine
Wochenendpläne ausgefragt hatte. Während er über
die Krankheit von der Tante Schottola geredet hatte. Es
war aus sich heraus klargeworden. Das war eine Fehlgeburt. Ihr Körper wusste das ganz genau. Sie war unsicher. Es tat nichts weh. Jetzt nicht. Es war leer. Tief im
Bauch war es leer. Ihre Wange lag auf dem Leder. Das
Leder erwärmte sich, und sie begann zu schwitzen. Sie
konnte spüren, wie ihre Haut feucht wurde und das Leder an der Haut zu kleben begann. Klebrig. Die Haut
wurde klebrig. Die weitausgestreckten Arme. Das Holz
blieb kalt. Unerträglich. Alles unerträglich. Warum war
sie nicht gestorben. Sie wollte nicht weiter.

Es war dann, weil sie erstaunt war. Sie schüttelte
den Kopf. Vor Staunen. Was ihr da geschah. Geschehen war. Geschehen würde. Das passierte ihr nicht. Das
konnte ihr nicht passieren. So etwas passierte nicht.
Ihr nicht. Und beim Schütteln blieb das Leder an der
Wange kleben. Sie hob den Kopf. Die Schreibunterlage
verrutschte. Papier kam zum Vorschein. Sie schob die
Schreibunterlage zur Seite. Sie kannte den Briefkopf.
Das war der Anwalt, der die Sammelklage organisiert
hatte. Wegen dieser Sammelklage saß sie hier. In London. Weil die Marina ihre Unterschrift brauchte. Weil

144

sonst der österreichische Staat nicht über die Rückgabe des Bilds weiterverhandeln würde. Wenn nicht alle Erben in einer Erbengemeinschaft zusammengefasst aufträten, dann würde es keine Restitutionsverhandlungen geben. Es sollten alle Forderungen gebündelt vertreten werden. Der Anwalt hatte sie mit Briefen verfolgt. Die Marina war sogar zum Mammerl nach Wien gekommen, und die hatte brav unterschrieben. Wie immer. Das Mammerl war der Marina noch nie gewachsen gewesen. Dabei war die Marina die jüngere Halbschwester. Um 15 Jahre jünger, aber trotzdem selber uralt. Sie hatte sich geweigert. Sie hatte sich geweigert, weil die Betsimammi nicht vertreten gewesen wäre. Sie hatte ihrer leiblichen Mutter die Treue gehalten. Ihretwegen konnte die ganze Geschichte mit diesem blöden Bild ins Wasser fallen. Wenn ihre Mutter nicht beteiligt war, dann war das nicht die vollständige Erbengemeinschaft, und das galt alles nicht. Das konnte alles nicht gelten. Aber da war ihre Unterschrift. Sie kannte diese Schrift. Krakelig, eckig. Elisabeth Armbruster, geborene Schreiber. Adresse. 1130 Wien, Auhofstraße 56.

Sie nahm die Papiere. Stapelte sie vorsichtig. Sie öffnete die einzelnen Laden. Sie fand keine Plastikmappe. Kuverts. Aber nur in der halben Größe. Sie faltete die Papiere und steckte sie in ein Kuvert. Sie schob die Schreibunterlage zurecht. Stand auf. Wischte den Sitz des Ledersessels mit der Daunendecke ab. Sie warf sich

145

die Daunendecke über die Schultern und ging in ihr Zimmer. Die einzige freie Zeile war neben ihrem Namen. Sie war die Letzte, die von der Marina eingefangen werden musste.

Im nächsten Stockwerk. Sie stand auf dem dunkelrot-schwarzen Spannteppich und schaute die Stiegen hinauf. Sie rief nach Melvin. Sie schrie »Melvin«. Irgendjemand sollte da sein. Sie wollte ihn auch nur sehen. Sie wollte nur die Gewissheit, dass überhaupt noch jemand anderer existierte. Sie schrie noch einmal und löste wieder einen Schwall Blut aus. Das Blut lief die Beine hinunter. Tropfte auf den Teppich. Es kam keine Antwort. Melvin war nicht da. Es war niemand da. Sie ging in Marinas Schlafzimmer. Auch hier lief die Heizung. Sie ließ sich auf Marinas Bett fallen. In Marinas Schlafzimmer war alles golden und pfirsichfarben mit scharlachroten Akzenten. Sie ließ sich auf das Bett fallen. Auf die Daunendecke und stand dann schnell wieder auf. Sie ging in Marinas Ankleidezimmer und schaute sich um. Sie fand keine Binden oder Tampons. Das würde es bei Selina geben. Sie nahm ein Prada-Wochenendcase aus dem Kasten mit den Koffern und Taschen und einen hellgrauen Schal. Ein spinnwebfeines Gewebe.

Bei Selina versorgte sie sich mit allem. Sie duschte in Selinas Badezimmer. Türkis und dunkelblau. Sie zog ein Paul-Smith-Kleid an und nahm dunkelbraune Stiefel. Mantel. Die Mäntel von Marina und Selina waren alle zu madamig. Wirkten ältlich. Upperclass. Spießig. Sie stieg zu ihrem Zimmer hinauf. Stopfte ihre Sachen in die große Prada-Tasche. Sie rollte die Daunendecke zusammen. So klein es ging, und rammte sie in die Plastiktasche vom Flughafen München, in der sie die Handcreme aus dem duty free transportieren hatte müssen. Die Daunendecke passte nicht ganz hinein. Außerhalb der Plastiktasche sprang sie auf. Braunblutige Schmierer zeigten sich. Sie trug ihre Taschen. Nahm die zusammengerollte Daunendecke unter den Arm. Balancierte die Seifenschale und ging hinunter. Sie ließ alles im Salon zurück und ging in die Küche. Sie hielt die Seifenschale weit von sich weg.

In der Küche musste sie sich setzen. Die Seifenschale stand auf der Frühstückstheke am Fenster. Der Terrassenboden gleich vor der breiten Schiebetür nur noch am Rand feucht und Schneereste. Auf dem Rasenstück bis zur Hecke lag der Schnee nass glänzend und dünn. Spuren im Schnee. Kreuz und quer. Die Füchse.

Sie saß auf der schwarzgraufleckigen Steinplatte der Frühstückstheke am Fenster und schaute auf die Gärten hinaus. Weiß und schwarz. Der Schnee am Boden. Die nackten Äste der Bäume und Sträucher feucht glänzend. Es war nicht kalt genug. Der Schnee blieb nur auf den Rasenstücken liegen. Die schmalen Gärten. Immer ein kleines Rasenstück und Hecken rundherum. Bäume an der Mittelgrenze. Sie schaute hinaus. Sie wollte wissen, wo die Füchse wohnten. Die Füchse waren in der Nacht zu hören und ihre Schatten zu sehen, wenn sie über die Schneeflecken huschten. Die Füchse husteten. Sie hatte sich gefürchtet. Die ersten beiden Nächte. Dann hatte sie Melvin gefragt. Melvin hatte lachen müssen. Foxes. Das wären die Füchse. Ja. Das klänge, als huste ein Orchester von alten Männern da draußen. Am Tag war nichts zu sehen. Wo lebten die am Tag. Die Hecken waren schmal. Der Rasen glatt. Nirgends eine Ecke, die ein Versteck bot. Nirgends ein Schuppen, hinter dem Platz gewesen wäre. Hier kamen die Gärtner mit ihren Gartengeräten her. Hier war der Grund so teuer, dass niemand den Platz für einen Schuppen verschwendet hätte. Wo lebten also diese Füchse. Kamen die von anderswo hierher. Lebten die auf der Straße. Aber die Gärten dieses Blocks. Es gab nur eine Stelle, an der ein Garten an die Straße reichte. Von Woodfall Street gab es eine Möglichkeit. Sie war eigens um den Block gegangen, um das zu sehen. Kamen diese Füchse als Touristen in der Nacht in die Gärten und husteten da herum.

Ihr war elend gewesen. Wochenlang war ihr elend gewesen. Sie war schwer von diesem Elend gewesen. Sie hatte nie wieder aufstehen wollen und dieses Elend herumtragen. Sie hatte nur Kaffee trinken können und sich Alkohol gewünscht. Sie hatte sich die Schärfe von Whisky gewünscht. Dieses Elend im Leib durchzuschneiden. Whisky nippen. Am Fenster sitzend und in diese Gärten hinausstarrend hatte sie sich gewünscht, Whisky zu nippen und das Elend wegzudrücken und die Weinerlichkeit zu vertreiben. Und die Unruhe. Die Unruhe, die Arme und Beine flattern ließ, obwohl sich nichts bewegte. Die Unruhe hatte vom Bauch aus in den Kopf ausgestrahlt und in die Gliedmaßen. Im Kopf war die Unruhe auf die Weinerlichkeit getroffen und hatte sie stöhnen lassen. Sie war am Fenster gesessen und hatte hinausgestarrt und gestöhnt dabei. Den Whisky hatte sie nicht getrunken. Sie war zu schwer gewesen, hinunterzusteigen und eine Flasche aus dem Salon heraufzutragen. Melvin hätte das sicherlich für sie gemacht. Melvin erkundigte sich alle zwei Stunden, ob sie etwas bräuchte. Sie hatte nichts gebraucht. Und Melvin war ihr auf die Nerven gegangen.

Heute. Jetzt. Es war alles wieder klar. In ihr. Es war alles klar und eindeutig, und sie konnte wieder denken. Selbst das Unglück war scharf umrissen und schattenlos. Die Angst war ungenau geblieben. Aber die Angst war tief unten. Hinter allem. Und eigentlich war sie in der Angst. Sie bewegte sich in Angst. In diesem Haus war es nur besonders deutlich. Sie schaute auf die Fuchsspuren hinaus. Sie hätte sich mit einem Fuchs unterhalten wollen. Sie hätte einem Tiergesicht ihre Geschichte erzählen wollen. Einer Person. Einem Menschengesicht. Sie hatte es ja nicht einmal dem Onkel Schottola erzählen können. Das Ausmaß war zu groß. Oben. In der Brust oben. Da, wo sie noch empfinden konnte. Da war das Wissen ausgebreitet, dass diese Geschichte nicht erzählt werden konnte. Nicht das, was sie von dieser Geschichte selber wusste. Und schon gar nicht, was sie vermuten musste, das geschehen war und woraus sich die Folgen ergeben hatten, mit denen sie. Sie dachte nach. Kämpfte sie mit den Folgen. War das kämpfen. Es schien ihr mehr, dass sie entlanggeführt, wurde. Sie wurde die Folgen entlanggeführt und sie konnte nicht sehen, wer das war, der sie führte. Weil diese Person in ihr innen war. Innen in ihr gewesen war. Das war ja nun nicht mehr so. Sie war leer. Ausgeleert. Und anstelle der Schwangerschaft hatte sie die Adresse ihrer leiblichen Mutter, von der sie angenommen hatte. Alle hatten sie in dem Glauben gelassen. Alle hatten genickt und bejaht. Ihre Mutter lebte in Amsterdam. Sie war Künstlerin und ging in die coffee shops. Sie war eine Künstlerin wie die Urgroßmutter und behandelte ihre Kinder wie die Urgroßmutter. Sie ließ ihre Kinder von anderen aufziehen und lud sie zu den Ferien zu sich ein. Sie war nie eingeladen worden. Sie hatte drei Briefe von ihrer Mutter, und weil die aus Amsterdam waren, hatte sie angenommen, dass. Aber das war alles zu viel. Ein stechender Schmerz im Unterleib.

Sie suchte in den Schubladen. Sie fand dann eine flache Glasdose mit Plastikdeckel. Zum Aufbewahren von Schinken im Eiskasten. Oder Käse. Geschnittener Käse.

Sie ließ das Ding in diese Glasdose gleiten. Sie rammte die Seifenschale zur Daunendecke in den Plastiksack. Warf das alles in einen riesigen Müllsack aus wasserblauem Plastik. Glänzend. Sie verknotete den Müllsack. Sie öffnete die Sicherung an der Glastür zur Terrasse. Das war eine Einladung an die Einbrecher. Sie wünschte sich, dass jemand einbrechen würde. Am liebsten solche, die in den Häusern wüteten. Die Fäkalien über alles schmierten. Die alles zerschnitten. Die alles zerschlugen. Die Sammlung von Jugendstilvasen. Das kostbare Glasservice. Die Lobmeyr-Gläser. Alles, alles Scherben und ein scharf bitterer Geruch. Und vielleicht kamen dann die Füchse ins Haus und wohnten da. Vielleicht wohnten die Füchse in solchen Häusern wie diesem hier. Die Aunt Marina. Sie war doch fast nie da. Das Haus in Italien. Das Haus in Los Angeles. Der Mann in Stockholm. Töchterchen Selina auf St. Andrews. Studierte. Oder so. Sie nahm die Glasdose und den Müllsack.

Sie ging noch einmal zurück und öffnete die Tür zur Terrasse hinaus. Einen schmalen Spaltbreit ließ sie die Tür offen stehen. Sie wollte nicht feig vor sich dastehen. Dass sie wieder zu höflich gewesen wäre. Das musste Rache sein. Wenn die Marina so einen Fuchs in ihrer Designerküche antreffen würde. Sie stieg zum Salon hinauf. Sammelte ihre Sachen ein. Im Vorzimmer zog sie dann doch ihren alten Dufflecoat an. Sollte sie die Schlüssel zurücklassen oder mitnehmen. Was würde denen mehr Sorge machen. Dass sie in London verloren herumirrte oder dass sie den Schlüssel zum Haus hatte und sie das Schloss ändern mussten, weil sie nicht wussten, wo sie war und was sie vorhatte. Sie steckte den Schlüssel ein. Die Marina würde ohnehin immer glauben, dass sie mit einem Mann zusammen war. Weil die Marina sich das selber wünschte. Sie ging. Sie ließ die Haustür hinter sich ins Schloss fallen. Aber sie versperrte die Tür nicht.

In der underground. Sie fuhr nach Euston Square. Sie hatte oft genug das Spital gezeigt bekommen, in dem ihre Urgroßmutter gestorben war. In dem die Gebärmutter ihrer Urgroßmutter in den Sondermüll geworfen worden war. Es war dann trotzdem nicht genug herausgeschnitten gewesen, und die Metastasen hatten sie noch gelähmt. Vor dem Sterben. Zum Sterben war sie aber in ihr Haus in Golders Green gegangen. Gestorben war sie da nicht. In diesem Spital. Und das hinter Marinas Haus. Royal Hospital. Royal. Das brauchte sie nicht. Das hatte sie auf der Moira House Girls School gelernt. Dazu war sie nicht gestört genug. Sie saß in der Circle Line. Sie war zu Sloane Square geeilt. Schnee war nur noch rund um die wenigen Bäumchen auf King's Road gelegen. Sonst alles nass und kalt. Mit dieser Kälte, die an die Haut kroch und sich unter der Kleidung einnistete. Sie hätte einen Pelzmantel von Marina anziehen sollen. Aber sie hatte keinen gesehen. Wahrscheinlich waren die beim Pelzhändler und hingen in einem Kühlschrank. Oder sie waren alle mit in Italien. In Italien konnte man ja Pelze tragen. Da waren alle von Pelzen begeistert. In London gab es doch immer noch Widerstand, und es wurde mit Farbbeuteln auf Pelze gezielt. Unter dieser konservativen Regierung verhaftete einen die Polizei sicherlich gleich. Wenn man nur in die Nähe von Pelzen kam und einen Plastikbeutel in der Hand trug, wurde man abgeführt. So einen Plastiksack, wie sie neben sich liegen hatte. Wo sollte sie den loswerden. Es gab nirgends Papierkörbe oder Mülltonnen. Nirgends. Wenn sie diesen Sack stehen ließ, wurde sie von einer Kamera sicherlich gefilmt. Sie sah aus wie eine bag lady. Mit diesem Zeug in der Hand. Sie sah sich um. Sie saß allein auf der Bank. Gegenüber ein Paar. Sie hatten Kaffee von »McDonald's« in der Hand. Sie schauten vor sich hin. Ließen sich schaukeln. Wie spät war es eigentlich. Sie wusste nicht, wie spät es war. Sie hatte das Aufladekabel für ihr handy vergessen, und Uhr trug sie keine. In der underground station. Sie hatte sich nicht umgesehen. Sie versuchte, einen Blick auf die Uhr des Mannes zu werfen. Sie wünschte sich ihr snowboard und einen Hang und lockeren Naturschnee und sonst nichts. Sie sah sich boarden. Weiche lange Bögen. Die

Hüften. Das Genick. Die Schultern. Alles gefasst. Alles bereit zu springen und easy. Den Bogen vom Boden in die Luft hinaufziehen und in der Leichtigkeit da den Umschwung. Dann der nächste Hügel.

Sie fuhren zwischen hohen Mauern. Abgebröckelte Ziegelmauern. Drähte und Rohre die Strecke entlang. Die Rohre mürbe und löchrig. Die Drähte rissig. Abgerissen. Und alles schmutzig. Das Paar auf der Bank gegenüber hatte zu schmusen begonnen. Der Ärmel der Daunenjacke des Manns war dabei zurückgeschoben. Er hielt aber den Becher mit dem Kaffee in der Hand. Sein Handgelenk war verdreht, und sie konnte nur das Armband der Rolex sehen. Sie wurde wütend. Sie war mit einem Mal so wütend. Sie hätte diesem Mann seinen Kaffee ins Gesicht schütten mögen und auf ihn eindreschen. Mit dem Plastiksack und der Seifenschale drinnen. Immer und immer wieder. Dreschen.

Sie stand auf und wartete im Stehen auf Euston Square. Sie hielt den Plastiksack an sich gepresst. Die Taschen über die Schultern. Sie kramte ihre oyster card aus der Seitentasche ihrer Handtasche. Wann kam diese Station. Sie musste hier hinaus. Wieder fuhr der Zug solche kaputte Leitungen entlang. Die Kunststoffschienen, hinter denen die Kabel geführt wurden. Sie waren zerbrochen und abgefallen. Die Kabel dahinter schmutzverklebt. Klebriger Dreck. Aus vielen Jahreszeiten. Die Frau auf der Bank kicherte. Sie hatte Kaffee auf den Boden verschüttet. Sie fuhren in Euston Square ein, und sie flüchtete aus dem Zug.

Oben dann. Auf der Straße. Das Spital war ausgeschildert. Angeschrieben. Sie musste nur den Schildern folgen. Kleine Schilder waren das. Diskrete Schilder. Sie ging. Das Gehen leicht. Im Gegensatz. Es war unleicht gewesen. Die letzten Tage und Wochen. Es war eine drückende Unleichtigkeit gewesen. So war das also. Sie konnte nur mit diesem Gehen denken. Entlanggehen. Sie konnte sich nicht hineindenken. In den Inhalt. So wurde gegangen. In diesem Zustand. Taschen. Nicht schwer. Es durfte nichts zu schwer sein. Langsam. Jedenfalls nicht schnell. Sie hätte jetzt wieder laufen können. Sogar hüpfen. Sie hatte einen Tampon in sich hinaufgestopft und eine dicke Nachtbinde. Für die ersten Tage, war auf der Packung gestanden. Sie sprang aber nicht. Sie lief nicht. Sie hielt dem Zustand der letzten Tage und Wochen die Treue. So konnte sie es auch besser glauben. Sie spürte die gläserne Aufbewahrungsbox zwischen ihrem Oberarm und dem Körper. Es war alles außerhalb. Und es tat nichts weh. Obwohl das kommen musste.

Sie ging im Strom über die Straßen. Bog in der Richtung der maternity clinic ein. Es war ein schöner Tag geworden. Oder hier. In diesem Teil von London war das Wetter schön. Sonne. Vom Schnee fast nichts mehr. Die Frauen trugen Hüte und Mützen gegen den Wind.

155

Sie ging und konnte sich sehen. Wie sie beim Gehen auf und ab wippte. Wie sie zielsicher nach vorne strebte. Sie sah sich verlangsamt. Sie wurde langsamer. Sie musste einbiegen. Sie glaubte, die Kurve nicht gehen zu können. Sie musste nach rechts einbiegen, und sie hatte das Gefühl, ihre Füße rutschten nach links davon. Als wäre sie zu schnell gelaufen. Pferden passierte das, und in der Sportschau konnte man das dann in Zeitlupe sehen. Wie die 4 Beine des Pferds elegant aneinandergelegt über den Boden schlitterten und dann das schwere Tier auf dem Boden diesen Beinen nachglitt.

Es war aber nur ein leichter Schwindelanfall. Sie hätte wenigstens Wasser trinken sollen. Die Tür zur Klinik war klein. Lächerlich klein. Ein Mauseloch, dachte sie. Ein Mauseloch zu diesem riesig hohen Gebäude. Grüne Fensterscheiben. UCL in Goldbuchstaben auf den Gleittüren. Ein niedriger Gang. Sie ging auf die Rezeption zu. Ein Paar überholte sie. Der Mann schob sie zur Seite. Er trug eine schwere Tasche. Die Frau humpelte ihm nach. »Third floor.« sagte der Mann hinter der Glasscheibe. Die Frau atmete hechelnd. Schweiß auf der Stirn. Der Mann schaute sich suchend um. Die Frau deutete um die Ecke und ging voraus. Der Mann hinter der Glasscheibe schaute sie fragend an. »Miscarriage.« sagte sie. »First floor.« antwortete er. Sie ging der schwangeren Frau nach. Die verschwanden gerade in einem Lift. Sie ging langsamer. Sie wollte nicht mit denen im Lift fahren. Sie wartete. Lange. Dann musste sie mit einer Familie aus einem asiatischen Land den Lift teilen. Sie stieg vor ihnen aus. Sie musste an einer Tür läuten. Es kam niemand. Sie läutete wieder. Sie läutete Sturm. Sie stand vor der beigegelben Doppeltür und schlug dann mit der Faust gegen die Tür. Es geschah aber nichts. Sie lehnte sich gegen die Tür. Lehnte mit dem Rücken dagegen. Sie wusste nicht, was sie tun sollte. Sie hatte bis hierher gedacht. Was jetzt geschehen sollte. Sie hatte keine Ahnung. Sie ließ sich zu Boden rutschen. Sie saß mit dem Rücken gegen die Tür auf dem Boden. Die Beine lang ausgestreckt vor sich. Die Scheide in die Binde gepresst. Ein Ziehen hatte begonnen. Ein ziehender, zerrender Schmerz. Aber leise. Es kam ihr der Gedanke, dass sie jetzt zu weinen beginnen sollte. Dürfte. Dass das jetzt eine Gelegenheit war, bei der sie sich das gestatten sollte. Da fiel sie nach hinten in die Station. Die Tür war aufgemacht worden. Sie lag zu Füßen eines jungen Mannes. Der schaute auf sie hinunter. Was sie da mache. Sie blieb liegen und fragte, wer er wäre. Er sei der diensthabende Arzt hier. Dann wäre sie ja richtig, sagte sie. Sie brauche Hilfe.

Es kam dann eine Krankenschwester. Der Arzt rief in den Gang hinter sich, und eine Krankenschwester kam. Nach langem. Eine Afrikanerin beugte sich über sie. Ob sie aufstehen könne. Sie rappelte sich auf und ging hinter der Frau her. Sie sollte sich setzen. Ein Warteraum.

157

Niedrige Decken. Alles beigegelb gefärbt. Die Sessel. Die Wände. Die Decken. Die Türen. Die Türschnallen. Sie hörte Lachen. Die Krankenschwester ging in einen Raum nach rechts. Das Gelächter kam von da. Frauenstimmen. Sie saß und wartete.

Sie wartete. Es gab kein Fenster in dem Raum. Nur Wände. Helles Licht, aber kein Tageslicht. In dem Raum nach rechts wurde geredet. Das Lachen schwoll an. Ebbte ab. »Happy Birthday« wurde gesungen. Applaus. Geschrei. Gläsergeklingel. Sie wartete. Sie fand Tränen auf ihre Hände tropfen. Sie schien zu weinen. Sie wusste es aber nicht so genau. Sie wartete.

Eine sehr junge Frau kam aus dem Zimmer. Sie lachte noch. Sie drückte einen Schalter neben der Tür. Es wurde heller auf dem Gang. Ob sie ihre NHS card habe. Sie wandte sich dieser Frau zu. Sie käme aus Wien. Sie habe eine Gesundheitskarte von da. Die Frau runzelte die Stirn. Warum sie denn hier sei. Sie holte die Glasdose aus der Tasche. Die Frau kam zu ihr und schaute kurz. Sie hob die Dose und schaute von unten das Ding da an. Sie brummelte. Sie nahm ihre e-card. Dann verschwand die Frau, und sie wartete. Die Frau kam wieder. Stellte ihr einen Papierbecher hin. Eine Urinprobe war verlangt. Woher wusste sie das. Sie folgte den Hinweisschildern. Alles war in Piktogrammen vorgeschrieben. Sie brachte das Becherchen zurück. Wartete.

Eine andere Frau kam aus dem Zimmer. Sie deutete

ihr, mit ihr zu kommen. Sie stand auf. Sie schwankte. Dann ging es aber. Sie gingen den Gang hinunter. Dann in ein Zimmer mit einer großen Ziffer 3 auf der Tür. Sie musste sich ausziehen und auf ein Untersuchungsbett legen. Die Frau zog sich Gummihandschuhe an.

Das Ultraschallgerät summte leicht. Die Krankenschwester schaute auf den Bildschirm. Sie fuhr ihr über den Bauch. Führte das Gerät in ihre Scheide ein. Sie schüttelte den Kopf. Wiederholte das Ganze. Schüttelte den Kopf. Dann setzte sie sich an einen Computer. Sie solle sich anziehen und warten. Dann ging die Krankenschwester hinaus. Sie wartete dann wieder vorne. Sie setzte sich vor die Tür zu dem Zimmer, in dem gelacht wurde. Sie hatte Angst, vergessen zu werden, wenn sie nicht im Blickfeld dieser Personen blieb. Der junge Mann kam vorbei. Sie wartete.

Dann eine Ansage. Ms. Schreiber. Room one. Sie verstand erst beim dritten Mal, dass sie gemeint war. In room one saß der junge Mann. In der Ecke hing ein Riesenbildschirm. Ein Ultraschallbild auf dem Bildschirm. Der Mann stand auf und deutete ihr, sich auf den Sessel vor dem Schreibtisch zu setzen. Sie habe einen positiven Schwangerschaftstest. Das da. Er deutete auf den Bildschirm. Das sei ein Ultraschallbild ihrer Gebärmutter. Es gäbe kein Anzeichen eines Lebens. Auch die intravaginalen Aufnahmen zeigten kein Leben. Sie holte die Dose aus der Tasche. Er wehrte ab.

Diese Aufnahmen wären Dokumentation genug. Sie solle jetzt nach Hause gehen. In diesem Land würde man jetzt nichts unternehmen. Sie sei ja eine gesunde junge Frau. Die Natur würde das selbst erledigen. Sie solle sich Schmerzmittel besorgen und, nachdem alles abgegangen sei, ihren Gynäkologen aufsuchen.

Der Mann stand auf. Sie blieb sitzen. Sie konnte sich nicht bewegen. Der Mann schob seine Krawatte zurecht. Er könne nichts sonst für sie tun, sagte er. Sie stand auf. Sie konnte ihr Gewicht kaum in die Höhe ziehen. Ihre Knie waren weich und schnappten zu schnell nach hinten. Sie fiel fast nach vorne. Der Mann ging zur Tür voraus. Ob man an dem, was sie da habe. Sie hob die Glasdose in die Höhe. Ob man an dem die DNA des Vaters des Kindes feststellen könne. »Certainly.« sagte der Mann desinteressiert. Das müsse sie aber privat bezahlen. Das übernähme der NHS nicht. Er machte ihr die Tür auf. Er lächelte sie an. Sie ging. Der junge Arzt verschloss die Tür hinter ihr und überholte sie auf dem Weg hinaus. Er drückte auf die Knöpfe des Lifts. Dann lief er zu einer anderen Tür und verschwand. Sie konnte das Schleifen seiner Schuhe auf den Stiegen hinunter hören. Den Müllsack ließ sie dann im Lift zurück.

Februar.

Hell, und vom Bett nur der Himmel. Ein bedeckter
Himmel. Eine dünne Wolkendecke. Das Licht gefil-
tert. Studiobeleuchtung für die Welt. Sie lag. Lang ausgestreckt. Das Fenster im Blickfeld. Rechts. Sie musste
den Kopf nicht einmal richtig drehen. Die Wand.
Braunrosabeige. Die Trageelemente beige. Jedes Spital hatte einen eigenen colour code. Es war nichts mehr
weiß in Spitälern. Die Decke niedrig und braunrosabeige. Sie dachte, sie lag genauso da, wie sie sich hingelegt hatte. Lang ausgestreckt auf dem Rücken und den
linken Arm gerade neben dem Körper, damit die Infu-
sionskanüle nicht einschnitt.

Sie hatte geschlafen. Sie hatte lang geschlafen. Die
Uhr an der Wand vorne. Eine große Uhr und ein leises
Ticken. Die ganze Zeit in leises Ticken zerteilt. Die Uhr
war aber tröstlich gewesen. Beim Warten auf das Abge-
holtwerden. Sie hatte dem Zeiger zugesehen und hatte
sich mit allen verbunden gefühlt, die je einem Uhrzei-
ger so zugesehen hatten. In Erwartung eines Eingriffs.
Sie müsse sich keine Sorgen machen, es handle sich
nicht einmal um eine Operation. Es handle sich um

einen Eingriff, und sie müsse im Spital bleiben, weil sie nicht gleich am Morgen drangekommen wäre. 12 Stunden müsse man sie schon beobachten, und dann könne sie sich ausschlafen. Das könne nie schaden. Die Ärztin hatte sie noch kurz prüfend angesehen. Das könne sie sicherlich brauchen. Es wäre doch immer ein Schock.

Sie musste fürchterlich ausgesehen haben. Alle hatten sie mitleidig angeschaut. Am Ticketschalter in Heathrow. Beim Gepäck-drop-off. Ob sie das wirklich einchecken wolle, hatte der Mann sie gefragt. Sie hatte nur nicken können. Wie hätte sie diesem frischen jungen Mann erklären sollen, dass sie die Prada-Tasche eincheckte, weil sie eine Tupperware-Dose aus Glas mit einem Spurenträger transportierte. Einem Klumpen blutiges Gewebe, den sie eigentlich trocknen lassen sollte. Den sie aber zur Analyse bringen wollte. Und wie sollte sie bei der Sicherheitskontrolle erklären, was das war. Hätte sie diesen Klumpen Gewebe und Blut als »liquids« deklarieren müssen. »My shampoo.« hätte sie dann flüstern müssen.

Ihr angegriffenes Aussehen. Es hatte ihr die Untersuchung bei der Dr. Immervoll eingetragen. Der Mann, der dann im Laboratorium für Kriminaltechnik und forensische Chemie geholt werden hatte müssen. Der hatte sie ganz vorsichtig behandelt. Er hatte auf die Dose gestarrt. Der weiße Plastikdeckel machte das Ding drinnen unsichtbar. Man müsse von ihrer

DNA eine Probe nehmen. Für das Ausschlussverfahren. Ob sie in der letzten halben Stunde etwas gegessen habe. Sie hatte da zwei Tage schon nichts gegessen gehabt. Der Mann hatte Gummihandschuhe angezogen und den Abstrich genommen. Die Innenseite der linken Wange. Ein Auftragsformular. 500 Euro in bar. Man konnte nicht mit Kreditkarte bezahlen. Im Kriminaltechniklabor. Ein Bankomat wäre vorne. Da. Bei der U-Bahn-Station. Der sorgenvolle Blick von der Immervoll. Sie müsse sich selber einliefern. Am Morgen. Um 7.00 Uhr. AKH. 2. gynäkologische Abteilung. Ob sie das schaffen würde. Und nein. Man könne nicht warten. Sie könne zwar eine Tubenschwangerschaft ausschließen, aber nichtbetreute Fehlgeburten wären die Todesursache Nummer 2 für Frauen ihrer Altersgruppe. Sie müsse das ernst nehmen. Hier. In Wien. In Österreich. Da würde das ernst genommen werden. Ohne curettage. Unvorstellbar. Das Risiko reiche von Unfruchtbarkeit bis zu Sepsis, und sie wolle da jetzt gar nicht mehr diskutieren. Und jetzt war ja auch schon alles vorbei. Sie konnte sich kaum an den Tag erinnern. Sie hatte nur geschlafen. Mit Narkose und ohne, und die Klarheit innen war weiter da. Und alle sagten ihr ja, sie solle nicht traurig sein. Sie wäre ja jung, und da könne sie jederzeit wieder schwanger werden, und jede 5. Schwangerschaft ende mit einer Fehlgeburt. Es wäre also alles ganz normal.

Dann hatten sich alle abgewandt. Nachdem sie diesen Satz gesagt hatten, hatten sich alle weggedreht. Wahrscheinlich hatte sie so pathetisch dreingeschaut, und die dachten, sie wäre zerstört und verzweifelt, weil sie das Kind nun nicht bekam. Wie hätte sie denen sagen sollen, dass sie kein Kind verloren hatte, weil sie keines erwartet hatte. Aber, dass das das Rätsel war. Das schreckliche Geheimnis. Ihr schreckliches Geheimnis. Ihr schreckliches Wodkageheimnis, und dass sie froh war. Dieses Geheimnis war aus ihrem Körper verschwunden. Von ihrem Körper abgestoßen. Sie konnte nicht weinen darüber. Irgendjemand hatte ihr geraten zu weinen. Die Frau im anderen Bett. Oder eine Krankenschwester. Die Frau im anderen Bett. Sie drehte sich nach links. Sie bewegte sich vorsichtig. Als wäre ihr der Bauch aufgeschnitten worden. Es tat aber nichts weh. Sie hatte genügend Medikamente bekommen.

Die Frau im anderen Bett schlief. Sie war älter. Wie alt, konnte sie sich nicht vorstellen. Die Frau trug eine Mütze. Wegen der Haare. Wahrscheinlich. Das Gesicht war braunfleckig. Die Frau hatte geschlafen, wie sie nachher ins Zimmer zurückgekommen war, und sie schlief noch immer. Sie setzte sich auf. Die Klimaanlage summte, und ein Lufthauch strich über sie. Im Sitzen konnte sie auf den Wilhelminenberg schauen. Der Wienerwald. Wie die Häuser sich hinauffraßen in die waldigen Kuppen. Straßen. Alles durchsichtig ohne Blätter.

Wintergrau und bleich. Hier wäre Schnee schön gewesen. Sie sah die Fuchsspuren im Schnee auf dem Rasenstück in London vor sich. Sie musste ganz still sitzen und sich rechts und links am Bettrand festhalten. Festklammern. Etwas drehte sich rund um sie und wollte sie mitreißen. Sie musste Starre bewahren. Gerade in der Mitte sitzen. Eine Bewegung. Sie hätte erbrechen müssen. Sie hätte einen unendlichen Schwall von sich. Gestoßen. Und sie hatte Angst davor. Als würde sie mit diesem Schwall ihr Innerstes von sich geben und dann nicht mehr sein. Sie riss das Pflaster über dem dünnen Infusionsschlauch in ihrer linken Vene unter dem grünen Plastikdeckel weg. Dann zog sie diesen dünnen Schlauch heraus. Ein kitzelndes Gefühl in der Magengrube. Sie legte diesen Schlauch mit dem Verschluss auf das Nachtkästchen. Kaum Blut.

Sie konnte dann aufstehen. Sie schob erst das linke Bein über den Bettrand. Dann das rechte. Sie ließ die Beine hinunterhängen. Das half. Sie konnte tief Luft holen. Die Angst schien gleich lächerlich. Sie stand auf. Ließ die Füße auf den Boden gleiten und stellte sich auf. Sie hielt sich am Nachtkästchen fest. Es ging. Es war zwar, als wäre sie in ihrem Leben noch nie gegangen. Als lernte sie das gerade. Aber sie würde hier wegkommen. Es war sehr wichtig. Es war dann mit einem Mal das Wichtigste. Sie ging zum Kasten. Der Schlüssel für ihre Kastentür steckte. Sie schlurfte auf den Schrank zu. Es war schwierig, die Füße zu heben. Sie riss ihre Kleider aus dem Kasten und kehrte zum Bett zurück. Sie musste sich hinsetzen und warten. Sich zu bewegen. Das war mühselig. Langsam. Ganz langsam begann sie, sich anzuziehen. Sie ließ die Unterwäsche weg. Sie zog die Strumpfhose über das Netzhöschen mit der dicken Binde. Den Rock. Das dunkle shirt über die nackte Haut. Das Spitalshemd war nach vorne abzustreifen, und sie musste nichts über den Kopf ziehen. Sie war dankbar dafür. Die Vorstellung die Arme in die Höhe und an einem Kleidungsstück zerren. Die Vorstellung ließ ihre Schultern in Erschöpfung sinken. Die Jacke. In Strümpfen ging sie ins Badezimmer. Auf der Toilette. Sie starrte das helle Blut an. Ein langer Streifen dickfeuchter Watte und hellrot. Das Dunkelbraun des Dings in der Glasdose fiel ihr ein, und sie wurde noch müder. Dann nahm sie eine neue Binde. Ein Stapel davon vor dem Badezimmerspiegel. Sie zog sich an. Fuhr sich mit dem Handtuch über das Gesicht. Trocken. Sie konnte sich nicht waschen. Sie hatte einen ungeheuren Abscheu gegen die Nässe davon. Wasser. Auf den Händen. Im Gesicht. Der Abscheu löste ein Schluchzen aus. Einen einzigen Schluchzer. Sie warf die blutige Binde in den Abfallkübel. Sie hob den Deckel mit der Hand und hielt die Binde noch lange. Das war es also, dachte sie. So sah das aus. Der Schneewittchen-Fleck im Schnee. So rot wie Blut. Aber ihre Mutter war nicht gestorben. Ihre Mutter war zu ihrer bösen Stiefmutter geworden. Sie. Sie war nun keine Mutter geworden. Ohne von der Möglichkeit zu wissen. Überhaupt. Das war traurig, wie alles traurig war und wie alles nichts mit ihr zu tun hatte. Mit ihr persönlich. Sie ließ den Kübeldeckel über der Binde zufallen. Sie sah sich kurz im Spiegel. Beim Vorbeigehen. Sie hatte den Kopf gebeugt. Ihr Kopf war gesenkt, und sie sah sich selbst von unten. Darüber hätte sie weinen mögen. Wenn sie die Kraft gehabt hätte.

Im Zimmer stand eine Krankenschwester. Sie trug eine Mappe. »Frau Schreiber.« sagte sie. Das wäre ja schön, dass sie schon auf sei. Dann könne sie ihre Abmeldung gleich erledigen. Sie müsse nur hinunterfahren in die Halle und in die Aufnahme gehen und wieder zurückkommen. Die Frau drückte ihr die Mappe in die Hand, warf einen Blick auf die schlafende Frau in dem anderen Bett und ging. Mit einer energischen Drehung rannte sie aus dem Zimmer. Das Frühstück käme dann auch gleich, rief sie noch ins Zimmer zurück. Und die Visite. Die müsse sie abwarten.

Sie zog ihre Handtasche aus dem Fach des Nachtkästchens unter dem heruntergeklappten Tischchen. Das war ihre Sicherheitsmaßnahme gewesen. Sie hatte gedacht, dass sie aufwachen würde, wenn jemand diese Tischplatte hochklappen würde und die Tür des Nachtkästchens aufzerren, um an ihre Handtasche zu kommen. In der Handtasche war der Abholschein für das Kriminallabor. Sonst war da nichts Wertvolles. Aber so weit war die Ausbildung an ihr erfolgreich gewesen. Und es war alles da. Sie stellte die Tasche auf das Bett. Der grüne Zettel war im Seitenfach eingezippt. Dieser grüne Zettel würde sie zum großen bösen Wolf führen.

Sie ging auf den Gang. Das war alles lächerlich. Sie verstand, was Alter war. Erschöpfung. So musste es sein mit 90 Jahren. Geh schneller, sagte sie sich. Und nichts passierte. Der Befehl kam nirgends an. Sie schlurfte nach rechts auf den Gang und in die Halle mit den Liften. Schon auf dem Gang Leute. Vor den Liften. Viele. Sie konnte nicht Lift fahren. Sie konnte Lift fahren, aber sie konnte keine Person nahe haben. Sie konnte niemanden nahe vor ihrem Bauch haben. Sie wollte zu Fuß gehen. Sie schaute sich nach der Stiege um. Sie war im 16. Stock. Ein Lift kam. Der Pfeil über der Lifttür am anderen Ende leuchtete auf. Es ging hinunter. Sie ließ alle Leute einsteigen. Dann schob sie sich in den Lift. Knapp an der Tür. Gleich bei den Schaltknöpfen. Sie drehte sich der Tür zu. Drehte allen Personen in dem Lift den Rücken zu. Der Lift blieb dreimal stehen, und Leute stiegen zu. Sie musste jedes Mal dagegen ankämpfen, auszusteigen. Sich davonzumachen. Und sie fühlte, wie ihr Genick sich zusammenkrampfte und sie den Kopf nicht mehr heben konnte. Den Kopf nicht mehr tragen. Es war dann aber keine Erleichterung, in die Halle zu gehen. Es schienen ihr alle Leute auf sie zuzusteuern. Auf sie zuzulaufen. In sie hineinzulaufen. Sie hielt diese Mappe an sich gepresst. Die Tasche unter den Arm geklemmt.

In der Aufnahme. Sie ging an den Schalter mit der Aufschrift »Entlassung«. Sie schob die Mappe unter dem Glas durch. Die Frau verlangte ihre e-card. Sie suchte die Karte aus dem rotledernen Etui heraus. Schob die e-card unter dem Glas durch. Die Frau steckte die Karte in ein Gerät. Schrieb etwas in ihren Computer. Dann schob die Frau alles unter dem Glas durch zu ihr zurück und wandte sich ab. Die Frau stand auf und ging nach hinten weg. Sie nahm die Mappe und ihre e-card und ging hinaus. In der Halle. Es roch. Es roch nach Kaffee und Kebab und Pommes frites. Es war gerade 8 Uhr. Pommes frites. Vor der Information stand eine lange Schlange Wartender. Menschen kamen durch die Eingangstüren. Kamen von den Liften. Fuhren mit den Rolltreppen in die oberen Stockwerke hinauf. Gingen in den Supermarkt. Standen an der Kassa da an. Ein Getöse. Das Gehen und Sprechen. Ein Summen und Tosen.

Sie ging zu den Liften zurück. 16. Stock. Sie musste in den 16. Stock. Die Wartenden standen vor den Liften. Sie konnte nicht einsteigen. Es waren zu viele. Aber sie musste hinauf. Sie überlegte, ob sie musste. Sie hatte ihre Handtasche mit. Was brauchte sie von oben. Sie konnte die Mappe in der Aufnahme abgeben und abhauen. Weggehen. Sie musste da nicht mehr hinauf.

Sie schaffte es dann doch. Sie wartete so lange vor einem der Lifte, bis der ankam. Sie drückte 16 und stellte sich nach hinten in die Ecke. Der Lift fuhr zuerst ins Parkhaus. Erstes Untergeschoss. Zweites Untergeschoss. Dann war sie allein im Lift bis zum Erdgeschoss. Dann strömten die Menschen in den Lift. Bis zum 16. Stock waren die meisten wieder weg. Sie ging zuerst in die falsche Richtung. Sie war in der 2. gynäkologischen Abteilung. Sie fand sich in der 1. Sie musste an den Liften vorbei. Alles sah genauso aus wie in der anderen Abteilung. Sie sah dann ihren Namen an der Zimmertür. Sie zog das Namensschild aus dem Rahmen. Es war widersinnig. Niemand suchte sie. Niemand wusste, dass sie hier war. Sie wollte nicht benannt werden. Sie wollte ihren Namen nicht lesen.

Im Zimmer. Die Frau im anderen Bett schlief. Das Tischchen an ihrem Nachtkästchen war aufgeklappt. Ein Tablett stand da. Eine Tasse Kaffee. Joghurt. Ein Kipferl. Butter. Marmelade. Sie setzte sich auf das Bett und schaute das Essen an. Sie musste sich zurücklehnen.

Die Krankenschwester kam ins Zimmer und lief gleich wieder hinaus. Sie kam zurück und sagte ihr, sie solle den Mund aufmachen. Sie solle den Mund aufmachen und die Zunge zurückbiegen. Die Krankenschwester tropfte ihr etwas in den Mund. Kalt. Dann nahm sie ihr Handgelenk und fühlte den Puls. Wie elend ihr denn sei, fragte sie. Die Visite käme nämlich gleich. Die wären heute früh dran. Aber. Wenn der Professor sie so vorfände. Sie würde dabehalten werden. Mit solchen Kreislaufproblemen. Die wollten sie sicher dabehalten. Sie habe ja einen richtigen Kollaps. So. Wie das aussah. Und dann behielten die die Frauen noch einen Tag länger. Das wollte sie doch sicher nicht. Sie wolle doch sicherlich nach Hause gehen. Nicht hier noch einen Tag. Die Krankenschwester beugte sich über sie. Schaute ihr in die Augen. Sorgenvoll und verschwörerisch. Nein, schüttelte sie den Kopf. Nein. Sie wolle nicht hierbehalten werden. Sie hielt der Krankenschwester die Mappe hin. Sie müsse hier weg. Die Frau nahm die Mappe. Es würde wieder gut, sagte sie. Beim Weggehen. Es würde alles wieder gut werden. Sie sei ja so jung. Sie habe noch alles vor sich. Die Krankenschwester blieb einen Augenblick am Bett der anderen Frau stehen. Dann ging sie davon.

Sie lag da und zitterte. Sie hatte einen Zitteranfall. Sie konnte nichts dagegen tun. Es wurde dann ein Scheppern. Im Liegen klapperten ihre Zähne, und ihre Knie flatterten. Als wäre ihr eiskalt. Ihre Gliedmaßen schepperten, und es wäre unmöglich gewesen, vom Kaffee zu trinken. Sie lag da und schaute die Decke an. Machte die Augen zu. Konnte den Kopf nicht bewegen. Wieder diese wilde Übelkeit. Kurz. Dann. Sie fand sich ruhig liegen. Gelassen und in Ordnung. Innen.

Die Tür wurde aufgerissen. Eine Gruppe kam herein. Alle in weißen Mänteln. Der wichtige Mann. Es war sofort klar, dass er der wichtige Mann war. Die Gruppe schob ihn in die Zimmermitte. Eine junge Frau reichte ihm ein clipboard. Er schaute drauf. Dann auf sie im Bett. Er wandte sich an die Gruppe zurück. Ob die junge Dame da unterwiesen sei. Die Ärztin, die sie operiert hatte, sagte »Ja.« und »Selbstverständlich«. Dann wandte der Mann sich der anderen Frau zu. Die lag in tiefem Schlaf. Er schaute auf das clipboard und nickte. Dann verließ er das Zimmer. Die Gruppe schob sich hinter ihm her. Ihre Ärztin kam zurück. Wie es ihr ginge. Ob die Blutungen stark wären. Und sie solle zur Nachversorgung zu ihrer Gynäkologin gehen. Und alles Gute.

Sie lag auf dem Bett. Es schien ihr alles eine Erscheinung zu sein. Ein Film. Sie lächelte die Ärztin an. Und ihr ginge es gut. Danke. Dann lag sie da. Sie konnte jetzt gehen. Offenkundig. Sie musste lachen. Ein bisschen musste sie lachen. Die Ärztin war wirklich nett gewesen. Sie hatte versucht, so freundlich wie möglich zu sein, aber sie war dann doch sehr froh weggelaufen, den anderen nachzukommen. Sie schätzte das. Sie konnte das schätzen. Sie blieb liegen. Es gefiel ihr, wenn jemand versuchte, nett zu sein. Es half.

Sie konnte sich aufsetzen und überlegen. Sie sollte etwas trinken. Sie nippte am Kaffee. Sie war froh, nicht mit dem Auto hierhergefahren zu sein. Ein Taxi. Es gab Taxis unten. Am Haupteingang. Sie musste Geld abheben. In der Halle ein Bankomat. Sie konnte auch gleich etwas zu essen einkaufen. In der Halle. Sich versorgen und dann in die Margaretenstraße. Es war wahrscheinlich sogar ein Glück, dass keine Ferien waren. Dass ihre Mieter noch nicht in die Semesterferien geflüchtet waren. Sie hatte sie nur gehört. Sie hatte niemanden getroffen. Die waren alle den ganzen Tag unterwegs. Aber in der Nacht. Wenn etwas war. Der eine studierte sogar Medizin. Die anderen zwei waren Physiker. Die würden ihr auch etwas bringen. Sie brauchte nichts einzukaufen. Sie konnte vom Lift direkt zu einem Taxi und in die Margaretenstraße und dort schlafen. Wieder schlafen. Sie hatte noch die Tabletten von der Immervoll. Wenn etwas weh tat. Sie würde die dreifache Dosis nehmen und schlafen.

Die Frau im anderen Bett drehte sich zur Wand. Die Frau hob den rechten Arm und zeigte gegen die Decke. Sie dachte, die Frau wachte auf und wollte etwas sagen. Dann legte die Frau den Arm auf die andere Seite und rollte sich dem Arm nach zur Wand.

Sie war erschrocken. Die Frau war nicht aufgewacht. Es musste aus einem Traum gekommen sein. Diese Geste der Anklage. Sie schob das Tischchen weg und stand auf. Sie schaute in das Fach unter dem Tischchen. Zog die Schublade heraus. Ging zum Kasten. Holte den Mantel. Nahm die Taschen. Sie schaute das Bett noch einmal an. Schaute zum Fenster hinaus. Blauer Himmel zwischen dünnen Wolkenstreifen. Alles sonnig.

Sie schaute die Frau im anderen Bett nicht mehr an. Sie hätte sich gerne von ihr verabschiedet. Diese Frau war freundlich gewesen. Sie hatte ihr gleich gesagt, dass sie dann schlafen würde, und ihr alles Gute gewünscht. Weil sie dann schon entlassen sein würde, wenn sie wieder aufwachte. »Wissen Sie.« hatte sie gesagt. »Diese Chemo. Das ist eine Übung. Und wenn das Sterben dann so ist, wie dieses Einschlafen bei der Chemo. Dann soll es mir recht sein.« Das wirklich Schwierige bei Krebs wären nämlich die Bestrahlungen. Die Chemo, das sei belastend. Ja. Aber die Bestrahlungen. Da wüsste man dann schon viel zu viel. Vom Ende. Sie war dann abgeholt worden. Sie war ewig in einem Vorzimmer zum Operationssaal gelegen und hatte warten müssen. Aber vielleicht war das nur ihr Gefühl gewesen. Vielleicht war sie gleich drangekommen, und es war nur für sie so lange gewesen. Sie konnte sich kaum noch an den Aufwachraum erinnern. Nichts. Die Zeit nicht vorhanden. Diese Stunde oder wie lang das gewesen war. Nichts. Nicht einmal Nebel. Dieser Vorraum. Dann der Aufwachraum. Dazwischen. Leer. Und. In diesen Räumen. Sie ging auf den Gang hinaus. Schloss die Tür vorsichtig. In diesen Räumen verloren sich die Grundlagen. Wahrscheinlich hing deshalb eine Uhr in jedem Zimmer. Dann fiel ihr ein, dass man diese Uhren sicherlich zentral umstellen konnte, und sie musste lächeln. Sie konnte doch hintergründig denken. Gregory hatte keinen Grund, sie als kleines braves Mädchen hinzustellen. Sie konnte in Gesamtzusammenhängen denken. Sie war misstrauisch. Sie konnte sich vorstellen, wie man einen ganzen Komplex nur über die Uhren manipulieren konnte. Jedenfalls innerhalb. Blöder Gregory. Eine Welle Wut. Eine große Welle Wut. »Ah. Da ist sie ja.« Sie schaute auf. Der Onkel Schottola kam vom Schwesternzimmer her auf sie zu. Die Krankenschwester, die ihr die Tropfen gegen die Kreislaufprobleme eingeträufelt hatte, hinter ihm. Dann sei ja alles in Ordnung, sagte sie. Sie hätten eigentlich Namensschilder an den Türen, und sie könne sich nicht erklären, warum das für die Frau Schreiber nicht vorhanden sei. »Ihr Vater hat sich jetzt schon Sorgen gemacht.« sagte die Krankenschwester zu ihr gewandt. Vorwurfsvoll. Dann drehte sie sich um und ging zum Schwesternzimmer zurück.

»Onkel Schottola.« Sie musste lachen. Sie konnte ihre Freude nicht verbergen, obwohl sie wusste, dass ihm das Schwierigkeiten machte. Er schaute auch gleich zu Boden. Das sei doch selbstverständlich, murmelte er. Dann nahm er ihr die Prada-Reisetasche aus der Hand und hängte sich bei ihr ein. Er habe das Auto in der Garage unten. Enge Stellplätze wären das. Und ob sie noch etwas holen musste. Aus ihrer Wohnung. Ein paar von ihren Sachen gäbe es ja im Haus.

Sie lehnte sich in seinen Arm. Sie lächelte ihn an. Das wäre die schönste Überraschung. Sie standen vor dem Lift und warteten. Sie musste sich keine Gedanken machen, wie sie in diesen Lift einsteigen konnte und wo sie stehen musste. Sie lehnte sich gegen den Onkel Schottola. Sie merkte, wie ihre Fassung zerbröselte. Sie musste grinsen. Mit dem Onkel Schottola. Da musste sie es gar nicht so weit kommen lassen. Neben ihm. Da reichte dieses Gefühl aus. Dass sie am Ende war. Das Ende musste dann gar nicht ausbrechen. Sie war sicher vor sich selbst. Bei denen. Und wahrscheinlich war das besser als bei leiblichen Eltern. »Gut, dass du angerufen hast.« sagte er. Sie trat einen kleinen Schritt zur Seite und zog ihren Arm aus seinem. Sie stand neben ihm. Sie stieg in den Lift. Sie fuhr mit ihm in die Garage. Ins zweite Untergeschoss. Es wäre schwierig gewesen, einen Parkplatz zu finden. »Ja, weil du so ein Riesenauto fahren musst.« sagte sie. Sie lachten beide. Er ging an den Kassenautomaten. Sie wartete. Sie gingen zum Auto. Er klickte das Auto von weit weg an, damit sie sahen, wo es stand. Im Auto. Sie schnallte sich an. Die Panik war verschwunden. Diese Welle von Elend und Angst und Schmerzen und Sorgen. Abgeflaut. Abgeklungen. Sie saß im Auto und schnallte sich an. Woher er gewusst habe, dass sie nach Hause gehen könne. Der Onkel steckte gerade die Parkkarte in den Automaten und wartete darauf, dass die Schranke aufging. Man musste aber die Parkkarte erst abziehen. Dann erst öffnete sich die Schranke. Er zog die Karte ab und warf sie in den Papierkorb neben dem Automaten. Die Schranke hob sich. Sie musste an den Arm der anderen Frau im Zimmer oben denken. Das Zimmer war aber schon weit weg. Alles in diesem Gebäude war schon gleich weit weg. Sie lehnte sich zurück. Der Sitz kalt. Das Auto kalt. Das Gebläse voll aufgedreht, aber es kam erst noch eiskalte Luft heraus. Sie steckte die Hände in die Manteltaschen.

Der Onkel fuhr die steile Rampe zur Straße hinauf. Man musste nach rechts einbiegen. Wo sie da herauskämen, fragte er. Sie zuckte mit den Achseln. Sie wusste es nicht. Er beugte sich weit vor und schaute sich um. Dann bog er in die Straße nach rechts. Er habe telefoniert, sagte er dann. Und er habe sich als ihr Vater ausgegeben. Es tue ihm leid, aber diese Lüge sei notwendig gewesen. Er hätte sonst keine Auskunft bekommen. Sie nickte. Das sei schon in Ordnung. Das wäre schon richtig. Sie wäre ja froh. Der Onkel schaute gerade vor sich hin. Lenkte. Bog in den Gürtel ein. Er habe nicht gelogen, sagte sie dann, und er nickte.

Sie fuhren. Währinger Gürtel. Döblinger Gürtel. Brigittenauer Lände. A22. In Richtung Krems. Die Sonne schien. Ein blauer Himmel mit Wölkchen. Die Donau nach rechts. Blau. Nach links hinauf. Dunkelgrau. Der Leopoldsberg. Die Kirche oben thronend. Auf der Nordbrücke. Es war, als würde sie wegfahren. In den Urlaub fahren. In die Ferien. Dann fiel ihr der Abholschein ein. Gleich hier in dem Gewirr von Gewerbebetrieben und Lagerhallen rechts von der Autobahn das Labor. »Unbekannte Substanzen«, fiel ihr ein. Die Prüfung hatte sie schon gemacht. Multiple choice war das gewesen, und sie hatte kaum etwas gelernt. In der Rezeption. Gregory hatte sie in die Rezeption gesetzt, und Gertrud sollte ein Auge auf sie haben. Gertrud hatte nur auf ihr Telefon vor sich gestarrt und sie keines Blickes gewürdigt. Aber die Prüfung war total leicht gewesen. Man musste fast alles trocknen lassen. Unbekannte Substanzen: Flüssigkeiten in einer verschlossenen dunklen Flasche lagern bzw. im Originalgebinde. Feststoffe (Pulver, Pasten) in einer verschlossenen Pulverdose bzw. im Originalgebinde aufbewahren. Speichel, Schweiß, Nasensekret, Sperma, Blut: Mit einem sterilen Tupfer (Wattestäbchen) die Substanz aufnehmen. Die Substanz trocknen lassen und den Tupfer danach in eine Papier- oder Plastiktüte geben. Bei Spuren auf einem größeren Spurenträger (Polster, Leintuch) den betreffenden Teil ausschneiden, ihn gegebenenfalls trocknen lassen und ihn anschließend in einer Papier- oder Plastiktüte lagern. Alles trocknen lassen. Sie fühlte einen Schwall Blut durch ihre Scheide fließen. Ein Ziehen im Bauch. Dann wieder nichts. Die Feuchtigkeit zwischen den Beinen. Die Wattebinden zogen die Feuchtigkeit nicht in sich hinein. Die Feuchtigkeit zwischen den Beinen. Das war o. k. Das war nicht angenehm. Aber es war auch irgendwie gut. Es fühlte sich sauber an. Es wäre jetzt alles draußen, hatte die Ärztin im Aufwachraum gesagt.

Der Onkel fuhr. Der Range Rover surrte dahin. Wie immer fuhr der Onkel Schottola genau so schnell, wie es erlaubt war. Er überholte und ordnete sich ein. Die Donau links. Dann die Auwälder. Die hohen Schallschutzwände. Die Burg Kreuzenstein. Ob man diese Zwillinge gefunden habe, fragte sie. Diese Zwillinge in Italien. Diese 6-jährigen kleinen Mädchen. Der Onkel schüttelte den Kopf. »Es hätte ja sein können.« sagte sie. Während sie auf dem Operationstisch festgeschnallt gewesen war. Während man in ihrem Uterus gewühlt hatte. Gekratzt. Geschabt. Während sie in Lalaland geweilt und von nichts und von sich nichts gewusst hatte. Die beiden kleinen Mädchen hätten hinter einer Hecke hervorkommen können und nach ihrer Mama rufen. »Wie heißen die.« fragte sie. »Livia und Alessia.« sagte der Onkel. »Livia und Alessia.« wiederholte er. Er schaute nach vorne. Er griff unter die Sonnenblende und holte eine Sonnenbrille hervor. Klappte sie auseinander und setzte sie auf. »Livia und Alessia.« murmelte er noch einmal. Er seufzte. Sie schaute zu ihm hinüber. »Warum habt ihr mich eigentlich nicht adoptiert.« sagte sie. Er schaute weiter geradeaus auf die Autobahn. »Du hast eine Familie.« sagte er. »Hättest du dir das gewünscht?« Sie schüttelte den Kopf. »Manchmal schon.« »Ja.« sagte er. »Wenn das Selbstmitleid besonders groß war, dann wahrscheinlich.« Nach langem. »Weißt du.« sagte er. »Ich habe mir immer gedacht. Wir. Wir haben immer gedacht, dass es wertvoller ist, wenn es eine freie Entscheidung bleibt. Auch für dich. Ich hätte auch nicht gewusst, wie das dann mit der Religion sein sollte. Ein Kind. Ein eigenes Kind. Ich wäre verpflichtet gewesen, eine religiöse Erziehung. Zu. Erzwingen. Verstehst du. Es ist eigentlich die Achtung vor dir und was vorher schon war, dass du unser Pflegekind geblieben bist. Glaubst du, wir wären näher. Sonst. Ich kann mir das nicht vorstellen. Und übrigens. Die Sandra haben wir auch nicht. Nicht adoptiert. Ich hätte halt gehofft, dass wir dir genügend Vertrauen. Selbstvertrauen. Aber das läuft nicht immer so. So einfach. Es hat sich viel verändert. Du wirst sehen. Aber wir sind alle die Alten geblieben. Die Trude kommt in ein paar Tagen zurück, und sie freut sich auch, wenn du da bist. Du erholst dich, und dann erzählst du uns alles. Wenn du magst.« Er schaute sie kurz an. »Ich bin froh, wenn die Trude dich zum Reden hat. Du kennst mich ja.«

»Werdet ihr jetzt ausziehen. Weil du sagst, es hat sich viel verändert.«

»Nein. Es wäre doch sinnlos. Jetzt. Jetzt sind wir ja schon krank. Aber vielleicht. Wir überlegen, ob wir den oberen Stock vermieten sollen. Wenn sich ein Käufer für das ganze Haus findet. Die Trude will noch immer nach Wien. Fast 50 Jahre war sie jetzt da. In der Uhlandgasse und will immer noch weg.«

»Hast du gewusst, dass die Betsimammi in Hietzing wohnt?«

Der Onkel Schottola verzog den Mund. Er habe vermutet, dass ihre Mutter wieder in Wien lebte. Aber er hätte es nicht genau gewusst. Seit sie, Amalie, 18 Jahre alt geworden wäre, war für das Jugendamt alles vorbei gewesen, und es habe keine Informationen mehr gegeben. Er habe aber seine Vermutungen gehabt, weil die Marina nicht mehr nach Amalies Mutter gefragt habe. Von einem Tag auf den anderen habe es keine Anfragen von Marina mehr gegeben, und das Mammerl habe dann auch einmal eine Bemerkung gemacht. Woher sie das denn wisse.

Sie lehnte sich zurück. Es wäre ein Zufall gewesen. Es ginge um diese Geschichte. Wie immer. Es ginge ja immer um diese Geschichte von der Erbengemeinschaft. Der Onkel wandte sich ihr zu. Sie solle das ernst nehmen. Das Geld aus dieser Sache. Das würde ihr eine Grundlage geben. Das wäre gut für sie. Sie könne dann noch einmal überlegen, was sie aus ihrem Leben machen wolle. Dann müsse sie nicht so eine windige Ausbildung machen wie die da. Die sie jetzt mache.

Sie habe gedacht, er wäre gegen diese Ausbildung bei Allsecura, weil die Marina das eingefädelt hätte. Er schüttelte den Kopf. Das sei nichts. Diese Ausbildung da. So eine Arbeit. Sie könne nicht lernen, wie Gewalt angewendet würde. Das könne man nicht. Und es koste ja auch sehr viel. Sie kenne seine Einstellung. Er lehne das alles ab. Er versuche ja, sie zu verstehen. Aber es fiele ihm sehr schwer, sich das vorzustellen. Was sie da mache. Was sie da machen müsse. Deshalb hoffe er ja, dass die Sache mit der Restitution dieses Bildes. Dass die bald erledigt sei und sie ihren Anteil bekäme und damit neue Perspektiven. »Du glaubst doch nicht, die Marina rückt das Geld heraus.« Sie musste lachen. Er kenne die Marina doch. Die würde das Geld einstecken. Das Mammerl habe sie schon in der Tasche. Die hatte schon gesagt, dass die Marina ihren Anteil verwalten würde, weil sie doch nicht mit Geld umgehen könnte. Und er wisse doch, wie die Marina das Mammerl. Und die wäre ihre Halbschwester. Immerhin. Wie sie die immer übers Ohr gehauen habe. Mit diesem Argument. Aber manche Dinge blieben eben gleich. Unverändert. Unveränderbar. Die Marina würde die Kosten für die Ausbildung abziehen. Das war sicher.

Der Mann fuhr dahin. Sie saß in ihren Sitz gelehnt.

Alle Ruhe war verschwunden. Die Familie. Die Großmutter. Die Großtante. Ihre leibliche Mutter. Wie die
mit ihr redeten. Auf sie einredeten. Wie die sie an-
schwiegen. Wie sie sich abwandten. Sie umarmten. Sie
hatte plötzlich das Gefühl, alle zu spüren. An sich zu
spüren. Umarmt zu sein. Umfangen. Aber eng, und
nichts zu sehen. Ihr Kopf in die Brüste gerammt bei
diesen Umarmungen, und sie musste den Stoff spüren. Sie hatte gelernt, den Kopf rasch zur Seite zu drehen, nicht in die Stoffe beißen zu müssen. Wenn sie so
von einer dieser Frauen an sich gezogen worden war.
Heute nicht mehr. Heute war sie größer als alle diese
Frauen. Sie ließ sich nicht mehr umarmen. Sie schaute
diesen Frauen in die Augen und verbot ihnen das. Näher zu kommen. Sie wurde schwierig genannt. Deswegen. Aber schwierig war besser als Stoffe fressen müssen. Vor allem wenn das Stofffressen das Einzige war,
was man von denen bekam.

Ob sie Schmerzen habe, fragte der Onkel. Nein,
warum frage er. Weil sie so unruhig geworden wäre.
Nein, sagte sie. Es wäre wegen der Verwandten gewesen. Sie habe sich plötzlich erinnert. Der Onkel kniff
die Lippen zusammen und schaute starr nach vorne.
Dann nickte er. Sie würden sich jetzt ein paar schöne
Tage machen. Wenn es ihr besserginge. Könnten sie
dann nicht wieder einmal eine Wanderung machen. Sie
nickte. Ja. Eine Wanderung. Sie waren aufgebrochen

und mit Bussen oder der Bahn und dann zu Fuß oder manchmal mit den Fahrrädern. Sie hatte sagen können, in welche Richtung es gehen sollte. Nach rechts. Nach links. Geradeaus. Sie waren dann den ganzen Tag unterwegs gewesen. Weit waren sie gekommen. Durch das weite leere Land rund um Stockerau oder nach Wien hinein. Am Abend riefen sie dann die Tante Schottola an, und die kam mit dem Auto und holte sie. Hatte sie geholt. In zwei, drei Tagen könnten sie das schon machen, sagte der Mann. Woher er das wissen wolle. Er schaute sie kurz an. Er fuhr dann wieder. Die Trude habe Fehlgeburten gehabt. Ob sie das nicht wisse. Mehrere. Deshalb wisse er, wie das ginge. Er schwieg dann. Machte einen schmalen Mund.

Sie saß da und schaute auf die Autobahn hinaus. Ließ die Straße auf sich zukommmen. Sie fühlte sich wieder sicher. Sie hatte das mit den Fehlgeburten von der Tante Schottola vergessen gehabt. Sie war der Ersatz für diese Kinder gewesen. Aber so eine verlassene Person wie sie. Die musste nehmen, was sie bekam. Und mit Onkel und Tante Schottola. Sie hatte es besser gehabt als mit der Betsimammi. Eine Giftlerin. Es hätte sicher nie Wanderungen gegeben, die nur in ihre Richtung geführt hatten. Bei denen sie die Richtung alleine bestimmt hatte. Sie saß im Fahren. Schläfrig. Es wäre schön gewesen, wenn diese Zwillinge gefunden worden wären. Sie konnte sich zu gut erinnern, wie das gewesen war. Allein. Und niemand da. Zu sagen, wohin. Die Mutter nur dagelegen und der Speichel aus ihrem Mund geronnen. Aber nach den statistischen Daten. Die lebten nicht mehr. Ziemlich sicher hatten diese beiden kleinen Mädchen es hinter sich. Waren in Sicherheit. Irgendwie.

Sie wachte erst vor dem Haus wieder auf. Das Auto stand vor dem Haus in der Uhlandgasse. Sie solle sich hinlegen, sagte er, er müsse noch einkaufen. Es gäbe aber Kaffee im Thermos, und er zwinkerte ihr zu. Der Onkel Schottola war evangelisch H. B. und er sollte eigentlich keine Genussmittel zu sich nehmen. Kaffee war eine Sünde für ihn. Eigentlich. Aber sie waren sich in dieser Sünde einig. Die Tante Schottola trank Kakao. Diese Sünde teilten nur sie beide. Sie stieg aus und ging ins Haus. Der Onkel sperrte ihr die Tür auf und ging zum Auto zurück. Sie trat ins Haus. Es roch wie immer. Sie begann zu weinen.

März.

Alles grau. Seit sie in der Uhlandgasse angekommen war. Es war nur der erste Tag so ein heller Wintertag gewesen. Blauer Himmel. Wolken. Die Sonne. Schneetreiben. Aprilwetter im Winter. Es hatte fröhlich gemacht, wie die Schneeflocken in der Sonne vom Himmel heruntertanzten. Dann wieder trüb. Schon am nächsten Tag. Der Himmel bedeckt. Nebelig. Feucht. Raureif am Morgen. Aber keine Sonne, dieses Glitzern auszulösen. Der Raureif taute weg. Der Boden nass. Am Abend dann Glatteiswarnungen in den Wetterberichten. Und keine Änderung in Sicht. Ein massives Hochdruckgebiet über Russland. Dort war minus 15 Grad die Höchsttemperatur. Ein Tief über dem Atlantik. Das schob die Wolken gegen Osten, und die Kälte hielt sie über Europa fest. Bis nach Afrika. Regen im Mittelmeer.

Sie hatte einen Parkplatz am Anfang der Bahnhofstraße gefunden. Gleich nach der Ampel zur Hauptstraße. Sie konnte zum »Heiner« gehen. Die Mandeltüten für die Tante Trude besorgen. Solche Sachen äße sie noch gerne. Pariser Creme. Schokolade und Butter. Die Besorgungen ins Auto legen und eine Runde gehen.

Auf dem Verkehrsschild stand »kostenpflichtige Kurz-parkzone«. Sie beugte sich vor und schaute sich nach einem Automaten um. Sie sah keinen. War das wie in Wien. Man musste Scheine besorgen und ausgefüllt unter die Windschutzscheibe legen. Sichtbar. Die Scheine aber bekam man in der Tabak-Trafik und nur in den Geschäftszeiten. In so kleinen Orten wie Stockerau. Die stellten doch normalerweise Automaten auf. Sie öffnete das Handschuhfach, ob da irgendetwas herumlag. Formulare. Scheine. Eine Parkuhr. Nichts. Sie stieg aus und schaute sich um. Sie ging ein paar Schritte in Richtung Bahnhof. Kehrte wieder um. Ging zum Karl-Renner-Platz. Sie hätte auch da parken können. Aber der Range Rover war ihr zu groß für aufwendige Parkmanöver. Sie war dieses Auto nicht gewohnt. Sie hatte die letzten Tage nur Ausfahrten in die Hügel gemacht. War an die Donau gefahren. In die Wachau. Dahingefahren und geschaut. Die Donau. Das rechte Ufer hinauf. Bei Krems. Die Donaubrücke bei Melk und das linke Ufer hinunter. Die Donau immer rechts. Halbe Tage war sie nur mit diesem Auto gefahren und war dem Onkel Schottola dankbar gewesen. Dass er dieses riesige Auto fuhr. Dass er mit den Autos nie genügsam gewesen war. Das lag vor allem am Dr. Singer. Der Dr. Singer hatte als Steuerberater dem Onkel vorgeschrieben, ein ordentliches Auto für den Betrieb abzuschreiben, und das Auto war übriggeblieben. Nach dem Verkauf. Man saß hoch über der Straße in diesem Auto. Man segelte über die Landschaften hin. Es war auf eine erhebende Art befriedigend, so ruhig sitzend die Landschaft hinter sich liegen zu lassen. Erobernd. Es hatte etwas Eroberndes. Nur geparkt hatte sie kein einziges Mal. Irgendwo. Sie war vom Haus weggefahren und in die Garage zurück. Kein Aufenthalt. Keine Unterbrechung des Fahrens. Und wenn der Onkel ins Spital fuhr. Er hatte sie dahin nicht mitgenommen. Die Trude würde sowieso gleich nach Hause kommen. Sie sollte diese Umgebung nicht. Das würde ihr nicht guttun. Sie müsste erst wieder Ruhe finden. Sie habe mit sich selber genug zu tun. Und dann waren zwei Wochen vergangen. Die Tante Schottola wollte sie nicht dahaben. Wollte nicht, dass sie sie im Spital sehen sollte. Aber sie sollte heute nach Hause kommen. Deshalb sollte sie in einer Stunde zurück sein. In der Uhlandgasse. Mit dem Auto. Damit er sie holen fahren konnte. Nach dem Mittagessen in der Klinik. Die Schottolas verschwendeten keinen Cent. Wenn das Mittagessen in der Klinik von der Krankenkasse bezahlt wurde, dann musste das gegessen werden.

Sie ging durch den falschen Eingang in die Bäckerei-Konditorei. Sie ging bei der Bäckerei in das Geschäft. Sie war die einzige Kundin, und die Verkäuferin fragte sie schon beim Eintreten, was sie wolle. Sie schaute sich um. Brot und Gebäck. Nein. Sie bräuchte hier nichts. Sie müsse nach rechts. In die Konditorei. Die Frau hatte

sich längst abgewandt und leerte Semmeln aus einem
Riesenkorb hinter das Glas der Vitrine. Das Geräusch.
Ein hohles Reiben und Rascheln. Sie schaute zu. Wie
die Semmeln übereinanderpurzelten. Einen spitzen
Berg bildeten und dann das Fach ausfüllend auseinan-
derrutschten. Die Verkäuferin schaute wieder auf. Fragend. Sie ging schnell nach rechts. Der Geruch der Semmeln. Des Brots.

In der Konditorei war sie wieder alleine. Sie schaute
die Kuchen und Torten hinter dem Glas der Theke
genau an. Würde die Tante Trude wirklich Mandeltüten
wollen. Es gab Sachertorte. Haustorte. Trüffeltorte.
Esterhazytorte. Dobostorte. Topfentorte. Nusstorte.
Schwarzwälder Kirschtorte. Malakofftorte. Wiener-
Mädl-Torte. Punschtorte. Schokoladencremetorte und
Sacherpunschtorte waren auf einer Werbeschrift abge-
bildet. Diese Torten gäbe es nur auf Bestellung, stand
neben den Bildern.

Was es sein dürfte. Die Verkäuferin war an die Theke
gekommen. Oder eigentlich eine Kellnerin. Sie hielt ein
Tablett mit einer Melange in der Hand und holte einen
vorbereiteten Kuchenteller. Dobostorte. Sie solle sich
ruhig Zeit lassen, sagte sie zur Kellnerin. Sie wolle dann
3 Mandeltüten. Wenn es nach ihr gegangen wäre, dann
hätte sie 5 Mandeltüten gekauft. Sie war verschwendungssüchtig. Das war sie wirklich. Unbestreitbar war
sie eine verschwendungssüchtige Person, die den Um-

gang mit Geld nicht gemeistert hatte. Die den Umgang mit den Dingen nicht gemeistert hatte. Aber gegen die Schottolas. Wie die ihr Leben führten. Dagegen waren alle anderen verschwendungssüchtig. Jeder. Sie hatte erst sehr spät begriffen, dass die Sparsamkeit der Schottolas. Dass das einfach die Umkehrung gewesen war. Und dass Zieheltern wie alle Eltern waren und wollten, dass die Kinder ihnen ähnlich wurden. Es war schrecklich gewesen. Diese Gespräche über ihre Verschwendungssucht. Und dass das Sucht sei. Dass sie besonders gefährdet wäre. Dass sie suchtgefährdet sei. Wegen ihrer Mutter. Und dass sie sich überwinden musste. Deswegen. Sie musste sich nur in den Griff bekommen und überwinden.

Die Kellnerin kam zurück. Sie bestellte die 3 Mandeltüten. Die Frau zog den Glasteller mit den Mandeltüten aus dem Regal. Ob noch etwas dazukäme. Sie sagte nein. Die Frau hob die 3 Mandeltüten auf einen viereckigen Pappendeckelteller. Legte ein Cellophanblatt auf die Stanitzel. Faltete das Papier darüber. Rollte ein Bändchen ab.

»Das kann ja nicht wahr sein.« Sie wurde von der Seite umarmt. Der Mann umfing sie von der Seite und küsste sie auf die Wange. Er hielt sie fest. Drückte sie an sich. Hob sie kurz vom Boden auf. Er rief der Frau hinter der Theke zu, dass sie diese Mehlspeisen auf seine Rechnung setzen sollte. »Mali Schreiber. Wie kommst du hierher. Ich fass es nicht. Du bist es wirklich. Wir waren in der Schule. Zusammen.« Er erklärte das der Kellnerin und lachte. Die Frau lächelte ihm zu und schüttelte den Kopf. Nachsichtig. Er drehte sie herum und schob sie in das Café.

»Mali. Mali. Mali.« Er sagte das laut. Verwundert. Alle schauten zu ihnen hin. Er deutete auf einen Tisch am Fenster. Sie könne jetzt nicht einfach davon. Sie wollte ablehnen, aber er griff nach ihrem Mantel. Habe sie den nicht schon in der Schule gehabt. Er könne sich an so einen Mantel erinnern. Sie musste lachen. Nein. Das wäre schon ein anderes Modell. Aber es sei richtig. Sie trüge Dufflecoats. Das müsse eine frühe Fixierung auf Paddington Bear sein, sagte er. Das brächte ihre englische Seite zum Ausdruck. Dass er sich daran erinnern könne, sagte sie. Verwundert. Er nahm ihr den Mantel ab, und sie setzte sich. Von ihrem Platz aus konnte sie auf die Straße hinausschauen. Die Stiege zur Stadtpfarrkirche hinauf. Die Buchhandlung an der Ecke gegenüber. Der Platz verparkt. Was sie bestellen wolle, fragte er. Die Kellnerin war an den Tisch gekommen und hatte das Päckchen mit den Mandeltüten gebracht. Sie schaute ihn fragend an. Er würde meinen, dass diese schöne Frau mittlerweile nur noch Espresso trinken würde. Oder lieber etwas Schaumiges. Einen Latte. »Nein.« sagte sie und schaute die Kellnerin an. Sie wolle eine Melange. Die Kellnerin sagte:

»Ja. Gerne.« und ging. Er sei hier wohl der Hahn im Korb, meinte sie. Wie sie denn darauf käme. Sie musste lachen. Die Kellnerin habe nur ihn angesehen, während sie bestellt habe. Während sie diese Frau angesprochen hatte. Er lachte verschämt. Das müsse sie verstehen, er sei hier eben Stammgast. Immer wenn er hier bei Gericht zu tun habe, dann käme er hierher. Frühstücken. Und er käme oft hierher, weil er diese Bezirksgerichtssachen erledigen müsse. Als Jüngster in der Kanzlei. Er müsse noch diese Blut-und-Boden-, Butter-und-Brot-Fälle erledigen. Was das sein könnte. Sie schaute ihn an. Er sah gut aus. Dominik Ebner hatte immer gut ausgesehen. Frisch. Sportlich. Groß. Immer gut aufgelegt und sicher. Dominik Ebner hatte nie Zweifel gehabt. An nichts. Er hatte immer gewusst, was richtig war, und sie musste zugeben, dass es auch gestimmt hatte. Sie hatte ihn gehasst. Damals. Sie hatte ihn ziemlich gehasst. Seine Freude über das Wiedersehen. Über dieses zufällige Treffen. Sie konnte es nicht verstehen. Sie hatten nichts gemeinsam gehabt. Nichts. Im Gegenteil.

Er sei also mit dem Studium fertig, stellte sie fest. Und er sei also in die Kanzlei seines Vaters eingetreten. »Meiner Familie.« korrigierte er. Es sei ja seine ganze Familie in dieser Kanzlei. Sein Vater und seine Mutter und er. Sein Onkel und dessen Familie. Ein paar Cousins und Cousinen. Der Großvater und der Großonkel hätten die Sache aber immer noch fest im Griff. Er lächelte. Er wäre da ein kleiner Lehrling. Wie jeder andere Konzipient eben. Was das für Fälle wären, die da anfielen, fragte sie. Die Kellnerin brachte den Kaffee. Ob sie nicht etwas anderes noch haben wolle. Ein Frühstück. Es gäbe hier ein hervorragendes Frühstück. Die Kellnerin schaute sie abschätzig an. Die Kellnerin wusste gleich, dass sie nichts bestellen würde. Sie drehte sich schon weg, bevor sie noch etwas gesagt hatte. Aber sie wollte wirklich nichts. Dominik lächelte die Kellnerin an und hob bedauernd die Schultern. »Scheidungen. Nachbarschaftsstreitereien. Grundstücksangelegenheiten. Erbschaften. Vertragsprobleme.« Er leierte die Aufzählung vor sich hin. Das wären alles Fälle, in denen man die Betroffenen treffen müsste und mit Tränen rechnen. Deshalb würden diese Fälle den Jüngsten in den Kanzleien übertragen. Damit sie hartherzig wurden. Werden mussten. Weil das Elend ja wirklich groß wäre. Und wirklich wirklich. Er schaute sie an. Er war amüsiert. Sie rührte Zucker in die Melange. Das klinge alles so erwachsen. Er sei sicher verheiratet und habe Kinder. Er grinste sie an. Nein. Er sei nicht verheiratet, und er habe eben erst eine eigene Wohnung bezogen. Ein Zimmer. Eigentlich ein Zimmer. Aber er fand es nun mit 25 doch besser, sich von der Familie abzusetzen. Was sie denn mache. Gemacht habe. Machen werde. Sei sie denn verheiratet oder so etwas Ähnliches. Wo lebe sie denn überhaupt. Ihre Pflegeeltern. Ihr Pfle-

193

gevater. Der hätte ja wirklich Glück gehabt. Dass der
den Betrieb noch vor der Krise losgeworden war. Dass
der verkauft habe. Damals. Das wäre ja absolut genial
gewesen. Denen wäre zu gratulieren gewesen.

Sie lehnte sich zurück. Sie durfte jetzt nichts sagen.
Sie wusste ja auch nichts. Aber das Geld war weg. Offenkundig. Wenn die Schottolas überlegten, das obere
Stockwerk zu vermieten. An so etwas hatte vor 2 Jahren niemand gedacht. Oder war es die Sorge um die
Tante Trude. Und die Kosten. Gab es Kosten, bei so einer Krankheit. Sie hatte gedacht, in Österreich zahle
die Krankenkasse die Kosten einer Krebserkrankung.
Aber sie wusste nicht, wie das dann wirklich war. Sie
überlegte, Dominik zu fragen. Diesen offenen, freund-
lichen, weltgewandten Dominik, der ihr gegenübersaß.
Der offenkundig nicht so viel zu tun hatte. Der dasaß,
als würde er noch Stunden mit ihr reden wollen. Seine
Ruhe machte sie unruhig. Sie musste zurück. Das Auto.
»Nein. Ich will dich nicht ausfragen.« sagte er und legte
seine Hand auf ihre. Er wüsste ja von ihrer Pflegemutter. Von deren Krankheit. Und er fände es toll, dass sie
die besuche. Sie hätte ja sicherlich andere Möglichkei-
ten. Andere Gelegenheiten. Eine Frau, die so aussähe
wie sie. Die in Kürze auch noch reich sein würde. Man
beobachte diese Situation mit der Restitution sehr genau in seiner Familie. Sein Großonkel hätte damit direkt zu tun gehabt. Aber ebendeshalb fände er es groß-

artig von ihr, dass sie bei den Schottolas zu Besuch sei.
»Großartig.« Er sagte das dreimal. Großartig. Großartig. Wirklich großartig.

Sie musste lachen. Das war Stockerau. Jeder wusste
alles. Sie nicht. Aber sie hatte das nie gelernt. Sie hatte es
nie begriffen, wie das ging. Der Dominik Ebner wusste
schon wieder, dass sie beim Onkel Schottola wohnte.
Sie schaute ihm in die Augen. Sie zog ihre Hand nicht
weg. Was wusste er sonst. Es wäre alles ganz anders,
sagte sie. Sie sei zu den Schottolas geflüchtet. Sie fiele
denen nach wie vor zur Last.

Dominik zog seine Hand zurück. Er setzte sich auf
und verschränkte die Arme. Er schaute sie an. Prüfend.
Dann beugte er sich ihr zu. Mit den Schottolas habe sie
einen harten deal gehabt. Die Schottolas wären ja Angehörige einer Minderheit in der Minderheit gewesen. So
etwas wirke sich aus. Die einzigen Evangelischen H. B.
unter den 500 Evangelischen A. B. gegen die 10 000 Ka-
tholiken in so einer kleinen Stadt. Das wäre die Härte
pur. Er sagte das nachdenklich. Sie schaute in ihren Kaffee. Was wusste so ein verwöhnter Fratz wie der Dominik schon. Die Schottolas. Das waren ihre Eltern. Das
waren die Personen in ihrem Leben, die am ehesten Eltern gewesen waren. Sie konnte hierher zurückkommen. Immer und jederzeit. Wenn man wie sie immer
schon entscheiden hatte müssen, was gut für eine war.
Sie schaute weiter in ihren Kaffee. Dann. Die Schottolas

wären das Beste für sie gewesen, was sie gefunden habe. Dominik beugte sich über den Tisch herüber. Genau das hätte er gemeint. Er wolle nichts gegen diese Leute sagen. Er könne von Glaubenszugehörigkeiten absehen. Er habe nur sagen wollen, dass in so einer Kommune das immer noch die Grundlage der Beurteilung abgäbe. »Du willst sagen, dass sie.« Sie schaute auf. Er sah zum Fenster hinaus. Ja. Man könne sagen, dass sie anders bemessen würden. Er habe das also nicht negativ gemeint, dass der Hermann Schottola seinen Betrieb gerade rechtzeitig verkauft hätte. Er wäre nicht neidisch, deswegen. Aber sie könne sich ja vorstellen, wie das so liefe. Wie da geredet würde. Eingeschätzt. Beurteilt. Ja, das könne sie. Und das wäre dann auch der Grund, nicht lange hierzubleiben. Hierbleiben zu wollen.

»Nein.« rief er laut. Wieder hielten alle inne und schauten zu ihrem Tisch hin. Eine Gruppe Frauen war hereingekommen und setzte sich gerade nieder. Weiter unten im Lokal. Sein lautes »Nein«. Alle hatten sich ihnen zugewandt. Zwei Frauen nickten Dominik zu. Er winkte den Frauen zurück. Lächelte strahlend. Währenddessen sagte er zu ihr, dass das Professorinnen vom Realgymnasium seien, die im Tennisclub wichtig wären. »Leider beide eine banale Rückhand.« flüsterte er ihr über den Tisch zu. Vertraulich. Vom Tisch dieser Frauen aus musste es aussehen, als wäre er sehr vertraut mit ihr. Sie richtete sich auf. Das war es, was sie hier so müde machte. Jeder Augenblick. Jede Geste. Alles war bedeutsam. Allen anderen war alles bedeutsam. Und ihr. Ihr war alles gleichgültig. Vollkommen gleichgültig. Es war ihr mit einem Mal alles so gleichgültig. Alle diese Schuljahre hier. Sie hätte gestehen mögen. Sie hätte aufstehen mögen und alles gestehen. Sie hätte Lust gehabt, so ein Geständnis in den Raum zu schleudern. Sie war ja eine Schlampe. Es hatte sich nichts verändert. Dominik Ebner. Die Professorinnen. Die Kellnerin. Die lebten geordnete Leben. Übersichtliche Leben. Sie war die Schmutzige. Immer war sie die Schmutzige gewesen. Mit einem ungenauen Leben. Auch hier. Die Schottolas hatten ihr helfen wollen. Aber ihr war nicht zu helfen gewesen. Immer war etwas aufgetaucht. Aus der Vergangenheit ihrer Familie. Sie hätte sagen müssen, dass sie eine Schlampe war. Ein Versager. Eine Versagerin. Der Dominik Ebner. Für den war sie. Sie schaute ihn an. Was konnte sie für so jemanden sein. Jemanden, der so gut aufgehoben war. So sicher. So versorgt. Eine interessante Abwechslung war sie für so jemanden. Eine interessante Abwechslung. Sie war eine Fremde hier. Exotisch. Bitterkeit stieg in der Kehle auf. Sie musste schlucken, die Bitterkeit zu unterdrücken. »Sollten die nicht unterrichten.« fragte sie und schaute zu den Frauen. Den Gang hinunter. »Geh noch nicht.« sagte er ruhig. Es klang flehentlich.

Sie schaute auf den Tisch. Auf das Tischtuch. Er

hinaus. Er hatte die Pfarrkirche im Blick, und er schaute auf den Turm hinauf. Ob sie Zeit hätte. Er habe nichts mehr zu tun. Ja. Ja. Er könne immer ins Büro und etwas machen. Aber für heute war kein Termin mehr vorgesehen. »An Tagen mit Gerichtsterminen ist das so.« Weil man nie wissen könne, wie lange so eine Gerichtsverhandlung dauern würde. »Oder wie kurz.« sagte sie. Er schaute auf den Kirchturm hinauf und nickte. »Und wie kurz.« wiederholte er. Sie schaute ihm ins Gesicht, wie er, den Kopf zurückgelegt, zur Kirchturmspitze hinaufstarrte. Sie musste aufstehen. Sie rutschte an den Rand der Bank und hatte die Beine unter dem Tisch hervorgezogen. Sie schaute sich um, wo ihr Mantel sein könnte. Sie musste weg. Sie musste hier weg. Wenn sie noch einen Augenblick an diesem Tisch sitzen blieb. Es würde. Nein. Es war nicht so einfach. Aber dann doch. Irgendwie war es klar, wie das weitergehen würde. Wie das weiterging. Wenn man so im Kaffeehaus saß und nicht flüchtete. Man ging dann mit. Schon mit dem Dasitzen war man mitgegangen. Die Panik aus dieser Vorstellung. Die Panik darüber raste ihr in den Ohren. Rauschend. Sie konnte ihn gar nicht mehr richtig hören. Sie konnte es sehen. Wie sie hinter ihm herfuhr. Wie sie in sein kleines Apartment gehen würden. In einem dieser Neubaublocks. Hier. In der Umgebung. Anlagewohnungen. Noch zu besseren Zeiten geplant. Jetzt billig zu haben. Da deckte man sich in so einer Fami-

lie wie den Anwaltsebners ein. Vielleicht waren sie auch
die Investoren, und ihr Neid auf den Onkel Schottola
kam davon. Dass ihre Immobilien nichts mehr wert
waren. Nicht mehr so viel. Und in der Wohnung. Sie
konnte es vor sich sehen. Wie das aussah. Wie er sich
nähern würde. Und es war nicht alles gelogen. Er war
auch freundlich. Aber es war langweilig. Es war vor allem langweilig. Diese Langeweile versammelte sich in
ihrem Bauch. Es begann auch wieder dieser ziehende
Schmerz da. Dieser Schmerz, bei dem sie sich im Bett
zusammenrollen musste und wimmern. Sie wusste
jetzt, was wimmern war. Warum es wimmern hieß.
»Ich finde es toll, dass du dich nicht mehr schminkst.«
sagte er. Sie stieß sich von der Bank ab. Sie müsse jetzt
weiter. Das Auto. Sie müsse das Auto zurückbringen.
Die Tante Trude. Sie käme zurück. Aus dem Spital.
»Ach ja.« sagte er. Er habe davon gehört. Sie stand vor
dem Tisch. Er schaute von unten zu ihr auf. Er würde
sie gerne wiedersehen. Ob das nicht ginge. Er sagte das
besorgt. Mit Sorge für sie. Dann sprang er auf. Holte ihren Mantel. Er legte 30 Euro auf den Tisch. Zog den eigenen Mantel an. Sie gingen hinaus. Sie konnte im Augenwinkel sehen, wie die Professorinnen ihr Gespräch
über die Englischexkursion unterbrochen hatten und
ihnen zusahen. Dominik legte seine Hand auf ihren
Rücken und führte sie so. Er schob sie zur Tür hinaus.
Er ging schräg hinter ihr, damit die automatischen Tü-

ren offen blieben. Für sie. Er trug das Päckchen mit den Mandeltüten.

»Herr Doktor. Herr Doktor.« Die Kellnerin kam auf den Platz nachgelaufen. Er bekäme noch 9 Euro Wechselgeld. Sie hielt ihm das Geld auf der flachen Hand hin. Die Münzen glänzend in ihrer Handfläche. Er nahm die Hand der Frau und schloss ihr die Finger über den Münzen. Das solle sie so lassen. Die Frau begann zu protestieren. Er schüttelte den Kopf, und die Frau wandte sich ab. Sie ging in die Bäckerei zurück. Sie konnte die Türe hören. Aufgleiten. Zugleiten. Die Frau hatte die Schultern hängen lassen. Sie schaute ihr nach. Warum freute diese Frau sich nicht über das Trinkgeld. Über dieses hohe Trinkgeld. Hatte sie es nicht verdient. Hatte sie das Gefühl, es nicht zu verdienen. Die Frau war weggegangen wie besiegt.

Sie gingen zur Kreuzung. Das da. Der Range Rover. Ach ja. Der Schottola habe immer so ein großes Geländefahrzeug gefahren. Obwohl er kein Jäger gewesen war. »Nein.« sagte sie. Sie fühlte ihre Lippen steif werden. Der Onkel Schottola wäre nie auf die Jagd gegangen. Dem Onkel Schottola. Dem wäre Leben eben heilig. Er selber. Er wäre ja auch kein Jäger, sagte Dominik. Er verstünde das sehr gut.

Sie klickte das Auto auf. Dominik öffnete ihr die Autotür. Er beugte sich in das Auto und legte das Päckchen auf den Beifahrersitz. Sie schaute seinen Kopf an.

Die dunklen Haare. Er würde nie eine Glatze bekommen. Er würde immer erfolgreich sein. Und er würde nie von hier wegkommen. Wegen der Langeweile. Weil er nichts wusste außer sich. Während er die Autotür öffnete und so sorgfältig die Mehlspeisen auf dem Beifahrersitz deponierte. Sie hatte ihn mitleidig beobachtet. Es war Mitleid. Sie wusste genau, wie er diese Leere vor sich hatte und sie nur mit Tennisterminen und Fernreisen füllen konnte. Konzerte in Wien. Oper. Theater. Vielleicht hatte er ein Hobby. Sie verstand plötzlich die Jagd. Dieses Töten. Das arbeitete gegen die Langeweile an, und der Onkel Schottola hatte keine Langeweile, weil er in den Regeln seiner Religion gefangen war. Da wurde alles schwer und bedeutsam. Ohne solche Regeln. Sie schüttelte den Kopf, all diese Vorstellungen loszuwerden. Sich loszureißen davon, wie sich hier alle fühlten.

Dominik stand vor ihr. Sie stieg vom Gehsteig auf die Straße hinunter. Sie war trotzdem nicht viel kleiner als er. »Du weißt, dass du die schönste Frau bist, die ich kenne.« Er sagte das wieder vorwurfsvoll. Bedauernd. Sie schaute vor sich hin. Ihm auf die Mantelbrust. Er trug einen dunkelblauen Kaschmirmantel. Klassisch geschnitten. »Na ja.« sagte er. Er würde versuchen, sie zu erreichen. Die Schottolas stünden ja sicher noch im Telefonbuch. Sie stieg in das Auto. Er warf die Tür hinter ihr zu. Sie schnallte sich an. Er stand am Auto.

Hob die Hand. Sie startete. Sie musste warten, bis sie in den Verkehrsstrom einbiegen konnte. Er wartete so lange. Dann blinkte sie. Er hob noch einmal die Hand. Dann wandte er sich ab. Sie fuhr an. Sie gab Gas. Raste die Bahnhofstraße hinunter. Sie fuhr davon. Sie war schon fast auf der Autobahn, da fiel ihr ein, dass sie das Auto zurückbringen musste. Sie fuhr nach rechts in die Hauptstraße zurück und dann hinauf. In die Siedlung. Sie wurde wieder weinerlich deswegen. Sie hätte weg-fahren wollen. Fliehen. Flüchten. Davon. Eilen. Stür-men. Ihre Situation kam ihr inmitten dieser Menschen noch unerträglicher vor. Sie war abgetrennt von diesen Personen. Die wussten das aber nicht. Das wusste nur sie. Das durfte nur sie wissen. Es war eines von ihren Geheimnissen. Sie lebte gar nicht. Wahrscheinlich lebte sie gar nicht. Sie tat nur so. Sie machte das nach. Faking, dachte sie. You are faking. Es war das Autofahren, das existierte. Sie war der Schatten davon.

Und dann war es ein Glück, dass ihr bei seinem Vor-schlag, mitzukommen, gleich der Ausfluss eingefallen war. Bräunlich rot. Dünnflüssig. Stark riechend. Ein hel-ler, widerlicher, starker Geruch. Sie roch lange daran. Wenn sie die Einlagen wechselte. Sie roch dann an der alten. Sie legte die alte auf dem Behälter für das Klopapier ab und nahm sie dann wieder. Sie stand vor der Toilette. Drückte die Spülung und roch an der alten Binde. Wenn die Spülung der Toilette dann langsam verstummte. Sie rollte die Binde zusammen und steckte sie ein. Sie hatte eine Rolle Plastiksäcke fürs Einfrieren in ihrem Zimmer. In die tat sie die zusammengerollten Binden und warf sie so in der Küche in den Müll unter dem Abwaschbecken. Während des Riechens dieses Geruchs. Sie musste nichts denken. Währenddessen. Gar nichts. Während sie diesen Geruch roch, war sie ruhig. Und konzentriert. Erst außerhalb des Badezimmers dann wieder die Wirklichkeit. Sie konnte sich den Geruch vorstellen. Während des Fahrens. Sie schnitt einen alten Volkswagen und bog in die Senningerstraße ab. Links die Umspannanlage. Sie fuhr sehr schnell. Sie bremste in die Uhlandgasse und kroch dann dem Haus zu.

Sie ließ das Auto draußen. Vor dem Gartentor. Stieg die Stufen zum Haus hinauf. Der Onkel öffnete die Tür. »Gerade pünktlich.« sagte er lächelnd. Dann erstarrte er. Ging durch die Tür. Sie trug die Mehlspeisen in die Küche. Was die Familie Ebner mache, rief sie dem Onkel ins Vorzimmer zu. Es kam keine Antwort. Sie ging ins Vorzimmer zurück. Die Tür stand offen. Der Onkel stand am Gartentor. Ein Polizist stand da. Eine Polizistin stieg gerade aus dem Polizeiauto, das hinter dem Range Rover parkte. Sie war zu schnell gefahren. Sie hatte die Polizei aber nicht gesehen. Wieso hatte sie die nicht gesehen. Wo waren die gewesen. Sie lief die Stufen zum Gartentor hinunter. Was denn los sei, rief sie. Dann verstummte sie. »Immer warten, was die andere

Person zu sagen hat, und dann die taktische Einrichtung darauf. Nie spontan reagieren. Man kann sich nur verraten dabei. Es ist zunächst das Problem der anderen Person, und wir wollen der das Problem nicht abnehmen.« Das spöttische Grinsen von Cindy dazu. Sie stellte sich neben den Onkel Schottola.

Es ginge um sie. Der Onkel schaute sie an. Es war dieser Blick. Wie damals. Immer. »Onkel Schottola.« sagte sie und wollte es ihm erklären. Sie hatte eine Geschwindigkeitsüberschreitung gemacht. Er machte so etwas nicht. Nie. Aber es war keine Todsünde. Oder. Sie holte Luft und wandte sich an die Polizisten hinter dem Gartentor. Der Onkel legte ihr die Hand auf die Schulter. Das wäre die Person, die sie suchten. Er drückte ihr die Schulter, still zu sein. Nicht zu reden. Würde es reichen, wenn sie ihren Pass holen würde und ihnen den zeigen. Der Polizist hielt ein Blatt Papier in der Hand. Er schaute darauf. Das würde reichen, sagte er. »Komm. Geh. Hol deinen Pass. Kinderl.« Der Onkel drehte sie an den Schultern und schubste sie die erste Stufe hinauf. Sie drehte sich zurück. Warum, wollte sie wissen. Was denn los sei. Warum ihren Pass. »Es liegt eine Vermisstenmeldung vor. Amalia Schreiber.« »Eine Vermisstenmeldung.« Sie ging an das Gartentor. Hielt ihre Hand aus. Der Polizist ließ die Hand mit dem Papier sinken. Sie starrte diesen Mann an. Er war nicht sehr groß. Sie war größer als er und stand eine Stufe höher. Jung. Er war jung. Auch die Polizistin war jung. Die Frau blondgebleichte Haare in einem Pferdeschwanz unter der Kappe. Der Mann gebräunt. Stark gebräunt. Eine gebräunte Haut ist eine kranke Haut. Der Satz ging ihr durch den Kopf. Und wer konnte nach ihr suchen. Dann sagte sie es. »Wer will nach mir suchen.« Der Polizist sagte nichts. »Na komm. Hol den Pass.« Der Onkel drängte. »Wir verkühlen uns hier nur.« Sie seufzte. »Ich habe alles in der Wiener Wohnung.« sagte sie. Sie hatte sich an den Onkel gewandt. »Alles.«, fragte er. »Ich habe meine e-card mit. Die habe ich.« Dann sprach sie nicht weiter. Sie hätte sagen wollen, dass sie die im Spital gebraucht hatte. Was ging das dieses Polizistenpärchen an. »Würde es ausreichen, wenn ich ihnen einen Ausweis zeige und dafür einstehe, dass diese Person hier Amalia Schreiber ist.« Der Mann schaute den Onkel an. Dann zu ihr. In welchem Verhältnis er zu Frau Schreiber stünde, fragte die Polizistin. Der Onkel schaute die Frau lange an. Er hole jetzt seinen Führerschein. Das genüge ja. Und er sei ein Verwandter. Dann drehte er sich weg und stieg die Stufen hinauf. Sie stand da. Sie zog den Mantel um sich. Die Polizisten hatten dunkelblaue Parkas an. Es war ihnen aber kalt. Die Frau hatte begonnen, mit den Füßen zu stampfen, um sich warm zu halten. Der Mann schlug die Hände gegeneinander. Das Papier wurde dabei geknickt. Ein Wind kam von den Hügeln herunter. Der Onkel stürmte aus dem Haus. Er hielt seinen Führerschein über das Gartentor. Der Polizist nahm ihn. Schaute ihn an. Gab ihn der Polizistin. Die nahm ihn und ging zum Auto. Sie standen schweigend da. Sie konnten die Polizistin hören. Sie hatte sich ins Auto gesetzt und sprach von da. Der Name war zu hören. Murmeln. Der Polizist schaute das Haus an. Musterte es. Die Frau stieg wieder aus und kam an das Gartentor zurück. Sie reichte dem Onkel den Ausweis. Ob Frau Schreiber mit einem Ausweis in der Dienststelle vorbeikommen könne. Nur zur Klärung. Und es ginge eigentlich darum, dass Frau Marina Schreiber-MacDuff einen Unfall gehabt habe und um einen Anruf bitte. Es wäre dringend. Die Polizistin schaute ihr in die Augen. Hielt sie mit den Augen fest. »Antworten. Mit den Augen antworten. Den Blickkontakt halten. Das ist wichtiger als ein Lügendetektortest.« Die Lektionen von Heinz. Sie schaute also dieser Polizistin in die Augen und verbot sich, irgendetwas zu sagen. »Ich werde sofort anrufen.« sagte der Onkel. Er werde sofort in London anrufen und alles klären. Ob man jetzt fertig sei, fragte er. Ruhig. Er hielt seinen Führerschein. Er habe nämlich einen wichtigen Termin. Er betonte das wichtig. Der Polizist nickte. Die Polizistin löste ihren Blick und schaute ihren Kollegen an. Sie wandten sich ab. Grüßten. »Grüß Gott.« sagten sie. Im Chor.

Sie nahm den Onkel am Arm und zog ihn ins Haus hinauf. Grüß Gott. Das war die größte Provokation.

Der Onkel grüßte Gott nicht. Das stand ihm nicht zu. Das stand niemandem zu. Schon gar nicht den Vertretern der Staatsmacht. Den Vertretern der Staatsgewalt. Den Vertretern der falschen Staatsmoral. Es war dem Onkel immer schwergefallen, sich mit Beamten zu arrangieren. Das hatte die Tante Trude gemacht. Das war ihre Aufgabe gewesen.

Im Haus. Er müsse jetzt weg, sagte der Onkel und zog seinen Mantel an. Sie brachte ihm den Autoschlüssel. Was die Marina denn habe. Was passiert sei. Aber es wäre jetzt einmal nicht wichtig. Sie solle niemandem aufmachen. Sie solle im Haus bleiben. Und sie solle die Marina anrufen und das alles klären. Aber er wisse ja, dass es der nur um das Geld ginge. Sie habe den Dominik Ebner getroffen, sagte sie. Ob sie sich bei dem erkundigen sollte, was ihre Situation sei. »Ach. Die Ebners.« Er wickelte den Schal sorgfältig um den Hals. Da hätte es einen Skandal gegeben. Die wären irgendwie an diesem Bankendeal beteiligt gewesen, der jetzt die Staatsanwaltschaft interessiere. Er glaube nicht, dass man noch einmal etwas davon hören würde. Aber die Klienten hätten reagiert, und da hätte es noch einmal Schwierigkeiten gegeben. Krisen halt. Aber sie wisse ja, wie wenig ihn das interessiere. Jedenfalls glaube er nicht, dass sie einen Rechtsanwalt bräuchte. Er käme in 2 Stunden spätestens. Sie küsste ihn auf die Wange. »Und.« sagte er. »In Österreich herrscht Ausweispflicht.

Du musst immer einen Ausweis bei dir haben. Da sind wir noch gut davongekommen, dass die dich nicht mitgenommen haben. Dann hätten wir zum Dr. Seidler gehen müssen. Deinen Freund Ebner. Den brauchen wir hier nicht.« Er schüttelte den Kopf. Angewidert.

Er solle vorsichtig fahren. Der Onkel blieb in der Tür einen Augenblick stehen. Er dachte nach. Wollte etwas sagen. Dann lächelte er ihr zu und ging hinaus. Sie konnte ihn sehen, wie er im Auto den Sitz zurückschob. Sie ging ins Wohnzimmer und schaute in den Garten hinaus. Sie stellte sich an das Fenster. Sie setzte sich auf die Couch. Sie setzte sich in einen Fauteuil. Stand wieder auf. Ging auf und ab. Die Unruhe um ihren Nabel tobend. Sie konnte nicht stillsitzen. Das Wohnzimmer. Unverändert. Alles genauso wie damals. Als sie das Kind im Haus gewesen war. Die venezianische Gondel im Bücherregal. Die Puppensammlung. Die »Reader's-Digest«-Hefte. Die »Time-Life«-Bücher über ferne Länder, Wissenschaft und Kunst. Über die Eroberung des Nordpols und des Südpols und des Himalaja. Über Krankheiten und den menschlichen Körper. Aber sie hatten das nie gelesen. Diese Bücher waren angekommen, und sie waren von außen bewundert worden. Gelesen wurden sie nicht. Der Onkel las nur die Bibel, und die Tante hatte diese anderen Bücher bestellt. Aber das war ihr genug gewesen. Sie hatte sie dann nicht gelesen. Die Bücher standen in den Bücherregalen der Wohnwand. Die Puppen dazwischen. Alles die Tante Schottola. Ihre Verschwendung, und viel darüber geredet werden hatte müssen. Diese Bücher. Eines von diesen Büchern zu lesen. Wenn sie eines dieser Bücher aufmachte. Sich hinsetzte und zu lesen begänne. Sie blieb am Fenster stehen. Da konnte sie sich gleich erschießen. Sie konnte sich sehen. Das Einschussloch in der Schläfe. Sie hätte sich nie in den Mund schießen mögen. Aber in die Schläfe. Und wie sie hinfiel. Wie sie da hingefallen wäre, in dasselbe Nichts wäre sie mit so einem Buch gefallen. Sie wäre in diesem Text zu liegen gekommen. Wie tot. Sie hätte über die Schwierigkeiten gelesen, wie so eine Polarexpedition auszustatten wäre, und wäre tot gewesen. Hätte sich totgelesen. Wenn sie nur eines der »Reader's-Digest«-Heftchen öffnete und einen dieser Ratschläge läse, wie sie ihrem Leben einen Sinn verleihen könnte. Sie hätte sich liegend in der vollkommenen Sinnlosigkeit gefunden. Und es war nicht ihre. Es war nicht ihre Sinnlosigkeit. Sie war lebenslustig. Gerade in diesem Haus hatte es sich herausgestellt. Die Schottolas hatten den Kopf geschüttelt darüber. Sie hatte Kraft. Sie hatte immer Kraft gehabt. Sie hatte ihre Mutter überstanden. Sie hatte sich freiwillig von ihrer Mutter getrennt. Sie hatte ihre Großmutter überstanden. Das Mammerl ja wahrscheinlich die nächste Ursache von allem. Aber beim Blick hinaus in den Garten. Auf die Tanne hinten neben dem Haus. Es war ein Geschmack. Ein Geschmack tief in der Kehle. Schmeckte Verzweiflung so. Platzend wirbelnd und im ganzen Körper.

Wodka. Fiel ihr ein. Wodka würde helfen. Sie konnte den Wodka in sich spüren. Wie die Unruhe verebbte. Ruhig. Gelassen. Wenn sie Wodka bekommen konnte. Oder irgendetwas. Dann konnte sie ruhig warten. Gelassen dasitzen und die Tante erwarten. Und das war es. Sie hatte Angst. Zu allem anderen hatte sie auch noch Angst. Vor dem Anblick. Davor, wie sie aussehen würde. Es waren ja nur Bemerkungen gewesen, die der Onkel Schottola gemacht hatte. Aber die Tante musste sehr verändert aussehen. Sie setzte sich. Schaute auf das handgestrickte Tischtuch auf dem Couchtisch. Ließ den Kopf hängen. Bekam feuchte Augen. Dann stand sie wieder auf. Richtete sich auf. Ging in die Küche. Sie begann zu putzen.

Sie räumte die oberen Küchenkästchen aus. Wischte die Böden mit nassem Wettex. Wischte sie trocken. Sie schaute die Ablaufdaten der Packungen an. Reis. Nudeln. Polenta. Linsen. Stellte Abgelaufenes zur Seite. Staubte Gläser und Dosen ab. Sie stieg auf einen Küchensessel und wusch die Oberseite ab. Eine dicke Schicht von Staub und Fett oben auf den Kästen. Neglected. Das hier war vernachlässigt. Die Küche. Das war das Zentrum des Lebens gewesen. Blitzsauber und immer Vorräte. Blumen an den Fenstern. Es war nicht schmutzig. Jetzt. Nicht richtig. Aber unbenutzt. Ungepflegt. Als wohne hier nur manchmal jemand. Der Onkel Schottola aß Ravioli aus der Dose. Bohnen. Gulasch. Sie hatte die Dosen wenigstens gewärmt. Sie hatte ja selbst keinen Appetit gehabt und lieber eine Pizza geholt. Sie ordnete die Vorräte wieder ein. Begann mit dem Geschirr. Teller. Teetassen. Kaffeehäferln. Untertassen. Gläser. Eierbecher. Kompottschüsselchen. Salatschüsselchen. Dann die Unterschränke. Die Töpfe und Reindln. Die Pfannen. Die Tortenformen. Die Backformen. Die Bratenformen. Die Auflaufformen. Sie rieb die Fächer aus. Wusch das Geschirr. Die Backbleche. Die Schienen des Backrohrs. Den Herd. Sie verbog sich und putzte die Unterseite der Oberkästen. Die Dunstabzugshaube. Die Kacheln an der Wand. Sie holte den Schrubber aus dem Wandschrank und machte sich an den Boden. Sie schrubbte mit Cif und dann mit Spülmittel und zweimal mit klarem Wasser. Der Boden wurde wieder hellgrau. Die Fugen zeichneten sich ab. Aber es war auch das Alter deutlicher zu sehen. Es waren die Einrisse an den Kanten der Kästchen deutlich. Die Verfärbungen, wo die Sonne hinkam und der Lack ungebleicht hellbraun geblieben war. Die Brandmale auf der dunkelbraunen Arbeitsplatte zeichneten sich klar ab. Die Risse in den Kacheln. Die Dellen im Email des Herds. Die Trittspuren vor den Arbeitsflächen. Sie konnte die Tante Schottola hören, wie sie immer gesagt hatte, dass die Küche frisch gestrichen werden müsse und dass man dann gleich neue Küchenschränke kaufen sollte und mit Induktionsstrom kochen. Aber der Onkel Schottola hatte nicht einmal einen Mikrowellenherd erlaubt. Und jetzt musste er die Dosen kalt essen. Aber es war auch, weil er es nicht gut haben wollte, wenn sie es nicht gut hatte. Sie wusch sich die Hände und ging ins Wohnzimmer zurück. Wenn sie das Geld bekam. Wenn sie dieses Geld wirklich bekommen sollte. Dann konnte sie der Tante Schottola eine neue Küche schenken. Sie stellte sich die Küche für sie vor. Die Tante Trude war eine dunkle Person. Ein Persönchen. Eine helle grüne Küche, in der die Arbeitshöhe für sie stimmte und nicht so hoch wie jetzt war. Mikrowelle. Induktionsherd. Elektrobackrohr. Und alles neu und glatt und glänzend.

Sie hörte das Auto. Sie ging an das Eckfenster. Man musste ganz an die Scheibe heran, damit man auf die Stufen vor dem Haus sehen konnte. Und auf das Gartentor. Die Büsche verdeckten sonst die Aussicht. Sie stand auf den Zehenspitzen und lehnte ihre Stirn an das kalte Glas der Fensterscheibe. Sie konnte den Onkel Schottola sehen. Er ging um das Auto. Vorne herum, und er schaute die ganze Zeit auf den Beifahrersitz. Dann ging die Tür auf. Sie konnte das durch das Auto hindurch nur ungenau sehen. Eine Person. Schattig. Verschwand. Der Onkel kam wieder um die Kühlerhaube herum. Er beugte sich hinunter. Beugte sich weit hinunter. Sie hob den Kopf vom Fenster weg. Der Onkel und die Tante verschwanden einen Augenblick hinter dem Busch neben dem Gartentor. Die Gartentür knarrte. Dann nichts. Dann langsam. Die Tante hatte sich bei ihrem Mann eingehängt. Er hielt den Arm angewinkelt und schaute hinunter. Die Tante Schottola. Die Tante Trude. Sie war kleiner geworden. Sie musste kleiner geworden sein. Eine winzige Person. Das Gehen eine große Mühe. Es war zu sehen. Es war daran zu sehen, wie sie an seinem Arm hing und sich festhalten musste. Die Füße wurden geschoben. Sie konnte die Füße nicht heben. Sie schob sie über den Betonweg. Vor den Stufen. Eine Pause.

Sie. Hinter dem Fenster. Sie merkte, dass sie den Atem angehalten hatte. Die Tante schaute auf die Stufen und dann zur Haustür hinauf. Dann hob sie den Kopf und wandte ihr Gesicht ihrem Mann zu. Er nahm ihren Arm mit der anderen Hand, hielt ihn fest und beugte sich zu ihr hinunter. Er umfing ihre Mitte und hob sie die Stufen hinauf. Er blieb unten stehen und stellte sie auf die oberste Stufe. Wie ein ganz kleines Kind. Die Frau lächelte. Er stieg zu ihr hinauf und ging auf die Tür zu. Sie lief vom Fenster weg in das Vorzimmer. Die Tante stand in der Eingangstür. Sie hatte innegehalten, zu Atem zu kommen. Sie schaute auf. »Ach mein armes Kind.« flüsterte sie. »Meine arme kleine Mali.« sagte sie und hielt die Arme auf.

April.

Nach vorne gerissen. Zurück gegen die Wand geschleudert. Seine Hand in ihren Pullover verkrallt. Der Mann hatte sie am Pullover vorne. Gleich unterm Hals. Er drehte die Wolle in seiner Hand. Er hatte sie so vom Sessel hinaufgerissen. Hochgehoben an ihrem Pullover. Der Saum im Genick einschneidend. Die Faust an ihrer Kehle. Er drückte mit dem Pullover gegen ihre Kehle. Sie spürte nur dieses Knäuel von Pullover und die Wand im Rücken. Die Luft von vorne mit der Faust weggedrückt. Aus den Lungen geschlagen von der Wand. Sie war größer als dieser Mann. Er stand unter ihr. Gegen sie gelehnt. Er hielt sie mit der Faust gegen die Wand. Sie versuchte aus seinem Griff wegzurutschen und ließ sich fallen. Er schlug ihr mit der linken Faust in den Bauch und hielt sie gleichzeitig mit der anderen an die Wand gedrückt. Er schlug ihr einen Laut aus dem Leib. Er schaute sie an. Schüttelte den Kopf und ließ sie los. Er hob seine Hände und schüttelte den Kopf. Sie lehnte an der Wand. Schaute ihn an. Dann schloss sie die Augen und ließ sich die Wand hinunterrutschen. Sie hockte da.

Der Mann ging an das andere Ende des schmalen, langen Zimmers. Sie müsste nur sagen, woran sie sich erinnern könne. Dann könnte das alles hier vorbei sein, und sie könne machen, was sie wolle. Sie interessiere ihn doch gar nicht. Es ginge nur um die Information.

Sie schob sich an die Wand gelehnt wieder hinauf. Lehnte da. Kurz. Und ging zum Tisch. Sie lehnte sich gegen die Lehne eines Sessels. Sie rüttelte an dem Sessel, in dem er vorher gesessen war. Der Tisch und die Sessel waren am Boden angeschraubt. Man konnte den Sessel nicht aufheben. Sie setzte sich. Musste sich setzen. Sie hatte plötzlich die Vorstellung gehabt, er nähme diesen Sessel in die Hand und schlüge mit ihm auf sie ein. Sie schaute sich genauer um. Es gab sicherlich keine Spiegelwand. Sie sah keine Kameras. Sie schaute ins Licht hinauf. Eine Glühbirne mit einem Drahtgestell davor. Wie in einem Stall. Wie war diese Lampe hierhergekommen. War die immer schon da gewesen.

Der Mann ging vor ihr auf die Seite, von der sie hochgekrochen war. »Das ist doch sinnlos.« sagte er. Er schaute sie nicht an. Es ginge ja um kein Staatsgeheimnis. Es ginge doch nur um einen Freitag. Es wäre doch ein Freitag gewesen. Oder?

Sie legte ihre Arme auf den Tisch vor sich. Wenn es keine Kameras gab. Und in der Fassung für die Stromsparglühbirne war auch nichts zu sehen. Es gab keinen Platz für eine Kamera. Wenn es keine Kameras gab.

Keine Spiegelwand zum Durchschauen. Kein Fenster. Dann sah das niemand. Dann waren sie unbeobachtet. Dann waren sie allein.

»Können wir jetzt aufhören.« sagte sie. »Ich habe es schon begriffen. Ich habe schon Angst.« »Guter Schachzug.« sagte der Mann. Was sie anzubieten habe.

Sie schaute ihre Hände an. Sie könnten sich doch jetzt auf eine Geschichte einigen und die Zeit herumsitzen. Das wäre für sie beide erholsamer als diese Realsimulation.

»Von Simulation war nicht die Rede. Junge Dame.« Der Mann blieb vor dem Tisch stehen. Wie sie auf die Idee kommen könne, dass das nicht die Wirklichkeit wäre. Ihr war noch übel vom Schlag in den Bauch. Trüb im Kopf vom Knall gegen die Wand. Ihr war kalt. Ihr war kalt von einem dünnen Schleier Schweiß auf ihrer Haut. Auf dem ganzen Körper. Klebrig kalt. Sie holte tief Luft. Während des Luftholens musste sie sich fragen, woher frische Luft käme. Hier. Drinnen. Frischluft. Tiefe Atemzüge und Ruhe. Kühle leere Luft. Und ein Duft. Wiese. Sie lehnte sich zurück und schlug die Beine übereinander. »Es kann uns doch hier niemand kontrollieren. Was verlieren Sie schon, wenn wir uns einigen. Oder macht dir so etwas Spaß.«

Der Mann griff ihr über den Tisch unter das Kinn und verkrallte sich wieder im Pullover. Er beugte sich über den Tisch. Bohrte seinen Blick in ihre Augen. Sie hätte Sie zu ihm zu sagen. Wenn sie noch einmal du zu ihm sagte. Er ließ sie wieder los und hob die Hände hoch. Ließ die Arme fallen und begann, auf und ab zu gehen. Sie blieb sitzen. Sie legte ihre Hände auf ihre Oberschenkel. Setzte sich gerade auf. Spannte die Gesäßmuskeln an. Straffte den Rücken. Hob das Genick. Schob das Genick lange heraus. Sie atmete tief. Sie wollte diesen Mann nicht ansehen. Sie musste aber gegen den Wunsch kämpfen, diesen Mann anzuschauen. Ihm mit dem Blick zu folgen. Sie merkte gleich, wie er anders ging, wenn sie ihm dabei zusah. Sie wollte ihm das nicht lassen. Sie atmete tief und schaute vor sich auf den Tisch. Der Tisch. Eine Nirostaplatte. Die Sessel metallen silbrig. Die Tischbeine Metall. Die Platte aus Nirosta. Glatt glänzend. Eine spiegelnde glänzende Fläche. Sie beugte sich zum Tisch hinunter. Sie konnte dieses Putzmittel riechen. Ein Metallputzmittel war das. Das Mammerl hatte die Türklinken aus Messing damit poliert. Die Tante Trude hatte versiegelte Türklinken. Da musste man nur noch mit einem feuchten Tuch darüberwischen. Der Raum. Auch der Boden war sauber. Grauer Beton.

»Also gut. Fangen wir von vorne an. Ganz von vorne.« Der Mann hatte sich auf den Tisch gesetzt. Gleich neben ihr. Er schaute jetzt auf sie hinunter. Es hatte ihm wahrscheinlich keinen Spaß gemacht, zu ihr hinaufschauen zu müssen. Beim Niederschlagen.

Sie musste lachen. Es war ein Kichern. Zuerst. Das Kichern steigerte sich zu einem Glucksen. Dann lachte sie laut. Sie hielt ihren Kopf mit den Händen fest. Die Arme auf den Tisch aufgestützt. Die Kälte des Metalls sofort in den Ellbogen zu fühlen. Der Mann saß ruhig. Sie lachte. Wenn er sie jetzt gefragt hätte. Sie musste lachen, weil sie alle diese Skripten und Handbücher gelesen hatte. Da war natürlich nie dringestanden, wie ein Gefangener sich richtig verhielt. Immer nur der Interrogator. Der Befrager. Hätte sie zurückschlagen müssen. Das Lachen erstarb.

Sie saß starr. Entsetzt. Verwirrt. Den Tränen nahe. Wie viel Zeit war vergangen. 5 Minuten. Eine Viertelstunde. 2 Sekunden. Das waren Reaktionen. Zurückschlagen. Das war eine Reaktion. Aber ihr fiel das erst eine Stunde später ein. Sie wurde geschlagen, und sie hatte nur brave Ideen. Sie war unfähig. Nicht überlebensfähig. Der Druck hinter ihrem Nabel. Schreien. Schreien und sich auf diesen Mann stürzen. Den Kampf aufnehmen. Sie schrie sich selbst zu. Befahl sich, den Kampf aufzunehmen. Kämpfen. Es tobte in ihr. Die Hitze davon in ihr Gesicht gestiegen. Fiebrige Hitze. Der Mann saß neben ihr. Sie spürte seine Körperwärme. Ihre rechte Schulter. Die rechte Seite. Seine Wärme verstärkte ihre Hitze. Der Wunsch, sich anzulehnen. Anlehnen und nichts mehr. Ihn bestimmen lassen. Hier hinaus. Ins Freie. Es war kalt hier unten. Draußen war

Frühling. Fast schon Sommer, so warm war es. Hier in diesem Hügelgebirge. Windig und leicht, und man musste nur einen der Waldwege von der Straße weg und den Wald riechen.

Sie stand auf. Sie zwang sich, sich nicht abzuwenden. Sich nicht auf dem Sessel nach links zu drehen und ihm auszuweichen. Sie stand auf und streifte ihn. Die winzige Berührung. Brechreiz. Sie musste sich am Tisch festhalten. Dann begann sie, auf und ab zu gehen. »Das ist alles kindisch.« sagte sie. Kindisch. Immer wieder musste sie »kindisch« sagen und gehen dabei. Der Mann sah ihr nicht zu. Er saß mit dem Rücken zu ihr. Sie sagte »kindisch« vor sich hin und überlegte, ob sie ihn außer Gefecht setzen konnte. Aber sie wusste währenddessen schon. Er wartete darauf. Er hielt den Kopf angespannt nach vorne gebeugt und wartete. Sie setzte sich auf den anderen Sessel.

Der Mann ließ sich auf der anderen Seite des Tischs in den Sessel gleiten. Ob sie es nun endlich begriffen habe. Woran könne sie sich erinnern. Donnerstag. Freitag. Der 16. und 17. Dezember seien das gewesen. Sie solle sich konzentrieren und einfach beginnen. Mit dem Donnerstag. Wie sei sie denn zu dem Treffen damals gekommen. Wann. Sie habe wahrscheinlich hier gefrühstückt. Damals sei dieses Haus ja noch das Hotel gewesen. Damals habe sie ja noch in den compound fahren müssen. Damals habe Allsecura ja dieses Hotel noch nicht als Ausbildungs- und Administrationszentrum gekauft gehabt. Also. Wie sei das gewesen. Was habe sie zum Frühstück gegessen.

Sie schaute dem Mann ins Gesicht. Ließ ihn reden und schaute ihn an. Blickkontakt. Blickkontakt halten. Sie hörte nicht genau, was er sagte. Sie sah ihn reden. Der Ton war wie weit weg. Wodka. Ihr fiel Wodka ein. Sie konnte eine Flasche Wodka spüren. Wie sie die in der Hand hielt. Wie sie die öffnete. Aufschraubte. Ansetzte. Wie der Wodka über die Kehle. Kalt und glatt in der Kehle. Wie alles klar zu sehen und doch weit weg sein konnte. Sein hatte können. Mit Wodka. Sie konnte ja nicht mehr trinken. Sie konnte sich Wodka nur mehr vorstellen. Wenn sie einen Schluck nahm. Sie musste ihn ausspeien. Ausprusten. Der Geruch. Ekel. Es war aber kein Ekel, den sie fühlte. Es war ein Ekel, der für sich allein reagierte. Ein Ekel war das, der in ihr wohnte. Ein Ekel, den sie beherbergte und der reagierte, wenn der Reiz ausgelöst wurde. Sie war von Ekel befallen. Sie selbst. Sie hätte Wodka trinken mögen. Lange Züge nehmen und dann der Welt zusehen, wie sie wegrückte und alles so leicht wurde. Easy. Der Ekel. Der hatte ihr das genommen. Der Ekel hatte sich dazwischengeworfen. Sie wischte sich die Tränen ab. Der Mann hatte aufgehört zu reden und schaute sie an. Erwartungsvoll. Auffordernd. Sie suchte in ihren Jeanstaschen nach einem Taschentuch. Es war keines da. Sie wusste das. Sie wünschte sich, der Mann reichte ihr ein Tuch. Ein Taschentuch. Oder ein Kleenex. Er sah ihr ins Gesicht. Diese Ablenkungsmanöver würden ihr nicht helfen, sagte er. Das solle sie nicht glauben. Sie bräuchte ihn gar nicht so anzusehen. Sie solle sich die Tränen sparen. Oder wolle sie ihn anmachen. Wolle sie ihn verführen.

Er stand auf und kam um den Tisch neben sie. Er stand hinter ihr. Ein winziger Abstand. Sie solle ihm jetzt sagen, woran sie sich erinnern könne. Was geschehen sei. An diesem Donnerstag und Freitag. Es ginge um Vertrauen. Man könne Vertrauen in sie nur haben, wenn sie keine Geheimnisse habe. Überhaupt keine. Es wäre doch nicht zu verstehen, warum sie diese beiden Tage nicht erzählen wolle. Alle anderen. Da hätte sie doch sicherlich keine Probleme. Sie seufzte. »Warum.« fragte sie. »Warum diese Tage.« Sie musste den Kopf senken. Mit dieser Frage. Sie hatte das Gefühl, etwas preisgegeben zu haben. Sie fühlte eine Zerrissenheit. Sie hatte damit nichts gesagt. Sie hatte nichts damit gesagt. Sie war aber wütend auf sich. Sie hätte gar nichts sagen sollen. Wenn sie hier erstickte, dann erstickte dieser Mann auch. »Sagen Sie mir doch einmal Ihren Namen.« sagte sie und hasste sich dafür. Sie nahm Kontakt auf und wollte das nicht. Sie solle nicht seufzen, sagte der Mann. Und was sein Name damit zu tun habe, dass sie ein Geheimnis für sich behalten wolle und dass man kein Vertrauen zu ihr haben könne.

Das Atmen ging nicht mehr. Die Brust ließ sich nicht heben, dem Einatmen Platz zu machen. Ein Flimmern fiel vom Scheitel über ihr Gesicht. Hinter ihr Gesicht. Rieselte in die Arme. Sie konnte die Arme nicht heben. Konnte die Arme nicht erreichen. Sie musste schlucken. Gegen die Atemlosigkeit schlucken. Aber kein Speichel. Die Kehle. Ein trockenes Reiben. Sie holte ihre Arme auf den Tisch. Gummibewegungen. Dann legte sie den Kopf auf die Arme. Sie hatte diese Anfälle. Oder was das war. Sie hatte das seit der Narkose. Überfälle waren das. Überfälle eines Verlassens. Einer Verlangsamung. Als schliefe ihr ganzer Körper ein. Als wäre ihr ganzer Körper eingeklemmt und nicht nur ein Bein oder ein Arm. Sie lag. Konnte in den Armen aber nichts spüren. Sie lag auf ihren Armen und fühlte die Arme nur in den Wangen. Wie Gummiwürste, auf denen sie lag.

Der Mann war über sie gebeugt. Das wäre die falsche Strategie. Er sagte das ganz ruhig. Gelassen. Er würde auf so etwas schon gar nicht reagieren. Und dann hatte sie Todesangst.

Die Angst vertrieb sie aus ihrem Körper. Sie musste sich sehen. Irgendwie von oben musste sie sich selber sehen. Wie sie schlaff dalag. Dahing. Wie ihr die Sinne schwanden. Wie sie schluchzend gegen die Atemnot anschluckte und wie es klar war, dass sie jetzt starb. Sie konnte nichts sagen. Nichts schreien. Keine Bewegung. Sie war gerade in der Lage, dieses Schlucken. Sie hätte

nichts flüstern können. Sie wollte um Hilfe rufen. Um
Hilfe flehen. Aber sie musste schlucken. Ihr Hals vor
Schlucken verschlossen. Zugeschnürt. Und ein Elend.
Im Bauch. Im Magen. Ein tobendes Elend. Der Magen
krampfte und stieß Säure in die Kehle hinauf. Die Säure
schnitt in die trockenen Häute. Schneidende Ränder
in der Kehle. Aber dann auch schon weiter weg. Es
rutschte ja alles weg. Sie sah sich nach sich selber greifen. Sah sich davongleiten. Versuchte, sich aufzuhalten.
Sie müsse nur sagen, woran sie sich erinnern könne.
Der Mann klang beruhigend. Sie solle das sagen, und
sie käme sofort an die frische Luft. »Ins Freie.« sagte
der Mann. Sie wusste nicht mehr, wo er stand. Seine
Stimme. Von irgendwo im Raum. Sie wollte es sagen.
Sie wollte sagen, dass sie sich nicht erinnern konnte. Sie
wollte sagen, dass sie aber betrunken gewesen war. Dass
sie offenkundig so betrunken gewesen war, dass sie mit
irgendjemandem gefickt hatte. Oder jemand sie. Und
dass sie das alles nur wusste, weil sie eine Fehlgeburt er-
litten hatte, und dass sie gestehen musste, dass sie keinen Geschlechtsverkehr gehabt hatte seit dem August
des vergangenen Jahres. Und dass die Daten. Dass die
Daten diesen Verdacht bestätigten. Sie sagte das alles
im Kopf. Sie formulierte alle diese Sätze weit oben im
Kopf. In einem Rest von ihrem Kopf. Ganz oben unter
der Schädeldecke vorne. Fiebrig. Fiebrig nebelig. Aber
der Nebel flirrend und in schwarzen Pünktchen flim-

mernd. Sie spürte wieder Tränen auf der Wange. Die
Wolle des Pullovers feucht. Sie fand sich atmen. Während sie die Wahrheit gedacht hatte, hatte sich der Panzer der Brust gehoben. Sie atmete flach. Sie zwang sich,
die Luft tief in den Bauch zu holen. Sie schnappte dann
doch nach Luft. Sie schämte sich. Die Scham erfüllte
sie. Aber die Scham ließ dem Atmen Platz. Die Kehle
war feuchter. Sie musste sich räuspern. Schnappte nach
Luft. Räusperte sich. Der Kopf wurde wieder ganz. Sie
schloss einen Augenblick die Augen. Es war schmerzhaft. Ihr wurde schwindelig, so fühlte der Kopf sich hin
und her geworfen. Als schlüge das Blut den Kopf von
innen von einer Seite zur anderen.

Sie musste den Kopf heben. Im Liegen würde das
Elend wieder ansteigen. Sie lehnte sich zurück. Der
Mann ging um den Tisch und schaute sie an. Er musterte sie. Sie konnte sehen, wie er sie einschätzte. Sie
konnte wieder Luft bekommen. Sie saß ihm gegenüber.
Sie schaute seinem abschätzigen Mustern zu. Wut stieg
in ihr auf. Sie sah, wie der Mann das sehen konnte. Sie
hasste sich dafür. Sie hasste ihr Gesicht, das kein Geheimnis behalten konnte. Der Mann begann zu grinsen.
Sie hasste diesen Mann und sich. Rasende Wut. Jetzt
schlüge sie ihn gerne, sagte er. Das könne er sehen.

Sie drehte sich weg und beugte sich vor. Sie stützte
ihre Arme auf ihre Knie und legte den Kopf in die
Hände. Sie konnte wieder alles von sich fühlen. Der

Kopf wusste von den Händen. Die Hände vom Kopf. Die Ellbogen bohrten sich in die Oberschenkel, und sie konnte die Ellbogen in den Oberschenkeln spüren. Die Gedanken. Denken. Es ging nur schleppend. Sie wusste, sie musste reagieren. Sie musste auf dieses Grinsen reagieren. Sie wusste, es war etwas anderes wichtiger. Aber sie konnte das nicht finden. Ein Vorhang von diesem Flimmern ließ sich nicht durchdringen. Der Druck im Bauch begann wieder. Sie richtete sich auf. Legte die Hand auf den Bauch. Der Körper. Sie musste den Körper in den Griff bekommen. Der Körper durfte ihr nicht in den Rücken fallen. Sie musste diesem Bauch die Angst verbieten. Sie durfte Angst nur im Kopf haben. Aber das Flimmern im Kopf ließ nur das Denken eines solchen Gedankens zu. Die Angst begann sich wieder im Bauch zu sammeln.

Sie wollte gerade etwas sagen. Sie dachte, es wäre gut, irgendetwas zu sagen. Irgendetwas, was weit weg war von dem Geständnis, dass sie nichts wusste. Dass sie sich nicht erinnern konnte. Der Mann griff wieder über den Tisch. Er zog sie an den Haaren in die Höhe. Er zwang sie, aufzustehen und um den Tisch zu ihm zu kommen. Er zwang ihren Kopf auf die Tischplatte. Sie kniete nieder. Sie wollte ihren Hintern nicht preisgeben. Sie schob sich unter die Tischplatte. So weit es ging. Sie kniete. Sie hielt sich mit den Händen an der Tischplatte fest. Der Mann sprach wieder in diesem ruhigen Ton.

Sex mit Frauen. Das mache ihm nicht so Spaß. Nicht so richtig. Aber das hieße nicht, daß er es nicht machen könne. Wie würde es ihr passen. Sie solle einmal diese Jeans ausziehen. Dann wäre man schon einmal einen Schritt weiter.

Während er das sagte, wurde es zum wichtigsten Ding auf der Welt, die Jeans nicht auszuziehen.

Sie richtete sich auf. Der Mann ließ sie den Kopf heben. Er ließ seine Hand in ihren Haaren. »Sex.« fragte sie. »Vielleicht doch Sex? Aber das ist doch das Einfachste von der Welt. Das machen wir ganz einfach. Da müssen Sie doch nur fragen.« Der Mann ließ ihren Kopf los. Er stieß ihren Kopf weg. Sie kroch auf. Der Mann hatte sich abgewandt. Sie trat einen Schritt auf ihn zu. Was solle sie machen. Was würde ihm denn Spaß machen. Überhaupt.

Der Mann ging um den Tisch auf die andere Seite. Sie blieb stehen. Dann setzte sie sich wieder. Sie saß wieder in dem Sessel, in dem er am Anfang gesessen war. Sie hatte ihn vertrieben. Sie saß auf seinem Sessel. Das war gut. Aber es war noch nichts gelungen.

Der Mann schaute sie an und nickte. Er war dabei, wieder langsam zu atmen. Er hatte gekeucht. Beim Weggehen hatte er gekeucht. Das wäre ein gutes Zeichen, sagte er. Er setzte sich wieder hin. Saß ihr gegenüber. Das wäre ein gutes Zeichen, wenn sie Sex anbieten könne. Es hieße, dass sie Prioritäten setzen könne.

Dass sie reagieren könne. Das wäre gut. Und jetzt solle sie doch einfach sagen, ob sie sich erinnern könne oder nicht.

»Das ist eine andere Frage.« sagte sie. »Das ist doch eine ganz andere Frage. Was wollen Sie also wissen. Woran ich mich erinnern kann oder ob ich mich erinnern kann.« Der Mann schaute auf seine Hände vor sich. Flucht in Formalitäten sei das. Das sei schon gut. Aber er wolle Antworten. Und zwar auf beide Fragen. Er wolle wissen, ob sie sich erinnern könne und woran. »Das ist doch ein Widerspruch.« sagte sie. Erstaunt. Es war ein Widerspruch. Die erste Frage war doch, ob sie sich erinnerte, und von der wusste nur sie etwas. Wie kam dieser Mann darauf. Hatte sie doch etwas gesagt. Hatte sie während ihr so elend gewesen war. Hatte sie da etwas gesagt. Das gesamte Elend fiel mit dieser Vorstellung wieder über sie her. Als Erinnerung. Ihr war elend und schwindelig, und zur gleichen Zeit erinnerte sie sich an die Todesangst. Sie hatte Todesangst, und die Erinnerung davon. Sie blieb aufrecht sitzen. Schwankte. Der Mann schlug mit der Faust vor ihr auf den Tisch. Es dröhnte. Sie starrte auf diese Faust. Nickte dazu. Das war schon richtig. Man musste auf diesen Tisch einschlagen. Das Glänzen widerlich. Die Kälte der Oberfläche. Der Mann schlug wieder auf den Tisch. Er schlug mehrmals. Woran sie sich erinnern könne. Er schlug mit der Faust den Rhythmus dieses Satzes. Er schrie diesen Satz. Es war sehr laut. Auf einmal war alles sehr laut. Sie musste. Dringend. Der Mann schrie den Satz noch einmal. Sie musste so dringend. Sie stand auf und beugte sich dem Mann über den Tisch zu und schrie den Satz mit. Der Mann schlug ihr ins Gesicht und schrie, sie solle es endlich sagen. Sie richtete sich auf und schrie ihm zurück, er solle es sagen. Der Mann schrie. Sein Gesicht verzerrt. Sie solle es endlich zugeben. Sie schrie zurück, er solle es endlich zugeben. Der Mann riss sie über den Tisch und hielt sie wieder vorne fest. Sie habe etwas zu verbergen. Sie wiederholte den Satz. »Du verbirgst doch etwas. Du verschweigst doch etwas.« Sie bekam wieder einen Schlag ins Gesicht. Sie taumelte vom Tisch weg. Sie war nicht sicher auf den Beinen. Im Kopf dröhnte dieser Lärm. Sie konnte die Glühbirne dröhnen hören. Wieder ein Schlag. Sie stürzte nach vorne in die Ecke. Fing sich ab. Lehnte sich gegen die Wand in der Ecke. Drehte sich um. In die Ecke gedrängt. Der Mann stand vor ihr. Ob sie wahnsinnig sei. Sie schrie den Satz. Sie schrie, so laut sie konnte. »Sind Sie denn wahnsinnig. Das sollte ein normales Gespräch sein.« Sie ließ sich zusammensinken. Stand schlaff gekrümmt in der Ecke. »Jetzt ist wieder alles meine Schuld. Eigentlich.« sagte sie. Sie sagte es traurig. Schüttelte den Kopf.

Der Mann schwitzte. Er zog ein Taschentuch aus der Hosentasche. Er hatte nur Hemd und Hose an. Sie hatte seinen Körper spüren können. Spüren müssen. Sie wünschte sich eine dicke Jacke rund um sich. Und eine Mütze. Sie wünschte sich, dick angezogen zu sein und auf einer Wiese und weit und breit niemand. Aber dann hatte sie Angst, dass aus dem Wald rund um die Wiese jemand heraustreten könnte und auf sie zu, und dann wünschte sie sich in ein Zimmer. In ein Zimmer mit einer Tür, die abgesperrt werden konnte. Aber dann wieder hätte man sie einsperren können, und sie wusste nicht mehr, wohin sie sich wünschen konnte. Sie spürte, dass sie nass vor Schweiß war. Der Schweiß rann innen unter der Unterwäsche den Rücken und auf der Seite hinunter. Unter dem Hosenbund. Kalt. Nass. Überhaupt kalt. Eiskalt. Frierend. Schwitzend und frierend. Sie stand in der Ecke und konnte sich nicht bewegen.

Der Mann sagte, sie solle sich wieder setzen. Man müsse das vernünftiger machen. Sie konnte nicht weg. Sie konnte sich nicht bewegen. Sie schaute vor sich auf den Boden. Die Angst war nicht mehr da. Ruhig. Leer. Innen. Aber keine Bewegung möglich. Sie musste lächeln. Dann musste sie eben hierbleiben. Hier in dieser Ecke. Für immer in dieser Ecke. Und war sie nicht schon immer in so einer Ecke gewesen. War ihr Leben nicht immer schon auf so eine Ecke hinausgelaufen. Es war sinnvoll. Eigentlich war das sinnvoll, dass es so endete. Eine Weinerlichkeit stieg auf. Selbstmitleid. Sie ließ sich vom Selbstmitleid umgeben. Hüllte sich mit dem Selbstmitleid ein. Warm und freundlich. Sie war arm. Sie war verfolgt. Niemand wollte sie. Niemand liebte sie. Niemand brauchte sie. Warum sagte sie diesem Mann nicht, was er wissen wollte, und legte sich in ihr Bett. Legte sich in ihr Bett oben. In der Mansarde. In Ginos ehemaligem Zimmer. Sie hatte ja jetzt Ginos Zimmer bekommen. Warum ging sie nicht dahin schlafen. Der Mann da. Der sollte sie gernhaben. Der konnte ihr nichts verbieten.

Sie riss sich aus der Ecke heraus. Ihre Beine steif. Der Kopf glühend. Alles ungenau. Sie ging unsicher. Sie solle sich setzen, sagte der Mann. Sie hätten noch gar nicht begonnen. Sie ging in Richtung Tür. Der Mann blieb sitzen. Fixierte sie. Sie blieb stehen. Sie musste stehen bleiben. Sein Blick. Sie wollte den nächsten Schritt machen. Sie konnte das Bein nicht heben. Sie musste das Bein vorschieben. Dann. Sie schüttelte den Kopf. Ob sie etwas sagen wolle, fragte der Mann. Sie sei müde, sagte sie. Der Mann hielt seinen Kopf schief und schaute sie an. »Na und.« Was bedeute das schon. Sie hätte es ja in der Hand gehabt, das alles kurz und schmerzlos zu machen. Sie habe diesen Weg nicht beschritten. Diese Gelegenheit nicht ergriffen. Compliance. Das habe sie nicht gezeigt.

Sie schaffte den Schritt. Dann noch einen. Sie stand an die Tür gelehnt. Nein. Das stimme nicht, sagte sie. Das könne er nicht sagen. »Ich habe mich immerhin selbst angeboten.« Der Mann schnaubte verächtlich. »Ein Trick. Aber so etwas ist kein Problem. So etwas ist überhaupt kein Problem.« Er starrte ihr in die Augen. »Im Übrigen haben wir dafür die Hunde.« Er schaute sie unverwandt an. Sie starrte zurück und musste zuschauen, wie er sah, dass sie verstand. Sie brauchte lange. Sie schämte sich dafür. Sie schämte sich dafür, wie lange sie gebraucht hatte, zu verstehen, was er damit gemeint hatte. Die Hunde. Sie stand da wie das kleine Mädchen, das nicht verstand, was die Erwachsenen machten, und sich dann genieren musste. Dafür, dass sie nichts gewusst hatte davon, was die Erwachsenen so machten. Und dann wieder dafür, was die Erwachsenen da so machten, von dem sie vorher nichts begriffen hatte. Sie konnte zusehen, wie er sie dabei beobachtete. Sie fühlte sich nackt. Entblößt. Und er musterte sie.

Die Hunde. Es war immer nur der eine zu sehen gewesen. Der vom Heinz. Der in die Sitzungen mitgenommen wurde. Aber es mussten mehrere Hunde gewesen sein. Ihr Bellen war zu hören gewesen. Hinter einer der Baracken, die den Parkplatz abgegrenzt hatte, war Hundegebell zu hören gewesen. Sie hatte sich nichts gedacht. Wie immer. Sie hatte sich nie etwas gedacht. Und schon gar nicht so etwas. Sie hatte Pornobilder davon gesehen. Hunde. Sie musste erbrechen. Es reckte sie. Sie griff nach der Klinke um Halt. Und die Klinke ging auf. Sie stolperte auf den Gang hinaus.

Der Kellergang taghell erleuchtet. Eine Tür weit unten ging auf. Heinz und Cindy und einer der Psychologen kamen auf den Gang heraus. Sie applaudierten. Sie klatschten in die Hände. »Gut gemacht.« rief Cindy. Die 3 kamen auf sie zu. Sie wurde von ihnen erfasst und in das Zimmer zurückgeschoben. Der Mann hinter dem Tisch. Er war aufgestanden. Er wischte sich Schweiß von der Stirn ab. Auch er nickte ihr zu. Das wäre schon ganz gut gewesen. Cindy setzte sich mit einem Hüpfer auf den Tisch. »Du hast dich endlich geöffnet.« sagte sie. Besonders der Sexantrag sei richtig gelungen gewesen. Sie habe sehr gut durchgehalten, sagte der Psychologe. Er unterrichtete Kommunikationstechnik und Konfliktmanagement. Sie hatte seinen Namen vergessen. Sie habe es verstanden, den Rhythmus des Interrogators zu unterbrechen. Sie müsse gemerkt haben, dass das positive Gefühle bei ihr ausgelöst habe. Das müsse sie sich merken. Diese Selbsterfahrung würde nun dazu beitragen, dass sie ihre Befragungstechnik entwickeln könnte. Alle wandten sich dem Mann zu. Er habe eine schwierige Aufgabe gehabt. Alle nickten ihr wieder zu. »Ja.« sagte Cindy. Sie sei richtig stolz auf ihre Amy. Er müsse seinen Rhythmus besser finden. Er dürfe sich nicht so aus dem Rhythmus bringen lassen. So ein Verhör. Der Psychologe murmelte »Intensivbefragung«. Heinz schüttelte den Kopf. Er würde das nicht mehr lernen. Also so eine Intensivbefragung. Die müsse schon nach einem strengen Rhythmus ablaufen. »Bach?« Alle schauten wieder sie an. Der Psychologe ärgerlich. Heinz lachte. Ja. Das sei schon richtig. Bach. Das hätte sich in der Praxis bewährt. Heinz begann zu lachen. Der Psychologe lachte nicht mit. Der Mann nickte. Cindy lächelte. Sie rutschte vom Tisch. Ja. Es sei nicht leicht, aus der Stimmung herauszukommen. Sie würde anraten, joggen zu gehen. Oder in den Kraftraum. »Warum geht ihr zwei nicht auf einen Waldlauf.« sagte sie zu ihr und dem Mann. Sie nannte ihn André. André und sie. Amy. Sie hätten einander ja jetzt kennengelernt. André wäre neu zu ihnen gestoßen. André habe in seiner Polizeiarbeit wenig mit Befragungen zu tun gehabt. Er sei mehr ein Internetspezialist gewesen, und darin sei er eine sehr vielversprechende Ergänzung des Teams. Es grinsten alle. Heinz ging als Erster aus dem Zimmer. Die anderen drängelten nach. Sie wartete. Ging als Letzte.

Auf dem Gang. Cindy drehte sich um. Die anderen waren voraus. Cindy ging zu ihr gewandt rückwärts. »Klasse.« sagte sie. Es sei klasse gewesen, wie ruhig Amy den Vorschlag gemacht habe, doch einfach Sex zu haben. »Wie habt ihr denn überhaupt zugeschaut.« fragte sie. Cindy kicherte. »Nadelöhrvideokamera. Da kriegt man es hautnah mit. Das ist lustig.« sagte Cindy und ging den Männern nach.

Mai.

»Es kränkt mich, aber ich weiß nicht, wo. Ich weiß gar nicht, wie ich dir das beschreiben soll. Du weißt schon. Die Geschichte mit der Betsimammi. Ich bin so froh, dass ihr auch nichts davon gewusst habt. Jedenfalls nicht genau. Ich könnte es nicht aushalten, mir vorzustellen, ihr habt das gewusst und mir nichts gesagt, um mich zu schonen. Wenn ich nur beginne, mir vorzustellen, wie der Onkel mich anschaut und dabei weiß, dass meine Mami im 13. Bezirk lebt und bei ihren neuen Kindern zu Hause bleibt. Es gibt ihr so viel Macht. Findest du nicht. Aber ich will sie nicht verstehen. Ich verstehe, dass du das sagen musst. Aber ich will sie nicht verstehen. Ich weiß. Ich sollte. Aber die Vorstellung, ich ginge sie besuchen. Ich läute an ihrer Tür und schaue mir meine Halbgeschwister an. Glaubst du nicht, dass sie dann einen Rückfall haben müsste. Ich bin doch die Erinnerung an alles, was sie falsch gemacht hat. Ich erinnere sie an alles, was ihr passiert ist. Ich bin doch das Monster ihrer Vergangenheit. Ich bin das ganze Elend ihrer Jugend, und ich würde es ihr ins Haus bringen. Glaubst du nicht. Manchmal denke ich, dass ich zu feige bin und mich nicht traue. Aber das ist es nicht. Ich bin ja meine eigene Mutter geworden und muss mich vor gar nichts fürchten. Vor gar nichts. Wenn jetzt ein Drache über den Sand hier am Strand hergekrochen käme, ich würde ihn nur fragen, ob er sich nicht verirrt hat. Es wäre halt fair von ihr gewesen, wenn sie mir das erzählt hätte. Oder euch. Sie hätte ja einen Brief schreiben können. Denn eigentlich zwingt sie mich, mir das anschauen zu gehen und sie aus der Ruhe zu reißen. Ich bekomme immer die Rolle der Störerin. Ich kann ja gar nicht anders. Deshalb werde ich sie nicht treffen und sie strafen. Ich werde sie mit dem Geld strafen. Ich muss mich ja nur aus dieser Erbengemeinschaft raushalten, und die bekommen alle nichts. Obwohl ich es der Tante Marina zutraue, dass sie die Unterschrift fälscht und einfach weitermacht. Oder glaubst du, sie hat auch die Unterschrift von der Betsimammi gefälscht, und die lebt noch immer in Amsterdam und tut sich schwer, und ich lasse mich von der Tante Marina manipulieren. Auf die Idee bin ich noch gar nicht gekommen. Aber das würde ja bedeuten, dass ich zu dieser Adresse fahren muss und nachschauen. Oder muss ich das nicht. Die Dr. Erlacher würde sagen, dass ich nicht verpflichtet bin, für meine Mutter mitzudenken. Das wäre die Sache von ihr. Aber es ist mein Leben davon betroffen. Hat mich meine Mutter verraten oder meine Großtante, und warum muss ich es zufällig herausfinden.

Hat die Marina diese Dokumente absichtlich hingelegt, damit ich sie finde. Hat die Marina sich vorgestellt, dass ich das finde und mich dann in die Themse werfe oder auf dem Dachboden erhänge. Das ginge da nämlich gar nicht. Das ist alles viel zu niedrig da. Und ertrinken. Das mache ich lieber hier. Wir haben hier ein bisschen flaues Wetter, und die Wellen lassen sehr zu wünschen übrig. Dafür gibt es Sonne.«

Sie klickte auf »Alles markieren« und löschte alles. Sie ließ den laptop offen. Balancierte ihn offen auf das Badetuch. Legte sich hin. Sie lag seitlich und starrte auf den Bildschirm. Die Sonne war über dem Meer. Tief. Es gab keinen swell. Es war ihr recht. Das war falsch. Sie sollte sich hinauswünschen. Paddeln. Auf dem Brett liegend mit dem Meer verschmelzen. Love the surf and it will love you. Und das tat sie. Sie musste lächeln. Einen Augenblick. Eine Welle von Wohlgefühl. Es war alles so perfekt. Die Sonne. Für morgen war ein guter swell vorausgesagt. Stürme weit, weit draußen. Hier eine Brise und die Sonne. Sommeranfang. Der Sommer frisch. Alle sonnenhungrig und enthusiastisch. Es begann gerade. Die ernsthaften Surfer alle schon längst weitergezogen. In den winterswell auf der südlichen Halbkugel. Hier waren nur mehr die, die es schön haben wollten, und man konnte sich ohne Angst vor den Angriffen der Surfphilosophen tummeln. Ohne Angst vor den Rowdys. Den Promis. Den Pros. Draußen. Paddeln. Man wurde nicht angeschrien, wenn man eine Welle nicht sofort erkannte. Oder Platz machte. Platz machen. Die Unruhe sprang aus dem Satz. Platz machen. Sie musste sich aufsetzen. Sie dehnte den Rücken. Zog die Schulterblätter nach hinten zusammen.

»You going in.« Mort ging vorbei. Er hielt sein nosediver longboard der Länge nach. Blieb kurz stehen. Rammte das board in den Sand. Schaute auf sie hinunter. »Amy. You going slack.« Ob das eine Frage wäre oder eine Feststellung. Sie holte den laptop wieder zu sich. »Ein statement.« brummte der Mann und ging auf das Wasser zu. Die Brandung war stärker geworden. Ein dünner weißer Schaumrand rollte den Sand herauf. Es war kühler.

»Liebe Tante Trude.« schrieb sie. »Hier ist es sehr schön, und du solltest hier sein. Du solltest mit dem Onkel hierherkommen. Es würde genügen, einmal am Tag an den Strand zu gehen und am Abend zurückzuwandern. Es ist noch nicht richtig Saison und viel Platz. Wir könnten einen Sonnenschirm mieten. Oder besser zwei und einen für den Onkel. Du müsstest nichts machen, als das Meer anstarren. Ich glaube, dass das gesund macht. Das Meer anschauen. Ich bin glücklich hier. Ich bin sehr froh, dass ich hierhergefahren bin. Du musst dir aber keine Sorgen machen. Ich habe nicht gekündigt oder so. Diese Firma hatte selbst Probleme. Die sind von einer anderen Firma gekauft worden oder haben fusioniert. Deshalb muss aber alles neu organisiert werden, und die Ausbildung soll endlich professionalisiert werden. Bis jetzt habe ich aber doch erst 200 von den notwendigen 2100 Unterrichtsstunden. Ja, du hast schon recht, es ist fast nur Sport. Aber es macht nicht so viel Spaß, wie ich gedacht habe, und es ist deshalb mehr eine Leistung. Ich mag diese Kampfsportsachen immer, solange es keinen Körperkontakt gibt oder mich niemand berührt. Wenn jemand mich angreift, dann erstarre ich und beginne zu weinen. Ich habe das kaschieren können. Ich muss dann eine Pause machen und mich niederboxen lassen oder auf den Boden werfen, und dann kann ich erst wieder beginnen. Eigentlich kümmern sich dann alle mehr um mich, als wenn ich es gut machen würde, aber mich stört das sehr. Es tut mir deshalb so gut, hier zu sein. Ich wollte, ich könnte das überall. Hinauspaddeln und im richtigen Augenblick auf das Brett hinauf und es nehmen, wie es kommt. Ich habe viel verlernt, weil ich in diesem Winter nicht zum Surfen gekommen bin, und krache bei fast jedem ride ein. Aber das macht mir nichts. Hier schlafe ich jede Nacht durch und habe keine Schweißausbrüche und muss aufstehen und herumgehen. In diesem Kaff im Bayrischen Wald saß ich dann schon jede Nacht auf dem Dach draußen, weil ich es im Zimmer nicht aushalten konnte. Seit die Firma das Hotel gekauft hat, kann ich nicht mehr in der Nacht in die

Küche gehen und Kurtchen besuchen, der sowieso nie schläft und in der Nacht immer kocht. Erstens darf er nicht mehr in der Nacht in die Küche, und niemand kann mehr so einfach überallhin. Also klettere ich beim Dachfenster hinaus und sitze auf den Dachziegeln und schaue den Mond an. (Ich jaule ihn aber nicht an.) Du solltest wirklich hierherkommen. Dann würdest du sehen, was das für ein relaxtes Leben ist. Ich überlege natürlich schon, ob ich nicht einen Job hier versuchen sollte. Die suchen hier jemanden für die Saison. Im surfshop da. Da könnte ich umsonst wohnen, und ich kann ja am Morgen surfen. Dann habe ich schon alles, wenn die anderen erst am Strand auftauchen. Ich weiß schon. Ich möchte das alles ja auch fertig machen, und es sieht ja jetzt gut aus. Die theoretischen Fächer soll ich in einer richtigen Sicherheitsakademie in Deutschland machen. Oder vielleicht in England. Die schnapsen das jetzt aus. Die deutsche Ausbildung ist angeblich die beste. Das sagt der frühere branchmanager Heinz. Ich habe dir von ihm erzählt. Aber der meint noch die Ausbildung in der DDR. Die kommen ja alle von da und halten deshalb so zusammen. Diese Cindy ist aber mittlerweile richtig nett zu mir. Ich bin in den Kommunikationsübungen nicht so gut und nehme mir alles noch immer viel zu sehr zu Herzen.«

Sie löschte den Text und zog das sweatshirt an. Die aufgeraute Innenseite schmeichelnd über den Schultern. Sie konnte nicht so lügen. Sie lernte das nicht. Sie konnte sich noch so anstrengen. Sie dachte nicht strategisch. Nicht genug, jedenfalls. Und die Cindy war nicht nett. Die Cindy war nicht nett zu ihr, weil sie nett war. Oder weil sie nett sein wollte. Die Cindy hatte Sorge, dass sie nicht entsprechen würde. Sie konnten sie aber auch nicht wegschicken. Im Augenblick brauchten sie jede Person. Gleichgültig, was die konnte oder nicht lernte, und sie war ohnehin immer nur so mitgelaufen. Gregory's girl.

»Ich heule herum. Ich weiß nicht, was ich tun soll. Ich kann mich an nichts erinnern. Ich habe zu schwitzen begonnen. Ich habe noch nie geschwitzt. In meinem ganzen Leben habe ich nie geschwitzt, und jetzt muss ich mich umziehen und immer andere Kleider anziehen. Früher konnte ich vom Sport in die Klasse gehen. Jetzt stehe ich nur noch unter der Dusche. Ich laufe besonders lange Waldläufe und werde trotzdem nicht fitter. Seit der Geschichte im Jänner bin ich schwach. Ich fühle mich schwach, aber um die Taille habe ich einen Zentimeter zugenommen. Ich bin wütend. Ich bin die ganze Zeit wütend. Ich weiß aber gar nicht, auf wen oder warum ich wütend sein soll, und deshalb bin ich dann am Ende auf mich selber wütend. Ich möchte dem allen ein Ende setzen. Ich bin aber nicht suizidal. Ich will ganz einfach eine ganz andere Person sein. Ich würde gerne so einen Kurs ma-

chen wie »Germany's Next Top Model«, wo Leute sich
solche Gedanken über einen machen und dein Bestes
wollen und dich dafür quälen, und am Ende ist man
dann der strahlende Schwan. Ich möchte ein strahlen-
der Schwan sein, und ich würde jedem strahlenden
Schwan den Hals umdrehen. Auch mir, wenn ich einer
wäre. Ich hasse dieses Getue, das keinen anderen Sinn
hat, als etwas anderes aus einem zu machen, und würde
nichts lieber sein. Ich werde hart. Ich kann die Geschichten schon ohne ein Zittern in der Stimme erzählen. Ich kann die Geschichten von den Gefangenen ruhig und gefasst nacherzählen, aber ich mache es dann
doch immer falsch. Ich begreife nicht, was das Wichtigste ist. Ich verzettle mich. Ich bin dann unglücklich
und verzettle mich noch mehr, und ich möchte nicht,
dass du stirbst. Tantchen, bitte stirb nicht. Ich kann das
nicht aushalten. Ich weiß, dass es nicht um mich geht,
und ich werde das gleich löschen, aber ich kann es nicht
aushalten, dass du sterben musst. Du darfst nicht. Ich
will es nicht. Du musst auch an die anderen denken. Ich
weiß, dass du das immer getan hast, aber warum hast
du erst mit diesem Krebs gelernt, dass du an dich denken musst. Warum hast du den Onkel nicht gezwungen, aus der Uhlandgasse wegzuziehen, wenn dir die
Umschaltanlage solche Angst gemacht hat. Du weißt,
ich habe nur dich. Es gibt sonst niemanden. Auch den
Onkel nicht. Sag mir, was ich tun kann, damit es dir

bessergeht. Ich bin deshalb nach Kötzting zurückgefahren. Damit du beruhigt bist. Nein. Das ist eine Lüge. Es war nicht nur deswegen. Ich weiß gar nicht so genau, warum ich da weitergemacht habe. Die Tante Marina hätte drängen können, was sie wollte. Es hat halt gepasst. Es hat halt gepasst, dass es dich gefreut hat, dass ich eine Ausbildung fertigmachen werde. Dabei kann ich immer irgendwie mit dem Surfen durchkommen. Ich weiß schon, was du jetzt sagen willst. Aber ich bin doch wie meine Mutter. Ich bin doch genauso verloren wie sie, nur dass ich keine Drogen brauche. Obwohl ich trinke. Denn eigentlich bin ich selber schuld an allem. Ich war betrunken. Ich habe immer getrunken, damit ich es besser schaffe, aber es hat auch Spaß gemacht. Das Trinken war, wie wenn ich durch ein buntes Glasfenster in die Welt hinausschauen kann. Alles war viel bunter und ich viel toller. Aber ich habe meine Rechnung bezahlt. Du weißt das. Niemand sonst weiß das. Schon deshalb darfst du nicht sterben. Wer weiß denn dann etwas von mir. Tante Trude.«

Sie schaute den Bildschirm an. Sie fuhr mit dem Finger auf dem touch pad hinauf. Der Text verschwand im Blau der Markierung. Sie öffnete »Bearbeiten«. Fuhr auf »Löschen« und drückte darauf. Der cursor blinkte ganz oben unter dem Rand der e-mail. Sie schaute über den Bildschirmrand auf das Meer hinaus. Die ersten größeren Wellen rollten herein. Warum war sie nicht da draußen und wartete auf den Druck von unten. Auf diese Spannung unter sich. Diese Erfassung. Warum ließ sie sich nicht aufs Brett heben und gab sich hin. Don't fight the waves. Go with the flow.

»Liebe Tante Trude, ich bin wie weggemauert. Ich fühle nichts, und ich habe keine Lust. Ich sitze vor den Wellen und bleibe draußen. Ich habe meinen Anzug neben mir liegen und das schickste Brett, das auszuborgen war, aber ich bin nicht am Leben. Es ist wie damals, aber heute würde es mir nicht helfen, alle Teller zu zerschlagen. Damals konnte ich dich erschrecken. Das war ein Ziel. Es war ein Ziel, dich und den Onkel Schottola dazu zu bringen, dass ich wieder zurückmusste. Damals wusste ich ja noch nicht, wie du bist. Ich wollte in dieser Wohngemeinschaft wohnen bleiben, obwohl ich da auch nicht sein hatte wollen und deshalb ja weggekommen bin. Damals wusste ich nicht, dass Dankbarkeit ein notwendiges Gefühl ist. Das waren alles Ziele damals. Das gibt es jetzt nicht. Ich finde kein Ziel für mich. Ich weiß keine Absicht. I don't see any purpose. Vielleicht habe ich mir doch ein Kind gewünscht und wusste das nur nicht und bin jetzt traurig darüber, dass ich jetzt keines bekommen werde. Ich überlege manchmal, wie das wäre, wenn ich jetzt schwanger wäre. Ich bin eigentlich froh, dass es das Kind nicht gibt. Es wäre wieder ein Kind gewesen, das keinen Vater kennen hätte können. Dieses Kind hätte einen Vaterschaftstest als Va-

243

ter gehabt und eine Gruppe von Männern, die man mit
dem Test abgleichen hätte müssen. Aber das hätte auch
nicht sicher ein Ergebnis gebracht. Das Kind wäre aus
einer Zeit gekommen, die die Mutter vergessen gehabt
hätte. Das Kind hätte ein Engel sein können oder nicht.
Glaubst du, der Muttergottes Maria ist es auch so gegangen. Aber die hat nicht eine Flasche Wodka zum Frühstück getrunken. Obwohl wir das ja alles nicht wissen
können. In jedem Fall wäre es ein Kind aus dem Chaos
gewesen und besser nicht. Wenn ich es behalten hätte,
dann wäre ich jetzt ungefähr im 5. oder 6. Monat, und
mit dem Surfen wäre es total vorbei. Wenn du da wärst,
könnten wir darüber lachen. Wir könnten zusammen-
sitzen und darüber lachen. Kannst du dich erinnern,
wie wir gekichert haben, weil wir beide Klavier spielen
hätten wollen und uns nicht getraut haben, es zu lernen,
weil wir beide Angst hatten, uns das nicht merken zu
können. Deshalb haben wir gar nicht angefangen und
haben es uns nur immer gewünscht. So geht es mir jetzt
mit meinem ganzen Leben. Ich bin froh, wenn etwas
nicht funktioniert, weil ich ohnehin sicher bin, dass ich
es nicht kann. Aber ein Baby. Das kann jede. Das wäre
dann dein Enkelkind gewesen, und ich hätte es nicht
verlassen, wie meine Mutter das mit mir gemacht hat.
Es ist aber trotzdem besser, dass es nicht funktioniert
hat. Ich fühle mich ja doch überfallen, und das Baby
wäre von da gekommen. Ich kann nicht so viele Ge-

fühle nebeneinander haben. Du sagst, dass man das alles lernt, aber ich lerne das nicht so gut. Ich bin immer eingefangen in ein Gefühl, und jetzt ist es diese Ziellosigkeit. Das ist keine Sinnlosigkeit. Das habe ich von dir gelernt, dass es kein sinnloses Leben geben darf, und ich bemühe mich sehr. Vielleicht braucht das alles wirklich mehr Zeit, und ich muss noch einmal lernen, mit dem Verrat von meiner Mutter fertig zu werden. Manchmal denke ich, ich sollte doch dahin fahren und schauen, ob das alles stimmt. Die Adresse und so. Ich traue der Marina zu, dass sie das alles erfunden hat, damit sie an das Geld für die Bilder kommt. Dann wiederum muss ich denken, dass das eine Vermeidung von mir ist und dass ich lieber die Tante Marina als die Böse sehen will als meine eigene Mutter. Ich sollte mir Klarheit verschaffen. Ich weiß aber nicht, ob ich die Klarheit aushalten kann. Ich möchte noch viel weiter von diesen Dingen wegkommen. Wenn ich bei euch sein könnte und wir das gemeinsam machen, das wäre das Beste. Du musst gesund werden, damit wir das alles herausfinden können. Wir könnten als Detektivinnenduo auftreten und eine besonders sanfte Befragungsmethode entwickeln. Obwohl ich jetzt manchmal gar nichts mehr wissen will. Von niemandem und nichts. Aber ich muss das ja auch lernen. Befragen ist jetzt ein Unterrichtsgegenstand und die Befragungspsychologie Schulstoff. Ich reagiere wie immer antiautoritär und hasse es. Das ist der alte Mechanismus. Aber hat die Dr. Erlacher recht gehabt, mir diese Auflehnung abgewöhnen zu wollen. Ich muss jetzt immer gegen mich selbst vorgehen und mich zwingen. Ich verstehe schon, dass man eine Ausbildung braucht, und ich hätte bei der BWL bleiben sollen. Jetzt ist es halt so, und du hast schon recht. Jede Erfahrung ist ein Gewinn. Aber manchmal denke ich, dass das halt auch nur der Reichtum der kleinen Leute ist, die sich nichts anderes leisten können, als Erfahrungen zu machen. Ich weiß schon, dass du eigentlich deine Krankheit meinst, und ich werde das schon zu Ende bringen. Ich kann ja dann als Sicherheitsfachkraft immer noch im surfershop an der Côte d'Argent arbeiten. Gestohlen wird da auch. Sicherheit ist immer notwendig. Da hast du schon recht, dass das immer gebraucht werden wird. Ich bemühe mich auch wirklich. Versprochen. Du musst jetzt gesund werden. Du musst ganz dringend«.

Sie löschte den Text.

Sie schrieb. »Es ist auch ein Vergnügen. Das musst du wissen. Es ist vergnüglich. Ein erfahrbares Vergnügen. Dieses Schälen. Herausschälen. Je nach Schale. Das Innere bloßlegen. Ganz kurz. Das Innerste und dann wieder zumachen. Es ist fast ein Verbrechen, es meistens auf Video zu haben. Es ist fast mehr ein Verbrechen als ein Porno. Es ist ein Augenblick. Diese Blöße ist nur einen Augenblick. Gleich nach dem Geständnis ist alles wieder normal. Aber in dem Augenblick. Da gibt es eine Nähe. Da senken sich die Augen. Die Stirn wird ganz entspannt. Da gibt es ein Lächeln. Süße Hilflosigkeit. Ein Band ist das. Ein Bund wird das. Es ist ein mindfuck. Ganz richtig so. Da ist mehr ineinander verhakt als bei jedem Fick. Das ist eine Aufgelöstheit. In dem Augenblick gibt es keinen Unterschied. Keinen Täter und kein Opfer. Das ist dann gleich wieder. Weil das nicht andauert. Es hat sich eine Bindung hergestellt. Es wäre nur richtig, wenn die beiden nicht mehr voneinander ließen. Sie sind ja weit außerhalb geraten und wissen nun doch, wie die Welt funktioniert. Es ist ja auf allen Ebenen so. We are fucked. Es ist am besten, wir geben es gleich zu. Das Leben tut ja ohnehin fast immer weh. Mir tut das Leben fast immer weh. Aber ich kann mich nicht rächen. Ich muss meinen Wunsch, Amok zu laufen, in diese Augenblicke auffädeln. Eine Perlenkette von Amoklauf. Dunkle Perlen. Die äußerste Einsamkeit. Die tiefste Verwirrung. Die kürzesten Augenblicke, das aufzuheben und wieder dahin zurückzufallen. In die äußerste Einsamkeit. In die tiefste Verwirrung. Die noch weiter außerhalb liegt und noch tiefer hinunterreißt als davor. Aber ein Vergnügen. Erwartung. Macht. Macht zu haben. Eine Zigarette zu rauchen und das glühende Ende der Zigarette gegen die Stirn zu halten, bis sie erschlafft und alles gesagt werden muss. Ich bin ein schlechter Mensch, Tante Trude. Ich bin der schlechteste Mensch, und ich hoffe, dass deine Krank-

heit nichts damit zu tun hat, und ich möchte nie, dass
du das erfährst. Aber ich bin wie entfesselt und böse.«
Sie löschte die ganze e-mail.

Der Wind fast kalt. Sie nahm den laptop und ging
an den Rand des Strandes. Der Sand zur Grasnarbe da
steil anstieg. Das alte Gras graumodrig über die Kante
hing. Das neue Gras steil grün in die Höhe wuchs. Sie
lehnte sich unter die Kante. Balancierte den laptop auf
den Knien. Der Wind hier fast nicht. Der Sand von der
Sonne noch warm. Sie rief die e-mail von der Tante
Trude auf und klickte auf »Antworten« und schrieb.

»Ich habe Angst und weiß nicht, wovor oder
warum.«

Sie schaute hinaus. Es war nichts los. Sie versäumte
nichts. Sie schaute auf den Satz auf dem Bildschirm.
Das stimmte nicht. Sie hatte keine Angst. Sie hatte das
aber geschrieben. Sie hatte alles Mögliche geschrieben. Das alles war in den Bauch dieses Geräts verbannt
worden. Das alles war in einer Zwischenablage. Wie-
derfindbar. Sie seufzte. Das war angenehm. Das war
sehr angenehm. Alles war geschrieben und aufgehoben, und sie musste nichts mehr wissen davon. Sie war
traurig. Sie hätte die Tante Trude wirklich gerne hier-
gehabt. Sie und der Onkel hätten schon zurückgehen
müssen. Ins Hotel. Für die Tante wäre es schon zu
kühl gewesen. Sie hätte sie zum Abendessen gesehen.
Sie wäre an den Tisch gekommen, und sie hätten ge-

gessen, und am nächsten Tag wären sie wieder an den Strand gezogen. Das würde es nicht geben. »Du darfst das nicht denken.« befahl sie sich. Aber sie dachte es. Es gab keine Berichte mehr. Sie musste anrufen. Die e-mails von der Tante gerade eine Zeile. Der Onkel meldete sich gar nicht mehr. Er hatte wohl Sorge, sich zu verraten. Dann waren wohl die Abendessen nach den Wanderungen mit ihm. Dann waren das wohl die Erinnerungen. Die Essen in irgendwelchen Gasthäusern da, wo sie hingeraten waren. Die Tante hatte sie abgeholt, und es wurde noch dort gegessen. Weil sie so lange gegangen waren. Sonst waren Gasthausbesuche nicht erlaubt. Frivol. Kostspielig und überflüssig. Die Tante hatte gesagt, dass das Kind auch einmal etwas erleben musste. Und das war es jetzt. Das war es, was das Kind erlebt hatte. Sie konnte es nicht zurückzahlen. Zurückschenken. Die Tante entzog sich dem mit ihrer Krankheit. Das hätte sie mit dem Geld aus der Restitution gemacht. Die Schottolas ans Meer einladen.

»Warum weinst du.« Nadja und Emilio standen vor ihr. Sie holte Luft. Nadja setzte sich links von ihr. Emilio rechts. Sie schauten auf den Bildschirm. Was das bedeute, fragte Emilio auf Englisch. »She lives in fear.« übersetzte Nadja. Emilio wandte sich ihr zu. »Hey, Amy. What's up.« Er schaute sie erstaunt an.

Er solle Amy in Frieden lassen, sagte Nadja. Sie würde schon sagen, was los sei, wenn sie dazu bereit

wäre. Oder? Fragte sie. »Real Angst.« Emilio wunderte
sich. Sie zog die Schultern hoch. Ihre Stiefmutter. Eigentlich ihre foster mother. Sie wäre sehr schwer krank.
»Life is a shit.« Emilio nickte ihr zu. Er nahm ihre Hand
und drückte sie. Seine Hand trocken und warm. Sie ließ
ihre in seiner liegen. Ließ seine Wärme in ihre Hand
fließen. Nadja holte tief Luft. Ja, sagte sie. Man müsse
immer Angst haben, wenn man jemanden habe, den
man liebe. Das sei der deal. Sie seufzte. Sie sei deshalb
über die Zeiten froh, in denen sie ungebunden wäre.
Unattached. Liebe. Das sei eben eine Fessel. Sie saßen.
Lange.

Nadja sprang auf. Sie ginge jetzt hinein. Emilio sah
zu ihr hinauf. Er bliebe noch da. Nadja nickte und ging.
Sie trug ihr Brett davon und begann zu laufen. Sie lief
ins Wasser. Warf das Brett vor sich auf das Wasser.
Schwang sich auf das Brett. Paddelte hinaus. Sie war auf
Wellenbergen zu sehen. Verschwand hinter den Wellen. Ob sie Hilfe bräuchte, fragte Emilio. Er hielt ihre
Hand. Sie schauten hinaus. Sie hatte die Beine ausgestreckt, und der laptop lag warm summend auf ihren
Oberschenkeln. Sie dachte nach. Konnte sie Hilfe brauchen, und was wäre Hilfe gewesen. »No.« Sie schüttelte
den Kopf. Nein. Es ging nicht um Hilfe. Hilfe, das hätte
sie im Übermaß bekommen. Alle hätten ihr immer helfen wollen. Sie war eine einzige Hilfsmaßnahme. Und
er solle nicht glauben, sie wäre nicht dankbar. Dieser

foster mother. Der habe sie alles zu verdanken. Alles. Und dem Mann von der auch. Das wären Menschen gewesen, die beschlossen hatten, das Richtige zu tun. Die hatten mit ihr das Richtige getan, und das hatte gestimmt. Sie wüsste auch nicht, was sie bräuchte. »Ah. You are in transition. Good luck with that.« Er drückte ihre Hand. Er stand auf. Beugte sich zu ihr. Drückte ihr einen Kuss auf die Wange. Fest. Bestimmt. »See you back at dinner.« Sie nickte. Sie sah ihm zu. Er hob sein board auf und ging auf das Wasser zu. Sein Neoprenanzug hatte weiße und rote Streifen über den Rücken. Er ging auf das Wasser zu. Die Sonne tief über dem Wasser. Er ging in die Sonne. Seine Silhouette vom Sonnenlicht und dem Widerschein vom Wasser umspielt. Löste sich auf. Er watete tief ins Wasser vor. Warf sich mit einem Sprung auf das Brett. Verschwand.

Sie lehnte sich zurück. Solange griechische Götter einen fragten, ob man Hilfe brauchte. Sie atmete tief. Der Himmel wolkenüberzogen. Die Wolken. Rundwolkig verspielt in den Himmel hinauf. Die Unterseite. Glattgeweht vom Wind. Segelten schnell herein. Vom Meer aufs Land. Die Sonnenstrahlen fielen schräg darunter. Das Wasser glitzernd grüne Berge. Löste sich in Schaum auf. Die Wellen donnernd. Lauter geworden. Sie hörte zu. Sie hatte das Gefühl, neu zu hören. Neu zu hören, nachdem sie taub gewesen war. Sie hatte nicht gehört. Während sie die e-mail an die Tante Trude schreiben hatte wollen. Sie hatte nichts gehört. Es war wie Aufwachen. Das Donnern der Wellen am Strand unten weit vorne. Der Wind im Gras. Raschelnd. Die Sonne noch auf der Haut. Die Kälte des Abends aber schon stärker als die Sonnenwärme. Die Köpfe der Surfer in den Wellen.

»Liebe Tante Trude.« schrieb sie. »Wie geht es dir. Wie geht es dem Onkel. Ich hoffe, es ist nicht zu viel Arbeit im Garten und ihr könnt die schöne Zeit auch genießen. Hier ist sehr schönes Wetter, und auch das Surfen geht sehr gut. Leider habe ich nur mehr ein paar Tage. Dann muss ich nach England zu einem Spezialseminar. Ich kann da auch gleich mit Tante Marina in London reden, und ich werde alle Ratschläge beherzigen, die du mir gegeben hast. Ich erzähle dir dann, was da herausgekommen ist. Pass bitte auf dich auf. Ich umarme dich. Immer deine Mali.«

Sie las die mail durch. Schüttelte den Kopf. Löschte sie.

»Liebe Tante Trude, ich bin hier gut aufgehoben, und es beginnt, mir besserzugehen. Love you, Mali.«

Juni.

»Fish and chips.« Und ja. »Mushy peas.« Der Koch hinter der Essensausgabe stellte den Teller auf die Glasvitrine und wandte sich Hazel zu. Hazel hatte sich hinter ihr angestellt. Hazel nahm Brokkoliauflauf und Pommes frites. Sie stellte ihren Teller auf das Tablett. Schob das Tablett weiter. Die Colaflasche fiel um. Sie hielt der Kassiererin ihre Sicherheitskarte hin. Die scannte sie. Gab sie zurück. Sie zahlte ihre Cola. Ging an Tisch 43. Ned und Bennie waren gerade mit ihrem Essen fertig. Sie hatten ihre Papierservietten zusammengeballt und auf ihre Teller geworfen. Sie kauten beide auf Zahnstochern. Zigarettenersatz, sagten sie zu den Zahnstochern. Nach jedem Essen sagten sie das.

Sie stellte ihr Tablett auf den Tisch. Sie setzte sich. Sie setzte sich langsam. Genau. Sie musste sich davon abhalten, den Teller und die Colaflasche vom Tablett zu nehmen und auf den Tisch zu stellen und dann vom Tisch zu essen. Niemand machte das hier. Man aß vom Tablett und ließ alles so stehen. Das wäre die effizienteste Methode, hatte Hazel ihr erklärt. Hazel hatte sie am Arm festgehalten. Als sie, vor dem Tisch stehend, mit dem Aufdecken beginnen hatte wollen. Am ersten Tag. Hazel hatte sie am Arm geführt und sie hingesetzt. Das System käme durcheinander. »Middle class luxuries«, hatte Hazel das genannt. Sich das Essen auf den Tisch zu stellen und nicht über den hohen Rand des Tabletts in das Essen stochern zu müssen und die Hände neben den Teller legen zu können. Es war peinlich gewesen. Sie hatte sich geschämt. Sie hatte sich für alles genieren müssen, was ihre Person ausmachte. Jetzt. Beim Hinsetzen. Sie hätte sich krümmen können. Vor Scham. Die Erinnerung an diesen Augenblick ließ ihre Wangen heiß werden. Aber jetzt. Sie wusste es besser. Mittlerweile. Sie stützte jetzt auch die Arme am Ellbogen auf und stach in das Essen von oben. Wie alle anderen. Sie trank jetzt aus der Flasche und legte die leere Flasche neben den Teller. Wie alle anderen. Sie legte ihre Serviette immer noch auf ihren Schoß und dann neben den Teller. Das war den Insassen gleichgültig, die die Tabletts abservieren mussten. Das brachte das System nicht durcheinander.

Hazel kam an den Tisch. Sie begannen zu essen. Hazel schaute auf die Uhr über der Speisenausgabe. Sie folgte dem Blick und schaute dann wieder auf ihr Essen. Sie hätte gerne etwas gesagt. Gefragt. Geredet. Ned und Bennie kauten auf ihren Zahnstochern und starrten vor sich hin. Was jeder so am Nachmittag machen werde. Sie hatte nur die lange Pause füllen wollen. Hazel trennte die Brokkoli vom Gratin und schüttete HP-Sauce über das Gemüse. Dann nahm sie die Ketchupflasche und schüttelte sie. Sie lächelte. Das wäre eine der wenigen Vorteile dieser Kantine. Es gäbe die condiments noch auf dem Tisch. Irgendetwas sollte der Zugriff auf die Arbeitskräfte hier einbringen. Bennie nahm zum Sprechen den Zahnstocher aus dem Mund. Er schaute Ned an. Der nickte. »I don't expect any Damascene moments this afternoon, if you know what I mean.« Die beiden standen auf. Sie führen noch zu »Starbucks«. Sie warfen ihre Zahnstocher auf die Tabletts und gingen. Hazel winkte einem der Insassen in der weißen Cafeteriauniform. Der Mann kam. Er nahm die Tabletts. Er sah Hazel an. Lächelte scheu. Hazel lächelte zurück und wandte sich wieder ihrem Essen zu.

Sie war erstaunt. Warum hatte Hazel zurückgelächelt. Sie hätte erwartet, Hazel würde eine solche Vertraulichkeit zurückweisen. Ihr Erstaunen war deutlich erkennbar. Hazel grinste sie an. Sie musste lachen. Sie würde es nicht lernen. Was, fragte Hazel. Sie zuckte mit den Achseln. Sie spießte chips auf und steckte sie in den Mund. Weich. Holzig und fett. Kalt. Wann würde sich dieses schlechte Essen auf ihre Haut auswirken. Die Müdigkeit am Nachmittag von den fetten Kohlehydraten war schlimm genug. Die Frage nach dem Nachmittag. Das wäre doch wieder einer ihrer middle class luxuries gewesen, sagte sie. Sie konnte spüren, wie ihre Schultern nach unten hingen. Wie die Niederlage sich ausdrückte. Sie machte die Augen zu. Dachte sich vollkommen nach innen und hob von da ihre Schultern wieder an. Nur ein bisschen. Keine Gegenbewegung. Das war zu viel. Es war immer zu viel bei ihr. Sie musste glatter werden. Smooth.

»Amy. You are too tense.« sagte Hazel. Sie zuckte wieder mit den Achseln und aß weiter. Sie füllte den Mund mit den chips und trank Coca-Cola darüber. Hazel lachte leise. Sie würde das schon lernen. Camouflage. Jede Cafeteria habe doch ihre eigenen Regeln. Es ginge aber doch nicht darum, diese Regeln zu lernen. Das würde doch nur Kraft kosten. Kostbare Kraft. Es ginge doch darum, in jeder Cafeteria zu funktionieren. Nicht mehr und nicht weniger. Es ginge längst nicht mehr darum, die Regeln zu lernen. Imitieren. Das wäre es. Schauspielern. Und jeden Auftritt improvisieren. Das wäre die Herausforderung. The challenge. Ned und Bennie hielten sich nicht an diese Philosophie, sagte sie. Sie schaute Hazel ins Gesicht. Hazel konnte zurückschauen. War das ein Teil der camouflage. In England war es unhöflich, eine Person direkt anzusehen. Hazel senkte den Blick aber dann doch. Ned und Bennie hätten andere Ziele als sie, sagte sie zu den Brokkoli auf ihrem Teller. Ned und Bennie. Die machten ihre Rechtskurse für den Innendienst. Sie würde meinen, Ned wäre ein sehr guter Vertreter für die company. In PR-Angelegenheiten und so. Und Bennie in der Buchhaltung. Sie selbst. Sie hatte immer andere Ziele gehabt. »More romantic.« sagte sie. Und sie hätte gedacht, dass Amy auch das Drama des wirklichen Lebens bevorzuge. »Real life drama.« sagte sie. Real life adventures. Und für die. Da brauche man eben diese camouflage. Invisibility. Nur wenn man unsichtbar wäre, könne man als operator einen guten Job machen.

Hazel sprach während des Essens. Hazel saß ruhig und sprach, und das Essen verschwand von ihrem Teller. Ihr eigener Teller war noch fast voll. Sie würde nicht genug Zeit haben, aufzuessen. Sie war froh, dass Coca-Cola so viele Kalorien hatte. Sie konnte dieses Essen nicht so schnell essen. Das war schon in der Moira House Girls School ein Problem gewesen. 20 Minuten für das Essen, das nicht hinunterzuwürgen gewesen war. Damals hatte sie noch kein Coca-Cola bekommen, das Essen hinunterzuspülen. Und wie damals. Es wurde kommentiert. Alles. Der Gang. Der Stand. Das Sitzen. Wie sie am Tisch saß. Wie sie das Essen trug. Wie sie sich über das Essen beugte. Sie war eine Ausländerin. Alle schauten ihr dabei zu, eine Ausländerin zu sein. Hazel hatte ihr beigestanden, mit ihrer Hand auf dem Arm und der Verhinderung ihrer middle class luxuries. Relax. Das war das Zauberwort. Hazel hatte sie gemustert und gewusst, dass ihr das schwerfallen würde. Sie hatte das kühl gesagt. Bedauernd. Hazel hatte das Ideal schon erreicht. Hazel war mittelblond. Mittelgroß. Mitteldünn. Unauffällig. Dabei war Hazel hübsch. Sehr hübsch. Aber man konnte Hazel das nicht ansehen. Man konnte Hazel eigentlich überhaupt nicht sehen. Wahrnehmen. Wenn sie in der Reihe an der Essensausgabe stand. Wenn sie über den Platz zwischen dem Hostel und dem Essenspavillon ging. Es ging irgendjemand. Hazels Bewegungen waren ruhig und bestimmt, und ihr Blick richtete sich nach außen und ließ nichts in sie hinein. Wenn sie mit Hazel aß, schaute Hazel sie an, und sie wusste, dass Hazel sie durchschaute und alles von ihr wusste. Sie wusste von Hazel nur, dass es Hazel gab, weil sie mit Hazel und Ned und Bennie an Tisch 43 essen musste. 13.00 bis 13.30 Uhr. Und bei jeder Mahlzeit ein neues Detail zur Osama-bin-Laden-action.

Sie schaute Hazel genau an. Sie musste nicken. Hazel konnte sich in alles verwandeln. In jede andere Person. Musste man dazu ohne Person sein. Sie wollte Hazel fragen. Aber die trank ihr Wasser schon im Stehen und stellte das Glas dann ab. »See you.« sagte sie und lief zum Ausgang des Speisesaals. Sie drehte sich an der Tür noch einmal zur Uhr an der Wand um und verglich die Zeit mit der Uhr an ihrem Handgelenk.

Der Insasse strich um ihren Tisch. Er war jung. Orientalisch. Indien. Pakistan. Sie kannte sich da nicht aus.

Hier wussten alle voneinander, woher jemand kam. Sie wurde als Schwedin geführt. Eine Wienerin. Eine Österreicherin. Da wusste keiner genau, was das bedeutete. Sie wurde dann als Deutsche behandelt. Das war ein Vorteil. Jeder dachte dann, sie käme von der Sicherheitsakademie in Lübeck, und wollte ihre Meinung zur Ausbildung hier in Nottingham hören. Natürlich wollte niemand wirklich etwas wissen. Das war in den Unterrichtsstunden gefragt worden. Da war es notwendig, genaue Auskunft zu geben. Sie sagte mittlerweile, dass sie kein Urteil abgeben könne. Sie wäre noch nicht lang genug hier. Zwei Wochen gäben keine Grundlage für Beurteilungen ab. Das schien das Richtige zu sein. Alle nickten und schauten an ihr vorbei. Sie konnte sich auch wieder erinnern. Das mit dem Schauen. Das machte jedes Mal Probleme. Niemand sah eine andere Person an. Dafür fühlten sich die meisten dann auch ungesehen, und deshalb gab es so viele Paare, die es in aller Öffentlichkeit. Die miteinander schmusten und einander ohne jede Zurückhaltung zwischen die Beine griffen. Die fühlten sich sicher vor jedem Blick. Sie war neidisch. Auf diese Ungeniertheit.

Sie trank die Cola aus. Sie legte die Flasche neben den Teller. Sie faltete die winzige Papierserviette der Länge nach und legte sie rechts vom Teller. Das war zur Erinnerung. Das Mammerl hatte von jeher darauf bestanden, dass die unbenutzte Serviette rechts vom

Teller lag und am Ende des Essens links locker gefaltet hingelegt wurde. Bei den Schottolas war es umgekehrt gewesen. »Kleinbürger.« hatte das Mammerl dazu geseufzt. Das hätte sie Hazel sagen sollen. Dass das low class luxuries waren. Da, wo sie herkam. Lowest middle class war das wahrscheinlich. Der Insasse zog das Tablett weg und stellte es auf den Servierwagen, den er herumschob.

Sie stand auf. Sie nahm ihre Umhängetasche von der Sessellehne. Rundherum. Die anderen brachen auch alle auf. Sesselgeschiebe. Zurufe. Schritte. Tellerklappern. Die automatische Tür. Sicherheitskarte. Gleich in der Halle war der Geruch besser. Sie ging ins Freie. Sommerluft. Dunstig. Die Sonne hinter Wolken. Es konnte auch regnen. Sie ging zum Hauptgebäude. Von da musste sie zum Gebäude G. Infirmary. Der medical check. Sie hatte eine SMS bekommen. Man hatte einen Termin für sie einschieben können. Pünktlichkeit war angeordnet worden. Sie schaute auf ihr handy. Es war noch Zeit. Sie ging nach rechts. Die Gebäude ab D waren rechts vom Hauptgebäude. Sie waren in einem Bogen an der Straße angeordnet. Parknatur dazwischen. Die eigentlichen Gefängnisbauten hinter dem Essenspavillon. Die Mauer den Straßenbogen rechts entlang. Laufgänge über dem Gelände. Über das ganze Gelände führten Laufgänge auf Stelzen. Zwischen den Bäumen durch. Beobachtungstürme an der Mauer zum Gefängnistrakt. Hinter der Mauer. Keine Bäume oder Wiesen. Alles betoniert. CCTV überall. Überall Kameras. Jeder Zentimeter im Freien wurde aufgenommen. Hier. Auf der Campusseite. Es waren CCTV-Kameras auch in den Bäumen befestigt.

Sie atmete tief. Ging dahin. Sie wollte das nicht. Eigentlich wollte sie das nicht. Untersucht werden. Es hatte etwas Viehisches. Was wurde da festgestellt. Ihre Tauglichkeit. Wofür. Sie war hier für eine Kurseinheit. Warum wollten die einen medical check. Das musste ein Versehen sein. Bürokratie. Wer konnte Interesse an ihrem Gesundheitszustand haben. Und da gab es nichts. Das mit der Fehlgeburt. Das ging nur sie etwas an. Das war auch nicht mehr festzustellen. Das war alles lang vorbei. Oder war es diese dumme Geschichte. Behauptete Marina immer noch, sie wäre magersüchtig. Aber das war damals gewesen. Deswegen war sie dann nach Wien zurückgeschickt worden und zu den Schottolas gekommen. Dann. Ihre Aufpäppeleltern. Sie musste e-mailen. Sie musste der Tante Trude e-mailen, und sie sollte ihr eine Freude machen und ihr eine Postkarte schicken. Aber der Unterricht dauerte von 9.00 bis 18.00 Uhr. Danach noch eine Runde laufen oder ins gym. Es ging sich gerade aus, die Haare regelmäßig zu waschen. Sie hielt ihre Sicherheitskarte an den Türöffner und lächelte dabei in die Kamera. Die Tür klickte auf. Sie schob die Tür auf. Die Rezeptionistin erwiderte ihr Lächeln in die Kamera. Sie habe einen Termin bei Dr. Scarsdale. Ground floor. Room 14. Sie solle warten, bis sie aufgerufen werde.

Ein breiter Gang von der Rezeption nach hinten. Rechts und links schmale Gänge. Zimmer 14 war im dritten Seitengang nach rechts. Bänke standen im breiten Gang an der Wand. Alles weiß. Die Wände. Die Türen. Die Bänke. Sie fand die Tür mit der Nummer 14 und ging auf den breiten Gang zurück. Sie setzte sich. Es war angenehm. Sie war müde. Sie war wach. Das war die Cola. Unter der Wachheit war sie müde. Es war auch nicht mehr so wichtig, was da auf sie zukam. Was konnte schon passieren. Wahrscheinlich ging es um Drogen. Das war denen das Wichtigste. Clean. Sie streckte die Beine aus. Clean. Das war sie. Eine Urinprobe. Das konnte sie denen lassen. Sie trank ja nicht einmal mehr. Die Lust daran vorbei. Alkohol. Es gab keine Lust mehr dafür. Das gehörte zur Müdigkeit. Sie lehnte sich zurück. Legte den Kopf gegen die Wand. Die Person, die sie werden wollte. Die Person, die so in die Welle schnitt, dass sie unter dem Wellenkamm entlangsurfte. Die Person hatte auch keine Lust dazu. Diese Person war eine Hazel. Oder besser. Diese Person versuchte, eine Hazel zu werden.

Der Mann stand vor ihr. Ob sie Amy Schreiber sei. Er sprach es Skriber aus. Sie musste etwas mit ihrem Namen machen. Sie stand auf. Der Mann. Jung.

Schlank. Brünett. Burschikos. Er strich sich durch die Haare. Er habe ein Problem. Er ging ihr in das Zimmer voraus. Eine Liege an der Wand. Schreibtisch. Ein Sessel davor. Einer dahinter. Milchglasscheiben im Fenster. Er habe da ein Problem. Er müsse weg. Eine emergency. Bei »emergency« krallte er seine Hand in die Haare und zog an den Haaren, als gelte er sie hinauf. Er wisse nicht, was er tun solle. Er könne sie nicht allein hierlassen. Health and safety. Sie dürfe nicht allein gelassen werden. Das Sicherheitsprotokoll. Die Sicherheitsfragen. Sie könne in der Rezeption hier die Stunde abwarten. Mit wem habe sie denn Kontakt. Hier. »Hazel.« sagte sie. »Hazel Nikolaev.« Der Mann nickte. Er schaute auf einer Liste. Wählte eine Nummer auf seinem handy. Er ging auf den Gang hinaus und sprach dort. Er kam zurück. Sie solle in der Rezeption warten. Hazel werde sie da abholen. Das sei alles nicht regulär. Er habe aber keine andere Möglichkeit. Er nahm eine Arzttasche und drängte sie aus dem Raum hinaus. Er warf die Tür ins Schloss. Er schob sie den breiten Gang hinunter und rief der Rezeptionistin von weitem zu, dass diese Person da auf Hazel Nikolaev warten solle. Er lief davon. Ein schwarzer Mini stand vor dem Eingang. Der Mann stieg ein, und der Wagen fuhr mit quietschenden Reifen davon. Die Rezeptionistin nickte ihr zu. Sie stellte sich zur Tür. Ob sie sich nicht setzen wolle. Es standen zwei Sessel in der Ecke vor dem Lift.

Sie lehnte ab. Sie wollte durch die Tür hinaus. Sie wollte sagen, dass sie lieber an der frischen Luft warten wollte. Sie habe den Auftrag, hier in der Lobby zu warten. Die Frau sagte das bestimmt. Sie sah nicht von ihrem Computerbildschirm auf. Aber natürlich hatte sie die Bilder von der Sicherheitskamera und konnte sehen, dass sie hinausgehen hatte wollen.

Sie blieb an der Tür stehen und schaute hinaus. Sie schaute durch die breite Glasfront auf den Gefängniskomplex hinaus und war selber festgehalten. Sie holte tief Luft. In ihrem Bauch. Knapp über dem Nabel. Sie griff auf ihren Bauch. Tat so, als müsse sie den Gürtel ihrer Jeans zurechtziehen. Sie rieb sich den Bauch. Rieb über das Krabbeln im Bauch. Sie ließ die Arme wieder hängen. Das Krabbeln wurde wieder stärker. Sie musste gehen. Sie ging auf und ab. Sie ging vor der Tür auf und ab. Sie verschränkte die Arme vor der Brust und ging. Die Umhängetasche schwer gegen die rechte Hüfte. Sie nahm die Tasche ab und stellte sie auf den Boden. Sie ging um die Tasche. Beim Gehen blieb die Unruhe gleich hoch. Beim Gehen konnte sie tiefer atmen. Sie konnte nicht an der Tür stehen und Atemübungen machen. Beim Gehen konnte sie die Atemübungen verstecken. Sie ließ den Kopf hängen. 1-2-3 einatmen. 1-2-3 ausatmen. Sie schaute wieder auf. Der Abstand zur Gefängnismauer war wieder normal. Kein Vor- und Zurückweichen mehr wie vorhin. Sie konnte sich auch die

264

vielen Personen dahinter nicht mehr vorstellen. Das
war nur einen Augenblick lang so gewesen. Wie in einem Kinderbuch hatte sie durch die Wände hindurch
die Personen in den Gebäuden sehen können. Es waren 1600 Insassen in diesem Komplex untergebracht.
Es wurden 20 Prozent der Kosten gegenüber den staat-
lichen Gefängnissen eingespart. Die Institution war
Teil der Praxisausbildung der Trisecura Academy. Eine
zusätzliche Nutzung. Zusätzliche Effizienz. In der Ausbildung war jeder Augenblick in diesem Komplex zusätzliche Sicherheitspraxis. Die Nähe der Insassen war
eine stete Aufforderung, die Algorithmen zu beachten.
Ernst zu nehmen. Durchzuführen. Anzuwenden. Die
Rezeptionistin hier. Sie hatte alles perfekt befolgt. Der
Arzt. Alles perfekt befolgt. Sie musste nicken. Es war
vollkommen richtig, dass sie hier nicht einfach hinausgehen durfte. Das gewährleistete ihre Sicherheit und
bewahrte Trisecura vor Forderungen, falls ihr etwas geschah. Hier. Auf dem Campus und im Gefängniskomplex galten ausschließlich die Regeln der Trisecura. Sie
war in Trisecura. Trisecura lag in England. Aber Trisecura war ein eigenes Territorium mit eigenem Haus-
recht, und alle unterlagen dem. Dafür war man sicherer
als dann in England. Man musste das alles nur befolgen. Damit man es später organisieren konnte. Man
musste wissen, wie es sich anfühlen musste. Sicher-
heitsfachpersonen sollten alle Stufen durchlaufen. Im-

mer von unten nach oben. Eine Sicherheitsfachperson musste die Praxis kennen.

Sie nahm sich zu wichtig. Solche Vorstellungen. Solche Erscheinungen. Die Personen hinter den Mauern. Das waren Straftäter. Die hatten sich entschieden. Die hatten das Spiel gespielt. Sie hatte damit nichts zu tun. Das hier war eine Ausbildung. In Krems war das Gefängnis auch neben der Fachhochschule, und niemand studierte deshalb nicht mehr Pädagogik oder Psychologie, weil gleich nebenan die äußersten Auswirkungen der Pädagogik oder der Psychologie vorzufinden gewesen wären. Warum ließen die es auch dazu kommen. Warum vermieden diese Männer es nicht, hierherzukommen. Es gab immer die Möglichkeit der Entscheidung. Diese Männer hatten sich für hier entschieden, und die hatten das gewusst, und jetzt mussten sie versorgt werden. Sie hasste diese Typen. Sie zwangen sie, ihr Mitleid wegzubrennen. Sie hätte diesen Insassen im Speisesaal nicht anlächeln können. Sie hätte das Gefühl gehabt, ihn wegführen zu müssen. Retten zu müssen. Aber er hatte sicherlich etwas getan, was ihn hierhergebracht hatte, und hier wurden keine leichten Verbrechen abgebüßt. Middle class luxuries. Sie wünschte sich, sie hätte an die Tante Trude geschrieben. Sie schaute auf die Mauer hinaus. Ein breiter Betonweg bis zur Straße. Rasen links und rechts. Rundkronige Bäume. Was machte sie hier. Es war nicht ihre

Aufgabe, darüber zu entscheiden, wer Täter war und wer nicht. Sie hatte Allmachtsphantasien. Sie hatte Allmachtsphantasien, damit sie eine heilige Weltretterin bleiben konnte. Sie hatte diese Allmachtsphantasien, damit sie nicht zur Kenntnis nehmen musste, dass es böse Personen gab. Sie glaubte nicht an die Gerichte, die diese Männer hierherschickten. Sie glaubte an eine Unschuld, die sie selbst noch nie erlebt hatte. Sie hatte Allmachtsphantasien, damit sie nicht zugeben musste, wie man an ihr gehandelt hatte. Sie sollte sich hassen dafür. Sie sollte sich zuerst dafür hassen. Sie sollte sich für diese Wehrlosigkeit hassen. Für diese Dummheit. Ignoranz. Und wenn sie das konnte, dann sollte sie anfangen, die zu hassen, die ihr Böses angetan hatten. Ihr war elend. Sie war in einem Loyalitätskonflikt. Middle class luxuries. Middle class misery. Sie hatte Angst, alles zu verlieren. Sie hatte Angst davor, hart zu werden. Sie sollte sich das zugeben. Sie hob ihre Tasche vom Boden auf. Sie ging zur Rezeptionistin. Sie wollte hinaus. Sie musste hinaus. Ins Freie. Sie musste weg. Sie musste nachdenken.

Quietschende Bremsen. Draußen. Sie drehte sich zur Tür herum. Ein silbergrauer Kleintransporter. Sie ging zur Tür zurück. Sie sah nur Silhouetten in dem Wagen. Das Telefon der Rezeptionistin läutete. Sie nahm ab. Redete kurz. Die Glastür glitt auf. Sie ging hinaus. Die Schiebetür des Transporters stand offen. Sie ging hin.

Hazel saß hinten und winkte ihr. Deutete ihr, sie solle einsteigen. Sie kletterte in den Wagen. Kam neben Hazel zu sitzen. Ein Mann schob die Tür wieder zu. Der Fahrer fuhr rückwärts aus der Zufahrt zu Gebäude G hinaus. Fuhr am Hauptgebäude vorbei die Straße weiter.

Hazel hatte einen grauen overall an. Alle hatten solche overalls an. Es waren noch 4 Männer im Auto. Athletische Typen. Kurze Haare. Alle schauten nach vorne. In sich gekehrt. Niemand sprach. Sie saß hinten neben Hazel. Sie fand keinen Anfang für Fragen. Sie schaute auch nach vorne.

Sie fuhren in den Gefängniskomplex hinein. Das Haupttor. Eine Straße zwischen Gebäuden. Heller Beton. Hohe, schmale Fenster. Hohe Mauern. Die Wachtürme. Ein Tor. Wieder Straße. Noch ein Tor. Vor den Toren musste angehalten werden. Dann gingen die Tore auf. Es war niemand zu sehen. Die Fensterscheiben neben den Einfahrten getöntes Glas. Nach dem dritten Tor fuhren sie in eine Garage hinunter. Alle sprangen aus dem Wagen. Gingen zu einem Lift. Im Lift sagte Hazel: »This is Amy. She is a trainee from Germany.« Die anderen nickten. Sie fuhren nur kurz hinauf. Erdgeschoss. Eine Halle. Sie gingen hinaus. Lagerhallen. Container. Ein Mann hatte einen Hund mit. Sie hatte den Hund nicht bemerkt. Das Tier lief an diesen Mann geschmiegt. Der Mann hatte keinen einzigen Befehl gegeben. Bisher. Stumm gingen sie. Schauten nach vorne. Vor einer Halle blieben sie alle stehen. Hazel deutete ihr zu warten.

Sie blieben draußen. Es war heiß. Kein Schatten. Die Sonne noch hoch. Der Boden betoniert. Die Halle eine Metallkonstruktion. Der Mann stand in der Sonne. Sonnenbrillen. Der Hund an seiner Seite. Bewegungslos. Ruhig. Militärstiefel. Hoch hinaufgeschnürt. Mit solchen Schuhen stand man so ruhig. Sie schaute weg. Wegen der Sonnenbrille wusste sie nicht, ob der Mann sie ansah. Wohin er schaute. Flugzeuge zogen am Himmel vorbei. Man konnte Autos hören. Lastwagen. Rundherum keine hohen Gebäude mehr. Der Himmel weit. Sie bemühte sich, so ruhig zu stehen wie der Mann. Professionell. Das schien professionell zu sein.

Plötzlich war aus der Halle Lärm zu hören. Es begann mit einzelnen Ausrufen. Dann wurde Geschrei daraus. Lautes Geschrei. Und immer noch lauter. Sie schaute ihre Schuhe an. Hellblaue Timberlands. Rauleder. Sie wünschte sich, die braunen Timberlands gekauft zu haben. Das Geschrei hielt an. Sie hatte zu schwitzen begonnen. Das Geschrei kam näher an die Tür. Bewegte sich wieder weg. Sie konnte nicht mehr ruhig stehen. Eine Tür an der Seite ging auf. Ein anderer Mann im grauen overall winkte heraus. Der Mann mit dem Hund ging zur Tür. Sie schaute den Mann in der Tür fragend an. Der reagierte nicht. Sie machte einen Schritt hinter dem Mann mit dem Hund her. Dann wandte sie sich wieder weg und stand still. Sie hörte die Tür zufallen. Das Geschrei war erstorben. Dann setzte es wieder ein. Hörte mit einem Schlag auf. Der Hund bellte. Ein einzelner Schrei. Ein langgezogener Schrei. Das Geschrei bisher war wütend gewesen. Eindringend. Der einzelne Schrei. Der Hund bellte wild. Sie konnte sonst nichts hören. Der Hund knurrte und bellte. Wütend. Laut. Gefährlich. Ein Kommando. Der Hund war still. Ein Winseln. Nach langem ging die Tür vorne auf. Hazel kam heraus. Sie richtete sich die Haare. Strich sich die Haare zurecht. Sie war rot im Gesicht. Der overall verrutscht. Sie richtete den Gürtel im Gehen. Sie lächelte. Amy solle jetzt mitkommen. Das wäre nur eine Unterstützungsaktion gewesen. Wenn jemand gestresst werden musste, da müssten alle mithelfen. Aber der Hund. Der mache immer den Trick. Hazel ging voraus. Sie gingen um die Halle herum. Container waren gestapelt. Beige Container. Kleine Stiegen führten zu den oberen Containern hinauf. Die Stiegen waren rot gestrichen. Die Türklinken waren rot. Sie kamen zu einer Baracke. Eine langgezogene Betonbaracke. Nur ein Stockwerk. Hazel führte sie in dieses Gebäude. Hier war alles grün. Grüne Stahltüren. Die Wände grasgrün. Ein schmaler Gang diese Türen entlang. Kameras an den Türen. In den Ecken.

Hazel machte eine Tür auf. Ein Mann kam heraus.

Das sei die Person, fragte er Hazel. »Ja.« sagte Hazel.
Das sei Amy. Amy wandte sich ihr zu. Sie bekäme jetzt
einen Knopf fürs Ohr. Wie im Film, fragte sie. Ja, sagte
der Mann. Wie im Film. Er reichte ihr das Mikrophon.
Sie steckte es ins linke Ohr. Der Mann grinste. Niemand wolle im rechten Ohr etwas hören. Sie verstand
ihn nicht gut. Er sprach einen Dialekt. Ihr Englisch war
dafür nicht gut genug. Sie sagte das auch. »My eng-
lish …« Hazel unterbrach sie. Nein. Nein. Ihr Englisch
wäre fabulous. Auf jeden Fall würde es reichen. Hazel steckte ihr den Akku zum Mikrophon in die Brusttasche ihrer Bluse. Schön, dass Amy eine weiße Bluse
trüge. Hazel nahm ihr ihre Tasche ab. Dann schob sie
sie durch eine Tür hinten in einen Raum. Die Tür ging
zu.

Sie stand in einem kleinen Raum. Im Ohr knackte
es. Ob sie sie verstünde, fragte Hazel. Sie drehte sich
nach der Stimme um. Kameras in allen Zimmerecken.
Es war kühl im Zimmer. Kalt. Hell. Sehr hell. Die ganze
Decke nur Licht. Die Wände. Der Boden. Weißer Bodenbelag. Der Mann war auf einer Liege in der Mitte
des Raums festgeschnallt. Er lag auf dem Rücken. Ein
Ledergurt über der Brust. Einer über den Hüften. Die
Hände. Sie ging hin. Seine Hände waren in Handschuhen. Fäustlingen. Über der Brust gekreuzt. Die Liege
zu schmal. Kein Platz, die Hände neben den Körper zu
legen. Seine Füße waren in Socken. Weißwattig. Der

Mann hatte eine Unterhose an. Es war eine dicke Windel. Es stank. Der Mann lag da. Er hatte die Augen zu. Sie stand über ihm. Im Ohr sagte Hazel, sie solle den Mann ansprechen. Sie sagte »Hello.« und »You.«. Eine Männerstimme sagte, sie könne ruhig in der Sprache sprechen, in der sie zu sprechen gewohnt sei. Also sagte sie: »Sie. Hallo. Sie. Ich soll Sie ansprechen.« Der Mann auf der Liege reagierte nicht. Sie richtete sich auf und schaute sich um. Sie sagte zu der Kamera in der Ecke neben der Tür, der Mann reagiere nicht. Sie müsse lauter sein. Sie müsse den Mann dazu bringen, ihr zuzuhören. Sie schaute auf den Mann hinunter. Es bewegten sich nicht einmal seine Augenlider. Die Haut rund um die Augen dunkelbraun im hellen Braunbeige seiner Haut. Keine Haare. Der Mann hatte keine Haare. Der Kopf glatt. Im Gesicht stoppelige Barthaare. »Geben Sie ein Zeichen. Show us that you hear me.« sagte sie. Der Mann reagierte nicht. »Hey.« rief Hazel in ihrem Ohr. »Action.« »It stinks.« sagte sie. Hazel fragte »So?«. Sie schaute den Mann an. Seine Rippen zeichneten sich scharf unter der Haut ab. Die Haut braun. Hellbraun. Ledrig. »Tell him a story and make him think he is in heaven.« sagte der Techniker ihr ins Ohr. »In whatever language you choose.«

Sie ging zur Tür. Die Tür hatte keine Klinke. Die Tür war eine weiße Platte. Weißgestrichenes Metall. Alles war weiß. Das Licht. Die Kameras in den Ecken. Es zog sie hinauf. Das Licht und die Linsen der Kameras zogen ihr Gehirn in die Höhe. An die Decke. Sie stand vor der Tür und machte die Augen zu. Die Helligkeit blieb.

»Amy.« hörte sie Hazel. »I am not very good at this.« sagte sie. Sie sprach mit der Kamera in der Ecke über der Tür. »Obviously.« »And obviously that is not the point here.« sagte Hazel zurück. Fröhlich. Es kam ihr fröhlich vor, und sie wandte sich von der Kamera ab. Sie ging an den Liegenden heran. »Jetzt bin ich in Ihre Scheiße hineingezogen.« sagte sie. Sie ging wieder weg. Sie ging zurück.« Verstehen Sie.« Sie sagte das. Dann rief sie es. »Verstehen Sie das.« Dann beugte sie sich über den Mann und schrie ihm das ins Gesicht.

Sie richtete sich auf und wandte sich an die Kamera in der rechten Ecke von der Tür. Sie wartete auf eine Reaktion. Sie schob das Mikrophon im Ohr zurecht. Ein dumpfes Gefühl. Das stille Mikrophon in der Stille. Plötzlich kam ihr der Mann bekannt vor. Sie schaute ihn aufmerksam an. Aber im Liegen. Leute sahen im Liegen so anders aus. Sie ging wieder zur Tür. Sie ging an die Wand gegenüber der Tür. Ihr Gehen. Sie konnte davon nichts hören. Sie schaute auf ihre Füße hinunter. Der weiche Bodenbelag. Die Wand hinauf. Sie dachte kurz, wie sie auf diesem Bodenbelag an der Wand weitergehen sollte und dann, auf der Decke stehend, das Licht unter sich haben würde. Man konnte diesen Raum sicher drehen. Wahrscheinlich war das einer von diesen Räumen, in denen auch Erdbeben simuliert werden konnten. Sie konnte sich vorstellen, wie der Raum gekippt wurde. Gerüttelt. Herumgeworfen. Wie sie dabei auf diesen Mann fallen würde. Der war ja festgeschnallt. Dem würde nichts passieren. Der würde dann von der Decke hängen. Aber wie sollte sie die Drehung überstehen. Sie musste wenigstens wissen, in welche Richtung gedreht werden würde. Damit sie in diese Richtung gehend ihr Gewicht verlagern konnte. Sie lehnte sich gegen die Wand neben der Tür. Falls das mit der Drehung passieren sollte. Oder der Raum geschüttelt würde. Es konnte ja sein, dass die Tür aufging. Durch die Veränderungen. Und dann war sie gleich bei der Tür. Was wäre das für eine Tragödie, wenn sie da gerade an der anderen Wand herumkroch und nicht an die offene Tür kommen konnte.

Sie stieß sich von der Wand ab. Es täte ihr leid, sagte sie auf das Gesicht des Manns hinunter. Sie hätte keine Ahnung, was hier abliefe. Sie wäre so hilflos wie er. Ja. Sie gäbe zu, sie wäre nicht festgeschnallt. Aber in gewisser Weise doch. Es täte ihr alles schrecklich leid. Sie habe sich das alles anders vorgestellt. Sie habe immer gehört, dass es nicht anders ginge. Dass es nur so ginge. Sie wäre bereit, seine Unschuld zu glauben. Aber es hätte diese Attentate gegeben. Es gäbe sie. Das müsste er zugeben. Diese Attentate. Die wären eine Tatsache. Und dass er nun verdächtigt würde. Das wäre eine Folge dieser Tatsachen. Tatsachen, die viel Leid gebracht hätten. Und wenn Leid wiederum keine Folgen hätte, dann gäbe es nur noch die Tatsachen. Und wie solle das gehen. Die einen machten Attentate, und die anderen ließen sie machen. Wenn es um dieses extreme Leid ginge. Wenn Arme und Beine oder das Leben verlorengingen. Dann könne man das nicht so einfach geschehen lassen. Das müsste er doch verstehen.

Sie hatte vor sich hin geredet. Ohne Pause. Ohne Unterbrechung. Sie hatte vor sich hin gestrudelt. Nur ihre Stimme war immer höher geworden. Der Mann zeigte keine Reaktion.

Wenn sie nur glauben könnte, dass er es nicht machen würde. Dass er nicht seinen Gegner festschnallen würde und jedes sinnlichen Reizes berauben. Wenn sie das nur glauben könnte, sie würde ihn befreien. Sie würde hier toben und schreien und alles tun, dass sie herausgeholt werden würde. Sie wäre die Großnichte einer Aktionärin. Sie könne nicht so einfach verschwinden. Sie sprach ruhig. Langsam. Deutlich. Sie sagte das wieder auf Englisch. Damit es alle mitverstehen konnten. Sie stockte. Ging wieder an die Tür.

»Go on.« Hazels Stimme. Sachlich. »He is coming around and you don't have to do anything. Your voice alone is hurt enough.«

Sie stellte sich wieder an die Liege. Ihr Kopf war leer. Sie wusste nichts zu sagen. Ihr Mund war trocken. Die

Kehle rau. Die Wiener Sängerknaben fielen ihr ein. So, wie sie zur Kamera hinaufschaute. Wie sie den Kopf gehoben hatte. So sangen die. Sie legte die Hände auf dem Rücken ineinander und schaute in die Kamera. Ja. So standen die und sangen. Ihr fiel aber kein Lied ein.

»Es waren einmal zwei Kinder. Ihr Name war Hänsel und Gretel. Die lebten mit ihrem Vater und ihrer Stiefmutter im Wald. Eines Nachts sagte die Stiefmutter zum Vater. Du. Mann. Wir müssen die Kinder in den Wald führen und dort aussetzen. Wir haben kein Essen mehr. Der Vater wollte das nicht zulassen, aber die Stiefmutter überzeugte ihn. Am nächsten Morgen gaben die Eltern den Kindern das letzte Stück Brot.«

Die Augenlider des Manns flatterten auf. Er behielt sie geschlossen. Aber auch sein Mund bewegte sich. Er krächzte. Fuhr sich mit der Zunge über die Lippen. Die zu befeuchten.

Sie begann zu schreien. Sie begann zu schreien. Sie lief zur Tür und schlug gegen die Tür.

»Think that this is the man who abandoned your mother. Think this is the man who treated your grandmother so badly. Think he is all the men who abandon pregnant women and hurt their children so much.« Hazel flüsterte in ihrem Ohr.

Sie hatte Angst vor diesem Mann. Wenn er sie ansah. Sie wollte nicht von ihm gesehen werden. Das war alles Wahnsinn. Sie schrie nach Hazel. Nach dem Tech-

niker. Im Ohr war kein Laut. Plötzlich war da kein
Ton mehr. Die hatten sie abgeschaltet. Vergessen. Eine
Welle Hass. Sie hasste diesen Mann. Sie stellte sich wieder an seine Seite. Sie trat gegen die Beine der Liege.
Der war schuld an allem. Sie riss an den Gurten. Sie
trat gegen die Liege. Sie schlug gegen die Wände. Sie
hätte diesem Mann weh tun wollen. Sie konnte fühlen, wie sie auf ihn einstach. Sie fühlte, wie die Stiche
durch seine Haut. In den Körper. Wie sie immer wieder. Der nächste Stich vom Solarplexus her befohlen.
Ein Drang zuzustechen. Zuzuschlagen. Reißen. Immer
noch etwas hinzufügen. Geräte dafür. Messer. Nadeln.
Am liebsten Nadeln. Nein. Doch Messer. Stanley-Mes-
ser. Jeder Stich den nächsten auslösend. Schnitte. Sie
fand sich das sagen. Sie zischte diesem Mann zu, wie
sie ihn zerfleischen wollte. Zerschneiden. Wie sie ihm
die Augen. Den Mund. Wie sie ihm das Gesicht. Zerstören. In die Ohren. Das besonders. In die Ohren. Die
hier nichts hörten. In dieser Stille. Was für ein Vergnügen, genau in so einer Stille das Gehör zu zerstören. Sie
fand sich wieder ruhig. Sie stand an die Tür gelehnt und
sprach vor sich hin. Sinnierend. Wie richtig es wäre, in
der Stille so eine ewige Stille, und wenn sie schon so allein gelassen waren. Sollten sie dann nicht etwas Sinn-
volles daraus machen.

Sie fiel nach hinten. Die Tür wurde aufgemacht. Sie
fiel nach draußen. Sie schaute sich nicht um. Sie stol-

277

perte weg. Der Techniker nahm ihr das Mikrophon ab.
Sie schaute ihn nicht an. Er sagte nichts. Sie ging hinaus.
Die Schatten lang. Niemand. Sie ging an der Halle vor-
bei. Sie hörte ein Auto. Der Kleintransporter.

Der Wagen blieb neben ihr stehen. Sie stieg ein.
Vorne. Auf dem Beifahrersitz. Sie schaute nach vorne
hinaus. Der Mann, der fuhr. Er sagte kein Wort. Die
Tore. Wieder das Warten. Hinausstarren. Dann die
langsam aufgehenden Tore. Alle Tore gleich. Mattgraue
Metallplatten. Die Tore wurden seitlich weggeschoben.
Die Tore rollten auseinander. Der Fahrer fuhr los, sobald genug Platz war. Er wartete nicht, bis die Tore ganz
offen waren. Sie konnte beim Vorbeifahren noch sehen,
wie die Tore immer noch weiter auseinanderrollten,
während sie schon durch waren. Sie fuhren in Richtung
Hauptgebäude. Vor dem Hauptgebäude bog der Fahrer
nach rechts ab und hielt vor dem Eingang zum Speisesaal. Sie stieg aus. Sie hielt die Sicherheitskarte an den
scanner. Ging in das Gebäude. Sie ging zur Speisenausgabe. Tablett. Sie nahm eine Kanne Tee. Milch. Zucker.
Ein cucumber sandwich. Einen Früchtekuchen. Tasse.
Löffel. Kuchengabel. Serviette. Zur tea time gab es kein
Personal an der Kasse. Es gab keine Getränke, die selbst
bezahlt werden mussten. Sie nahm das Tablett und ging
zu Tisch 43.

Ned und Bennie saßen da und kauten an ihren sand-
wiches. Hazel schaute auf und deutete auf ihren Ses-

sel. Sie habe ihre Tasche vergessen. Sie stellte ihr Tablett hin. Sie nahm ihre Tasche und hängte sie an die Sessellehne. Setzte sich. Sie goss Milch in die Tasse. Warf den Zucker in die Milch. Dann goss sie den Tee darüber. So machte man das hier. Der Tee war heiß, aber sie war sehr durstig.

Juli.

Müdigkeit ist auch nur eine Welle.

Sie sagte das laut vor sich hin. Sie lief.

»Müü-di-i-igk-eit-iis-sss-t-aauu-chch-nnnu-rrr-eeii-nnn-eee-www-ellll-eee.«

Sie lief und sagte sich diesen Satz vor. Es war heiß. Heiß und dunstig. Sie sah vor sich auf die Tartanbahn. Sie war allein draußen. Sie konnte nur sich hören. Keuchen. Diesen Satz vor sich hin summen. Die fünfte Runde. Wenn sie Meilen in Meter umwandeln hätte können, hätte sie gewusst, wie viel sie gelaufen war. Sie dachte in Runden. 11 Runden. Da war noch genug Zeit zum Duschen, und sie war zufrieden. Aber das Wichtigste war, nicht drinnen zu sein. Nicht im Haus. Sie schaute hinauf. Die Wolken dicht. Die Flugzeuge aber zu sehen. Immer Flugzeuge am Himmel. Hier.

»Müü-di-ig-keeiit-iis-tt-aauu-chchch-nnn-uuu-rr-eeii-nnn-eee-www-eellee.«

Das Laufen übernahm. Sie ließ sich laufen. Es dauerte ohnehin immer länger, bis diese Selbstverständlichkeit eintrat und jeder Schritt sich selber machte und sie sich nicht um sich kümmern musste. Sie hatte den

Himmel über sich. Das Laufen rund um sich. Die Unruhe und die Leere. Die Angst wegen der Tante Trude. Die Familie. Jeder wollte da für sie bestimmen. Gino hatte gemailt. Die zerschmetterten Knie. Er war schon wieder operiert worden. Sie konnte nicht mehr surfen. Hatte Probleme. Mit der Vorstellung davon. War nicht locker. Nicht entspannt. Sie war kaum draußen gewesen. In Frankreich. Gerade.

Sie wollte eine einzige Linie haben. In ihrem Leben. Sie wollte einen einzigen Weg gehen. Aber sie wusste nichts mehr. Nicht, wie man leben sollte. Nicht, wie sie leben sollte. Das Leben in die Hand nehmen. Wie man so sagte. Das war das letzte Mal in Stockerau gesagt worden. Im Realgymnasium. Von der Frau von der Berufsberatung. Die hatte sie gefragt, warum sie alle Kästchen ausgefüllt hatte. In der Rubrik »Interessen«. Und sie hatte gesagt, dass das eben so sei. Es interessiere sie eben alles. Die Frau hatte auf ihren Fragebogen geschaut und gesagt, dann würde es wohl eine schwierige Aufgabe werden, ihr Leben in die Hand zu nehmen.

Sie lief. Murmelte ihren Zaubersatz gegen das Aufgeben. Und stellte sich vor, wie das war. Das Leben in die Hand nehmen. Wie das Leben sich anfühlte. Beim In-die-Hand-Nehmen. Wie sich das anfühlen könnte. Wenn das Leben dann in die Hand genommen war. Sofort fiel ihr die Wand in dem Containerzimmer ein. Sie konnte den weichen, schmutzigweißen Bodenbelag in der Handfläche spüren. Das Gefühl auf der Handfläche löste einen Geschmack aus. Sie musste den weichen, schmutzigweißen Bodenbelag an der Wand schmecken. Hatte einen trockenrau flauschigen Geschmack am Gaumen. In die Kehle hinunter. Sie musste husten. Sie bekam keine Luft. Sie musste innehalten. Warten. Vorgebeugt stehen und würgen. Bis sich genug Speichel gebildet hatte, die Kehle anzufeuchten. Ihr Wasser. Die Flasche hatte sie in der Garderobe. In ihrer Tasche. Eingesperrt. Es musste ja alles eingesperrt werden. Hier.

Sie ging dann weiter und begann, langsam wieder zu laufen. Sie steigerte das Tempo. Ihr Mantra. Es war nicht mehr gültig. Sie konnte sich an den Satz nicht einmal richtig erinnern. Es war ein Satz, wie ihn Trainer hier verwendeten. Hier war alles ein Vergleich. Alles war, als ob. Alles war Trainingsspiel. Wahrscheinlich war auch diese Szene da. Mit dem Bodenbelag die Wände hinauf. Wahrscheinlich war auch da alles Schauspielerei gewesen, und man hatte einen Test mit ihr gemacht. Mindfuckerei, sagte sie sich. Sie lief wieder schnell.

»Meeii-einnnnd-fffff-aaaaaaa-ckckckckckck-erei.«, murmelte sie. »Meeeii-nnnddddd-faaaaa-ck. You idiot.«

Es war ja jederzeit zu erwarten, dass jemand laut lachte. Hier. Weil man etwas ernst genommen hatte. Weil man Hilfe geschrien hatte. Sich aufgeregt. Erregt. Aber es war nur ein Scherz gewesen. Und man stand da. Blöd. Uncool. Alarmistisch. Bleeding heart Gutmensch.

Hereingefallen. Nein. Sie wollte sich nicht genieren. Sie wollte sich nicht mehr genieren. Um Himmels willen. Konnte die Sache mit dem Genieren endlich aufhören.

Sie lief an der Außenseite. Sie lief die äußere weiße Linie entlang. Sie war zu oft zur Seite gedrängt worden. In den letzten Tagen. Da lief sie gleich im Abseits. Alle anderen trainierten für den PFT Certification Letter. Sie hatte gefragt, ob denn alle zu den Marines wollten, und da war nur genickt worden. Die Instructorin hatte aufgeschaut und gefragt, wer das nicht wollen wolle. Wer das nicht wollen können wolle. Das war aber am Anfang gewesen. Da hatte sie noch so geredet. Da hatte sie sich gefragt, warum es keine britischen Regeln waren, sondern amerikanische. Aber das war dumm gewesen. Trisecura gehörte jetzt zur Greenground Group. Das war USA. Da waren US marine standards logisch. Für einen britischen contract konnte man die standards anpassen. Aber die US-Aufträge waren wichtiger.

Sie hatte zu den Morgentrainingssessions gehen wollen. Am Anfang. Jeden Morgen zum Morgentraining und richtig fit werden. Sie hatte dann zweimal verschlafen und war schon nicht mehr mitgekommen. Muscle failure. Sie hatte sich hinsetzen müssen. Rund um sie waren 50 Männer und Frauen gesprungen. Hatten schattengeboxt. Hatten sit-ups gemacht. Gestretcht. Waren im Stand gelaufen. Hatten ihre Beine in schwierigen seitlichen Positionen ewig lang stillhalten können. Sie war bei den Liegestützen ausgeschieden. Gleich das erste Mal. Als zwischen die schnellen Übungen im Stand die Liegestütze an die Reihe gekommen waren, war sie in sich zusammengesunken und nicht mehr in die Höhe gekommen. Sie hatte sich aufgerappelt und war dagesessen. Die Trainergruppe auf der Bühne oben hatte weitergezählt. Langgezogen. One. Langgezogen. Two. Three. Zwei Minuten wurde das so gemacht. In jedem Morgentraining waren die Prüfungseinheiten für die PFT Certification enthalten. Bis zum Ende der 6 Wochen wurde die Prüfung in jedem Morgentraining dreimal durchexerziert. Sie war nicht einmal bis zum ersten Mal gekommen. Mittlerweile wäre es wegen dieser Schlaftabletten nicht gegangen. Hazel hatte ihr ein Schlafmittel geborgt. Falls sie nicht schlafen könne, diese pills wären immer hilfreich. Sie hatte sie genommen und wirklich tief geschlafen. Aber am Morgen war dann mit Sport gar nichts anzufangen.

Sie hatte begonnen, in der Mittagspause zu laufen. Sie nahm beim Frühstück Obst und Muffins mit und ging auf den Sportplatz. Sie trug die Laufsachen unter dem Leinenkostüm. Sie musste nur duschen und ihre Sachen wieder anziehen. Die Schuhe hatte sie in der Umhängetasche. Sie wickelte die Muffins in Servietten und steckte sie in die Laufschuhe. Die Laufschuhe in die Schuhsäcke. Die Muffins waren dann bis zum Mittag nicht ganz zerbröselt. Vom Aufwachen an plante sie die Mittagspause. Von der Mittagspause an plante sie ihre Flucht.

Sie lief. War das die fünfte Runde. Oder die sechste. Sie lief. Sie wollte sich nichts überlegen. Keine Fragen der Personalentwicklung. Psychologische Stabilität und deren Messung. Versicherungspakete und wie sie die Motivation beeinflussten. Familienbande und wie Personalentwicklung sie einbeziehen sollte. Sie stellte sich vor, wie die Personalabteilung mit ihrer Tante Marina sprach. Über die benefits, wenn sie bei einem Auslandseinsatz umkommen würde. Es wäre gut, die Familie zu einem Treffen zusammenzuführen. Erklären, we don't put your sons and daughters in harm's way but … Bei ihr. Da wäre das ein nettes internationales Treffen. Die Marina konnte gleich eine Sitzung der Erbengemeinschaft anschließen. Und wenn sie tot war, dann konnten die sich die Versicherungssumme teilen. Consens building. Es würde nicht hilfreich sein, wenn die Familie die Motivation eines ihrer Mitglieder nicht verstehen würde. Es würde die Einsatzleistung mindern.

Würde das ihre Einsatzleistung mindern. Die Tante Trude. Der Onkel Schottola. Der Gino. Vielleicht. Aber die waren alle nicht Familie. Die würden da nicht aufscheinen. Ihre Mutter. Die Frau, die sie immer schon verlassen hatte. Die würde am Ende kassieren. Rein rechtlich. Aber vielleicht war das eine lustige Gelegenheit, ihre Mutter neu kennenzulernen. Ein Treffen zur

Instruktion der Familie über die Versicherungsangelegenheiten bezüglich eines Auslandseinsatzes eines ihrer Familienmitglieder als Sicherheitsfachkraft. Das wäre genau richtig gewesen. Mit ihrer Mutter darüber zu reden, was ihr Tod wert war. Wert wäre. Diese Person hatte ihr das Leben geschenkt. Dann musste sie ihr ihren Tod zurückschenken. »Tit for tat« hieß das hier. Aber ihre Mutter. Die musste sie als Leihmutter ansehen. Die war ihre Leihmutter gewesen. Die hatte jetzt ihre eigenen Kinder, und sie war das leihweise Ausgetragene. Ihre Mutter war nicht bezahlt worden dafür. Das war es wahrscheinlich. Wahrscheinlich hatte ihre Mutter nicht das Gefühl, belohnt genug zu sein. Für sie. Es war alles nur ein Geschäft. Schiefgegangen. Dieser deal war schiefgegangen. Und beide Geschäftspartner unzufrieden. Aber ihre Mutter war unzufrieden gewesen, bevor sie etwas hätte machen können.

Ein Frau kam quer über den Sportplatz. Im Businesskostüm. High heels. Das war verboten hier. Sie ging zielstrebig. Querte die Tartanbahn. Stieg auf das Kunstrasenfeld. Steuerte auf die Mitte zu. Sie blieb stehen. Wandte sich um. Winkte.

In der Kurve konnte sie die anderen sehen. Lachend. Redend. Rufend. Sie kamen über die Straße herüber auf den Sportplatz. Aufgeregt. Alle dunkel gekleidet. Auf dem Sportplatz breiteten sich die Personen aus. Eine Gruppe in der Mitte. Ein Mann zog sich aus. Er ging und knöpfte sein Hemd auf. Die Männer rund um ihn johlten. Eine Frau ging neben ihm. Sie trug sein Sakko und nahm sein Hemd in Empfang. Der Mann begann seinen Gürtel aufzumachen. Die Hose. Er zog die Hose im Gehen aus. Er trug eine Sporthose unter seiner Anzughose.

Wie ich, dachte sie. Trugen alle unter ihren dunklen, seriösen Kleidern ihre Sportsachen. Sie war enttäuscht. Sie war sich so geschickt vorgekommen. Aber wenn alle das so machten. Dann war das keine Leistung mehr. Der Mann zog sein Unterhemd aus. Die Frau, die als Erste aufgetaucht war. Alle gingen zu ihr. Sie hatte den Arm gehoben. Der Mann verschwand in der Gruppe.

Sie hatte stehen bleiben müssen. Ein Mann querte die Tartanbahn vor ihr. Sie schaute ihn fragend an. Er deutete mit dem Kopf auf die Gruppe. Eine Wette. Sie wiederholte. »Just a bet?« Ja. Ja. Nickte der Mann. Man müsse sich doch irgendwie unterhalten. Hier. Oder. Der Mann hatte die Hände in den Hosentaschen. Er sprach leise. Sie musste sich anstrengen, ihn zu verstehen. Der Mann war stehen geblieben. Er sah sie fragend an. Sie ging neben ihm zur Gruppe. Es war ein Kreis gebildet worden. Der Mann in der Mitte zog gerade seine Socken aus. Er rollte die Socken zu einem Bällchen und stecke sie in den rechten Schuh. Die Schuhe hatte er genau nebeneinandergestellt. Er setzte sich auf den Boden. Rund um ihn wurde diskutiert. Geschrien. Gestikuliert. Es ging um die sit-ups. Ob man nicht doch in die Halle gehen solle. Da sei es noch heißer. Die Frau in der Mitte hielt immer noch ihren Arm in die Höhe. In der Nähe war zu sehen, dass sie eine Stoppuhr in der Hand hielt. Dann eben das Doppelte. 4 Minuten sit-ups und 4 Minuten push-ups. Der Mann hob nun selbst den Arm. Nein. 5 Minuten von beiden. Alle applaudierten. Und dann die 3 Meilen. Wie wäre es, eine Meile. Das wären 4 Runden, und er solle eine der Frauen auf dem Rücken tragen dabei. Wieder wurde applaudiert und gepfiffen.

Der Mann auf dem Gras. Ein Europäer. Groß. Braune Haare. Sehr kurz geschnitten und vorne hochgegelt. Eine Lausbubenfrisur. Er war gebräunt. Muskulös. Sie wollte weggehen. Die alle. Die vom Grundkurs der Academy. Die schickten einander Nachrichten und trafen einander zu solchen Wetten. Oder zu einer Besetzung des swimming pools, und alle sprangen im Anzug ins Wasser. Das war dann eine Frage der Ehre. Das zu machen. Gegen alle Regeln. Aber die waren alle lange hier. Die mussten sich unterhalten. Sie war da nicht integriert. Das ging gar nicht. Die meinten es ja auch ernst. Mit der Gefahr. Sie könne jetzt nicht weg, sagte eine Frau neben ihr. Sie würde noch gebraucht. Sie sei doch die ideale Last für diese Prüfung. Sie wäre total verschwitzt, wandte sie ein. Die Frau rief laut, alle

sollten still sein. Wäre diese Schönheit hier. Sie sagte
»this young beauty«. Wäre die nicht die ideale Last. The
ideal burden. Die Beschwerung für die Laufrunde. Was
sage Henry dazu. Henry drehte sich ihr zu. Er schaute
an ihr hinunter und hob den Daumen. Die Frau mit der
Stoppuhr rief »Go.« und Henry begann mit den sit-ups.
Es wurde mitgezählt. Die Gruppe von Personen verwandelte sich in einen Chor. Henry lag auf dem Boden.
Seine Hände waren im Genick verschränkt. Ein anderer Mann kniete vor ihm und drückte Hernys Füße auf
den Boden. Henry setzte sich auf und legte sich wieder zurück. Genau. Er hatte genau abgezirkelte Bewegungen. Seine Bauchmuskeln spannten sich zum six-
pack und dehnten sich in die Ruhestellung zurück. Die
Menge rund um ihn. Das Zählen. Lange. Ab 90. Bei
jeder neuen Zahl kamen sie näher. Alle standen vorgebeugt. Die Frau mit der Stoppuhr schrie am lautes-
ten. Henry war vollkommen sicher. Konzentriert. Seine
Haut gebräunt und glatt. Ihr selbst lief der Schweiß über
den Rücken. Dieser Mann war epiliert. Kein einziges
Haar auf der Brust oder an den Armen und Beinen. Sie
fühlte sich klebrig. Ihr Lauftop tropfnass. Henry setzte
sich auf und ließ sich zurück ins Liegen gleiten. Ihre
Nachbarin schaute auf ihre Uhr. Dann schaute sie auf
die Frau mit der Stoppuhr. Die zählte mit. Einige Personen hatten begonnen, mit den Händen die Zahl zu
betonen. Sie standen rund um Henry. Ganz außen. Am

Rand der Gruppe. Es wurde geplaudert. Herumgegangen. Das Zählen. Der Mann über Henrys Beinen. Er hob die eine Hand, die Krawatte zu lockern. Henrys Beine schnalzten in die Höhe. Der Mann fiel fast nach hinten zurück. Henry stieß einen Schrei aus. Der Mann stürzte sich wieder über Henrys Füße und drückte sie nieder.

Zwei Männer gingen aus der Gruppe weg. Das mache diesen Versuch ungültig. Aber es wäre doch nicht Henrys Schuld, sagte die Frau mit der Stoppuhr. Dann müsse man es eben nur ein wenig verlängern. Henry grunzte etwas. Er machte weiter. Aber er war aus seinem Rhythmus gekommen. Er setzte sich nicht mehr so gerade auf. Die Bauchmuskeln wurden nicht mehr so glatt und lang. Beim Hinlegen. Die Muskeln zitterten nach. Henry wollte etwas sagen. Stieß etwas hervor. Die Frau mit der Stoppuhr schüttelte den Kopf und zählte weiter. Sie war bei 140. Sie wurde lauter. Bei 150 wurde applaudiert. Die Männer, die weggegangen waren, kamen zurück. Bei 190 wollte Henry aufhören. Die Frau mit der Stoppuhr lächelte und schüttelte den Kopf. Die anderen verstanden und grölten.

Henry schwitzte. Die Bauchmuskeln blieben gespannt. Sein Körper klappte in die aufrechte Position. Das Hinlegen war ein Hinfallen geworden, aus dem er sich hinaufwerfen musste. Die nahe an ihm Stehenden waren vorgebeugt. Ihre Hände fast in seinem Gesicht.

Sie schrien ihm die Ziffern zu. Die am Rand Stehenden. Manche plauderten. Grinsten. Gingen ein wenig herum. Bei 220 kamen alle in den Kreis um ihn zurück. Ein mächtiger Chor.

Sie schaute auf. Auf der einen Seite des Sportplatzes die äußerste Mauer. Beton. Stacheldrahtrollen. Stromgeladene Drähte. Kameras. Links die Sporthalle. Aber hinten. An der Straße. Gebäude. Das Hauptgebäude. Sie wurden sicherlich beobachtet. Konnte man dieses Gebrüll dort hören. Sie schaute hinauf. Die Flugzeuge zogen dahin. Die Wolkendecke dünner. Die Hitze größer. Das Licht greller.

Henry kämpfte. Die anderen waren wieder zurückgetreten. Sie schauten auf ihn hinunter. Schrien die Zahlen. Aufmunternd. Henry wollte etwas sagen. Die anderen wurden wieder lauter. Brüllten die Zahlen. Henry schien zu zögern. Wieder rückten alle nahe an ihn heran. Beugten sich über ihn. Sie zischten die Zahlen. Beschwörend. Eindringlich. Henry nickte. Klappte in die Höhe. Fiel zurück. Fing sich selbst auf und brachte sich wieder in die Höhe. Sein Gesicht war verzerrt. Rot. Seine Haut rotfleckig. Rau. Seine Haut war nicht mehr glatt. Die Frau mit der Stoppuhr schrie nur noch »Come on.«. Die anderen zählten weiter. Sie hatten sich hingehockt. Sie skandierten die Zahlen. Schoben mit ihren Oberkörpern die Zahlen über diesen Mann hin. Beschworen die nächste Bewegung.

Sie fand sich mitzählen. Sie stand am Rand. Vorgebeugt. Sie hatte ihre Hände in die Hüften gestützt. Sie
stieß ihren Kopf in die Richtung des Wettkämpfers. 241.
Henry war unter den Menschen verschwunden. Wenn
er sich aufsetzte, hob sich die Menge um ihn mit und
fiel über ihm zusammen, wenn er wieder in der Rü-
ckenlage angelangt war. Dieses Aufbäumen und Nie-
dersinken. Es wurde langsam. Langsamer. Zeitlupen-
langsam. Die Beschwörung dringlichst.

Henry blieb dann liegen, und sofort standen alle
auf. Richteten sich auf. Die Männer am Rand gingen
gleich weg. Die anderen standen noch kurz um Henry
herum. Henry krächzte etwas. Die Frau mit der Stoppuhr schaute auf ihn hinunter. Wer etwas davon gesagt
habe, dass es Regeln gäbe, sagte sie und wandte sich
ab. Sie nickte einem Mann zu, und die beiden spazier-
ten zusammen weg. Alle waren erhitzt. Der Mann, der
Henrys Füße niedergehalten hatte, setzte sich auf den
Kunstrasen. Auch er war verschwitzt. Er riss sich die
Krawatte vom Hals und knöpfte sein Hemd auf. Er tät-
schelte Henrys Schenkel. »Well done.« sagte er und
stand auf. Im Weggehen zog er sein Sakko aus und
schwenkte es. Er ging mit einer der Frauen weg. Alle
strebten weg. Schauten auf ihre Uhren. Henry lag auf
dem Boden. Er war bleich. Seine Haut grau. Seine Kleider lagen neben ihm auf dem Boden.

Sie war stehen geblieben. Sie. Sie konnte sich nicht

aus dieser Szene wegdrehen. Hinausgehen. Sie war noch in dieser Szene gefangen. Sie war schweißverklebt. Aber auch vom Schreien. Sie konnte das Schreien noch in der Kehle spüren. Atmete noch für das Schreien. Sie hatte so laut wie alle mitgeschrien. Hatte sich über diesen Mann gebeugt. Sie erinnerte sich. Es war ihr nicht bewusst gewesen. Sie konnte sich an das Schreien nur erinnern. Sie hatte nichts von sich gespürt. Währenddessen.

Henry bewegte sich nicht. Sie trat an ihn heran. Er lag lang ausgestreckt. Die Arme weit ausgebreitet. Die Augen geschlossen. Langsam. Mit unendlicher Mühe. Der Mann zog seine Beine hoch. Zog seine Arme an den Körper. Er drehte den Kopf zur Seite und holte mit äußerster Anstrengung seinen Körper in die Seitenlage. Währenddessen atmete er hechelnd. Hoch in der Brust und hechelnd. Sie schaute sich um. Seine Kollegen. Sie waren alle auf dem Weg in das Hauptgebäude zurück. Sie gingen in Grüppchen und in Paaren. Redeten. Niemand schaute zurück. Eine Decke, dachte sie. Wasser. Sie beugte sich zu dem Mann hinunter. Was sie für ihn tun könne. Der Mann hörte sie. Das konnte sie sehen. Sie wartete.

Es war längst niemand mehr da. Sie waren allein. Sie setzte sich auf den Boden. Schaute den Mann an. Dann bewegte Henry sich wieder. Er hob den Kopf von der Brust weg. Sie fragte ihn wieder. Laut. Was er benötige.

Der Mann machte die Augen auf. Sah nichts Genaues. War verwirrt. Wie nach einer Ohnmacht. Dann wurde sein Blick fester. Er begann sie in den Blick zu bekommen. Sie wahrzunehmen. Sie beugte sich vor. Ob sie etwas tun könne. Henry? Er schaute sie an. Lange. Er schloss die Augen. Schaute sie wieder an. Sie begann, ihn anzulächeln. Der Mann sah sie erstaunt an und begann, sich zu erinnern. Er schaute schnell weg. Aber sie hatte es gesehen. Den Wunsch, im Erdboden zu versinken. Die Scham. Die Erniedrigung. Sie wollte gerade anfangen zu sagen, dass er doch betrogen worden wäre. Dass die Zeit nicht eingehalten worden sei. Die Regeln nicht eingehalten. Plötzlich hatte sie aber deutsch gedacht und musste erst im Kopf übersetzen. Da flüsterte der Mann »fuck off«. Sie beugte sich vor, das genau zu verstehen. Der Mann sagte nichts mehr. Er hatte die Augen geschlossen. Sie stand auf und ging.

In der Dusche ärgerte sie sich über sich selbst. Warum war sie nicht einfach in ihr Zimmer gegangen. Das war weit weg vom Sportplatz. Aber jetzt. Das hier war eine Unisexdusche. Henry konnte hier jeden Augenblick auftauchen. Sie drehte sich zur Wand. Die Schamesröte stieg ihr wieder auf. Sie drehte das Wasser noch stärker auf. Sie stand unter Wasserbeschuss. Jeder Tropfen ein schmerzender Aufprall. Nadelspitzenhart. Nur der Gedanke, wie schädlich das für die Haut war, ließ sie die Dusche beenden. Sie zog ihre Kleider über die nasse Haut. Sie zog die Sportschuhe wieder an und ging zur Straße. Der Sportplatz war leer. Niemand lag in der Mitte des Kunstrasens. Die Sonne war durch die Wolken durchgebrochen, und es war stechend heiß.

»You fuck off.« dachte sie beim Vorbeigehen. Sie schaute auf ihr handy. Es war 14.30 Uhr. Der Unterricht hatte schon begonnen. Sie konnte in ihr Zimmer gehen. Da konnte man auf dem Bett liegen oder in der Dusche stehen. Sitzen konnte man nur auf der Toilette. Das Bett hing so durch, dass es einen zusammenklappte, wenn man da sitzen wollte. Sie ging zum Hauptgebäude. Sie fühlte sich frisch. Beschwingt. Entspannt. Wie nach einem richtig guten stretching. Sie konnte sich nicht vorstellen, woher das gute Gefühl kam. Die lange Dusche. Oder war sie genug gelaufen. Endlich einmal. Es machte ihr nicht einmal die Hitze etwas aus. Die feuchten Kleider waren kühl auf der Haut.

Sie bog zum Hauptgebäude ab. Ihre Klasse war im 9. Stock. Sie kramte ihre Sicherheitskarte aus der Tasche und hielt sie an den scanner. Die Tür glitt auf. Drinnen kühl. Zu kühl mit den feuchten Kleidern. Sie ging an den Liften vorbei. Zum Haupteingang. Sie musste warten. Alle Sicherheitsbeamten an der Rezeption beschäftigt. Sie wartete. Sie wartete, bis der Sicherheitsmann sie an die Theke winkte. Sie wolle sich austragen. Sie bekam das Buch hingeschoben. Gab ihre Sicherheitskarte ab. Sie bekam eine Marke dafür. Der

Mann klickte ihr das Drehkreuz auf. Sie ging hinaus. Sie ging zur Bushaltestelle. Wartete da. Sie war allein. Der Bus kam. Sie stieg ein. Vorne. Sie legte 1 Pfund 20 Pence hin. Bekam ihre Karte. Sie ging gleich nach hinten. An den Ausstieg. Stand da. Sie schaute vor sich hin. Wenn jemand sie vom Hauptgebäude aus beobachtete, dann war sie mit dem Bus nach Nottingham ins Zentrum gefahren. Sie drückte auf den grünen Knopf. Sie wollte aussteigen. Der Bus hielt. Die Türen gingen auf. Sie sprang die Stufen hinunter auf den Gehsteig. Sie ging langsam weg. Wartete, bis der Bus weggefahren war. Sie schaute sich wieder um. Sie lächelte. Das war ein schönes Spiel. Sie ging um die Ecke. Die Straße hinauf. In einer Sackgasse zwischen Lagerhäusern hatte sie das Auto stehen. Sie klickte das Auto von weitem auf. Lief zum Auto. Setzte sich hinein. Startete. Ließ alle Fenster aufgehen. Sie setzte sich hin. Sammelte sich. Links fahren. Sagte sie zu sich. Streng. Es muss links gefahren werden. Sie hatte wieder auf der falschen Seite einsteigen wollen. Dann fuhr sie los. Sie musste vor einer Einfahrt reversieren. Das GPS. Sie drückte auf »NAVI«. »Previous destinations«. Sie drückte auf das letzte Ziel. Sie hatte die Frauenstimme im Navigationsgerät beibehalten. Sie hatte aber auf Deutsch umgeschaltet. Sie ließ sich aus der Sackgasse hinausschleusen. Sie war beschäftigt, auf der linken Seite zu bleiben. Sie konnte nur auf die Straße starren und im Kopf alles umkehren. Langsam kam die Gewöhnung, und sie konnte sich umsehen.

Sie fuhr eine einzige lange verlassene high street entlang. Aus Nottingham hinaus. Die Straße in Richtung Peak District. Erst Industrie. Lagerhäuser. Hallen. Dazwischen Wohngegenden. Kleine Häuschen. Häuser in Gärten. Parks. Und immer wieder high streets. Geschlossene Geschäfte. Verklebte Auslagen. Dazwischen Supermärkte. Grau und staubig und leer. Es war sehr heiß. Das Thermometer im Auto gab 93 Grad Fahrenheit an. Die Hitzewelle dauerte schon 3 Wochen. Sie hatte die Fenster wieder geschlossen. Die Klimaanlage war auf die höchste Stufe gestellt. Das Fahren in diesem kühlen Schächtelchen. Der kleine weiße Golf. Es machte sie vergnügt, über diese Straßen zu steuern. Sie durfte aber nicht zu vergnügt werden. Sie musste sich an das Linksfahren erinnern. Mit der Automatik war das nicht so schwierig. Schalten hätte ihr Probleme gemacht. Sie konnte für ihre linke Hand nicht so gut mitdenken wie für die rechte.

Kreisverkehre. Kreuzungen. Zweispurige Straßen. Vierspurige Straßen. Sie konnte schneller fahren. Wieder durch kleine Ortschaften. Dann endlich unverbaute Gegenden. Brachliegende Felder. Baugründe. Schafweiden. Felder. Hügel. Wiesen. Bäume. Hecken rundherum. Sie fuhr Alleen entlang. Wäldchen. Wälder. Und dann die Abzweigung. Haversham Gardens.

Riesige Eichen. Farne. Das Sonnenlicht. Tanzende Flecken.

Sie fuhr auf den Parkplatz. Zahlte ihren Eintritt. Sie kaufte einen Becher Tee im Kiosk. Gleich beim Eingang. Sie trug den Tee. Hatte ihre Tasche über der Schulter. Sie wäre am liebsten losgelaufen. Die Wege rote Erde. Übergrünes Gras an den Rändern. Sie bog nach links. Gleich in den Wald. Und sie wollte gehen. Diesen breiten Weg entlangspazieren und im Gehen glücklich sein. Total europäisch. Sie wollte total europäisch spazieren gehen. Wandeln. Und es war erst hier wieder gewesen. Sie hatte sich noch nie so gefühlt. So gerettet. So wissend, dass es wieder gut war. Sie musste gehen. Dieses Gefühl war nur im Gehen zu haben. In dieser Umgebung. Es gab nur sie. Für sich. Es war ein schamloses Gefühl. Beim Gehen. Im sonnenfleckigen Licht unter den Bäumen und im klirrenden Sonnenlicht in den Lichtungen und über den Wiesen. Hügelauf und hügelab. Sie hätte es gerne mitgeteilt. Tänzelnd hätte sie rufen mögen, schaut her, ich bin das. Ich bin wieder ganz und heil und werde wieder ganz oben auf der Welle reiten. Es war aber niemand da. Und mit dem Teebecher in der Hand ging das mit dem Tänzeln ohnehin nicht. Sie grinste sich selber zu.

Sie setzte sich. Die Bank in einer Mulde. Tiefer Schatten. Die Bank ein Stück im Wald und versteckt. Sie stellte den Becher mit dem Tee neben sich. Packte

ihren Proviant aus. Die Muffins waren in ihren Pumps
ganz geblieben. Die Banane. Sie legte alles auf die Bank.
Warum war sie so glücklich. War sie glücklich. Oder
war sie zufrieden. Es gab keinen Grund für beides. Die
Welt war schrecklich. Die Zukunft war schrecklich. Es
war nichts zu erwarten. Sie musste froh sein, kein Baby
zu bekommen. So wie das mit dieser Radioaktivität seit
Japan einzuschätzen war. Sie war schon ein Tscherno-
byl-Jahrgang. Aber das war wahrscheinlich alles gar
nichts gewesen und die curettage gar nicht notwendig.
Das war alles wegen der Sache mit ihrer Mutter. Das
war vorbei. Für sie war das vorbei. Seit der Katastrophe
in Japan. Sie hatte sofort. Gleich beim ersten Mal, als sie
diese Welle sah. Im Fernsehen. Diese Tsunamiwelle von
hoch oben, wie sie alles vor sich herschob und dann auf
ein Schiff geschnitten worden war. Ein Schiff, das dann
über eine Welle nach rechts gegen eine Brücke gedrückt
versank. In dieses Schiff hatte sie ihre Mutter gesetzt
und sterben lassen. Da waren ja Leute drinnen gewesen. Das wusste man. Während man diesem Untergang
des Schiffs zusah, wusste man, dass da Leute zerdrückt
und ertränkt wurden. Für sie war da ihre Mutter drin
gewesen, und sie hatte sehr geweint. Aber seit diesen
Bildern. Nichts war wichtig. Nichts war wichtiger. Deshalb saß sie hier und nicht in STEERO. Systemic Team
Efficiency Evaluation and Response Optimisation. Sie
hatte auch da den Anschluss verloren. Sie war an die-

sem einen Nachmittag nicht da gewesen. Das ging hier schnell. Den Anschluss verlieren. Und es war sehr angenehm. Es war wie einem Zug nachschauen, mit dem alles Schreckliche wegfuhr.

Sie saß. Winzige Sternchenblumen am Boden. Weiß. Es war ein blöder Zeitpunkt, sich sicher und ganz zu fühlen. Sie lehnte sich zurück. Aber es war ihr Zeitpunkt. Sie schaute in den Baumwipfel über sich hinauf. Es war alles so gleichgültig. Sie lächelte. Das Wort gleichgültig machte sie nicht mehr müde. Es ließ nicht mehr die Schultern nach unten sinken und beugte den Kopf. Sie musste seufzen. Sie musste tief Luft holen. Aber dann zogen sich die Schultern nach hinten, und das Kinn hob sich. Sie holte ihr iPad aus der Tasche. Sie nahm den Deckel vom Tee. Kostete. Trank. Das war der richtige Zeitpunkt, die e-mail an die Tante Trude zu schicken. Sie zippte das iPad aus der Hülle. Schaltete ein. Öffnete ihren e-mail account. Es gab Empfang. Sie schüttelte den Kopf. Wo waren hier Mobilfunkantennen. In den Eichen. Oben in den Wipfeln. Sie schaute zu, wie die mails sich aneinanderreihten. Eine Adresse. Sie kannte sie nicht. Eine mail von Gregory: »suggest meeting in london. Savoy Grill. 12.00 sharp … g.«

Das klang nicht gut. Sie schaute auf den Boden. Gregory zu treffen. Es war eine Gelegenheit, nach London zu flüchten. Es war aber gleich wie in der Schule. Zum

Direktor gehen müssen. Zum Direktor gerufen. Krampf in der Magengrube. Schwierigkeiten beim Sehen. Schwindelanfälle. Brechreiz. Blitzartig Durchfall und Schwindel dabei. Und danach. Das Gehen eine Mühsal. Am Geländer die Stufen hochziehen. Die Beine dicke Betonsäulen und nicht abzubiegen. Der Kopf unendlich weit von diesen Betonsäulen entfernt.

Sie antwortete. Schrieb »sure.«. Starrte auf das tablet. Sie schob die mails weg. Holte sie wieder auf die Oberfläche. *grtrd@hotmail.de.* Wer war das. Was war das. Sie wollte gerade auf »Löschen« klicken. Dann öffnete sie doch.

Von: e.k.@allsecura.de
An: g.m@trisecura.co.uk
Betreff: Re: Re: Re: Drachenopfer
Ok., geht auch …
Cindy

Von: g.m@trisecura.co.uk
An: e.k.@allsecura.de
Betreff: Re: Re: Drachenopfer
All right. Im Hintergrund Verdi. G.

Von: e.k.@allsecura.de
An: g.m@trisecura.co.uk
Betreff: Re: Drachenopfer

Greg, ich sorge dafür, dass es hier in der personalsitzung so sein wird; wir werden ihr auch keine wohngelegenheit mehr geben – und prüfungen darf sie ohnehin keine machen. junge fräuleins (mit verlaub …) sind ohnehin schwierig, wenn sie mit sich und der welt ringen. gut abgehangen kann man sie dann manchmal ertragen. dass amy nicht alle tassen im schrank hat, war mir bei unserem ersten kontakt schon klar. also gräm dich nicht … wir haben alle solche misserfolge … liebe grüße … im hintergrund schubert – so halte ich es aus in der welt,
cindy

Von: g.m@triscecura.co.uk
An: e.k.@allsecura.de
Betreff: Drachenopfer
Cindygirl,
mit A. macht das alles keinen Sinn. Trotz allem stellt sie kein Material dar, und das wird auch nicht mehr. Sie wird in Ermangelung einer Alternative ihrerseits auf ihrem Ausbildungsvertrag bestehen. Ich bin gegen jede Weiterführung und rate zu verhindern, dass sie sich mittelfristig durch Mitarbeit in Strazny unverzichtbar macht. Ich warne aufgrund des katastrophalen Abschneidens in Nottingham. Ich warne vor allem aber aufgrund meiner persönlichen Einschätzung, die weit über das Persönliche hinausgeht, sie weiter als

bislang in die Ausbildung zu integrieren, etwa in Form einer Stellenversprechung.

Herzl. G.

Sie schob den Text hinauf und hinunter. Wie war das. Das musste man von unten lesen. Das begann mit Gregory an Cindy. Gregory schrieb Cindy. Gut. Das war nicht erstaunlich. Sie hatte sich das immer schon gedacht. Heinz und Anton waren Fremdkörper gewesen. Aber nicht wegen ihrer Stasierinnerungen. Die waren assets. Die zwei waren einfach altmodische Typen. Raubeine. War Cindy jetzt Geschäftsführerin geworden. Frauenquote für die Börseneinführung. Cindy als henchwoman für Gregory. O. k.

Sie beugte sich vor. Griff nach den weißen Blümchen am Boden. Strich mit den Fingern über die Blüten. Gregory wollte sie in London sprechen. Würde er ihr seine persönliche Einschätzung mitteilen. Im »Savoy Grill«. War die Marina da auch da. Ging es ohnehin nur um ihre Unterschrift. Wer aber hatte diese e-mails mit Cindy geschickt. Wer war grtrd. Das musste Gertrud heißen. Grtrd. Das hieß Gertrud. Gertrud hatte ihr diesen Mailaustausch zugeschickt. Zugespielt. Warum. Gertrud. Hinter ihrem Tisch in der Lobby. »Sie sollten hier verschwinden.« Hatte sie verschwinden gesagt. Oder weggehen. Abhauen. Das war doch böse gemeint gewesen. Ablehnend. Aggressiv. Gertrud hatte sie besonders schlecht behandelt. Warum sollte Gertrud ihr diese mails zum Lesen geben. Machte das Spaß. War das vergnüglich für Gertrud. Ihr Versagen ausgebreitet. »Ich warne aufgrund des katastrophalen Abschneidens in Nottingham.« Katastrophales Abschneiden. Das klang richtig fies. Wütend. Empörte sich Gertrud mit Gregory und schickte ihr das. Da schau. So ein Versager bist du.

Sie schaltete das iPad aus. Saß da. Zippte das Ding wieder weg. Stopfte es in die Tasche. Der Tee war kalt. Sie aß einen Muffin. Trank Tee. Das gute Gefühl war weg. Alles war wieder kompliziert. Und die mail an die Tante Trude. Das hatte die Gertrud verhindert. Sie konnte jetzt keine mail an die Tante Trude schreiben.

Juli.

Gregory war schon da. Der maitre d' ging ihr voraus. Gregory saß in der Ecke. Weit hinten. Rechts. Die Sitzbänke runde Nischen. Gregory saß in der letzten Nische. In der Mitte der Sitzbank.

Sie bekam den Sessel ihm gegenüber. Der maitre d' hielt ihr den Sessel vom Tisch weg. Schob ihr den Sessel dann unter. Er griff von links auf den Platzteller. Nahm die kunstvoll gefaltete Serviette. Schlug sie aus und legte sie ihr auf den Schoß. Er hielt die Serviette zwischen Daumen und Zeigefinger. Links. Mit der Rechten. Von rechts legte er ihr die Speisekarte auf den Platzteller. Gregory schaute diesem Mann hinter ihr zu. Der ging weg. Gregory lehnte sich vor. Sie drehte sich weg. Sie drehte sich aus seinem Blick weg und schaute zu der Uhr an der Wand hinter sich zurück. Eine schwarze Art-déco-Uhr auf einer Steinkonsole vor einer Spiegelwand. Die Wand hinauf Bänder von Glitzersteinen. Die Glitzersteine waren aufgeklebt. Billig. Es war kein Versuch unternommen worden, die Glitzersteine in die Spiegelwand einzulassen. Sie als Nägel erscheinen zu lassen. Wenigstens. Swarovski, dachte sie. Sie wäre nur

12 Minuten zu spät, sagte sie. Für London. Für London
sei das eine Leistung.

Sie schaute Gregory herausfordernd an. Er seufzte.
Ja, wahrscheinlich war das so. Für ihn reiche das nicht.
»Not in my book.« sagte er. Mit den englischen Zügen
und deren Unpünktlichkeit könne niemand einen Termin einhalten. Da brauche man einen Chauffeur. Sie
beugte sich über den Tisch. Wie solle man das hier machen. Sie wiederholte es. Die englischen Züge. Es sei
unmöglich. Er winkte ab. Ja. Ja. Er habe begriffen. Aber
gäbe sie nicht immer den Umständen Schuld. Ginge es
nicht darum, trotz der englischen Züge pünktlich zu
sein. Wäre nicht das die Leistung.

Der chef de rang kam an den Tisch. Ob man gewählt
hätte. Gregory bejahte. »King crab and prawn cocktails
and charcoal grilled chateaubriand with pommes souf-
flées for us both.« Die Nachspeise. Das würden sie dann
später entscheiden. Und dann nähme er eine Flasche
Vouvray. Der sommelier würde schon wissen, was da
gut sei. Er wolle keinen Rotwein am Mittag. Der Ober-
kellner hörte sich die Bestellung an. Er stand ein wenig
vorgebeugt. Zu Gregory gewandt. Er hatte die Hände
auf dem Rücken ineinandergelegt. Er verbeugte sich
kurz und ging. Sie rief ihm nach, dass sie Mineralwasser wolle. Ja. Sparkling. Der Mann nickte ihr zu und
ging davon.

Gregory schaute sie finster an. Das hätte sie ihm sagen sollen. Sie müsse ihm sagen, dass sie ein Mineralwasser haben wolle, und er gäbe das weiter. »Wie beim Militär.« fragte sie. Das hier. Das wäre eine kulturelle Erfahrung, erwiderte Gregroy. Ob sie denn überhaupt wisse, wo sie sich hier befände. Die kleine Amy aus Wien säße hier, wo nur die wichtigsten Personen der Weltgeschichte gesessen hätten. Young Amy und die Wichtigsten. Die Sieger und nicht die Bekanntesten. Wichtigkeit. Das wäre das Geheimnis des Siegens. Ihre Abstammung. Ihre Familie. Das reiche da nicht aus.

»Boing!«, wollte sie sagen. Gepunktet. Gregory ging es nicht subtil an. Aber man könne es doch kaufen, lächelte sie ihm zu. Sie betrachtete ihn. Gregory sah genauso aus, wie der Innendekorateur sich den idealen Gast vorgestellt haben musste. So wie Gregory musste der ideale Gast aussehen. Der erfolgreiche Mann in den besten Jahren. Nicht richtig dick, aber ein wenig schwerer. Eine reichere Silhouette konnte man das nennen. So würde das gesagt werden müssen. Gregory hatte eine reichere Silhouette. Aber er war schon richtig so. Man konnte sich ihn nicht anders vorstellen. Gregory war perfekt angezogen. Unauffällig, aber atemberaubend richtig. Die elfenbeinweiße Hose. Das schwarze Sakko. Das Material des Sakkos schimmerte vor Leichtigkeit und Kühle. Das dunkellila-elfenbeinweiß gestreifte Hemd. Das hellgrün-gelbgepunktete Seidentuch in der Brusttasche. Sie lehnte sich zurück, um unter den Tisch sehen zu können. Die Schuhe. Schwarze Maßschuhe und grau-fliederfarbene Seidensocken. Keine Krawatte. Gregory war also in Freizeitkleidung. Die Farben die perfekte Ergänzung zur Einrichtung und das Seidentuch genau der Kontrapunkt, der die Harmonie erst richtig betonte. Ein Traum an Richtigkeit. Sie seufzte. Gregorys Maniküre war dann auch noch sehr viel perfekter als ihre.

Warum sie dann hier sei, fragte sie. Sie lächelte ihn weiter an. Sie lächelte strahlend. Sie lächelte den Kellner an, der das Mineralwasser brachte. Das Brot und die Butter. Dieser Kellner hatte eine weiße Jacke an. Er war aber sehr viel älter als der chef de rang. Er war ein alter Mann. Sehr alt. Er nickte ihr zu. Er drehte den Flaschenverschluss auf und schenkte ihr ein. Er sah Gregory fragend an. Gregory winkte ab. Sie lächelte dem Mann wieder zu. Der nickte zurück und ging. Gregory rümpfte die Nase.

Sie beugte sich über den Tisch und lachte Gregory zu. Ob er wisse, dass er gerade die Nase gerümpft habe. Ob er das Wort kenne. Er spräche ja Deutsch, als wäre es seine Muttersprache, aber rümpfen. Sie wiederholte das Wort. Rümpfen. Wie man das auf Englisch sage. Gregory schaute erst fragend. Sie machte es ihm vor. Sie rümpfte ihre Nase. Gregory habe die Nase gerümpft, weil er ein Snob sei und es falsch fände, wenn sie den Kellner anlächle. Der Kellner aber. Wäre der nicht ein wunderbares Faktotum. Der sähe doch aus, als hätte er schon Churchill den Whisky gebracht. Sie fände es richtig altmodisch, jemanden nicht dafür zu belohnen, dass er eine solche Illusion aufrechterhielt. Eine solche Schauspielerei. Das wäre doch auch Arbeit. Diese tiefen Falten im Gesicht zu haben. Und außerdem. Das beruhige doch jeden Gast und bestätige alle in ihrer Jugendlichkeit. Sie würde diesen Mann besonders hoch bezahlen. Sie hoffe, Gregory würde das dann beim Trinkgeld berücksichtigen. Gregory hatte ihr nicht zugehört. Er schaute durch sie hindurch. Er überlegte die ganze Zeit. Rümpfen, sagte er dann. Rümpfen, das hieße to sneer. Turn up one's nose at something. »Or at someone.« sagte sie.

Der sommelier kam an den Tisch. Sie verstand ihn nicht gleich. Er sprach, als käme er aus Manchester. Aber das wusste sie nicht so genau. Er sprach Gregory an. Einen Vouvray. Er habe gesehen, sie würden das Chateaubriand essen. Er habe eine Cuvée Aurelie von der Domaine du Viking aus dem Jahr 2004. Das wäre ein sehr fruchtiger Wein. Nougat und Haselnuss. Im zweiten Geruch käme dann getrocknetes Stroh hinzu, und hier würde dann die Verbindung mit den Aromen des Chateaubriand erfolgen. Tabak und Vanille würden die Fleischaromen befreien und einem Marzipanaroma Platz machen. Das Marzipan zum Ende am Gaumen könne so intensiv sein, dass man sich das Dessert sparen könne. Die Männer grinsten einander an. Gregory nickte. Ja, das könne er sich vorstellen. Der Boden für diesen Wein sei ja auch die richtige Mischung von Lehm und Kalkstein. Der sommelier nickte zustimmend. Er habe dann aber noch einen Vorschlag zu machen. Weil es so heiß sei. Der Mann schaute nach vorne zum Eingang. Weil es so heiß sei, würde er auch an den trockenen Le Clos de la Thierrière denken. Die Domaine sei Sylvain Gaudron. Der Jahrgang 2008. Wie gesagt. Bei einer solchen Hitze würde er diesen Wein vorschlagen. Natürlich wäre das eigentliche Abenteuer eines Pineau blanc de la Loire diese ganz besondere Halbsüße. Aber die Domaine Gaudron habe da eine große Leistung vollbracht. Der Reichtum des Vouvray wäre erhalten, und trotzdem hätte dieser Wein jene Trockenheit, die ihn zu einem perfekten Sommerwein mache.

Die beiden Männer schauten einander an. Ins Gesicht. Gregory dachte nach. Er machte einen schmalen Mund. Der sommelier hielt den Kopf schief. Fragend. Wartend. Gregory entschied sich für den Le Clos de la Thierrière. Der sommelier verbeugte sich. Man würde nicht enttäuscht werden, das könne er versprechen. Er wandte sich jetzt auch wieder an sie. Dann ging er eilig davon.

Gregory nahm sich ein Stück Baguette und Butter. Also, begann er. Er machte eine lange Pause. Dann hob er den Kopf. Er hätte erwartet, von ihr zu hören.

Berichte zu bekommen. Sie sah ihn fragend an. Er wandte sich wieder dem Baguette zu. Ja. Es wäre schon ihre Aufgabe gewesen, ihn informiert zu halten. Dazu müsste sie doch in der Lage sein. Präzise Berichte. Das wäre schon die Grundlage einer Zusammenarbeit. Sie wäre doch nicht nach Nottingham geschickt worden wegen ihres netten Wesens. Und er verstünde ja nicht, warum er sie verhören müsse, damit er etwas über die Arbeit da erfahren würde. Sie holte tief Luft. Was hatte sie schon wieder nicht begriffen. Es war klar, dass er etwas erwartete. Sie wusste nicht, was. Der Kurs in Nottingham. Das war doch, weil diese Fusion den Austausch ermöglichte. Das war ja auch einer der Synergieeffekte gewesen. Die Internationalität. Sie lächelte weiter. Sie bemühte sich, das Lächeln auf ihn zu richten. Die Augen in das Lächeln einzubeziehen. Nichts sagen. Lächeln. Die Pause aushalten. Ihn zum Reden bringen. Er musste Fragen stellen. Sie musste die süße kleine Amy sein und er der Ersatzpapi. Sie sollte sich an die Decke denken und von dort das Gespräch einschätzen. Oder das Verhör. Sie hatte im Kurs für Kommunikationstechniken sich vorstellen müssen, während der Kommunikation eine Fliege zu sein, die das Gespräch umkreisend sich Gedanken machte. Sie hatte dann beschlossen, sich nicht an die Decke zu denken. Sie hatte schon Probleme, wenn sie sich beim Stretchen vorstellen sollte, dass an irgendeinem Körperteil ein Strang

ziehe oder der Kopf von einem Magneten an die Decke gezogen würde. Die Vorstellung, sich und Gregory
nun von oben zu beobachten. Dann musste sie laut lachen. Sie würde Gregory da oben ja antreffen. Gregory
hatte dieselben Kurse gemacht. Gregory hatte die Kurs-
programme mitgeschrieben. Gregory hatte Erfahrung
darin. Gregory hatte sich sicherlich schon in den selt-
samsten Umständen und Räumen an die Decke gedacht
und die Situation von oben beobachtet. Beurteilt. Eingeschätzt. Ihr wurde übel. Sie saß strahlend lächelnd
da. Erwartungsvoll lächelnd. Auffordernd. Vom Ober-
bauch eine Übelkeit bis in die Fingerspitzen ausstrah-
lend. Ein Elend innen. Was habe dieser Aufenthalt in
Nottingham nun gebracht, fragte er. Für sie. Gregory
steckte das gebutterte Baguettestück in den Mund. Was
habe ihr denn Spaß gemacht. Von den Kursen da. Von
den Erfahrungen. Sie nahm einen Schluck vom Mineralwasser. Was er meine. Was er genau wissen wolle.
Das wäre eine sehr allgemeine Frage. Sie trank wieder
vom Wasser. Die Übelkeit zu verbergen. Sie konnte die
e-mail vor sich sehen. Gregory wusste doch alles. Gregory war doch informiert.

Gregory kaute. Er nahm die Flasche mit dem Mineralwasser vom Beistelltischchen und schenkte sich
ein. Na. So schwierig wäre das auch wieder nicht zu be-
antworten. Aber er könne sich vorstellen, dass es pro-
blematisch sei für sie. Alle anderen hätten eben die

312

Grundausbildung. Polizei oder Militär. Nicht von da zu kommen. Das mache sie zur Außenseiterin. Aber genau deswegen wäre ihre Beurteilung interessant. Genau deswegen unterstütze er sie doch. Gregory sah sie ernst an. Er unterstütze sie. Das müsse sie wissen. Er habe sie immer unterstützt und gegen alle verteidigt. Wisse sie das denn nicht. Die anderen. Alle wären gegen sie gewesen. Er aber wolle sie genau deswegen. Im normalen operativen Geschäft. Da wären die alle sehr gut. Aber für Spezialaufgaben. Er sei gar nicht sicher, ob sie überhaupt in einem Kurs auftauchen hätte sollen. Nein. Nein. Es sei kein Fehler. Man müsse schon wissen, wie diese Leute funktionierten. Die wären eine geschlossene Gesellschaft da. Das wisse er auch. Aber noch gehöre denen nicht die Welt. Gregory sagte das bitter. Bitterböse sagte er das. Gregory sah sich um. Sie folgte seinem Blick. Ja. Ja. Nickte er. Er habe die angrenzenden Tische alle reserviert. Sie wären hier wirklich ungestört. Sie schaute ihn fragend an. Logistik eins, sagte er. Man müsse nur eine Liste mit Kreditkartennummern dafür haben. Solche Listen kaufe man ein, und dann bestelle man Tische mit Kreditkarten und Namen, die echt waren. Dann hätte man sich die Umgebung quasi gepachtet und könne in Ruhe miteinander reden. Das alles. Das könne sie bei Cindy lernen. Die sei Spezialistin dafür. »Weil sie so gut Russisch kann.« fragte sie. Gregory nickte.

313

Gregory nahm wieder vom Mineralwasser. Würde sie meinen, dass ihre Kurskollegen. Wären die nun eigentlich bereit, einen Einsatz in einem Kriegsgebiet erfüllen zu können. Könne sie sich das vorstellen. Sie. Amy. Sie habe im Waffengebrauch nicht so schlecht abgeschnitten, und ihre Stärke wäre ohnehin die Logistik. Aber habe sie genug Personalkompetenz erworben, dass sie sich zutrauen könne, sich in einer solchen Situation durchzusetzen. Transporte. Objektsicherung. Gefängnisse. Glaube sie, dass das ein Monopol der Militärausbildung geblieben sei. Er wäre da anderer Meinung. Er wäre da immer anderer Meinung gewesen. Er halte auch Kameradschaft für kontraproduktiv. Habe sie das Gefühl, dass das in der Ausbildung da in Nottingham berücksichtigt würde. Würde da die Kameradschaft stark betont, oder habe man endlich begriffen, dass diese Rituale und Mutproben Bindungen herstellten, die sich dann später als fatal herausstellen konnten. Jedenfalls als hinderlich. Als psychisch hinderlich, wenn diese Bindungen zerfielen. Zerstört würden. Beendet. Traumatisierten.

Sie griff nach dem Brot. Sie beobachtete ihre Hand über dem Brotkörbchen. Wie sie ein Stück auswählte. Wie sie es auf ihren Brotteller legte. Mit dem Gäbelchen eine Butterrose aufspießte. Die Butter auf ihrem Teller ablegte.

Sie lächelte dabei. Das war die einfachste Haltung im

Gesicht. Freundliches Lächeln. Sanft. Gregory sollte sie ruhig dumm finden. Das Lächeln hielt ihre Übelkeit tief in ihr. Einen Widerwillen. Ekel ließ das Lächeln feiner werden. Die Mundwinkel zittriger. Sie hob ihre Augen. Sie ließ ihre Augen Gregorys Blick treffen. Gregory hielt das nur kurz aus. Dann schaute er wieder auf seine Gläser. Schob die Gläser voreinander und wieder zurück in die Reihe. Wasserglas. Weißwein. Rotwein.

Der alte Kellner kam an den Tisch. Er nahm die Rotweingläser weg. Er nahm Gregory das Rotweinglas aus den Fingern. Er nahm ihm das Glas einfach weg und nickte ihr wieder freundlich zu. Gregory warf sich nach hinten zurück. Er schaute dem Kellner nach. Natürlich könne sie das nicht, sagte sie. Gregory riss sich aus seinem missbilligenden Blick nach dem Kellner. Sie müsse ihm vertrauen. Sie müsse ihm ganz einfach vertrauen. Er hielt den Kopf gesenkt. Sprach mit ihr. Schaute auf seinen silbrig glänzenden Platzteller. Er wetzte dabei. Unter dem Tisch. Er schob seine Knie vor und zurück. Verlagerte sein Gewicht von rechts nach links. Er wetzte. Wie ein Schulbub, dachte sie. Sie hasste ihn. Während er so vor sich hin sprach und wetzte. Sie hasste ihn. Der Hass sprang so plötzlich und so stark auf, dass sie sich über ihre Tasche beugen musste und nach einem Taschentuch suchen. Der Hass presste ihren Brustkorb zusammen. Im Bauch ein brodelndes Getobe. Und ein staubig trockener Geschmack am

Gaumen. Der staubig trockenborstige Geschmack des Bodenbelags an der Wand. Sie tupfte an ihrer Nase. Sie hatte feuchte Augen. Sie sah ihm ins Gesicht. Er hob seinen Blick und schaute sie zurück an. Dann schlug er mit der flachen Hand auf den Tisch. Amy, sagte er. Es wäre schon o. k. Sie wäre schon o. k. Gregory war plötzlich vergnügt. Wenn er sie so anschaue. Sie habe eine große Zukunft vor sich. Eine wirklich großartige Zukunft. Sie würde schon sehen. Sie habe nicht nur das Aussehen dafür. Sie habe auch die richtige Biographie. Sie müsse einsehen, dass sie mit einem solchen Job die Möglichkeit habe, ihre Biographie kreativ nutzen zu können. Alle Wut und Verzweiflung, die das Leben bis jetzt in sie vergraben habe. Alle diese Wut und Verzweiflung könne sie freisetzen. Sich befreien davon. Überwinden. Wäre das nicht die ultimative Erfüllung. Sie wäre auf dem richtigen Weg. Er könne das ja beurteilen, und er läge da immer richtig. Er habe eine Begabung darin. Das Potential von Personen zu beurteilen, und er beurteile ihres als sehr hoch. Er könne das sehen. Vor sich sähe er das. Sie mache sich ja keine Vorstellungen, was für ein Potential da draußen existierte. Die Deregulierung der Sicherheitsfrage. Man konnte in Sicherheit dealen. Man konnte den Lauf der Geschichte bestimmen. Schmerzen. Pain and anger. Damit konnte gehandelt werden. Es ging nicht mehr um altmodische Loyalitäten. Es ging um die Macht. Ein wahrhaft könig-

liches Unternehmen. Er habe sie als eine Tochter angesehen. Er habe gedacht, sie könne das alles begreifen.
Eine Nachfolgerin. Er wäre bereit, sie alles wissen zu
lassen, und sie würde ihn nicht enttäuschen. Er grinste
sie an. Er wetzte und grinste sie an. Verschwörerisch.
Verschwörerisch triumphal.

Der sommelier räusperte sich. Er stand am Tisch
und hielt Gregory eine Flasche hin. Gregory griff nach
der Flasche. Fühlte die Temperatur. Der Ärmel seines
Sakkos rutschte zurück. Gregorys Rolex war zu sehen.
Kurz. Der Anblick. Gregorys Handgelenk. Die dunklen Härchen. Das Silber und Goldglitzern der Rolex. Eine Schwärze fiel von hinten über sie her, und
sie stützte ihr Kinn auf ihre Hände, um nicht auf ihren Platzteller geworfen zu werden. Dann legte sie die
Hände auf den Platzteller, die Kühle des Metalls zu spüren. Kühlung. Kühle irgendwie. Sie begann, in ihrer Tasche zu wühlen. Ihr Gesicht musste dunkelrot angelaufen sein. Von dieser Hitze. Wallungen. Das waren also
Wallungen. Sie hielt den Kopf gebeugt. Aber die Männer konnten nichts bemerken. Sie waren mit dem Öffnen des Weins beschäftigt. Schnüffelten am Kork. Sie
besprachen kurz die Frage des Korkens im Gegensatz
zum Drehverschluss. Der sommelier wollte Korkverschlüsse. Gregory war dem Drehverschluss gegenüber
offener. Für Picknicks wäre das schon sehr praktisch.
Da müsse er zustimmen, sagte der sommelier. Was

317

sollte er schon anderes sagen. Er verlor an Kompetenz.
Ohne die Korkverschlüsse. Da fiel die Korkschnüffelei
aus. Einen Augenblick half ihr die Schadenfreude darüber. Dann übernahmen wieder der Hass und die Wut.
Der sommelier war gegen Gregory im Nachteil. Sie lächelte den sommelier strahlend an. Der legte erstaunt
den Kopf zur Seite. Dann lächelte er zurück. Gregory
ließ gerade den Wein in seinem Mund herumrollen.
Er nickte mit vollem Mund. Schluckte. Ja. Das sei eine
gute Wahl. Er schaute zum Eingang. Er hob grüßend
die Hand. Er nahm seine Serviette vom Schoß und
stand auf. Der sommelier schenkte ihr Wein ins Glas.
Sie nahm einen großen Schluck. Sie hatte die Stimme
von Marina gehört. Gregory ging Marina entgegen. Sie
trank das Glas aus. Der sommelier schenkte ihr gleich
nach. Sie schaute auf. Er zwinkerte ihr zu. Er war gleich
wieder ernst und stellte die Flasche in den Kühler. Er
legte seine Serviette darüber und ging. Sie blieb sitzen.
Sie spürte im Rücken, wie die beiden auf den Tisch und
sie zukamen.

Marina setzte sich auf die Bank. Zwei sehr junge
Kellner in weißen Jäckchen eilten mit Tellern und Besteck und Servietten herbei. Sie bauten die Gläser auf.
Rückten alles zurecht. Marina schaute Gregory zu, wie
er sich wieder an seinen Platz auf der Bank schob. Der
maitre d' kam und schnalzte mit der Serviette. Marina
ließ alles geschehen. Aufmerksam. Sie nahm die Speise-

318

karte nicht. Sie nähme nur einen Salat. Mit shrimp. Ob man ihr das machen könne. Der maitre d' beugte zustimmend seinen Kopf. Ob Madam ihren Salat mit der Hauptspeise nähme oder mit der Vorspeise. »Pigging out?«, fragte Marina Gregory. Gregory zuckte mit den Achseln. Wenn er nun schon hier wäre. What would be the point to sit in the »Savoy Grill« and not eat anything. Der maitre d' stand abwartend da. Marina schüttelte unwillig den Kopf. Das sei ja ganz gleichgültig. Mit der Hauptspeise. Bei Amalia könnte sie es ja verstehen, sagte sie dann. Die wachse ja wahrscheinlich noch. So groß, wie Amalia wirke.

»I hope not.« sagte sie. Es war wie immer. Marina musste etwas über ihr Aussehen sagen. Über ihren Körper. Sie machte Marina wütend. So, wie sie aussah. Sie war nun schon die zweite Generation, der der Vater unbekannt war und von der man nicht wusste, woher das Aussehen kam. Ohne Vergleiche gab es nur Überraschungen. Ihre Großmutter hatte schon nicht erzählt, wer der Vater ihrer Mutter gewesen war. Ihre Mutter hatte nicht die geringste Ahnung, wer ihr Vater gewesen sein hätte können. Marina war klein. Kleinwüchsig. Winzig. Sie war groß. Großgewachsen. Sehr groß. Sehr schlank. Marina hätte sich das für ihre Tochter gewünscht. Von der war der Vater zwar bekannt. Er war aber mit der mittleren Erbschaft von Marina längst über alle Berge. Die erste hatte sie noch vor ihm fest angelegt gehabt. Marinas Tochter Selina kannte den Namen ihres Vaters. Getroffen hatte sie ihn auch nie. Jedenfalls nicht als halbwegs erwachsene Person. Aber es gab Fotografien. Wenigstens. Und man konnte sagen, woher die großen Ohren kamen.

Marina starrte sie an. Sie schaute Gregory an. Gregory beobachtete Marina. Was war zwischen diesen beiden. Gregory lehnte sich zurück. Er habe nicht erwartet, dass Marina kommen würde, murmelte er. Sonst hätte er natürlich gewartet. Naturally. Marina reagierte nicht. Sie wolle mit Amalia reden. Sie müsse mit Amalia reden. Ob Amalia sich im Klaren sei, was sie da anrichte. Mit ihrer Weigerung. Ob ihr klar wäre, was das für ein Kunstwerk darstelle. So eine Restitutionsvereinbarung mit dem österreichischen Staat. Sie habe gute Lust und gäbe ihr ein paar Ohrfeigen. Slaps. She could slap Amalia. Gregory solle ihr Wein einschenken. Sie bräuchte jetzt ein Glas Wein. Zur Beruhigung. Wenn sie sich nicht beruhigte. Es konnte passieren, dass sie Amalia schlagen müsste. Silly stupid unreliable Amalia. Die perfekte Tochter dieser zwei Schlampen in Wien. Sluts. Verwandte. Relations. Die dümmste Erfindung überhaupt. Marina trank das Glas in einem Zug aus. Beim Abstellen des Glases war es zu sehen. Das Wutzittern.

Sie solle sich beruhigen. Amy sei ja jetzt da. Sie könne alles besprechen. Aber in Ruhe. Gregory beugte

320

sich über den Tisch und zischte Marina an. Marina sah sich um. Diese paar Leute, sagte sie laut. Wenn das alle seien, die der »Savoy Grill« überreden konnte, ihren lunch hier zu nehmen, dann würde Gordon Ramsay noch einen Konkurs zu seinen bisherigen hinzufügen können. Gregroy verdrehte die Augen. Marina sah das. Sie fuhr auf ihn los. Wie es komme, dass Fiona nicht mit hiersäße. Ob er immer lunches mit Frauen nähme, die seine Töchter sein könnten. Gregory schaute Marina amüsiert an. Er habe Amy für sie hierhergeholt. Sie. Marina habe verlangt, er mache einen Termin mit Amy in London. Damit Marina nicht nach Nottingham fahren müsse. So eilig könne es mit der Sache mit den Wiener Bildern nicht sein, wenn es Marina nicht der Mühe wert war, Amy in Nottingham aufzusuchen. Sie habe zu jedem Zeitpunkt gewusst, wo Amy sich aufgehalten hatte. Er habe nicht gesehen, dass Marina sich beeilt hätte, Amy zu finden.

Sie stand auf. Ging um das Beistelltischchen zum Weinkühler. Sie hob die Flasche heraus. Hielt die Flasche in die Serviette gewickelt. Wer noch Wein brauche. Sie dringend. Sie schaute die beiden an. Der alte Kellner kam eilig an den Tisch. Er nahm ihr die Flasche aus der Hand und schenkte allen nach. Sie setzte sich wieder.

Die Vorspeisen kamen. Die Kellner stellten die Speisen auf die Platzteller. Gleichzeitig. Sie hoben die hochgewölbten Deckel in die Höhe. Gleichzeitig. »King crab and prawn cocktail«, sagte der maitre d' und wandte sich ab. Die Kellner gingen hinter ihm her. Eine kleine Prozession. Gregory seufzte und beugte sich über seinen Teller. Sie begannen zu essen. Marina trank Wein. Sie nippte immer wieder. Dazwischen drehte sie das Weinglas.

Sie habe große Probleme gehabt, Amalia zu verstehen. Sie hätte mehrere Wochen ihrer Therapie auf Amalia und ihre Probleme verschwenden müssen. Ihr Therapeut habe ihr wieder klargemacht, dass es sich um ein Muster in ihrer Familiensituation handle. Frauen in ihrer Familie. Kein Mann konnte den ungeheuerlichen Ruf und Ruhm ihres Stammvaters erreichen. Trotzdem würde aber jeder Mann an diesem Übermenschen gemessen werden. Er wäre ja schließlich schon ihr Großvater gewesen. Deswegen hatte sie gedacht, dass das nur für sie gelten würde. Dass das alles aber Amalia nicht mehr betraf. Das wäre alles 100 Jahre zurück und Amalia die Ururenkelin. Sie hätte gedacht, dass das alles längst nicht mehr gültig sein könnte. Sie sei aber nun überzeugt worden, dass solche Familiengeschichten. Dass die eine ewige Wirkung ausüben könnten. Sie verstünde also Amalias Weigerung, sich in die Erbengemeinschaft einzuordnen, als eine Form der Flucht vor dieser Familiengeschichte. Sie appelliere aber an Amalia, gerade aufgrund dieser Familiengeschichte zu unterschreiben. Nur zu unterschreiben. Einen Erbverzicht. Ihren Eintritt in die Erbengemeinschaft. Sie könne ja mit dem Geld machen, was sie wolle. Sie müsse es nicht behalten. Andere könnten nicht so einfach auf dieses Geld verzichten.

Gregory verzog den Mund. Er rümpfte wieder die Nase. Sie aß von der Vorspeise. Es schmeckte süßlich und scharf. Der Hummer in großen Stücken. Die Cocktailsauce samtig. Chili am Grund. Sie hörte zu. Marina machte eine Pause und winkte nach dem Kellner. Sie waren in der Ecke allein. Die restlichen Gäste saßen am anderen Ende. Marina trug ein olivfarbenes Mantelkleid von Dior. Mit gelbem Gürtel. Aus der Militaryserie. Die Knöpfe den Ausschnitt entlang bis zu den Schultern. Sie trug keine Strümpfe unter dem sehr kurzen Rock und die höchsten Absätze, die zu finden waren. Ihre Haare waren zu einer Siebziger-Jahre-Frisur toupiert. Aschblond. Hoch um den Kopf und die Deckhaare glatt ausfrisiert. Marina war sicherlich beim Friseur gewesen. Gerade. Das letzte Mal hatte sie dunkelbraune Haare gehabt. Das helle Blond aber besser. Marina drehte sich herum und schlug zwei Gläser gegeneinander.

»What exactly is the relationship between you two?«, fragte sie. Schaute Gregory und Marina an. Abwechselnd. Fragend. Marina stellte die Gläser zurück. Der alte Kellner kam. Langsam. Es kam ihnen schon niemand mehr in die Nähe, dachte sie und lächelte den alten Mann wieder an. Der schenkte ein. Die Flasche war dann leer. Gregory deutete ihm, eine zweite Flasche zu bringen.

Das sei doch ganz unwichtig, sagte Marina. Jetzt ginge es um diese Angelegenheit. Sie und Gregory hätten gleiche Interessen gehabt. Sie sei nicht so sicher, ob das noch der Fall sei. Sie schaute Gregory wütend an.

Ob das mit den Fusionen zu tun habe, fragte sie. Marina wandte sich ihr scharf zu. Gregory schob seinen Teller weg. Ob man das so besprochen habe. In Nottingham, fragte er. Ob sie da etwas gehört hätte. Er müsse das wissen. Er sprach scharf. Er zischte. Er solle sich da jetzt nicht wichtigmachen. Es ginge um eine Familienangelegenheit. Sie habe gedacht, er sei auf ihrer Seite. Marina war rot im Gesicht geworden.

Sie lehnte sich zurück. Sie wusste, wie diese Predigt weitergehen würde, und Marina ließ sich auch nicht weiter unterbrechen. Marina redete weiter. Der sommelier brachte die zweite Flasche. Öffnete sie. Der Kork. Gregory kostete. Neue Gläser wurden gebracht. Es wurde eingeschenkt. Marina redete weiter. Sie wisse, dass Amalia Probleme damit habe, dass ihr unbekannter Großvater wahrscheinlich ein Nazi war. Sie wüssten ja alle, warum ihre Schwester den Namen nicht preisgeben wollte. Er war nicht koscher. Die ganze Sache war übel. Wenn es eine Gerechtigkeit gäbe, würde schon die Mutter von Amalia aus der Erbfolge ausgeschlossen worden sein. Und am besten gleich ihre Schwester. Amalias Großmutter also. Die habe sich von Anfang an nicht ihrer Erbschaft würdig erwiesen. Auf keiner Ebene. Sie habe ihr ganzes Leben nichts als Schwierigkeiten mit dieser Schwester gehabt und immer alles regeln müssen. Dabei sei sie die Jüngere. Aber die habe selbst ja auch schon einen anderen Vater als sie. Ihr Vater. Der wäre wenigstens ein Künstler gewesen. Sie. Marina. Sie sei dadurch die natürliche und soziale Erbin geworden. Aber wie gesagt. Sie sei diese Schwierigkeiten gewohnt. Sie sei eine Märtyrerin. Aber jetzt sei es einfach genug. Sie könne nicht einsehen. Niemand könne das einsehen. Wieso und warum Amalia diese Angelegenheit zum Scheitern bringen wolle. Es gäbe Kräfte in Österreich. Und da solle sie sich keine Illusionen machen. Es gäbe Kräfte in Österreich, die alles tun würden. Aber auch alles. Um diese Restitution zu verhindern. Diesen Kräften wäre alles recht. Jede Ausrede käme denen parat, und sie. Amalia. Sie würde diesen Kräften in die Hände spielen. Sie unterstütze damit alle diese alten Nazis da. Man müsse sich immer erinnern, dass da heute die Kinder von den Arisierern an der Macht wären. Amalia müsse ihre Erbschaft aus dem Holocaust akzeptieren. Da könne sie nichts dagegen tun. Selbst wenn sie halb aus dem Holocaust käme und halb aus einer Nazifamilie stamme. Die Holocausterb-

schaft verpflichte sie, und wenn sie das nicht bald ein-
sähe, dann tue es ihr leid. Aber sie müsse dann sagen,
dass Amalia eine Schande wäre. Eine Schande sei. Eine
Schande wäre und dann verzichten solle. Dann solle
Amalia einen Erbverzicht unterschreiben und ein Ende
machen. Amalia solle diese unwürdigen Verhandlun-
gen beenden. Sie habe es satt, hinter Amalia hertelefo-
nieren zu müssen. Mit diesen seltsamen Leuten da in
Stockerau. Nie wäre sie in ihrer Wohnung zu erreichen,
und jedes Mal sei da jemand anderer dran. Wohne sie
denn überhaupt noch in Wien. Sie habe etwa dreihun-
derttausend Nachrichten auf Amalias cell phone hinterlassen. Sie sei am Ende. Und sie müsse zugeben. Sie
sei gedemütigt. Ob Amalia zufrieden sei damit.

Die Hauptspeisen wurden gebracht. Die Vorspei-
senteller waren mit den Gläsern weggetragen worden. Die 3 Kellner gaben ihr Synchronballett mit den
Dampfdeckeln. Hielten sie am Griff. Hoben sie zur
gleichen Zeit ab. Marina redete währenddessen. Als sie
sagte, dass Amalia eine Schande sei, sagte der maitre
d': »Charcoal grilled chateaubriand with pommes souf-
flées. And for you, Madam, a garden salad with shrimp.
Bon appetit.« Sie aßen dann schweigend. Gregory
schenkte den Wein selber nach. Diesmal kam niemand
gelaufen, ihm die Flasche aus der Hand zu reißen. Gregory murmelte etwas von »lepers«. Sie waren vollkommen isoliert. Da. In der Ecke.

Sie aß vor sich hin. Sie war hungrig. Sie würde heute nicht so schnell wieder etwas zu essen bekommen. Sie schaute auf ihren Teller. Sie fühlte, wie Marina sie verachtete. Ihr war ein bisschen kühl. Sie war nicht so perfekt für die Klimaanlage angezogen wie Marina. Sie wollte fragen, ob Marina im Haus bei sich eine Klimaanlage eingebaut habe. Ihr war das Haus plötzlich gegenwärtig. Aber winterlich. So wie es im Winter gewesen war. Sie legte das Besteck hin. Sie mochte nicht mehr essen. Sie durfte sich nicht ablenken lassen. Sie musste sich den Text der e-mails vorsagen. Sie musste den Abstand zwischen dieser Wirklichkeit und jener der e-mails im Auge behalten. Sie trank Wein. Der Wein schmeckte ausgezeichnet. Sie nahm noch einen Schluck. Kühl füllte der Wein den Mund aus. Einen Augenblick nur der gefüllte Mund. Der Mund vollgestopft mit Geschmack. Dann schaute sie wieder auf und sah Gregory, wie er auf sie sah. Wehmütig. Gregory schaute wehmütig auf sie. Ihr Blick schreckte ihn auf. Er trank sein Glas aus. Stellte es hin. Griff nach der Flasche. Goss sich das Glas voll. Schüttelte den Kopf. Bedauernd.

»You don't get it. Really. Darling. You think you look cute and everything is fine and dandy. I tell you. That is not so. What you and your kind don't get. The dragons were never defeated. You know. And do you know why this is the case. Do you know?« Marina legte ihre

Hand auf Gregorys Arm. Er solle nicht schreien. Gregory schüttelte Marinas Hand ab. Gregory fuchtelte nach dem Kellner. Der alte Kellner kam wieder heran. Ob sie noch eine Flasche Wein wollten. Oder die Karte. Fürs Dessert. Gregory verneinte. Nein. Er brauche einen Zahnstocher. A toothpick.

Der Mann ging davon. Gregory trank den Wein aus. Marina saß in sich zusammengesunken. Sie war blass. Nervös. Der Kellner brachte Zahnstocher. Sie lagen einzeln in Cellophan verpackt auf einem Silbertellerchen. Gregory schälte einen Zahnstocher aus der Verpackung und begann seine Zahnzwischenräume zu bearbeiten. Systematisch. Die Welt würde nicht besser werden. Die Welt könne nicht besser werden, sagte er, während er in seinem Mund stocherte. Und die Helden. Die Guten. Die könnten auch nichts daran ändern. Denn. Und er beugte sich weit in die Mitte des Tischs. Marina sagte, sie wolle nichts von Gregorys Weisheiten wissen. Sie gehe eine Zigarette rauchen. Sie nahm ihre Tasche und stand auf. Gregory schaute ihr nach. Sie sei schon eine tolle Person, sagte er. Er sprach wieder Deutsch. Er schaute sie an. »Amy. Amy.« sagte er. Er habe alles unternommen, es ihr begreiflich zu machen.

»Once upon a time when the dragons ruled the world, sacrifices were sacrifices.« Gregory schaute über sie hinweg. Er sprach verträumt. Nachdenklich.

»Und die Drachen setzten die Priester ein, ihnen die

Opfer zu bereiten. But the dragons were a theatrical bunch and they liked to have a real big ceremony. Die Aufgabe der Priester war es deswegen, die Bedeutung der Drachen durch die Zeremonien zu erhöhen. So. If you weren't born a dragon, the next best thing was to become a priest. Why was that. Die Drachen waren mit den Opfern nie so ganz zufrieden. Nie wurde der Durst nach Jungfrauen so vollkommen gelöscht. Und warum. Weil die Priester in der Nacht vor dem Opfer die Jung- frauen verführten. Die Priester entjungferten die Jung- frauen und wurden immer mehr wie die Drachen. Sie bekamen ja das Jungfernblut. Die Drachen bekamen nie ihre Jungfrauen und wurden immer schwächer und schwächer und brauchten immer mehr und mehr da- von. Sie wussten ja nicht, dass sie noch nie das Blut ei- ner Jungfrau bekommen hatten, weil sie die Priester immer schon in den Tempeln verführt hatten. Die Men- schen, die wussten von dem allen nichts. Erst als die Drachen dann alle Jungfrauen für sich haben wollten, um ihre Kräfte zu erhalten, da wurden die Menschen wütend und begannen den Kampf gegen die Drachen. Die Priester waren klug und führten den Kampf gegen die Drachen an. Heute sind die Drachen an den Rand der Welt gedrängt. Aber die Priester führen den Kampf gegen sie weiter. Times changed and nowadays a virgin can join this battle on the side of the priest so she won't be sacrificed. You see. You may join. It is your decision.

But if you don't, they still might throw you over the wall and leave you to the dragons.«

Die Priester. Die Priester hätten zu allen Zeiten die Welt betrogen und die Jungfrauen in der Nacht vergewaltigt, bevor sie den Drachen geopfert werden sollten. Zu allen Zeiten. Also auch heute. Das sei alles nicht zu Ende. Deshalb würde es ja nie zu Ende sein können. Mit der Gewalt. Er aber werde sie retten. Sie solle keine dieser Jungfrauen sein, sondern selbst eine Priesterin. Geschützt vor aller Gewalt und allem Missbrauch, weil sie selbst eine Priesterin geworden sei. In eine Priesterin verwandelt. Er habe sich nichts mehr gewünscht, als dass Amy seine Heldin werden sollte. Eine Priesterin. Selber eine Priesterin. Aber dazu musste man Macht wollen. Man musste die Macht lieben. Und Amy. Sie müsse das wollen. Sie müsse das richtig und wahrhaftig wollen. Sonst sei sie dann ja doch nur eine Provinzprinzessin, die sich nichts zutraue. Das mit der Macht. Da müsse man sicher sein. In sich sicher. Das wäre lernbar. Das könnte erlernt werden. Amy habe ja Anstalten gemacht. Willen dazu gezeigt. Die Geschichte in Kötzting da. Mit ihrem Spielbuben. Wie hieß der. Da hätte sie doch grandios reagiert. Danach wäre allerdings nichts mehr gekommen. Warum denn. Aber. Gregory beugte sich über den Tisch. Er griff nach ihrer Hand. Legte seine Hand über ihre. Sie würden das schon meistern. Managen. Sie beide. Gemeinsam. Er drückte ihre Hand und ließ los. Setzte sich auf die Bank zurück. Stocherte in seinen Zähnen. Er könne sich doch nicht so getäuscht haben.

Sie starrte auf ihren Teller. Sie schaute zu, wie der Teller weggezogen wurde. Der Platzteller. Wie ihre Brotbrösel mit einem silbernen Tischbesen weggekehrt wurden.

Gregory legte seinen Zahnstocher auf das Silbertellerchen zurück. Gregory richtete sich auf und deutete dem maitre d' vorne, dass er die Rechnung haben wolle. Sie beugte sich vor und nahm den Zahnstocher. Vorsichtig. Nur an den Enden. Sie nestelte ein Papiertaschentuch aus ihrer Tasche. Legte den Zahnstocher darauf. Wickelte ihn in das Papiertaschentuch. Dann nahm sie ihre Stoffserviette. Sie wickelte den Zahnstocher im Papiertaschentuch in die Stoffserviette. Steckte das Bündel in ihre Tasche. Gregory starrte sie an. Sie schaute zurück. Prüfend. Sie konnte fühlen, wie sie ihn prüfend ansah. Gregory wollte gerade nach ihrer Tasche greifen. Er war aufgesprungen und griff über den Tisch nach ihrer Tasche. Sie hielt die Tasche an sich gedrückt. Marina kam zurück. Der maitre d' mit ihr. Sie redeten miteinander. Marina setzte sich.

Eine Stoffserviette käme noch auf die Rechnung, sagte sie zum maitre d' gewandt. Der schaute erstaunt. Dann schüttelte er den Kopf und legte das Lederetui mit der Rechnung auf den Tisch. Gregory steckte eine

Kreditkarte hinein. Der Mann nahm das Etui und ging. Marina saß am Rand der Bank. Sie sah müde aus. Tiefe Ringe unter den Augen. Ihr Alter offenkundig. Es sei noch heißer draußen. Sie hätte in die Bar gehen können, aber sie genieße es, wie ein Dieb draußen zu stehen und zu rauchen. Sie hätte die nettesten Kontakte gemacht. So. In ihrem Alter ein outcast zu sein. Und. Sie wandte sich an Gregory. Er könne als Double von Strauss-Kahn auftreten.

Amalia, wandte Marina sich an sie. Was solle jetzt geschehen. Ein für alle Mal. Ganz einfach, antwortete sie. Sie käme jetzt mit ihr mit. Sie führen jetzt zu Marina, Wellington Square. Ein Taxi bekäme man ja vor dem Hotel. Sie schaute Gregory an. Sie zwang sich, Gregory anzuschauen. Der strich sich über die Stirn. Sie stand auf und schaute ihn an. Sie konnte im Augenwinkel sehen, wie Marina zwischen ihnen beiden hin- und herschaute. Wie sie sich nicht auskannte. Gregorys Wut. Sie nahm ihre Tasche unter den rechten Arm. Klemmte die Tasche da fest. Sie bot Marina den linken Arm. Sie solle kommen. Sie sollten jetzt gehen. Marina schaute noch einmal zu Gregory. Dann nahm sie den angebotenen Arm. Sie gingen. Sie ließ Marina vor sich gehen. Schob die alte Frau zwischen den Tischen durch. Sie zwang sich, nicht zu laufen zu beginnen. Presste die Tasche an sich. Marina ging vor ihr. Kopfschüttelnd. Sie war verwirrt. Sie drehte sich einmal zu ihr zurück. Sie lächelte sie beruhigend an und schob sie weiter. Marina konnte es nicht begreifen, dass sie am Ziel war. Konnte es nicht glauben. Aber wie sollte sie ihr das erklären. Wie sollte sie ihr den Zusammenhang klarmachen. Zwischen dem kleinen Mädchen aus dieser Tschernobyldokumentation. Wegen Japan zeigten alle Fernsehstationen Tschernobyldokus. Damit man wusste, was auf einen zukam. Und wie sie im kleinen Gemeinschaftsraum sitzend. Am Rand von Nottingham. Ferngesehen. Wie dieses kleine Mädchen in der Nähe von Tschernobyl. Wie das auf die Kinderschwester in dem Kinderheim zulief und es erst beim Hochheben zu sehen war. Das kleine Mädchen hatte keine Beine. Die Füße waren an den Hüften angewachsen. Es waren Flossen. Entenbeinchen. Die Kinderschwester hob das Kind in die Höhe, und unter dem Nachthemdchen war es zu sehen gewesen. Nur einen Augenblick. Und alle hatten gelacht. Im kleinen Gemeinschaftsraum mit dem Fernsehapparat. Alle, die mit ihr dagesessen. Die hatten gelacht. Ned und Bennie hatten gelacht und zum Lachen ihre Zahnstocher aus dem Mund genommen. Wie sollte sie ihrer alten Großtante Marina erklären, dass sie dieses Mädchen war. Und weil sie dieses Mädchen war. Dass deshalb das alles gleichgültig. Die Anliegen von der Marina. Sie waren nicht wichtig. Sie selbst war nicht wichtig. Sie hatte keinen Augenblick mitgelacht. Sie war sofort erschrocken gewe-

333

sen. Sie hatte die Hände vors Gesicht schlagen müssen. Das hatte niemand bemerkt. Die hatten gleich über die Atombombe zu reden begonnen.

Sie führte Marina durch die Lobby hinaus. Ein Taxi wurde herbeigewinkt. Sie half Marina hinein. Stieg nach. Schloss die Tür. Sie befahl sich, nicht zurückzuschauen. Marina sagte dem Fahrer die Adresse. Sie beugte sich über sie und schaute zum Hoteleingang zurück. Gregory hätte sich verabschieden können, sagte sie. Sie sagte das auf Deutsch und lachte. Sie lehnte sich zurück. Sie könne jetzt schlafen. Das sei alles so anstrengend. Diese Gefühle. Diese Aufregungen. Marina lehnte sich gegen sie und seufzte. Sie war starr. Sie hätte stundenlang mit diesem Taxi herumfahren mögen und so starr sitzen bleiben. Aber es war nicht weit bis zu Wellington Square.

August.

Sie saß auf dem Bett. Das Fenster. Die nächtliche Stadt. Lichter. Ein dunkel wolkiger Himmel. Keine Sterne. Die Flugzeuge aus dem Westen unter den Wolken zu sehen. Es musste Ostwind sein. Die Flugzeuge flogen den Flughafen vom Westen an. Überflogen die Stadt. Sie zählte die Flugzeuge. Sie kam aber gleich durcheinander. Sie hatte sich umgedreht. Es waren Schritte auf dem Gang zu hören gewesen. Sie hatte sich umgedreht, um zu sehen, ob man die Füße sehen konnte. Unter der Tür ein breiter Spalt. Das Licht fast eine Handbreit. Sie hatte sich gewünscht, diese Füße gehen sehen zu können. Sie hatte sich gewünscht, eine Person draußen zu wissen. Die Schritte. Sie hatte gehofft, es käme jemand ins Zimmer. Irgendjemand. Sie war allein. Nach einer Viertelstunde. Es konnte nicht viel länger gewesen sein. Sie fühlte sich einsam, als wäre sie die letzte Person auf der Welt. Sie sehnte sich nach einer Person. Nur irgendeine Person, die ins Zimmer kam. Die das Licht aufdrehte. Die sich vergewisserte. Die sah, dass sie da war. Die ihr zunickte. Sie etwas fragte. Die etwas holte. Etwas brachte. Die nachsah. Jedes Wort hätte ihr geholfen. Der Anblick einer anderen Person. Die Anwesenheit.

Es konnte noch nicht lange sein. Sie verbat sich, auf die Uhr zu schauen. Dazu hätte sie das Licht über dem Bett einschalten müssen. Kurz. Wenigstens. Das Licht über dem Bett schaltete sich mit einem Geräusch ein. Ein klickendes Geraschel, bis die breite Leuchtröhre zu strahlen begann. Das war dann gedämpft. Aber das Geräusch weckte auf. Die regelmäßigen Atemzüge. Sie würden ins Taumeln kommen. Es war zu sehen. Wenn die Tante Trude aus dem Schlaf gerissen wurde. In ihrer Vorstellung war sie vor etwas davongelaufen und hatte mit den Armen um ihre Balance gerudert. Erschöpft und verwirrt. Als wäre sie gelaufen und hingefallen und wieder aufgetaumelt. So wachte sie auf.

Später in der Nacht. Die Tante Trude. Sie begann dann zu reden. Stöhnte. Seufzte. Greinte. Sie greinte trostlos. Ein zweijähriges Mädchen. Dann wollte sie auch reden. Am Anfang der Nacht. Am Anfang der Nacht schlief sie tief. Man war überflüssig. Noch. Sie hätte den Rat der Krankenschwester befolgen sollen. »Setzen Sie sich in die Ecke und lesen Sie. Das Licht wird Ihre Mutter nicht stören. Im Gegenteil. Und Sie können sich beschäftigen. Nächte sind lang. Ich weiß das.«

Es waren 15 Minuten gewesen. Sie hatte ihr handy aus der Tasche gefischt und unter das Bett gehalten. Das bläuliche Licht des displays unter dem Bett. Es waren genau 15 Minuten vergangen, seit die Nachtschwester das Licht abgedreht hatte. Sie konnte nicht hier sitzen. Es ließ sich nicht machen. Ruhig sitzen. Sie stand auf. Ging zur Tür. Sie horchte. Die Atemzüge gleichmäßig. Sie ging an die Tür. Sie wartete wieder. Horchte. Sie zog die Tür auf und drängte sich aus dem Krankenzimmer hinaus. Schloss die Tür hinter sich.

Die Station war schon geschlossen. Die Tür zum Liftfoyer hinaus zu. Ein Schild. »Geschlossen. Bei Wiedereintritt bitte klingeln.« Sie stand auf dem Gang. Eine Frau weit unten. Da, wo das Mineralwasser zu holen war. Sie ging dahin. Sie hatte die falschen Schuhe an. Jeder Schritt. Die Absätze. Sie ging. Kam an den Tisch. Kekse. Mineralwasser. Äpfel. Tee. Sie nahm eine Flasche Mineralwasser und ging zurück.

Sie hatte gehofft, hinausgehen zu können. Im Liftfoyer zu sitzen. Andere Personen kommen und gehen sehen. Den Lift klingeln hören und sich fragen, wer da aussteigen würde. Den Krankentransporten zusehen. In die Halle fahren. Mit den Schlaflosen da. Auf einer Bank sitzen. Hinausgehen. Die Abendluft. An den Rauchern vorbei in den Garten. Tief atmen. Die Abende waren schon wieder kühl.

Aber es war nicht möglich. Sie konnte die Nachtschwestern nicht anklingeln, und sie konnte hier nicht auf und ab gehen. Sie war zu laut dafür. Warum hatte sie nicht irgendwelche sneakers angezogen. Warum hatte sie diese pumps an. Tante Trude freute sich, wenn sie hübsch aussah. Aber es war ihr jetzt. Jetzt war es ihr gleichgültig. Sie konnte es nicht einmal sehen. Wenn sie einen ansah. Sie dachte, dass der Tante Trude schwindelig sein musste. Dass es sie im Kopf herumdrehte. So wie sie einen ansah. So bemüht, einen zu fixieren. Sie streckte den Kopf vor, genauer zu sehen, wer da war, und ließ sich auf die Pölster zurückfallen. Erschöpft und verwirrt. Das wäre mehr die Wirkung der Chemotherapie. Der Onkel Schottola wiederholte ihr das, was die Ärzte ihm gesagt hatten. Er sagte es ihr beschwörend. Es ihr zu sagen machte es ihm glaubhafter. Aber.

Sie konnte das nicht glauben. Sie konnte nur sehen, dass die Tante Trude gequält war. Gequält wurde. Dass sie alles verloren hatte, was ihr wichtig gewesen war. Klarheit. Übersicht. Ruhe. Die Tante Trude. Sie war ja auch fahrig geworden. Ängstlich. Weinerlich. Verändert. Vollkommen verändert. Das konnten sie gar nicht besprechen. Der Onkel und sie. Wie verloren sie war. Wie jeder Souveränität beraubt. Wie sich alles verkehrt hatte. Wie sie alles zurückgeben mussten, was sie von der Tante Trude bekommen hatten. Es war, als sammelte sie alles wieder ein. Sie musste das als ein Privileg ansehen. Sie musste das als Geschenk nehmen. Dass sie zurückgeben durfte, was sie bekommen hatte. Aber sie hätte schreien können. Sie hatte nichts herzugeben. Sie fand gar nichts. Sie war entsetzt. Sie war entsetzt, weil sie so leer war. Leer und trocken. Sie musste die Liebe spielen. Sie trat als ihre eigene Schauspielerin auf. Sie hätte darüber laut brüllend heulen können. Sie hatte keine Gefühle für diese Frau. Für die ihr liebste Person. Die in Not war. Und sie war nur trocken und leer. Sie bekam nicht einmal feuchte Augen, wenn sie an das Bett trat. Die gelbgraue Haut. Das verschrumpelte Gesichtchen. Die dünnen Härchen. Die winzigen Händchen. Der Geruch. Ihr wurde nur der Hals trocken, und sie verschluckte sich an der Trockenheit tief im Rachen. Sie war eine schreckliche Person. Dabei hätte sie diese Personen. Die Tante Trude und den Onkel Schottola. Sie hätte diese Personen so gerne geliebt. Umfangen und geliebt. Gerettet. Sie hätte sie einsammeln wollen und wegführen. Wegfahren. Auf eine griechische Insel. Eine Insel schien ihr der richtige Ort. Vom Meer umspült und sicher. Auf eine Insel gerettet. Aber die griechischen Inseln waren von Erdbeben bedroht und glühend heiß. In den Norden. Das wäre besser gewesen.

Sie konnte nicht in das Zimmer zurück. Sie stand mit der Flasche Mineralwasser im Arm da. Alle Zimmertüren geschlossen. Das Schwesternzimmer um die Ecke. Sie konnte da einmal vorbeigehen. Auf dem Weg zur Toilette. Sie konnte da die beiden Nachtschwestern sehen. An den Schreibtischen. Vor den Bildschirmen. Aber das konnte sie nicht öfter machen. Sie war keine

Katze. Sie konnte nicht diesen Krankenschwestern um die Beine streifen. Nur um zu wissen, dass sie nicht allein war. Mit der Tante Trude. Dass es Menschen gab, die normal atmeten. Deren Atem selbstverständlich nebenbei vor sich ging. Deren Atem sich nicht abgetrennt hatte und mit jedem Einatmen in die Frage geriet, ob es weiterging. Weitergehen sollte. Zögernd. Vor dem Ausatmen ein langes Zögern. Vor dem Einatmen ein Abwarten.

Das Mineralwasser. Die Glasflasche kühl gegen die nackten Arme. Sie stand da. Sie wollte gehen. Laufen. Sich bewegen. Die Unruhe wenigstens herumtragen. Mit der Unruhe in Bewegung. Die Unruhe nicht so vollkommen gegen sich. Sie zog die Schuhe aus. Sie trug die pumps und das Mineralwasser. Stellte alles neben die Zimmertür. Ganz unten am Gang. Und begann zu gehen. Lautlos. Manchmal ein Tappen. Das Licht. Eine Kette von Leuchtröhren hinter eckigem Glas. Ein Glaskanal von Licht an der Decke oben. Kein Schatten. Sie wanderte unter diesem Licht. Ging. Sie ging in der Mitte des Gangs. Keine Sehnsucht bei anderen auszulösen. Hier waren nur sehr schwer kranke Frauen. Sie alle lagen mit dem Blick zur Tür. Alle mit der Hoffnung, die Tür ginge auf und die Retter träten ein und sie würden noch einmal etwas gefragt. Was es ergeben hatte. Eine Weisheit. Einen dieser Sätze, die so hingesagt dann doch Zusammenfassungen waren. Wofür es sich ausgezahlt hätte. Wofür gelohnt. Wofür nicht. Aber das wäre eben erst jetzt zu wissen.

Sie ging. Sie hätte ein Amt für letzte Fragen einrichten wollen. Alle diese Personen. Unter ihren Schlaftabletten begraben. Beruhigt und begraben. Aber vorher. Es musste doch etwas hinterlassen werden. Das Gesicht von der Tante Trude zerfiel in Mitleid, wenn sie sie so sah. Sie hob dann die Hand. Die Hand fiel aus Schwäche auf die Decke zurück. Aber das war die Wiederholung. »Meine arme Mali.« hatte sie gesagt. Da war sie noch nicht so schwach gewesen. »Meine arme Mali.« Wenn man so jung wäre wie sie. Die Mali. Dann wäre das mit dem Sterben. Das wäre so unvergleichlich viel schwieriger. Sie. Die Tante Trude. Sie habe die meiste Angst vor dem Sterben gehabt, da wäre sie etwa in dem Alter gewesen wie sie jetzt. Und es tue ihr so leid, dass die Mali das nun auch lernen musste. Sie hätte sich so sehr gewünscht, dass sie das. Dass sie beide das ihrer Mali hätten ersparen können.

Sie ging. Eine Krankenschwester kam um die Ecke. Ging in ein Zimmer. Ein grünes Licht ging an. Über der Tür. Sie wanderte weiter. An einer Tür weiter oben begann das rote Licht zu blinken. Weit entfernt war der Alarmton im Schwesternzimmer zu hören. Es kam niemand. Sie ging an die Ecke. Die Schwester da telefonierte. Sie ging zurück. Die Tür stand offen. Das Licht brannte im Zimmer. Sie hörte Stimmen. Sie ging an der

offenen Tür vorbei. Zur Stationstür. Sie drehte dort um.
Sie wollte nicht an der offenen Tür noch einmal vorbei. Die zweite Krankenschwester kam den Gang herunter. Verschwand in der offenen Tür. Der Druck auf
ihrer Brust wurde unerträglich. Sie nahm ihre Schuhe
und das Mineralwasser vom Boden und schlüpfte in
das Zimmer der Tante Trude.

Sie stellte die Schuhe neben die Tür. Der Boden klebrig. Putzmittel und ihr Schweiß. Sie schlich ans Fenster. Drehte die Flasche auf. Langsam. Das Zischen der
Kohlensäure so leise wie möglich. Sie trank. Das Wasser lauwarm. Die Kohlensäure bitterscharf. Sie schaute
hinaus. Horchte. Das Summen der Klimaanlage. Der
Atem. Draußen. Der Verkehr am Gürtel. Der Lärm
kein Geräusch. Mehr eine Kulisse.

Am Fenster stehend. Sie flüsterte. Sie begann zu flüstern. Dass sie reden solle. Mit ihr. Dass die Krankenschwestern gesagt hatten, das beruhige. Jemand am Bett
sitzen und reden. Vor sich hin erzählen. Die Stimme allein wäre schon eine Beruhigung. Aber Flüstern. Das
Flüstern machte die Sätze scharf. Schneidend. Das
Flüstern. Ihr Reden wurde zu einem Zischen. Ein langes, scharf schneidendes Zischen. Gegen das Fensterglas. Sie hielt inne. Sah den Autos zu. Wie sich die Lichter vor der Ampel unten versammelten. Wie die Horde
der roten Rücklichter dann wieder um die Kurve zur
Volksoper verschwanden. Die Straße leer. August. Die

Wiener nicht in Wien. Wer nicht musste, war nicht in der Stadt. Die Touristen. Die kamen nicht an den Gürtel. Nicht an diesen Teil. Die Rotlichtbezirke alle nach links hinüber. Kaum Licht in den Häusern auf der anderen Seite.

In den Bergen. Man sollte in den Bergen sein. Sie begann zu murmeln. Tief in der Kehle. Die Töne in die Brust zerfließend. Man sollte in den Bergen sein, sagte sie. Da wäre es jetzt kühl. Man könnte nur mit einer Strickjacke noch auf der Veranda sitzen. Oder am Toplitzsee. Im Garten am Wasser. In der Fischerhütte. Salzkammergut. Mit dem Mammerl. Sie sollten alle dahinfahren. Da konnte man gut schlafen. Da kühlte es ab. Am Abend. Da musste man dann schnell gehen. Vom Toplitzsee zum Parkplatz. So kühl war das. »Dir würde das guttun. Die gute Luft. Die schönen Tage und die Hitze. Es ist sicher schon dieser Herbstschleier in der Luft. Am Nachmittag. Die Sicht schon nicht mehr Sommer. Nicht mehr ganz Sommer. Die Abende. Wenn die Felsen knacken und stöhnen. Von der Abkühlung. Da würdest du gut schlafen. Weit weg. Hinter den Bergen. Hoch droben. Wenn wir da wären. Da, denke ich. Dort könnte man alle Probleme vergessen. Das wäre ja auch das Beste. Weggehen und alles vergessen. Es war dann ein Märchen. Ein Märchen. Das hängt dunkel weit hinten in der Erinnerung. Ein Märchen. Das muss nicht einmal vergessen werden.«

Sie lehnte die Stirn gegen die Fensterscheibe. In den Kursen hatte es geheißen, dass ein Verdacht als ein set unvollständiger Daten anzusehen war. Dass es darum ginge, die Umstände in diese Daten umzudenken. Die Ergänzung von Daten wäre ein weitaus einfacherer Vorgang als das Ausdenken einer Geschichte. Ein vollständiger Datensatz, der war in vielen Formen lesbar. Rechtlich. Psychologisch. Sozial. Technologisch. Medizinisch. Sicherheitstechnisch. Militärisch. Ihre Daten waren vollständig. Mittlerweile. Medizinisch. Genetisch. Die Beweise lagen vor. Der Zahnstocher und ihr Bindegewebe. Oder gehörte dieses Bindegewebe dem Kind, das dann nicht. Gehörte das schon nicht mehr ihr. War das noch sie oder nicht.

»Du kennst das ja.« sagte sie. Sie trat vom Fenster zurück. Schaute hinaus. »Du kennst das ja. Das ist allein schon eine Katastrophe. Ich wusste aber gar nicht, dass ich ein Kind bekomme. Wenn ich das gewusst hätte. Vielleicht hätte es keine Fehlgeburt gegeben. Vielleicht hätte ich das verhindern können. Aber was hätte ich gemacht, wenn ich dieses Kind bekommen hätte. Ich wäre zu euch geflüchtet. Ich hätte nicht mit diesem Mann in London gegessen und wäre nicht auf die Idee gekommen, dass er. Dann hätte ich ein Kind, von dem ich nichts wüsste. Ich wüsste nicht einmal, wie es zustande gekommen war. War ich einverstanden. War ich dagegen. Ich war wahrscheinlich so besoffen, dass man mit mir machen konnte, was man wollte. Ein bisschen Dormalon. Dormikum. Eatan. Imeson. Novanox. Oder so. Das Pflaster von der Injektion hatte ich ja noch in der Armbeuge. Aber ich hätte es dann genauso gemacht wie meine Mutter. Es hätte zumindest genauso ausgesehen. Das macht mich mehr fertig als alles andere. Diese Frage. Am Ende steigt einem dann auch noch die Sorge auf, dass dieser Mann der unbekannte Vater sein könnte. Der von mir. Das immerhin nicht. Das wissen wir jetzt genau. Das wäre dann so schlimm gewesen. Das kann ich mir gar nicht vorstellen. Aber die Angst. Die hatte ich schon.«

Sie lehnte mit dem Rücken gegen das Fenster. Sie hatte geschwitzt. Trotz der Klimaanlage. Die Scheibe drückte den feuchten Stoff ihres Sommerkleids gegen die Haut. Sie ging zur Tür. Stand da. Horchte. Stille. Sehr weit weg Geräusche. Aber ungenau. Nur die Welt.

Sie setzte sich wieder. Der Widerschein von draußen. Die Gestalt der Frau im Bett schattig. Sie atmete leiser. Sie dachte, die Tante Trude atmete leiser. Selbstverständlicher. Sie beugte sich vor.

»Das Schönste war das Nachhausefahren. Wenn du dann wieder da warst und wieder geredet wurde. Der Onkel. Der hat ja nichts gesagt. Wenn du weg warst. Dann ist der verstummt. Wir sind da gegangen und haben nichts geredet. Das war auch schön. Versteh mich richtig. Es gab nur so ein Gegrunze. Ein Grunzer, und wir wussten, dass wir eine Pause machen sollten. Jausnen. Und ein Grunzer, wenn es weitergehen sollte. Weißt du, du kannst nicht aufgeben. Der Onkel kann ja nur reden, wenn du dabei bist. Er hat zu reden begonnen, wenn er dich angerufen hat. Und wenn du dann gekommen bist und uns abgeholt hast. Dazwischen war es, als könnte er gar nicht sprechen. Für mich war das sehr gut. Ich muss so etwas wie ein kleines Hündchen gewesen sein. Am Anfang. Ein kleiner Hund, dem man Vertrauen beibringen muss. Ich durfte ja die Richtung bestimmen. Den ersten Schritt durfte ja ich bestimmen, und danach bin ich hinter dem Onkel hergelaufen. Trotzig. Immer trotzig. Bis der Trotz vor Müdigkeit vom Gehen keinen Platz mehr hatte. Und dann kamst du, und das war wie eine Erlösung. Reden und lachen und essen.«

Die Stimme erstarb ihr. Sie hätte weinen können. Sie setzte sich auf. Sie hätte um sich geweint. Um die Person, die hinter diesem Pflegevater hinterhergetrottet war. Die alles gehasst hatte. Damals. Die nicht erwachsen werden hatte wollen, und warum auch. Sie hatte es der Tante Trude sehr schwergemacht.

Sie stand auf. Holte das Mineralwasser vom Fensterbrett. Hielt die Flasche. Setzte sich wieder. Stand auf. Ging an die Tür. Singen. Sie hatte ein Bedürfnis zu singen. Sie hätte gerne etwas Beruhigendes gesungen. Es war ein schönes Bedürfnis. Sie setzte sich. Sie stellte die

Flasche unter das Bett. Nahm die Hand der Tante und stellte sich vor zu singen. Ein Schlaflied. Ein Kinderlied.

Musik. Das war nun auch ein Versäumnis. Die Umstände und das, was sie aus den Umständen mit sich machen hatte lassen. Es hatte nie zu regelmäßigen Klavierstunden geführt. Sie war eingeschrieben gewesen. In der Musikschule Stockerau. Sie hatte begonnen. Die Schottolas hatten ein Klavier ausgeborgt. Das Klavier war in das Wohnzimmer gestopft worden. Aber sie hatte nicht geübt. Warum hatte sie nicht geübt. Was war das gewesen. Sie hatte spielen können wollen. Es war auch klar gewesen, dass man dazu üben musste. Dass dieses komplizierte Ding gelernt werden musste. Sie hatte es sich sogar sehr gewünscht. Aber sie hatte nicht geübt. Sie war vor dem Klavier gesessen. Aber sie hatte nicht geübt. Was hatte sie davon abgehalten. Warum hatte sie sich um dieses Vergnügen gebracht. Um dieses Können. Nichts als Verschwendung. Und wie lange ging das noch. Wie lange musste sie nun vor den Klavieren sitzen und ihrer Behinderung zusehen. Ihrer Hemmung. Ihrem Nichtkönnen. Ihrer Leblosigkeit.

Sie zog den Sessel hinauf. Näher zum Kopfende des Betts. Sie lehnte sich im Sessel zurück. Hielt die Hand der Tante. Schaute zum Fenster hinaus. So war das also. Sie war müde. Ausgelaugt. Das war das richtige Wort. Ausgelaugt. Es war nichts in ihr drinnen als so eine

Blässe. Eine nebelig schmutzige Blässe. Draußen. Am
Himmel. Ganz weit am Ende im Westen. Ein dünner
heller Streifen. Allerletzte Reste von Sonne. Sie blieb
sitzen. Die zwei Schritte ans Fenster hätten sie nicht näher gebracht. Wenn man rechtzeitig wegfuhr. Mit dem
Auto. Mit dem Auto von Wien weg. Wenn man schnell
vorankam. Dann konnte man dem Sonnenuntergang
nachfahren. Bis München ging das gut. In München er-
reichte einen dann die Nacht ja doch. Aber der Streifen
am Himmel vorne. Der war die ganze Zeit gleich breit.
Eine Jagd nach dem Sonnenuntergang war das. Im
Flugzeug ging das nicht. Da saß sie ja nicht im Cock-
pit. Seit sie nur noch Gangplätze vertrug, konnte sie im
Flugzeug gar nichts mehr sehen.

Sie schloss die Augen. Hielt die Hand. So war das alles. Weißtrübe Flecken. Dann Dunkelheit. Das Summen
all der Maschinen rundherum. Ein vielstimmiges feines
Gesumme rundherum. Das Atmen der Kranken. Ihr eigenes Atmen. Es passte sich dem Atem der Kranken an.
Sie fand sich tief Luft holen. Die Helligkeit im Kopf verschwommener. Leichter. Die Hand in ihrer. Wenn es so
sein musste. Sie war gekommen. Sie hatte die Tante erreicht. Das war das Wichtigste. Die Umstände. Darüber
konnte sie sich später Gedanken machen. Erstaunlich
war, dass sie das konnte. So einfach. Dass sie keinen Augenblick überlegen hatte müssen. Sie hätte gedacht, dass
sie Ausflüchte finden würde. Dass sich ihr Ausflüchte

anbiedern würden. Andere Verpflichtungen. Der Kurs
in Nottingham. Die Marina in London. Sie hätte von
sich gedacht, dass sie vor dem Sterben einer Person davonlaufen würde. Müsste. Dass sie dieses Leid vermeiden würde. Aber es war keinen Augenblick eine Frage
gewesen. Ja. Sie dachte jetzt erst darüber nach. Sie öffnete die Augen. Schüttelte den Kopf. Die psychologische Evaluation. Ihre eigene psychologische Evaluation war nicht richtig gewesen. Sie schloss die Augen
wieder. Das kam alles, weil sie keinen Grundkurs be-
sucht hatte. Das kam alles davon, dass sie eine Surfer-
mentalität hatte. Zu individualistisch. Die Ausbildner
nannten es wahrscheinlich faul. Faulheit. Faul. Lazy.
Sie war lieber lazy als faul. Lazy. Mit dem Wort. Da saß
sie schon am Strand. Der heiße Sand oben. Das Hin-
terteil in die feuchte Kühle darunter eingegraben. Und
hinausschauen. Die Wellen anschauen. Sich bei jeder
Welle vorstellen, wie sie zu surfen wäre. Sie war eine
Conceptsurferin. Sie stellte sich das mehr vor. Die anderen da. Die nannten sie auch lazy. Aber die konnten
nicht wissen, dass sie selbst vom Meer nichts erwartete.
Die waren alle so sicher, dass das Meer ihnen zu Ver-
fügung sein musste. Dass es eine Welle gab, die ihnen
gehörte. Das konnte sie sich nicht vorstellen. Deshalb
ließ sie so viele aus. Aber deshalb konnte sie hier sitzen
und musste nicht in Cape St. Francis abhängen. Oder in
Jeffreys Bay. Mit Nadja und Emilio. Oder mit Mort.

Fit wäre sie ja gewesen. Das immerhin. Sie musste laufen gehen. Am besten noch in der Nacht. Wenn der Onkel sie abgelöst hatte. In Wien konnte man in der Nacht laufen gehen. Das ging sonst nirgends. Sie konnte nach dem Laufen nicht schlafen. Aber sie war allein in der Wohnung. Der Onkel übernachtete manchmal da. Die Studenten waren alle irgendwo. Bei den Eltern. In Praktika. Ferien. Die Wohnung roch schon nicht mehr nach ihnen. Der Turnschuhgeruch weg. Im Auto. Hatte sie nicht Laufschuhe im Auto. Der Onkel meinte, sie solle das Auto noch mindestens ein Jahr fahren. So lange würde es halten. Ohne große Reparaturen. Abwarten, hatte er gesagt. Sie solle abwarten, was die Autoindustrie sich ausdenken würde. Wegen der Benzinkosten. Sie solle froh sein, ein kleines Auto zu fahren. Er. Mit diesem Range Rover. Den niemand haben wolle. Er könne sich das nicht mehr leisten. Was das Benzin koste. Aber jetzt einmal. Jetzt könne er so etwas nicht regeln. Und die Tante Trude. Die wolle sicherlich mit dem Range Rover nach Hause gebracht werden. Sie konnte sich das nicht vorstellen. Dass die Tante Trude wieder aufstehen konnte. Aber sie war eine Hysterikerin. Sie stellte sich gerne das Schlimmste vor. Sie musste sich das Schlimmste vorstellen und dann Weinkrämpfe haben. Fieber und Weinkrämpfe. Sie nahm die Dinge zu ernst. Zu einseitig. Sie musste das lernen. Obwohl das auch eine Fähigkeit war. Für die Planung der

Sicherheit von einem Forschungslabor. Da war das ein Plus, sich das Schlimmste vorstellen zu können. Für Einsparungen in Gefängnisräumlichkeiten. Da war das nicht so brauchbar. Da war ihre Einfindung in die Situation kontraproduktiv gewesen. Sie hatte sich Einzelhaft nicht vorstellen wollen und die facilities dafür nicht vorgesehen. Verdrängt. Die Seminararbeit ein C minus. Bad. Aber auch gleichgültig. Jetzt musste die Tante Trude gesund werden. Besser. Irgendwie. Dann würde man schon weitersehen. Am Ende. Ein surfshop irgendwo. Das würde ihr Schicksal sein. Am Rand stehen und zuschauen. Nur am Rand. Dazugehören. Das mit dem Dazugehören. Das passierte irgendwie anders. Früher. Das lernten die Dominik Ebners. Sollte sie so jemanden heiraten. Das gab es ja auch noch. Aber jetzt einmal nicht. Jetzt ging es von Tag zu Tag. Die Nächte. Jetzt einmal. Sie konnte gar nichts planen. Hatte es nicht in der Hand. Sie konnte nur die Hand halten. Und wie hielt man Augenblicke fest.

Sie fühlte die Hand der Kranken. Konnte sie sich dieses Gefühl merken. Würde sie sich erinnern können, wie pergamenten sich die Haut der Kranken auf ihrer Haut angefühlt hatte. Wie trocken beweglich über den Knochen. Sie seufzte. Wahrscheinlich nicht. Erinnern. Ihr Problem fiel ihr ein. Kam zurück. Überfiel sie. Sie beugte sich vor. Holte tief Luft. Das war jetzt nicht wichtig. Es war bitter. Ihr Problem hatte sie in die Uhlandgasse zurückgejagt. Es war ihr Problem gewesen, das sie zu der Familie gemacht hatte, die sie jetzt waren. Sie kämpfte gegen ein Schluchzen. Die Erzählungen der Tante. Von den 7 Fehlgeburten. Von den 7 Prüfungen. Und wie schwer das alles gewesen. Und dass sie ins Haus genommen worden war. Das war schon aus diesen Katastrophen gekommen. Dass sie jetzt hier saß. Und dass das richtig war. Das kam aus diesen Katastrophen. Wie sollte man das ertragen. Der Onkel Schottola hatte es leicht. Der beugte seinen Kopf in seine Religion und seine Verfolgtheit. Den Ausschluss der Evangelischen. Wenn das immer gesagt werden musste. Die sind Evangelische, wissen Sie. Der Onkel Schottola war gewappnet. Die Tante Trude hatte das auch erst lernen müssen. Die Tante Trude war übergetreten. Zur evangelischen Kirche H. B. Aber sie hatte sich zu ihr gebeugt und ihr zugeflüstert, dass sie immer noch nicht alles gelernt hätte. Die Tante Trude hatte gekichert dabei und den Onkel angelächelt. Der war gegangen und hatte den Rasen gemäht. Zum zweiten Mal in der Woche. Und die Tante Trude hatte ihr gestanden, dass sie ja nur bestraft würde. Sie hätte die Angst vor der Umspannanlage gleich um die Ecke von der Uhlandgasse. Sie hätte diese Angst nur vorgeschützt. Sie hätte nie Angst vor dieser Umspannanlage gehabt. Aber sie hätte weggewollt. Weg aus Stockerau. Weg aus der Uhlandgasse. Sie hätte nach Wien gewollt. Der Onkel Schottola hätte auch jeden Tag in die Werkstatt in Stockerau fahren können, und Spezialisten wie er. Er hätte auch in Wien eine Stelle finden können. Beinprothesen wurden überall gebraucht, und er war gesucht. Ihre Krankheit wäre die Bestrafung für ihre Lüge. Wegen der Umspannanlage. Jetzt habe die Umspannanlage sie wirklich krankgemacht. Die Sache mit der Sandra. Das könne sie einfach vergessen. Ihre Mali sei wieder da, und alles habe seinen Sinn. Dann war die Tante eingeschlafen und nur der Rasenmäher draußen zu hören.

Einzeln waren diese Geschichten nicht schwierig. Das Gewebe war so schwer begreifbar. Wie das ineinandergriff. Sich verstrickte. Und dann abglitt. Sich abstieß. Aber ein Gewebe blieb. Sie stieß die Luft aus. Das war sehr anstrengend. Sie verstand Einzelgänger. Sie verstand die STEERO-Weisung, Gruppen nach 3 Monaten aufzulösen. Attachment. Das war anstrengend. Das wurde immer anstrengender. Das war Schwerarbeit. Das kostete alle Kraft.

Einen Augenblick. Sie konnte die Blutplättchen in den Adern der Tante Trude sehen. Wie die weißen Plättchen der STEERO-Weisung folgten. Wie sie mehr und immer mehr wurden, um die Tante Trude wegzuholen. Die Gruppe aufzulösen. Das attachment zu kappen. Die weißen Plättchen hatten »STEERO« aufgedruckt und rollten eifrig über alles hin. Eifriger und eifriger. Bis nur mehr die STEERO-Blutplättchen durch die Adern rollten und die Tante keine Luft mehr bekommen konnte. Die STEERO-Blutplättchen würden mit der Tante sterben und wussten das nicht. Wie die operatives von der STEERO-Organisation. Die wurden von aller Kameradschaft getrennt und starben allein. Unbeweint. Kosteten keine Kraft. Hinterließen keine Traumen. Die Versicherungssumme wurde bezahlt. Sonst musste es niemand bemerken.

»Husch. Weg.« sagte sie laut.

»Wer soll weg.« Die Nachtschwester war ins Zimmer gekommen. Mit ihrer Frage drehte sie das Licht auf. Hinter ihr kam der Onkel Schottola herein. Alle schauten auf die Tante Trude. Die lag still da. Die Krankenschwester begann, den Blutdruck zu messen. Sie stand auf. Schaute auf ihr handy. Es war lang nach Mitternacht. Ob sie bleiben solle, fragte sie. Der Onkel schüttelte den Kopf. Er stellte eine Thermosflasche auf den Nachttisch. Er nahm ein Buch aus einem Plastiksack. Legte es neben die Thermosflasche. Er ging zum Fenster. Die Krankenschwester war fertig. Sie trug die Daten in die Krankengeschichte ein. Klappte den Metalldeckel über das Papier. Ob sonst etwas gebraucht würde. Sie schaute sie beide an. Nickte und ging.

Solle sie das Licht ausschalten. Die Krankenschwester schaute durch die Tür. Nein. Nein. Der Onkel stand da. Überlegte. Dann setzte er sich in die Ecke. Schaltete die Leselampe ein. Holte sein Buch und die Thermosflasche. Er würde einmal lesen, sagte er. Dann umarmte er sie. Er sei sicher, allein bleiben zu wollen. Ja. Er riefe sie an. Aber. Der Onkel ging ans Bett. Sie sähe doch fast gesund aus. Viel besser. Jedenfalls. Es würde besser. Er nickte auf die Schlafende hinunter. Sie ging ans Bett. Beugte sich über die Tante. Küsste sie auf die Stirn. »No steero. You understand.« Sie flüsterte das neben das Ohr. Küsste die Wange. Richtete sich auf. Der Onkel sah sie fragend an. »Abergläubisches Zeug.« sagte sie. Er nickte. Sie ging zur Tür. Hob ihre Schuhe auf. Sah sich um. Sie drückte den Schalter. Das Licht ging aus. Klickend raschelnd. Sie schlüpfte hinaus. Sie drehte sich nicht um. Sie dachte, wenn sie sich jetzt umdrehte, dann wäre das ein Zeichen, dass sie nicht erwartete, die Tante wiederzusehen. Lebend.

September.

Der Blick auf die Alpen. Sie kauerte nieder. Verdrehte den Kopf. Schaute zur Balkontür. Baumkronen. Hinter dem Balkon Baumkronen. Gino hatte sein Bett so in die Ecke geschoben. Er schaute in die Kronen der Buchenallee hinter dem Krankenhaus. Die Berge. Von Ginos Kopfpolster aus verschwanden die Berge hinter den Bäumen. Gino würde nicht so bald bergsteigen können. Da wollte er die Berge lieber nicht sehen.

Sie ging auf den Balkon. Ginos Mutter lehnte am Geländer. Schaute in das Zimmer. Schaute auf das leere Bett. Ob sie einen Kaffee trinken wolle. Etwas essen. Sie habe sicher nicht richtig gefrühstückt. Die Frau schüttelte den Kopf. Sie richtete sich aber auf. Ins Bistro gehen. In die Halle. Ja. Herumgehen. Bewegen. Sie konnte einen Orangensaft trinken. Man müsse nicht hierbleiben. Im Zimmer warten. Das konnte einen verrückt machen. Nein. Die hätten die Handynummer. Die konnten sie überall erreichen. Sie musste nicht hierblieben. Sie mussten nicht hierbleiben. Und Amy solle die Balkontür schließen. Man wisse ja doch nicht, wer da herumginge. Ginos Sachen wären eingesperrt. Im

Schrank. Sie habe den Schlüssel. Aber trotzdem. Man wolle doch niemanden verleiten. Ins Zimmer zu kommen und. Ginos Mutter sprach den Satz nicht zu Ende und ging aus dem Zimmer.

Sie verschloss die Balkontür. Die Zimmertür. Sie lief noch einmal ins Zimmer zurück. Holte ihre Handtasche. Wenn man nicht wissen konnte, wer da herumging. Sie eilte der Frau nach. Ging neben ihr den Gang hinunter. Die breite Stiege in die Halle. Sonnenlicht durch das Glasdach. Die Sonne schräg. Der Staub auf den Blättern der großen Topfpflanzen. Sie griff nach einem der Blätter. Im Vorbeigehen. Es waren lebende Pflanzen. Sahen aus wie Seidenblumen. Ginos Mutter ging sehr rasch. Sie durchquerten die Halle. Ginos Mutter ging im Bistro ganz nach hinten. In den tiefen Schatten, wo der obere Stock über das Atrium hereinragte. Sie könne jetzt nicht in der Sonne sitzen, sagte sie. Noch dazu, wo das eine Glashaussonne sei. Sie schaute auf die Tischplatte. Sie sei doch keine Glashausblume. Wie man das machen könne. So viel Sonne, und dann war man doch im Haus drinnen.

Die Kellnerin kam. Kaffee. Orangensaft. Ginos Mutter nahm Orangensaft. Sie bestellte ein Brötchen mit Butter. Sie hätte noch gar nichts zu essen gehabt. Die Wirtin in der Pension Feichtinger. Die hätte ihr zugeredet. Aber es wäre nicht gegangen. Sie sagte das alles aber nur, weil sie ein schlechtes Gewissen hatte. Weil

sie etwas aß. Sie sollten Krankenwache halten. An Gino
denken. Wie er gerade operiert wurde. Aber sie konnte
sich nicht an seine Stelle denken. Er war ja bewusst-
los. Spürte nichts. Hoffentlich. Er war jetzt auch nur
ein Auto, das gerichtet wurde. Eine Maschine. Ein Maschinchen. Gino war ein Maschinchen. Ginos Mutter
hatte schon recht. Es war zu hell. Die Sonne blendete.
In der Halle draußen. Sie waren die einzigen im Bistro.
Die ersten. Die Kellnerin schaltete die Kaffeemaschine
erst an. Mahlte Kaffee. Ließ Wasser ein. Kontrollierte
die Druckanzeiger. Sie sahen ihr zu.

Ob sie eine Zeitung besorgen solle. Sie stand auf.
Nein, sagte Ginos Mutter. Sie könne keine Zeitung lesen.
Wie solle sie jetzt Zeitung lesen. Ginos Mutter beugte
sich über den Tisch. Stützte ihre Ellbogen auf. Hielt ihren Kopf. Wie lange das weitergehen würde. Jetzt hier
schon das zweite Mal. In Cham die allererste Operation. In München eine. Ihr Ingo würde jetzt das vierte
Mal operiert. Das rechte Knie bräuchte sicher noch ein
weiteres Mal. Das hatte der Professor schon gesagt. Ihr
Bub. Wie sollte der das aushalten. Die Frau hielt ihren
Kopf mit beiden Händen. Presste ihren Kopf zwischen
ihren Händen zusammen. Die Finger weiß vom Drücken. Sie ließ den Kopf los und wandte sich an sie. »Sie
wissen.« Sie hielt ihren Kopf nah an ihr Gesicht. »Sie
wissen.« Sie sagte das drohend. Böse. Vorwurfsvoll.
»Sie wissen. Die haben ihm das Knie zerschlagen. Wis-

sen Sie das. Zerschlagen. Systematisch zerschlagen.«
Die Frau wandte sich wieder ab. Hielt den Kopf. »Mein
Ingo. Mein armer, armer Ingo.« Die Frau flüsterte. Wie-
derholte ihr Geflüster. Immer wieder. Ihr armer Ingo.
Wie es das geben könne.

Sie lehnte sich zurück. In der Halle. Hinter der Glas-
wand des Bistros. Vor der Auskunft. Eine Gruppe hatte
sich angesammelt. Zwei Frauen gingen die Stiegen
hinauf. Redeten. Gingen langsam. Sie blieben immer
wieder stehen und erzählten einander etwas. Die Glas-
lifte. Personen entschwebten hinauf. Ließen sich her-
untertragen. Krankenschwestern. Pfleger. Sie gingen
nach rechts hinten. Kamen von da. Querten die Halle.
Trugen Papiere. Schlüssel. Eilig und absichtsvoll. Eine
Putzfrau schob einen breiten Wischmopp vor den Liften hin und her. In der Mitte des Atriums ein Pflan-
zenbecken. Bänke rundherum. Leute saßen da. Setzten
sich. Standen auf. Mit Stöcken. Krücken. Rollatoren.
Gehgestellen. Alle in hellblau und weiß gestreiften Anstaltsmänteln. Kamen in das Bistro. Holten Kaffee in
Bechern. Gingen hinaus. Setzen sich.

Sie sagte nichts. Konnte nichts sagen. Ginos Mutter
saß vorgebeugt. Die Arme aufgestützt. Ihr Gesicht in
den Händen begraben. Sie daneben. Sie konnte nichts
sagen. Sie hatte ja auch nicht daran glauben können,
dass es ein Autounfall gewesen war. Dass sie aber
jetzt, nachdem Ginos Mutter es gesagt hatte. Dass es

da mit einem Mal klar war. Sie schaute auf das Treiben hinaus. Sie wunderte sich nicht. Sie war kalt. Innen. Kalt.

Der Orangensaft wurde vor sie hingestellt. Der doppelte Espresso. Es habe so lange gedauert, weil die Maschine erst warm werden hätte müssen. Die Kellnerin schaute Ginos Mutter besorgt an. Dann sie. Das Brötchen käme auch gleich. Die Kellnerin ging. Ginos Mutter setzte sich auf. Sie begann in ihrer Tasche zu suchen. Amy müsse entschuldigen. Es wäre halt sehr viel. Diese Sache. Die Frau fand ein Taschentuch und wischte sich den Mund ab. Sie steckte das Taschentuch in die Tasche zurück. Wischte ihre Hände an ihren Jeans ab. Sie schluckte. Räusperte sich. Hüstelte. Sie nahm ihr Glas Orangensaft. Hielt es in der Hand. Starrte von oben in den Orangensaft hinunter. Sie seufzte. Ihr Ingo. Der wolle das nicht. Ingo wolle nicht, dass sie das sagte. Die Ärzte hätten die Verletzung ja angezeigt. Das Krankenhaus wäre dazu verpflichtet gewesen. Aber ihr Ingo. Der schüttle immer nur den Kopf. Er wolle gesund werden. Das wäre das einzig Wichtige. Die Frau schüttelte den Kopf. Seufzte noch tiefer. Im Gegenteil. Er mache ihr Vorwürfe. Vorwürfe. Das müsse man sich vorstellen. Er wolle sich nicht erinnern. Er sage nur, dass er sich nicht erinnern könne. Er wolle das nicht. Und er frage nur, warum sie ihn dazu zwingen wolle. Er sei froh, nichts Genaues wissen zu müssen. Es würde nichts ändern. Seine Knie müssten zusammengeflickt werden, was immer geschehen sei. Er habe keine Erinnerung. Deshalb sei ihm das auch gleichgültig. Er wolle seine Ruhe haben. Seinen Frieden. Sein Leben. Er wolle nur sein Leben wiederhaben. Ob Amy das richtig fände. Das alles.

Sie leerte Zucker aus dem schmalen, hellgrünen Zuckersäckchen in ihren Kaffee. Sie musste sich konzentrieren. Sie konnte sich nicht daran gewöhnen, dass Ginos Mutter Gino Ingo nannte. Und dass Gino seine Mutter ihn Ingo nennen ließ. Die Eibensteiners hatten Gino auch immer Ingo genannt. Weil das auf seiner Lohnsteuerkarte so gestanden hatte. Aber da war Gino jedes Mal wütend geworden. Er war dann zu ihr ins Zimmer gekommen und hatte geschrien, dass die dann doch ihren Gästen selber die wellness verpassen sollten. Wenn sie ihn nicht so weit respektieren konnten, dass sie ihn mit dem Namen ansprachen, den er bestimmte. Und überhaupt. Sie sollten Herr Magister Denning zu ihm sagen. Seine Wut hatte dann nie lange gedauert. Gino fiel immer wie von selber in sein Gleichgewicht zurück. Gino war immer so easy in sein Gleichgewicht zurückgeschaukelt. Gino sah einfach nur das Positive. Vor der Operation. Am Abend. Gestern. Sie hatten einen Augenblick alleine gehabt. Ginos Mutter war in das Bistro gegangen. Abendessen. Sie war bei Gino sitzen geblieben. Gino hatte sie angelächelt, nachdem seine Mutter aus dem Zimmer war. Wäre das nicht total herrlich. Seine Mutter. Sie holten alles nach. Alles, was sie in den letzten 15 Jahren versäumt gehabt hatten. Also praktisch sein ganzes Leben. Aber jetzt wären sie eine Mutter-Sohn-Combo der besten Sorte. Er fände es natürlich schon ein bisschen betrüblich. Gino hatte betrüblich gesagt. Er fände es natürlich schon irgendwie betrüblich, dass es seiner Verstümmelung bedurft hätte. Dass seine Mutter sich jetzt so sehr als seine Mutter fühlen könne, seit er ihr nicht mehr davonlaufen könnte. Seit er pflegebedürftig wäre. Aber seine Mutter. Die käme eben aus den 60er Jahren. Man müsse ja nur die Filme aus dieser Zeit anschauen. Und die Fernsehshows. Dann wisse man gleich, wie fucked up diese Generation werden hatte müssen. Gino redete auch mit ihr nicht über die Wahrheit. Er hatte nur gefragt, ob sie noch daran arbeite, die schärfste Agentin der gesamten Sicherheitsbranche zu werden. Die Superhostess der Sicherheit. Ob sie noch »allsecuriere«. Sie hatte ihm erzählt, dass sie jetzt Trisecura hießen. Und von der Fusion und dem verpatzten Börsengang. Und vielleicht. Vielleicht wusste Gino wirklich nichts. Konnte sich wirklich nicht erinnern. Die Gehirnerschütterung. Die Schädelbasisprellung. Da war das durchaus normal. Gino wollte Genaueres wissen. Was mache Cindy. Könne sie sich an Cindy erinnern. Aber sie wusste nichts. Konnte ihm nichts sagen. Sie habe sich um die

Tante Trude gekümmert. Gregory hatte sie auch nichts wissen lassen. Der war bombastisch gewesen. Wie immer. Aber im Augenblick fahre sie nur zwischen Krankenhäusern und Reha-Kliniken herum.

Es gäbe solche Zeiten, hatte Ginos Mutter geseufzt. Ginos Mutter war über den Balkon ins Zimmer zurückgekommen und hatte zugehört gehabt. Von draußen. Ginos Mutter rauchte. Heimlich. Vielleicht aber hatte sie gehofft, Gino würde ihr etwas erzählen. Gino könnte sich erinnern, während ihr Ingo die Erinnerungen abwehrte. Gino hatte dann fernsehen wollen. Wenn er am nächsten Morgen bei der Operation abkratze, hatte er gesagt. Dann wolle er wenigstens diese Folge von »Germany's Next Top Model« nicht versäumt haben. Er liebe Heidi Klum. Er verehre Heidi Klum. Wenn er noch einmal auf die Welt käme, dann wolle er von Heidi Klum erzogen werden. Er hatte seine Mutter angegrinst. Sollten sie nicht Amy da einschleusen. Die wäre mit 24 zwar recht alt. Aber man sollte nichts unversucht lassen. Er würde Amy da casten lassen, und er würde die weiteren Folgen übernehmen. Er. Er würde die Allerbeste und Allerfieseste sein. Ihm könnten es gar nicht genug Ratten sein, die über sein Dekolleté tapsen sollten. Im Gegenteil. Er würde noch ganz andere Tiere ertragen. Heidi. Sie würde ihn dann so anschauen. Anschauen müssen. Er machte es nach. Ein streng prüfender Blick. Offen und leer. Ein kurzes

363

Schmelzen in Lieblichkeit. »Well done.« Die erlösende Nachricht. »Du bist weiter.« Ach. Das wolle er erleben. Ein solche Erlösung. Er habe hier nur diesen Professor Christian. Der schaue zwar auch so prüfend. Aber er beherrsche dieses liebliche Lächeln nicht. Gar nicht. Obwohl. Er könne sich wiederum auch vorstellen, einer dieser Assistenzärzte zu sein. Und wenn er so überlege. Eigentlich sei er ja doch in so einen beauty contest geraten. Der eine Assistent. Ein schlanker Dunkelhaariger. So eine strenge Dame. Der war für eine Dauervernagelung seines Knies. Der andere Assistent. Der große Sportliche. Der offen Naive. Der den Professor offen anhimmelte. Der war für Verdrahtungen, die wieder entfernt werden sollten. Er. Gino. Er war für die strenge Dame. Natürlich. Aber der Professor Christian. Der bevorzugte den Sportlichen. Er würde verdrahtet werden. Es war aber auch ein Kompliment. Das hieß ja, dass sie ihn wiedersehen wollten.

Gino. Sie bemerkte die Träne erst, als sich ihr Kinn nass anfühlte. Rechts. Eine Träne. Aus dem rechten Auge. Sie fuhr sich mit dem Handrücken über die Wange. Das Brötchen stand vor ihr. Durchgeschnitten. Die Butter daneben. Sie nahm das Messer. Strich die Buttersemmel. Streute Salz auf die Butter. Klappte die Semmel zu. Schaute die Semmel an. Sie konnte nichts essen. Sie konnte nichts in den Mund tun. Der Mund wie gefüllt. Vollgestopft. Verschwollen. Nichts passte hinein. Sie nahm Servietten aus dem Serviettenspender auf dem Tisch. Sie breitete die kleinen Servietten so übereinander, dass sie die Semmel einpacken konnte. Sie wickelte die Semmel ein. Steckte sie in ihre Tasche.

Ginos Mutter zahlte dann. Sie sollten hinausgehen und spazieren. Hinter dem Klinikum. Da gäbe es Wiesen. Ob sie lieber allein sein wolle, fragte sie. Ginos Mutter schaute in ihre Geldbörse. Wie sie darauf kommen könne. Nein. Im Gegenteil. Sie wäre sehr froh, nicht allein warten zu müssen. Wie überhaupt. Die Frau hob die Schultern. Hielt die Luft an. Ließ die Schultern fallen. Atmete aus. Fuhr mit der Hand durch die Luft. Dass Ingo in ihrem Leben zurück sei. Die Frau schaute sie an. Presste die Lippen zusammen. Sie gab der Kellnerin 10 Euro. Die Kellnerin solle den Rest behalten. Die Kellnerin steckte das Geld ein. »Vielen Dank und alles Gute.« sagte sie.

Sie gingen in die Halle hinaus. Das Bistro nun voll besetzt. Patienten in den Anstaltsmänteln in den bayrischen Landesfarben. Angehörige. Alle redeten. Es lachte niemand. Sie schaute sich um. Alle ernsthaft und fragend. Sorgenvoll. Die Köpfe gebeugt. Schicksal.

Sie gingen weiter. Durch den Haupteingang zum Parkplatz hinaus. Sie entschuldigte sich und ging zum Auto. Legte ihre Tasche ins Auto. Verschloss das Auto. Folgte Ginos Mutter. Die wanderte um die Gebäude. Sie wolle dahin, wo man von Ingos Zimmer aus hinsehen könne, sagte sie, als sie ihr nachgekommen war. Sie fanden diese Buchenallee aber nicht. Zuerst wurden sie durch Zäune aufgehalten. Dann hatten sie eine Ausfahrt nach hinten gefunden und waren hinausgelangt. Dann aber wurden sie von einem kleinen Bach aufgehalten. Sie mussten die Straße entlanggehen. Sie konnten beide nicht mehr sagen, wo Ginos Zimmer sein hätte können. Sie gingen hintereinanderher. Ginos Mutter voraus. Die Autos knapp an ihnen vorbei. Erst nach langem Gehen kamen sie an einen Feldweg, und sie konnten ungehindert nebeneinandergehen. Sie gerieten zwischen Wiesen und leere Felder. Trockene Erde. Sie gingen auf die Berge zu. Aber die Berge hier im Bogen um das Tal. Die Himmelsrichtung. Sie dachte, dass sie eher nach Osten gegangen waren. Sie war aber nicht sicher. Die Sonne so steil über ihnen. Die Straße verlief sich dann. Getrocknete Fahrspuren. Dann niedergetrampelte Erde. Reifenspuren in alle Richtungen. Ein Bauzaun quer. Wenn Ingo nicht mit der Polizei reden wollte, dann würden sie die Unterstützung von den Opferhilfen nicht bekommen können. Keine Aussage. Kein Opfer. Keine Opferhilfe. Ginos Mutter hatte die Hände am Rücken ineinandergelegt. Sie schaute auf den Boden. Das mache ihr große Sorgen. Könne sie, Amy, nicht mit Ingo reden. Sie gingen zur Straße zurück. Schwiegen.

Das handy von Ginos Mutter muhte. Ginos Mutter

fühlte sich als Münchnerin dazu verpflichtet. Das Muhen von Kühen als Klingelton. Das handy muhte aus der Handtasche von Ginos Mutter. Die hörte es nicht gleich. Dann wühlte sie aufgeregt nach dem handy in der Handtasche und fand es lange nicht. Sie stand daneben. Sie hätte der Frau die Tasche aus der Hand reißen wollen. Das handy herausfischen. Sie biss sich auf die Lippen. Schaute zu den Bergspitzen hinauf. Ginos Mutter sprach ins handy. Sie wurde wütend. Fragte immer wieder. »Hallo.« und »Wer ist da.«. »Wer spricht denn. So sagen Sie doch etwas.« Dann hielt sie das Telefon weit weg. Blinzelte. Drückte herum. Richtete sich auf. »Es ist alles in Ordnung. Er ist im Aufwachraum, und ich kann in einer halben Stunde zu ihm.«

Ginos Mutter lief zum Klinikum zurück. Sie lächelte. Sie schwenkte die Tasche und lachte sie an. Sie wolle in seinem Zimmer warten. Sie müsse den Vater anrufen. Sie zog wieder die Schultern hoch. Das wäre leider notwendig. Aber er zahle dazu. Das Einzelzimmer. Die Frau seufzte.

Sie waren rasch zurück. Auf dem Parkplatz. Ginos Mutter hatte das handy am Ohr. Sie winkte ihr. Deutete ihr, dass sie mit dem Auto wegfahre, aber wiederkäme. Gegen Abend. Ginos Mutter beendete die Verbindung. Sie habe Amy nicht vertreiben wollen. Aber ins Aufwachzimmer. Da durfte immer nur ein Angehöriger hinein. Hygienevorschriften. Überall. Sie habe jetzt genügend Erfahrung mit Aufwachzimmern. Sie kenne sich jetzt genau aus. Die Frau sah verloren um sich. Was solle Amy machen. Der Ingo wäre sicher erst am Nachmittag wieder in seinem Zimmer.

Sie umarmte Ginos Mutter. Sie solle ihrem Ingo einen Kuss von ihr geben. Ihren Ingo von ihr grüßen. Sie käme dann am Nachmittag. Am Abend. Bis Gino wieder lustiger wäre. Sie freue sich, dass das jetzt einmal vorbei wäre. Sie melde sich. Ginos Mutter habe ja ihre Handynummer. Sie solle es gut machen. Ginos Mutter hielt sie fest. Kurz. Dann ging sie durch den Eingang davon. Sie schaute schon wieder auf ihr Telefon und hielt es dann ans Ohr.

Im Auto war es heiß. Sie schob ihre Tasche auf den Beifahrersitz und ließ sich fallen. Wie fuhr sie jetzt am besten nach Kötzting. Über München. Wahrscheinlich über München. Von hier aus Murnau gab es keinen anderen Weg. Die Berge versperrten alle anderen Richtungen. Wahrscheinlich konnte sie über Bad Tölz auf die Autobahn nach Salzburg und von da nach Passau. Aber das war wahrscheinlich ein Umweg. Der Range Rover hatte kein GPS. Sie konnte den Weg auf ihrem iPhone finden. Aber sie war zu ungeduldig, da herumzusuchen. München. Das würde angeschrieben sein. Sie wollte Schilder. Große, riesige Schilder. Autobahnbreite Schilder, denen sie folgen konnte. München. München Flughafen. Landshut. Deggendorf.

Regen. Von da an fand sie den Weg selber. Sie startete. Benzin. Sie musste tanken. Die Tankanzeige. Der Zeiger begann sich zu bewegen. Sie musste auf dieser Autobahn München–Deggendorf tanken. Auf dieser Autobahn. Da war das Fahren so langweilig, dass Tanken sowieso als Unterhaltung gelten konnte. Sie fuhr an. Sie war froh, den Range Rover vom Onkel Schottola zu haben. Sie saß so hoch oben. Sah die Welt ausgebreitet vor sich. Saß nicht so tief am Grund der Straße wie mit dem Kia.

Aus Murnau hinaus war es einfach. Das Klinikum gleich an der Ausfahrtstraße. Sie wunderte sich dann doch. Sie hatte gedacht, es ginge eher nach Westen. Die Autobahn war aber in Richtung Osten angezeigt. Nach rechts. 5 km. Sie fuhr durch die sanften Hügel zwischen den Vorgebirgen. Wiesen. Wälder. Felder. Häuschen. Wiesen. Felder. Viele Häuschen. Ortschaften. Alles grün. So knapp vor dem Herbst alles dunkelgrün. Hinter Gartenzäunen Geranien. Rosen. Späte Hortensien. Die ersten Dahlien. Die Farben im Vorbeifahren aufblitzend. Dann wieder grün. Die Straße in langen Kurven.

Die Autobahn. Der Verkehr dicht. Es ging auf Mittag zu. Sie musste sich rechts einordnen. Dieser alte Range Rover verbrauchte so viel Benzin. Wenn sie mit den anderen mithalten wollte und auch so schnell fahren. Sie ließ sich überholen. Nur von Lastwagen nicht. Sie konnte sich nicht umsehen. Die Landschaft betrachten. Sie musste das Fahren ernst nehmen. Es ging nicht, sich auf die rechte Spur zu setzen und dahinzufahren. Der Lastverkehr. Die Lastwagen scherten aus. Überholten. Die Autos. Sehr schnell. Es wurde gehupt. Geblinkt. Die niederösterreichische Nummer. Sie war eine Ösi hier. Hier nahmen sie den Ausdruck ihrer Überlegenheit ernst und hupten und zeigten ihr alles Mögliche an. Sie wollte Ruhe haben. In Ruhe fahren. Aber es wurde immer schwieriger. Vor München dann immer wieder Staus. Alarmgeblinke. Stillstand. Wieder Gehupe und Geblinke. Stop and go. Schritttempo. Warum war sie nicht über Salzburg gefahren. Warum hatte sie nicht die Verkehrsnachrichten abgefragt. Sie ließ sich voranschieben. Sendling. Sie folgte dem Flughafenzeichen. Tunnel. Abbiegespuren, von denen sie nur mit Mühe in die Fahrspur zurückgelassen wurde. Die Münchner da nicht freundlicher als die Wiener. Spurenwechsel war eine schwere Sünde. Wieder Hupen. Gefuchtel. Der Vogel wurde ihr gezeigt. Der Finger. Alle waren hungrig. Wahrscheinlich. Sie begann, ihre Buttersemmel zu essen. Hörte Radio. Bayern 3. Oldies. Langweilig geglättet. Mittlere Gefühlslagen fürs defensive Autofahren. Sie mampfte ihre Semmel. Rutschte über den Mittleren Ring. München. Die Wohnhäuser grau mit grünen Fenstern. Geordnet. Alles sehr geordnet. Nichts zu hoch. In München. Das hatte sie immer gedacht. In München konnte man ein ordentliches Leben leben. Ein ordentliches Leben und immer auf der Schwelle zu einem neuen Leben, das dann nie begonnen wurde. Immer neue Beziehungen in Aussicht. Hier nahm man sich ernst genug, und gute Vorsätze und die neueste Mode. Ein bisschen staubig sah es aus. Nach der Jahrhunderthitze dieses Sommers. Aber die Jahrhunderthitze hatte stabile hohe Luftschichten bedeutet. Kein Plutonium aus Fukushima in den höchsten Höhen verschoben und dann über München herunter. Obwohl sicher alle Münchner ihre Jodtabletten zu Hause hatten und auf die Anweisungen warteten. Im Fernsehen. Genaue Anweisungen und noch einmal davongekommen. Auch darin geordnet. Gediegen geordnet.

Auf der Autobahn dann wieder. Die Autobahn ein Tunnel. Die Autobahn zwischen Mauern in die Stadt eingelassen. Die Autos. Die Lastwagen. Die Reisebusse. Der Himmel autobahnbreit darüber. Aber Schilder. Die riesigen Schilder, die sie sich gewünscht hatte. In diesem Auto saß sie so hoch oben. Fühlte sie sich hoch oben. Sie fuhr unter den Schildern knapper durch und musste lachen. Sie wusste gar nicht, wie hoch dieses Auto war. Es schien ihr manchmal. In den Tunneln. Es schien ihr, als streife sie oben die Decke. Sie sollte die Höhenbegrenzungen besser beachten. Ihr handy läutete. Sie schaute auf das display. Der Onkel. Sie würde ihn zurückrufen. Er würde wissen wollen, wie es ih-

371

rem Freund ging. Aber das wusste sie ja selber noch gar nicht. Wie die Reparaturen anschlugen. Wie Ginos Knie reagierte. Gino hatte ihr das vorgemacht, wie der Professor am Bett stand und sein Werk einschätzte. Wenn es gutging, dann war die Operation gelungen. Wenn es nicht so gutging, dann war Ginos Knie kompliziert. Gino fand, dass es nicht anders war als beim Friseur. Da waren ja auch die Haare schuld, wenn es nicht so wurde wie gewünscht. Und ja. Richtig. Sie musste sich eine Friseurin suchen. Ihre Frau Maria. Die war nach Tulln gezogen. Wegen eines Manns, hatte die Salonbesitzerin gesagt. Kopfschüttelnd. Die Frau Maria arbeitete nicht mehr als Friseurin. Anscheinend. Sonst hätte sie ja nach Tulln fahren können. Die Frau Maria war verschwunden. Nach Tulln. Alle Leute verschwanden.

Nach dem Flughafen keine Mauern mehr am Rand der Autobahn. Bäume und Zäune und das flache Land. Ja. Das hatte sie richtig in Erinnerung gehabt. Eine gerade Strecke durch eine flache Landschaft. Am Horizont. Großbetriebe. Atomkraftwerke. An der Autobahn aber Felder. Weithin. Und keine Tankstelle. Keine Raststätte. Sollte sie abfahren. Sie kannte diesen Tankanzeiger nicht gut genug. Was hieß es bei diesem Auto, wenn der Zeiger so lange über dem roten Feld hing. Über der Reserve. Sie fuhr an Landshut vorbei. Sie wollte nicht unterbrechen. Einen Widerwillen dagegen. Einen Wi-

derwillen, von der Autobahn hinunterzufahren. Auf
die Landstraße. An diese Stadt heran. Sich umschauen.
Es war nicht einmal ein Autohof angezeigt. Sie fuhr.
Schaute nur mehr auf die Tankanzeige. Der Zeiger bewegte sich nicht. Sie fuhr dann doch auf den nächsten
Parkplatz und rief beim Onkel Schottola an. Sie ließ
den Motor laufen. Sie hatte plötzlich die Vorstellung,
nicht mehr starten zu können. Der Onkel lachte über
ihre Sorgen. Das mit dem Tanken. Das müsste sie mit-
rechnen. Also. Wie viel wäre sie denn gefahren. Wann
hätte sie denn das letzte Mal getankt. Wie weit müsse
sie noch kommen. Sie habe mehr als genug bis Deggendorf. Er schaue das im Internet mit. Das müsste reichen.
Und sie wisse ja. Diesel. Diesel tanken. Aber das wisse
sie ja. Hätte sie ja oft genug gemacht. Er müsse sich das
vorsagen, wenn er ihren Kia auftanke. Benzin, müsse er
sich vorsagen. Benzin und nicht Diesel. Aber beim großen Wagen ginge das gar nicht anders. Dieses Modell
hätte eine Tanköffnung, in die nur ein Dieseltankstut-
zen passe. Aber sie sollte trotzdem daran denken. Sonst
wäre es mit diesem Auto vorbei. So alt wie das schon
wäre. Wie es ihr denn ginge. Die Tante Trude und er.
Sie säßen auf dem Balkon und schauten auf die bucklige
Welt hinunter. Ihnen ginge es gut, und die Tante Trude
habe ein ganzes Kipferl zum Frühstück essen können.
Was aber mache sie auf dieser Autobahn. Eigentlich.

Sie fahre, ihre Sachen zu holen. Sie habe noch Sachen in Kötzting und bei Allsecura. Sie habe sich gedacht, dass sie Zeit hätte. Der Gino wäre nämlich erst später wieder besuchbar. Nach dieser Operation. Seine Mutter sei bei ihm. Für sie. Es wäre mehr um die Fahrt nach Murnau gegangen. Dass sie die alle nach Murnau führe. An diese Klinik. Weil die Mutter von Gino kein Auto hatte. Am Abend wollte sie aber wieder dort sein. Sie war am handy erreichbar. Und ciao.

Sie fuhr weiter. Nach Deggendorf auf der B 20. Beim Tanken an einer OMV-Tankstelle. Der Tank war noch zu einem Viertel voll gewesen. Sie musste lachen. In dieses Auto gingen 100 Liter hinein. Sie hätte sich wirklich keine Sorgen machen müssen. Sie kaufte Cola und Wasser und fuhr weiter.

Sie kam dann über Cham herunter in Richtung Kötzting. Sie hätte über Regen fahren wollen. Aber sie war nun wieder zu weit nach Westen geraten. Es war aber auch die schnellere Straße. Hier waren die Straßen leer. Mittagszeit. Sie schwang sich um die Kurven. Kannte diese Windungen hügelauf und hügelab. Vor Kötzting. Sie fuhr zum Hotel. Kam von oben den Hügel herunter. Fuhr mit Schwung auf die Hotelzufahrt. Parkte. Stieg aus. Ein einziges Auto. Mülltonnen. Container.

Die Eingangstür glitt auf. In der Halle. Links die Rezeption. Keine Möbel. Keine Bilder an den Wänden. Fleckige Tapeten. Abgetretener Spannteppich. Chlorgeruch. Die Bar. Die Regale herausgerissen. Die Holz-

verkleidungen abmontiert. Müllsäcke. Übersiedlungs-
kartons. Sie schaute sich um. Wollte schon umkehren.
Sie hörte Schritte. Gertrud kam von hinten durch den
Gang zur Küche nach vorne. Sie sagte »hallo.«. Aber die
Frau antwortete nicht. Sie trug einen weiß und schwarz
gestreiften Waschbeutel. Sie warf ihn in eine Schachtel
am Boden. Beugte sich über die Schachtel. Schob die
Dinge in der Schachtel zurecht. Sie fragte, ob denn jemand im Haus sei. Gertrud richtete sich auf. Blickte sie
an. Nein. Hier sei niemand. Schon längst nicht mehr.
Warum sie da sei. Was sie hier wolle. Gertrud hob die
Schachtel auf. Hielt sie vor ihrem Bauch. Ging zur Tür.
Dann hielt sie inne. Drehte sich um. Abrupt. Wütend.
Einen Augenblick konnte sie die Wut in Gertruds Gesicht sehen. Sie trat einen Schritt zurück. Wollte Gertrud sich auf sie stürzen. Sie hatte sich bei Gertrud be-
danken wollen. Wegen der e-mails. Aber so. Es war
alles noch unverständlicher. Sie wandte sich zum Gehen. Machte einen Schritt in Richtung des Lifts. Gertrud trat auf sie zu. Stellte ihre Schachtel ab. Verstellte
ihr den Weg. Hier gäbe es nichts mehr. Sie würde hier
abschließen und den Schlüssel der Maklerin vorbei-
bringen. Hier wäre es aus. Sie müsste gehen, und es
wäre besser für sie, wenn sie wegbliebe. Überhaupt.

»Ich weiß, wie wenig Sympathie Sie für mich gehabt
haben. Aber dann. Sie haben mir doch diese e-mails geschickt. Warum?« Gertrud stand hinter ihrer Schachtel.

Schob sie mit dem Fuß in Richtung Eingang. Nein, antwortete sie. Das stimme nicht. Das mit der Sympathie, und die e-mails. Ja. Das hätte sie gemacht. Aber sie hätte alle e-mails an alle Betroffenen weitergeleitet. Und sie habe das nicht aus Freundlichkeit getan. Das solle sie nur ja nicht glauben. Sie hatte Schaden anrichten wollen. Schaden anrichten. Großen Schaden, und auf der anderen Seite Schaden verhindern. Die Frau starrte vor sich hin. Dann hob sie den Kopf und sah sie an. Sie presste die Lippen zusammen. Schaute wieder in die Kiste. Was sie denn jetzt machen werde, fragte sie die Frau. Was die anderen denn alle machten. Warum sie gekommen wäre, wollte die Frau wissen. »Sachen holen.« sagte sie. Es klang lächerlich, und die Frau zog die Augenbrauen hoch. Dann gab sie der Schachtel einen Stoß und verschränkte die Arme vor der Brust. Lehnte sich gegen das Mäuerchen der Rezeption. Sie. Sie habe einen Job in einem Kindergarten bekommen. Sie müsse in Zukunft 20 km zu ihrer Arbeit fahren. Bisher waren es nur 10 km gewesen, und sie hatte immerhin einige ihrer Fähigkeiten als Assistentin der Geschäftsleitung einsetzen können. Wie Amy wisse, sei sie keine nette Person. »Ich bin keine nette Person.« sagte sie. Ihr täten die Kinder leid. Aber so sei das Leben. Das könnten die Kinder dann ja gleich von Anfang an lernen. Ach ja. Die anderen. Wen meine sie denn da. Cindy? Cindy wäre doch sicherlich übernommen worden.

Gertrud lachte. Böse. Cindy hätte es besonders dumm erwischt. Sie hätte keine Chance für den Transfer nach Frankfurt gehabt. Sie arbeite jetzt in genau dem Casino in Strazny, in dem ihr so übel mitgespielt worden war. Ihr und ihrem Begleiter. Sie müsse sich da arrangieren. Aber um Cindy mache sie sich keine Sorgen. Um Cindy müsse sich niemand Sorgen machen. Cindy mache es am Ende immer richtig. Jedenfalls wäre Cindy nicht verletzt gewesen, wie sie versucht hatten, für Grotowski eine Aktion zu starten. Cindy sei begabt. Vor allem im Abschieben von Schuld. Oder Folgen. Im Casino. Da könnte Cindy Cocktailkleider als Dienstkleidung ab-schreiben. Das wäre doch auch etwas. Und was sie so gehört habe, ginge es in diesem Casino extra exklusiv zu. Cindy könne da noch einen russischen Magnaten auftreiben und die Zusammenarbeit der Stasi mit dem KGB auf einer anderen Ebene weiterführen.

Habe man Grotowski wenigstens. Sie suchte nach ei-nem Wort. Befreit. Das schien ihr nicht zu passen. Her-ausgehauen. Aber Gertrud wartete nicht ab. Gertrud lehnte sich gegen das Mäuerchen zur Rezeption. Das mit Grotowski. Das wäre wirklich tragisch ausgegan-gen. Sie grinste. Grotowski wäre in Afghanistan im Ge-fängnis. Verurteilt. Wegen Korruption. Das wäre das Risiko an solchen Jobs da. Wenn er zu einer Armee ge-hören würde. Aber als private contractor. Da hätten die Afghanen ihre Wut an ihm auslassen können. Versorgung und Ausrüstung. Korruption. Das wäre da wahrscheinlich sowieso normal. Aber Grotowski wäre sicherlich jemandem in die Quere gekommen. Oder sie hätten seine alten Verbindungen mit den Russen herausgefunden. Grotowski säße für das Falsche im Gefängnis. Aber ins Gefängnis gehörte er sicherlich. Wenn sie ein Afghane wäre, sie würde alle diese Ausländer einsperren. Gleich einmal so.

Was sie denn noch wissen wolle. Gertrud stieß sich vom Mäuerchen ab und wandte sich zum Gehen. Ob alles aufgelöst worden sei. Hier. Sie schaute sich um. Sie habe Sachen hier gehabt. Hier und im locker im compound. Sie glaube, da habe sie eine Windstopperweste. Dieses Modell. Sie habe es nicht wiedergefunden, und es sei so praktisch gewesen. Gertrud zuckte mit den Achseln. Natürlich sei hier alles vorbei. Dazu würde doch fusioniert. Alles würde weggetragen. Die Aufträge. Die Einrichtung. Die Akten. Die hätten alles mitgenommen. Nach Frankfurt. Nach England. Die bräuchten nicht mehr solche Außenstellen. Mit der konservativen Regierung in England. Da bräuchten sie nicht einmal die Lager mehr wo anders platzieren. Die hätten die Container abtransportiert und die Akten, und das war alles. Die machten das jetzt im eigenen Land. Die bräuchten keine EU-grenzlandgeförderte Region mehr, in der sich alles verlief. Nicht einmal diese Nische gäbe es jetzt mehr. Aber sie könne sich ja umsehen. Gertrud schaute sich um. Spöttisch. Da in den Säcken. Da könne sie suchen.

Sie starrte die Frau an. Sie meinte diese Container. Oder? Gertrud verzog den Mund. Zuckte mit den Achseln. Wenn sie das so nennen wolle. Die Frau verlor mit einem Mal das Interesse. Ach ja. Anton und Heinz. Die hätten vor, sich selbständig zu machen. Freelancing. Die hatten ihre alten Verbindungen. Die wären nur wütend, weil sie das hier aufgebaut hatten und dann von dem Herrn Madrigal übers Ohr gehauen worden waren, wo sie sich doch so geschäftstüchtig vorgekommen waren. Die seien wirklich sauer. Die hatten doch gedacht, sie hätten den Kapitalismus neu erfunden. Aber. Sie müsse jetzt gehen. In der Ferne. Türen schlugen. Gertrud sah sich um. Sie hob ihre Schachtel wieder auf. Ging zur Tür. Wartete in der Türöffnung.

Sie drehte sich einmal um sich. Es erinnerte nur der Chlorgeruch an die früheren Zeiten. Sie ging zu den Säcken an der Wand, da wo früher die Bar gleich neben der Rezeption gewesen war. Sie öffnete die Müllsäcke. Papier. Akten. Aktenordner. Vorhänge. Handtücher. Zeitungen. Bilder. Manche Müllsäcke enthielten nur Papier. Oder Aktenordner. In manchen Müllsäcken war alles durcheinander. Handtücher. Bilder. Holzornamente. Kleine Engelchen, wie sie an der Wand montiert gewesen waren. Gestickte Trachtenmotive in Bilderrahmen. Gertrud rief, sie wolle hier abschließen.

Sie riss noch einen Sack auf. Aber da waren gebrauchte Hotelhausschuhe drinnen. Sie ging zur Tür. Gertrud wippte ungeduldig und ging voran. Sie wartete, bis die Türen hinter ihnen zugeglitten waren. Dann schloss sie an der Seite ab. Die Sicherheitsanlage schnarrte. Das Hotel war gesichert. Gertrud zog den Schlüssel ab. Was sie denn vorhabe, fragte die Frau. Sie ging aber schon auf ihr Auto zu. Die Frau hätte sie gar nicht mehr hören können. Sie schaute der Frau zu. Die stellte die Schachtel auf den Beifahrersitz. Ging um das Auto. Setzte sich hinters Lenkrad. Schaute in den Rückspiegel. Strich sich die Haare aus dem Gesicht. Schnallte sich an. Dann startete sie und fuhr langsam los. Rollte zur Ausfahrt. Schaute sorgfältig in beide Richtungen. Fuhr ins Tal.

Stille. Sie stand vor dem Hoteleingang. Schaute zum Hügel hinauf. Die Obstbäume hoben sich gegen den blauen Himmel ab. Sie ging zum Auto. Blieb wieder lange stehen. Dann fuhr sie los. Sie fuhr in die andere Richtung. Rechts hinauf. In Richtung Tschechien. Ließ den alten Grenzübergang hinter sich. Die zwei grauen Häuser. Leer. Einmal ein Bollwerk gewesen. Sie bog ab. In den Wald. Felder. Wieder Wald. In das Tal. Sie gab kaum Gas. Rollte dahin. Mehr ein Segeln als ein Fahren.

Sie hatte Angst. Sie hatte schon im Hotel Angst gehabt. Bei den Schritten. Im Haus da. Sie ließ das Auto ausrollen. Stieg auf die Bremse. Stand mitten im Tal auf

der Straße. Sie hatte auf der Brücke über dem kleinen
Bach gehalten. Sie konnte rechts das sprudelnde Wasser
sehen. Über das Brückengeländer hinweg. Weißspru-
delnd schäumend stürzte das Wasser unter die Brücke.
Die Angst. Sie war immer da. Sie war immer dagewe-
sen. Jetzt. Die Angst begann in den Händen. Weiß-
klingelnd. Die Hände. Die Angst kroch in die Brust-
höhle. Ließ die Arme hohl werden. Kraftlos. Sie fuhr
wieder an. Nahm das Lenkrad in die Hände. Zwang
die Arme, sich zu heben. Die Hände, das schwarze Leder des Lenkrads zu umfassen. Sie hielt das Lenkrad
mit beiden Händen fest. Schaute vor sich. In das Tal
vor sich. Die Obstbäume nach rechts zu den Wäldern
hinauf. Das Gras um die Obstbäume grauaschig ver-
dorrt. Links vom Bach und der Straße die Wiesen gemäht und grün. Kein Haus. Weit und breit. Kein Auto.
Niemand.

An der Kreuzung nach dem Tal. Auch da kein Ver-
kehr. Sie bog nach rechts. Dann wieder links. Das Tor.
Offen. Sie fuhr auf den Parkplatz. Niemand hier. Kein
Auto. Sie hielt. Ihr handy läutete. Unbekannte Nummer.
Sie drückte das Gespräch weg. Sie stieg aus. Warf die
Autotür zu. Stand da. Also gut. Sie war hierhergefah-
ren. War das nicht genug. Während sie sich das fragte,
hatte sie zu gehen begonnen. Sie ging zum Eingang. Die
Tür verschlossen. Sie schaute durch die Glasscheibe.
Alles leer. Keine Möbel. Ausgeräumt. Sie ging um den

Vorbau der Rezeption. Nach links. Ihr handy läutete wieder. Wieder eine unbekannte Nummer. Sie ließ das handy läuten. Trug das schrillende Ding in der Hand. Die Einfahrt zum compound. Alles versperrt. Sie ging an den Rand des Parkplatzes. Es war alles versperrt. Sie stieg in das Gras an der Mauer. Ging die Mauer entlang. Ein schmaler Pfad ausgetreten. Das große Gebäude nach rechts. Hinter der Mauer die Dächer der einstöckigen Baracken gerade noch zu sehen. Sie spazierte dahin. Die Mauer erstreckte sich weit nach hinten. Ihr handy war wieder still. Dann das kurze Schrillen. Eine Nachricht. Der Pfad führte weiter. Unter einem Apfelbaum durch. Es war gleich zu sehen. Beim ersten Blick war es klar. Dieser Baum war wie eine Brücke über die Mauer. Sie hätte einen kleinen Anlauf nehmen können und sich an der Mauer hochziehen. Sie konnte sich aber nicht erinnern, ob die Mauer irgendwie gesichert worden war, und ihre Hände und ihre Knie. Glasscherben. Stacheldraht. Aber der Apfelbaum. Ein Ast in Kniehöhe. Die nächste Gabelung in Schulterhöhe. Auf dem breiten Ast direkt auf die Mauer hinauf. Sie konnte sich an den dünneren Ästen darüber festhalten. Grüne flachgedrückte Äpfelchen mit roten Streifen hingen in den Zweigen. Es waren Glasscherben eingemauert. Oben. Hellgrüne Glasscherben. Sie balancierte auf die Mauer. Handy und Autoschlüssel noch in den Händen. Sie stand oben. Kurz. Verstaute handy und Autoschlüssel in der Brusttasche des Sommerkleids. Dann sprang sie von der Mauer. Sie kam gut auf. Auf allen vieren. Sie richtete sich auf. Kontrollierte, ob sie den Autoschlüssel noch hatte. Ihren Schlüsselbund. Das handy.

Sie war hinter einer Baracke gelandet. Sie konnte in die Baracke sehen. Die Baracke ein einziger Raum, und sie konnte durch die Fenster auf der anderen Seite hinaussehen. In der Baracke Stockbetten. Der Hof. Ein riesiger Platz. Die Geräte für das circuit training. Das alte Gebäude dahinter. Hoch aufragend. Die alten Zubauten nach links. Die neuen nach rechts. Die Baracken in einer langen Reihe nach hinten. Ganz am Ende riesige Antennen. Dahinter Wiesengrund. Die Wälder. Das Gras rund um die Baracken hoch und dürr. Raschelte beim Durchgehen. Sie ging auf den Platz. Sie erinnerte sich, dass es eine kleine Tür zum Turnsaal gegeben hatte. Von da konnte sie zum Umkleideraum kommen. Die Windstopperweste musste im Garderobenkästchen sein. Wenn es das alles noch gab. Sie ging die Mauern entlang. Sie kehrte zum Rezeptionsvorbau zurück. Ging die innere Wand entlang. Ging da, wo drinnen der Verbindungsgang zum Hauptgebäude verlief. Bog nach links. Der Gang zum Turnsaal drinnen. Sie draußen. Die undurchsichtigen Glasfenster. Sie wanderte dahin. Ein leichter Wind kam von den Hügeln herunter. Angenehm auf der Haut. Machte alles selbstverständlich. Selbstverständlicher. Die Hände nicht mehr so zitt-

rig. Normal atmen kein Problem. Normaler atmen. Sie
holte tief Luft. Da war diese Tür.

Sie stand vor der Tür. Einen Augenblick. Sie zögerte.
Das reichte doch. Warum wollte sie weiter. Sie drückte
die Klinke nieder. Versperrt. Sie schaute das Schloss
an. Sie zog den Schlüsselbund aus der Brusttasche.
Der Schlüssel zu ihrem Zimmer in der Wohnung. Sie
steckte ihn in das Schloss. Er passte nicht richtig. Aber
der Schlüssel im Türschloss fiel auf der anderen Seite zu
Boden. Sie versuchte, mit ihrem Zimmerschlüssel auf-
zuschließen. Aber der Schlüssel war kaum zu bewegen
und ließ sich dann nur noch schwer aus dem Schloss
herausziehen. Sie kniete nieder und schaute unter der
Tür. Der Spalt war sehr schmal. Sie brauchte einen Stecken. Einen Ast. Warum hatte sie ihre Tasche nicht
mit. Da hätte sich ein Gerät gefunden. Irgendetwas. Sie
setzte sich auf. Lehnte sich gegen die Tür. Es war schön,
so dazusitzen. Den Vögeln zuzuhören. Dem Wind-
säuseln. Sie saß im Gras. Lange. Schaute nach hinten
hinaus. Zur Wiese. Lange.

Sie bekam dann Durst. Sie rappelte sich auf. Zog sich
an der Türklinke hinauf. Stützte sich am Türrahmen ab.
Sie hörte ein Rieseln hinter dem Türstock. Die Tür bewegte sich mit dem Brett des Türrahmens. Sie rüttelte
am Holzrahmen. Die Mauer unter dem Türrahmen
war mürbe. Der Türrahmen ließ sich in die einzelnen
Bretter auseinandernehmen. Das Brett vom Außenrah-

men löste sich von der Mauer ab. Nägelstarrend. Die Mauer zerbröselt. Die Kiesel im Mauerwerk zu sehen. Sie drückte gegen das Brett, in dem das Schloss verankert war. Das Schloss blieb fest versperrt. Aber das Brett die Mauer hinauf ließ sich verschieben. Sie warf sich gegen die Tür. Stieß an der Klinke. Trat gegen die Tür. Die Mauer war verrottet. Sie konnte dann mit einem Tritt gegen das Schloss Tür und Türrahmen von der Mauer trennen. Ein Spalt entstand. Hinter dem Türrahmenblatt. Sie trat weiter gegen die Tür. Drängte die Tür ins Haus. Der Spalt reichte dann, sich in den Gang zu zwängen. Sie schob den verrotteten Türrahmen mitsamt der Tür zurück. Sie stand im Gang. Der Turnsaal. Die hohen Fenster. Sie ging in die Garderobe. Der Schlüssel zum Garderobenschränkchen am Schlüsselbund. Wie gut, dass sie nie Ordnung machte. Andere hätten diesen Schlüssel längst vom Schlüsselbund genommen. Sie brauchte lange. Es war aber auch wegen der Anzahl der Schlüssel gewesen. Sie hatte den Schlüssel am Schlüsselbund gelassen, weil sie es peinlich gefunden hatte, nur noch 2 Schlüssel und den Autoschlüssel am Schlüsselbund zu haben. Viele Schlüssel. Das war ihr wie Reichtum erschienen. Sozialer Reichtum. Der Zugang zu vielen Wohnungen. Willkommen in vielen Wohnungen. Das war wie im Supermarkt. Mit der Packung Vollkornkekse und der Packung Sojaeis. Eine einsame Person. Keine Familie. Niemanden zu versorgen. Niemanden zum Essen. Nichts zu kochen. Single. Allein. Langweilig.

Im Umkleideraum war nichts verändert. Sie fand ihren Spind. Sperrte ihn auf. Da war alles Mögliche. Eine Flasche Wodka stand gleich vorne. Sportschuhe. Sportsachen. Ein Rucksack. Die Windstopperjacke. Sie nahm die Jacke. Zog sie an. Sie zippte das handy und den Schlüsselbund in die Tasche am Rücken. Sie schaute die Wodkaflasche an. Sie hatte den Geschmack von Wodka im Mund. Aber von kaltem Wodka. Dieser Wodka war so warm, wie es in diesem Raum heiß und stickig war. Sie steckte die Hände in die Seitentaschen der Windstopperjacke und ging auf den Gang.

Sie ging dann in Richtung Haupthaus. Es war still. Vollkommen still. Sie hatte plötzlich keine Angst mehr. Ihr handy läutete. Sie holte es aus der Tasche. Es war Ginos Mutter. Sie nahm das Gespräch an. Was es gäbe. Ob es Gino gutginge. Also wie es dem Ingo ginge. Natürlich. Ja, der wolle mit ihr sprechen. Sie gäbe das Telefon weiter. Sie könnten so lange reden, wie sie wollten. Sie habe einen Handyvertrag, da könne man 100 Stunden im Monat reden. Sie ginge etwas essen. Dann hörte sie schon Gino. »What's up.« fragte er. Das wolle er nicht wissen, sagte sie. Wie es ihm ginge. Beschissen, sagte er, und wo sei sie denn. Das wolle er auch nicht wissen. Sie wäre im compound. Aber es gäbe die wunderbarste Nachricht. Er könne ja raten, was es sei. Sie habe

386

etwas wiedergefunden. Ob sie die Wimperntusche gefunden hätte, die sie seit Monaten nicht mehr verwende und ohne die sie ein Katzengesicht hätte. Sie musste lachen. Gino solle nicht so eitel sein. Nein. Es habe überhaupt nichts mit Aussehen zu tun. Wo sie wirklich sei. Sie stiege gerade die Stufen zum oberen Stockwerk im compound hinauf. Sie käme sich vor wie in einem Horrorfilm. Über ihr hinge dieses Riesenbild. Laokoon. Er wisse doch. Dieser trojanische Priester, der mit seiner Frau im Tempel gefickt hatte. Ob das nicht die Geschichte mit den Schlangen sei, fragte Gino. Ja, sagte sie. Die armen Söhne wären in die Erstickung durch die Schlangen mit hineingezogen worden. Weil der Herr Papa sich nichts geschissen hätte. Im Tempel von Apollo. Das wäre doch immer das Schicksal der armen Söhne, sagte Gino. Und der armen Töchter. Die dürften dann heulen. Nachher. Wenn die Eltern schon wirklich alles kaputtgemacht hatten.

Sie stieg hinauf. Schaute von unten auf das Bild. Im Licht des Sommernachmittags. Des Spätsommernachmittags. Es war zu hell. Die Staubränder deutlich abgehoben. Da, wo die Farbe dicker aufgetragen, Staubränder. Sie stieg weiter. Die Füße der nackten Männer riesengroß über ihr. Sie nahm den rechten Stiegenaufgang. Aber das hätte doch etwas mit dem Trojanischen Pferd zu tun. Gino redete langsam. Er schaue gleich auf Wikipedia nach. Sie blieb stehen. Richtig, sagte sie. Und war die Tötung von Laokoon und seiner Söhne durch die Schlangen nicht der Schmäh gewesen, der die Trojaner überzeugte, das Trojanische Pferd in die Stadt zu holen. Ja, führte Gino weiter. Der war der Einzige, der die Gefahr erkannt hatte. Aber diese Schlampe von Pallas Athene hätte dann die Schlangen geschickt und alles umgedreht. Was man auch von einer Frau halten solle, die aus dem Vater so direkt entsprungen sei, fragte sie. Woher die genau herausgesprungen sei, überlegte Gino. Ob er das nachschauen solle. War das der Kopf gewesen oder doch der Oberschenkel vom Zeus. Die Hüfte. Dem Laokoon. Dem wäre es gegangen wie ihm. »So wie ich.« sagte er dann. Verträumt. »Ich weiß das auch immer gleich, wenn etwas schiefgehen wird. Aber niemand glaubt mir. Du doch auch nicht.« Das müsse sie zugeben, antwortete sie. Sie war stehen geblieben. Sie stieg weiter. Kam im oberen Stock an. Die Doppeltür zum Konferenzzimmer angelehnt. Was mache sie, wollte Gino wissen. Sie solle da hinaus. Raus, sagte er. Er könne doch hören, wie still es da war. Er würde da keinen Schritt machen. Das wäre eben er, sagte sie. Sie ginge jetzt gerade in das Konferenzzimmer. »Ich öffne die Tür. Dazu schiebe ich den rechten Türflügel auf und betrete den Konferenzraum, in dem.« Sie hielt inne. Gino seufzte. »Und was hat unsere Reporterin zu reporten.« Er leierte gelangweilt. Sie solle da weggehen, sagte er dann wieder. Ernsthaft. »Ja. Das sollte ich.« antwortete sie.

Sie ließ den Arm mit dem handy sinken. Sie stand an der Tür. Auf dem Konferenztisch. Gregory lag lang ausgestreckt. Oben quer. Er lag auf den Plätzen des Vorsitzes. Es war heiß im Raum. Fliegen. Nur zwei. Oder drei. Aber sie waren laut zu hören. Ein sehr lebendiges Gebrumme. Kreisend. Über ihm. Dem. Dem das. Diesem Ding. Da. Sie war starr. Aus dem handy in ihrer Hand hörte sie Gino. Was denn los sei. Amy. Amy. Er rief nach ihr. Sie hob das handy. Fragte »Gino?«. »Was ist los!« Gino schrie sie an. Sie schaute auf das Ding auf dem Tisch. Sie konnte nichts sagen. Gino zischte sie an. Sie solle etwas sagen. Irgendetwas. Er wurde ganz ruhig. Sprach mit ihr langsam. Überdeutlich. Er könne sie atmen hören. Das sei doch sie. Ja? Das sei doch sie. Amy. Das sei doch sie, die da atme. Sie war einen Schritt zurückgetreten. Lehnte gegen den Türrahmen. Sie schwang sich nach links. Aus dem Raum. Lehnte gegen die Wand. Ließ sich zu Boden rutschen. »Houston. Wir haben ein Problem.« Sie flüsterte. Der Steinboden kalt. Die Wand im Rücken kalt. Innen eisig heiß.

Was los sei. Gino schrie vor Verzweiflung. Sie müsse reden. Sie müsse mit ihm reden. Er läge in einem Krankenbett. Er wäre noch in Narkose. Er dürfe nicht so gequält werden. Verstünde sie ihn. Er sei eine kranke Person. Er habe eine freundliche Behandlung verdient. Amy. Sie sei doch ein freundlicher Mensch. Meistens. Sie würde ihn doch nicht absichtlich. Er wurde

wieder lustiger. Aha, sagte er. Sie wolle ihn unterhalten. Dann solle sie fortfahren. »Fahren Sie fort.« sagte
er. »Fahren Sie nur fort mit Ihrem Unterhaltungspro-
gramm auf Bayern 21.« Er sprach weiter. »Gino.« flüsterte sie. »Er ist tot. Glaube ich.« Gino hörte zu reden
auf. Blieb still. »Schatzl.« sagte er nach langem. »Was ist
denn los?« Er klang weinerlich. Verzweifelt. »Ich kann
es dir nicht sagen. Nicht wirklich. Er liegt auf dem Konferenztisch. Die Fliegen sind schon da. Das heißt. Ich
weiß nicht. Nichts Gutes. Sicherlich. Bist du noch da?«
»Wer?«, fragte Gino. »Wer liegt auf einem Konferenztisch mit den Fliegen.« »Er!«, sagte sie. »Gregory.« Sie
saß auf dem Boden. Vorgebeugt. Das Telefon ans Ohr
gepresst. Sie hörte Gino atmen. Hörte ihm zu. »Nein.«
Gino seufzte dieses Nein. »Doch.« sagte sie. Sie erfände
das doch alles. Sie antwortete nicht. Nein. Gut. Sie erfände das nicht. Das hätte er sich gleich gedacht. Was
sie nun machen werde. Ob er wirklich tot wäre, fragte
Gino. »Du weißt, was das heißt.« sagte sie. Sie sagte es
mehr zu sich. »Es ist dir klar. Das ist die Person, die
mich. Das zumindest. Das wissen wir ja. Ganz genau
wissen wir das.« Gino seufzte. Sie solle da weg. »Mir
ist so schlecht. Ich kann mich nicht bewegen. Ich kann
nicht einmal richtig reden.« Sie solle da weg. Sie solle
aufstehen oder kriechen. Sie solle nur da weg. Gino
schrie sie an. »Dieser Mann.« Sie redete leise. Murmelte
in das Telefon. Sie schaute auf das Bild an der Wand

gegenüber. Sie war auf gleicher Höhe mit den Köpfen. Die schmerzverzerrten Gesichter. Der alte Mann. Schon fast tot. Der eine Sohn im Kampf mit dem Ersticken. Der andere. Er sah auf den Vater. Verwundert. Vorwurfsvoll. »Dieser Mann«, sagte sie. »Der hat zugesehen. Der hat alles gewusst. Der hat mich das alles leiden lassen. Der hat zugesehen. Der hat mich lernen lassen, wie man Schmerzen optimiert, und hat. Zugefügt. Er hat. Benutzt. Er hat. Ein Werkzeug. Du glaubst doch nicht, dass ich da. Dass man da einfach weggehen kann. Ich möchte. Ich könnte. Ich muss. Da muss man. Oh. Ich wollte, ich könnte ihn zerreißen. Verstehst du. Seine Leiche zerreißen und die einzelnen Teile in die Obstbäume hier. Hier gibt es Obstbaumhaine. Die sind so idyllisch. Da könnte Homer 5 Stanzen draus machen. Und im Frühling. Im Frühling hängen dann nur mehr Knochen in den Bäumen. Es gibt viele Raubvögel hier. Die fressen so etwas. Die.« Sie konnte nicht weiter. Sie erstickte an ihrem Reden. Die Brust. Vorne. Ein steinerner Panzer. Verschloss alles. Machte den Kopf hohl. Sie hörte sich den Atem aufziehen. Pfeifend. Dünn. Zu schnell. Sie hörte nichts mehr. Konnte nichts hören. Das handy in der Hand. Die Hand. Sie war zur Seite gerutscht. Das handy auf dem Boden. Sie zog die Beine an. Umarmte ihre Knie. Legte ihren Kopf auf die Knie. Dunkel. Ihre eigene Wärme. Der Geruch von ihr. Sie wollte nicht ohnmächtig werden. Sie musste sich wieder aufsetzen. Den Kopf nach hinten gegen die Wand. Schlucken. Sie musste gegen das Ohnmächtigwerden schlucken. Ihr Mund trocken. Sie bewegte die Kiefer wie zum Kauen. Pumpte Speichel in die Mundhöhle. Schluckte den Speichel. Machte Kaubewegungen. Blut in den Kopf. Sie wusste gar nicht, woran er. Blut in den Kopf, dachte sie. In den Kopf. Nicht aus dem Kopf. In den Kopf. Das Atmen. Tief in den Bauch. Alles tief in den Bauch. Dieser Mann. Mit ihr. Hatte. Sich. Der Ekel ließ sie die Luft besonders tief aufziehen. Ekel. Aber keine Erinnerung. Nichts erinnerte sich an diese Person. Nur der DNA-Test. Sie wusste nicht einmal, ob sie nicht mitgemacht hatte. Es konnte sein, dass sie. Betrunken, wie sie gewesen sein musste. Und jetzt. Er war nicht mehr da. Er war. Geflohen. Verjagt. Vertrieben. Der Täter. Entkommen.

Sie schüttelte den Kopf. Konnte es nicht glauben. Die Situation. Das war alles nicht wahr. Aus dem handy kam Ginos Stimme. Dünn. Sie hob das handy auf. Gino sprach vor sich hin. Er erzählte das Märchen von Hänsel und Gretel. Er war bei der Stelle, bei der Gretel der Hexe das falsche Knöchelchen hinhielt. Er musste schon lange diese Geschichte erzählt haben. Sie hörte ihm zu. Dann fragte er, ob sie wieder da sei. Unter den Lebenden. Er habe sie scheußlich japsen gehört. Und ob sie jetzt endlich von da verschwunden sei. Weglaufen. Das wäre das einzig Richtige. Sie solle jetzt. Ja. Wo sei sie denn gerade. »Ich sitze auf dem Specksteinboden vor dem Konferenzzimmer, das früher sicher das Lehrerkonferenzzimmer war.« »Gut.« sagte Gino. Dann solle sie einmal aufstehen. Könne sie das. Ja? Gut. Dann weiter. Wohin müsse sie gehen. Wie käme sie hinaus. »Ich gehe die Stiegen hinunter und zum Turnsaal zurück. Wahrscheinlich. Alle Türen sonst. Das weiß ich nicht.« Gut. Sie solle anfangen. Was mache sie gerade. »Ich steige die Stiegen hinunter. Jetzt bin ich am Stiegenabsatz. Ich gehe die breite Haupttreppe hinunter. Ich bin gleich an der Tapetentür zum Turnsaal. Zum Gang zum Turnsaal. Ich bin an der Tapetentür. Ich mache sie auf. Ich mache die Tapetentür zu.« Habe sie alles bei sich, fragte Gino. Nicht dass sie noch einmal zurückmüsse. Sie stand still. Konnte sich nicht bewegen. Wenn der Autoschlüssel. Der Schlüsselbund. Wenn das nicht da war. Dann tastete sie nach dem Schlüsselbund. Der war da. »Ich habe alles. Ich gehe jetzt den Gang hinunter. Gino. Ich bin müde. Ich bin sooo müde. Ich möchte mich hinlegen und schlafen.« Das wäre der Schock. Sie müsse da hinaus. Sie solle gar nicht daran denken, dass sie müde wäre. Und was sie denn nun eigentlich gelernt hätte. In ihrer Ausbildung. »Haben die euch nicht ein emergency cope training zukommen lassen?« Das wäre doch das Mindeste. Aber diese Militaristen. Die setzten alle auf Erschöpfung. Das wäre das einzige natürliche Beruhigungsmittel, das die kennten. Aber die wüssten eben nichts. Er. Er könne wiederum das Allerbeste von der Drogenfront berichten. Er. Er wolle sich jeden Tag narkotisieren lassen. Diesmal hätte er die allerbesten Horrorträume gehabt. Besser als der beste Film. »Ich habe das noch nie verstanden. Wie du diese Filme aushalten kannst.« Sie sei eben ein Blümchen und wirklich in der falschen Branche gelandet. »Nein. Das ist genau anders. Nur Leute wie ich gehen umsichtig vor. Jemand wie du. Einer wie du, der Angst zur Steigerung seines Lebensgefühls braucht. Der wäre unzuverlässig.« Das wäre aber allgemein bekannt. Dass er unzuverlässig sei. Wo sie denn nun wäre. »Ich versuche gerade, diesen Türrahmen wegzuschieben. Wenn ich. Ich muss da.« Sie solle nicht so ächzen. Er würde davon nicht beeindruckt. Ob sie es nun schon geschafft habe. Das wäre nun wirklich öde. Wie lange das alles bräuchte. Ob sie wirklich so geschickt sei, wie sie das glaube.

Sie warf sich mit der Schulter gegen Tür mit dem daran hängenden Türrahmen. Sie hätte an der Tür ziehen müssen. Die Mauer war außen verrottet. Sie hätte die Tür nach innen ziehen müssen. Die Vorstellung. Diese Bewegung nach innen. Die Tür nach innen. Völlig unmöglich. Sie hätte davonlaufen müssen. Den Gang zurück. Und was dann. Sie schob und stieß. Sie spürte ihren Kopf rot werden vor Anstrengung. Am Ende gab das Holz nach, und das ganze Schloss brach heraus. Die Tür schwang nach draußen. Der Türrahmen hing schief. Sie stürzte ins Freie. Sie begann zu laufen. Konnte nicht. Sie musste mitten auf dem Platz stehen bleiben. Unter der rechten Rippe ein solcher Schmerz. Sie ging weiter. Steif. Gino hatte schon lange nichts gesagt. Wie sollte sie über die Mauer kommen. Sie suchte die Stelle, an der der Apfelbaum herüberhing. Sie seufzte. Seufzen war gut. Sie ging tief seufzend an die Baracke heran. Sie zog den rechten Schuh aus. Zog ihn über die rechte Hand. Ein Handschuh, schoss es ihr durch den Kopf. Sie begann zu kichern. Sie schlug ein Fensterglas ein. Sie hielt das handy in der linken Hand. Fragte Gino, ob er noch da sei. »Wo sonst.« fragte er. Was sie mache. Wo sie sei. Gino klang schläfrig. Matt. »Ich mache das jetzt schon.« sagte sie. »Ich muss das handy einstecken. Ich brauche beide Hände. Dann ist es gut.« »Good luck.« Sie schaltete auf Lautsprecher. Gino sprach mit sich selber. Das klinge alles nicht gut, was er da höre. Was sie denn mache. »Ich breche ein.« rief sie. Sie zog den Schuh wieder an. Sie hatte das Fenster aufgebracht und kletterte in den Raum. An einem Tisch standen 4 Sessel. Die Betten waren roh gezimmert. Der Tisch und die Sessel. Die waren von Ikea. Sie trug einen Sessel an das Fenster. Sie brauchte drei Sesselhöhen, um da hinaufzukommen. »Ich mache jetzt einen Zirkusakt.« Sie stapelte zwei weitere Sessel übereinander. Brachte sie zum Fenster. Hievte die Sessel durch das Fenster auf das Gras. Sie kletterte aus der Baracke

395

hinaus. Trug die Sessel an die Mauer. Türmte die Sessel aufeinander. Es ging immer nur, 3 Sesselbeine auf der Sitzplatte des unteren Sessels aufzustützen. »Ich weiß jetzt, warum man uns immer verboten hat, zwei Sessel aufeinanderzutürmen und dann darauf herumzuklettern. Es ist wirklich nicht sicher.« Er sei ja dankbar für das Adrenalin, das sie in ihm ausgelöst habe mit diesem Abenteuer. Aber langsam werde er müde. Die Reaktion setzt ein. Er sagte das, wie der George-Clooney-Charakter in »E. R.«. Die ersten Folgen. »Wir verlieren ihn.« Sie wiederholte den Schreckensruf aus dieser Serie. Sie wiederholte es. »Wir verlieren ihn. Wir verlieren ihn. Wir verlieren den Patienten.« Sie stieg auf den ersten Sessel. Turnte auf den zweiten. Sie hielt sich an der Mauer fest. Mit dem dritten Sessel kam sie nicht annähernd in die Höhe der Mauer oben. Aber sie konnte sich hinaufziehen. Ein Klimmzug. Sie suchte eine Stelle, an der die Glasscherben nur Glaskiesel waren. Sie griff hin. Stieß sich von dem Sesselturm ab. Die Sessel fielen um. Polterten ins Gras. Sie hing aufgestützt an der Mauer. Gino fragte aus ihrer Brusttasche, warum sie so schnaufe. Sie musste lachen. Sie hing da und lachte. Dann sah sie das Blut unter der linken Hand herausquellen. Das Lachen hörte auf. Sie zog das rechte Bein hinauf. Verlor fast den Schuh dabei. Der Ballerina zu locker. Rechts. Aber sie konnte den Schuh mit hinaufbalancieren. Sie zerschnitt sich

das rechte Knie. Sie richtete sich auf. Bekam einen Ast
vom Apfelbaum zu fassen. Zog sich hinauf. Sie musste
sich beherrschen, nicht schon zu laufen zu beginnen.
Im Rücken. Eine klirrende Verwundbarkeit. Sie stand
auf der Mauer. Mit dem Rücken zum Gebäude. Sie begann zu zählen. Gino zählte mit. Sie brauchte bis 14,
bis sie über den Ast des Baums zu den Astgabelungen
gelangt war und dann hinuntergestiegen. Was sie jetzt
noch machen müsse, fragte Gino. »Die Mauer entlang
zum Parkplatz.« Dann solle sie das tun. Sie nahm das
handy wieder in die Hand. Ans Ohr. Sie keuchte. Gino
summte »New York. New York.« Sie keuchte. Has-
tete. Sie lief um die Mauer auf den Parkplatz. Sie hätte
sich umschauen sollen. Sie stürzte zum Auto. Riss am
Zippverschluss der Windstopperjacke. Fummelte den
Schlüsselbund heraus. Sperrte auf. Die Hände steif und
ungelenk. Aufgeschürft und links blutig. Im Auto. Sie
startete sofort. Sie drückte die Sicherungsknöpfe herunter. Die Vorstellung. Jemand käme gelaufen und risse
die Autotür auf. Sie fuhr hinaus. Gino summte weiter.
Sie fuhr genau. Als führe sie das erste Mal. Doch zu wenig Praxis. Gino stimmte ihr zu. Sie kam an die asphal-
tierte Straße durch das Tal. Sie bog nach links. Wo sie
jetzt sei, fragte Gino. Noch in Tschechien.

»Ich fahre durch ein breites Tal. Es gibt keine Häuser.
Ich bin ganz allein. Jetzt fahre ich über eine Brücke und
dann den Hügel hinauf.«

»Kandidatin Amy.« Gino machte Heidi Klum nach.
»Well done.« flüsterte er ihr ins Ohr. »Du bist meine
Jana. Und weißt du, wie lieblich ich lächle.« »You bet.
My Heidi.« sagte sie. Er werde ihr das Märchen von
Hänsel und Gretel fertigerzählen. Er habe jetzt den lap-
top offen, und er läse ihr die Wikipedia-Fassung vor.
Wenn er einschliefe, dann wäre das keine Unhöflich-
keit. Mehr könne er jetzt zu ihrer Begleitung nicht tun.
Gino begann wieder. »Nun ward dem armen Hänsel
das beste Essen gekocht, aber Gretel bekam nichts als
Krebsschalen. Jeden Morgen schlich die Alte zu dem
Ställchen und rief: ›Hänsel, streck deine Finger heraus,
damit ich fühle, ob du bald fett bist.‹ Hänsel streckte ihr
aber ein Knöchlein heraus, und die Alte, die trübe Augen hatte, konnte es nicht sehen und meinte, es wären
Hänsels Finger, und verwunderte sich, dass er gar nicht
fett werden wollte.

Als vier Wochen herum waren und Hänsel immer
mager blieb, da überkam sie die Ungeduld, und sie
wollte nicht länger warten. ›Heda, Gretel‹, rief sie dem
Mädchen zu, ›sei flink und trag Wasser! Hänsel mag fett
oder mager sein, morgen will ich ihn schlachten und
kochen.‹ Ach, wie jammerte das arme Schwesterchen,
als es das Wasser tragen musste, und wie flossen ihm
die Tränen über die Backen herunter! ›Lieber Gott, hilf
uns doch‹, rief sie aus, ›hätten uns nur die wilden Tiere
im Wald gefressen, so wären wir doch zusammen ge-

storben!‹ ›Spar nur dein Geplärre‹, sagte die Alte, ›es hilft dir alles nichts.‹

Frühmorgens musste Gretel heraus, den Kessel mit Wasser aufhängen und Feuer anzünden. ›Erst wollen wir backen‹, sagte die Alte, ›ich habe den Backofen schon eingeheizt und den Teig geknetet.‹ Sie stieß das arme Gretel hinaus zu dem Backofen, aus dem die Feuerflammen schon herausschlugen. ›Kriech hinein‹, sagte die Hexe, ›und sieh zu, ob recht eingeheizt ist, damit wir das Brot hineinschieben können.‹ Und wenn Gretel darin war, wollte sie den Ofen zumachen, und Gretel sollte darin braten, und dann wollte sie 's aufessen. Aber Gretel merkte, was sie im Sinn hatte, und sprach: ›Ich weiß nicht, wie ich's machen soll; wie komm ich da hinein ?‹«

Ginos Stimme war immer leiser geworden. Lange Pausen. Sie horchte. Er schlief. Sie war wieder in Deutschland. Auf dem Weg zur Bundesstraße B 20. Sie legte das handy auf den Beifahrersitz. Die Windstopperjacke. Sie war so glücklich darüber, die wiederzuhaben. Sie musste lachen. Gerettet, dachte sie. Gerettet. Die Windstopperjacke gerettet. Sie fuhr. Sorgfältig und umsichtig. Nach Schockerlebnissen war es besonders wichtig, Sorgfalt und Umsicht zu bewahren und weder sich noch andere zu gefährden. »Care and attention.« sagte sie vor sich hin. Sie lächelte. Care and attention.